If O in Love

若离于爱

If
in love

人生注定不可能只如初见

青衫落拓 著

CNS PUBLISHING & MEDIA 中南出版传媒
湖南文艺出版社 HUNAN LITERATURE AND ART PUBLISHING HOUSE
博集天卷 CS-BOOKY

If

in love

献词

人生就算有机会重来一次，
那些不该犯的错，
我们多半还是会犯；

那些不该爱的人，
我们并不舍得不爱。

唯一能安慰我们的是：
犯过的错让我们成长，
爱过的人让我们充实。

If

in love

目录

Contents

第一章

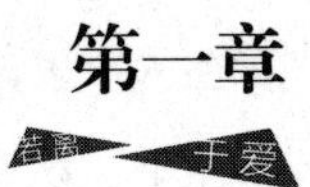

「

是的，我可以装出什么都不在意的样子，可是生来缺乏这种坦然。其实在内心深处，我早就清楚地知道邻居们传来传去的故事有多荒诞不经。花这么多力气，骗自己这么久，都是徒劳。

——何慈航

」

_1

我第一次见到许可，觉得她是一个长了标致面孔的傻子。不能怪我妄下判断，换个人听到我们之间的对话后，也会觉得她脑筋有问题。

那是一月中旬某一天的上午，连日晴好得反常，气温虽然不算高，但阳光之下却是暖洋洋的。我坐在院子里晒太阳看书，我家狗来福趴在旁边睡觉。这实在是本乏味无聊的书，勉强看到一半，我终于不想再看了，把它丢到一边，看着天空发呆。虚掩的院门被推开，一个高挑的年轻女子走进来："小妹妹，你好。”

来福闻声只睁了一下眼睛，哼唧两声，换个姿势继续睡觉。这懒狗，我早知道指望它看家护院是妄想。

“你好。”

“能给我杯水喝吗？”她用那种兴致勃勃的搭讪腔调说，“我口渴死了。”

街转角就是老王家开的小超市，饮料纯净水一应俱全，打扮得这么时尚来陌生人家里讨水喝实在说不过去。不过我还是起身进屋倒了一杯水拿出来给她。她坐下，双手捧着水杯，问我：“你的狗叫什么名字？”

“来福。”

来福是地道的中华田园犬，土黄的毛色，背上有几块被其他狗咬后留下的疤，一双无精打采的眼睛，长相没有任何讨喜的地方，我实在有点诧异她居然会对它产生兴趣。她笑了：“这名字好，记得我小时候最爱看的少女动画片《花仙子》，主人公小蓓就有一条叫来福的狗、一只叫咪咪的猫，都很可爱。”

“没看过这动画片，不过本地有个说法，猫来穷，狗来富。捡它回来就顺手安了这名字给它。”

“你家蜡梅开得好香，我在院子外面都闻到了。”

墙角确实种着两株蜡梅，近日相继开放，暗香隐隐。“今年冬天不够冷，不然会更香一些。”

“那边是什么树？”

“桑树。”

“树叶能养蚕的那种桑树吗？”

我点头。

“我小时候养蚕宝宝总是找不到桑叶。你家里就有桑树，根本不用发愁。”

我讨厌所有肉乎乎的虫子，根本没养过蚕。不过我只是摇摇头。

“我小时候住在北方，家里也有一个院子，里面种的是银杏树，很大一棵，到了秋天，树叶飘下来，让人真正有季节交替的感觉。”

我一向讨厌秋冬之交的时节，桑树叶落得满院都是，扫之不尽；而且天气渐渐变冷，寒气逼人，实在让人愉快不起来。不过我也懒得扫她的兴，没有吭声。她再看向屋檐下种的花，又赞叹道："这几盆茶花形态修剪得真好。"

我但笑不语，她东张西望，有点演不下去的尴尬，举起杯子小口喝着水，然后问我："就你一个人在家？"

要不是她看上去这么美，手里挽的那个是我只在时尚杂志上看到过的黑色编织皮包，身上穿的是米白色羊绒短大衣、牛仔长裤、棕色齐踝靴，全套行头都写着低调的昂贵，搭讪起来又实在不算纯熟流利，我简直会认为她是个不长眼的人贩子，妄想在我身上捞一票。我笑眯眯回答："是啊。"

"你……那个，你家人呢？"

我索性一派天真地回答："我爸出门办事，过两天才能回来。爷爷还在睡午觉，没起来。"

"你今年多大？"

"十八岁。"

"你应该在读书吧，怎么没去上学？"

"我逃学了。"

她被我的回答弄得怔住，我笑着摇头："逗你玩呢，虽然我总在逃学翘课，不过现在是放假，我前天刚回家。"

"哦。"

我等着看她到底想干吗，没想到她接下来说的是："我叫许可，你呢？"

"何慈航。"

"慈航，好名字，又悲悯又大气。"

我笑："连上我的姓氏就很讽刺了，苦海无边，何来慈航普度啊。"

她再度怔住了。

"你只喝了我一杯水而已，不用从我家的树一直夸到我的名字这么多礼。口还渴吗？"

她摇头，将杯子放下："我想租你家的房子住。"

"你是旅游的吧，周家大塆再往北走，差不多七公里就到了，现在不是旺季，家庭小旅馆很好订。”

“周家大塆的报道我看过，据说民俗民居保留得挺完整，有时间我会去参观。不过我是想住这里，你家。”

“为什么？别跟我说你推门一看，桑树勾起你童年回忆；蜡梅开得正好，让你诗兴大发；我倒的那杯水救了你的命；我人看起来亲切得要命，你一下觉得宾至如归了。跟你说啊，我没那么好哄的。”

她先是惊讶，随后倒平静下来，打开手里那只黑色编织皮包，拿出一个长钱夹，抽出一沓钱：“三千块，一个月，我一个人住，保证不给你添麻烦，行不行？”

我像看外星生物一样看她，她作势又打开包：“不够我再加两千。”

“够了够了，别拿了。”

来福终于睡够了，爬了起来，抖抖身子，事不关己地走开。

在我们这个没有任何旅游资源的小镇，像我家这样带院子的两层楼房月租绝对不会超过一千块，小旅店最低只要二十块钱一天。我没那么黑心继续加价，接过钱，再打量她。马上要过年了，她甚至根本没带行李，却说要在一个乏味的小镇租房住一个月之久。

我确定她大概有点神经搭错线，真可惜了一副好皮囊。

_2

赵守恪在手机里大骂我有病：“她什么来历你都不知道，就让她住你家里？”

“反正家里多的是空房间。”

“让个陌生人住进你家，你疯了吗？”

我笑：“我就想看看她到底想干吗。”

“你真是无聊。”

“是啊，无聊比好奇更有杀伤力。”

“既然这么无聊，为什么不好好念书，第一学期就开始逃课，简直不明白你想干什么。”

“念书更无聊。”

“何慈航，你这人简直不可理喻。”

他气得一下挂断了电话。

我原谅他的暴躁。

赵守恪是住我家对面的邻居，大我三岁，他父亲在他十二岁时意外去世，他妈妈洪姨独自把他带大。洪姨在镇上邮局工作，是一个有几分姿色的寡妇，早几年我觉得她对我爸多少有点意思，不过这点意思后来就那么无疾而终了。

我们住得太近，我似乎一生下来就认识他，使劲回想，也想不起来他从什么时候起以我的半个监护人自居，管我比我爸严厉得多，在家的时候督促我按时上学认真学习准备高考，到省城去读大学了还要遥控指导我填报志愿。上个月我连续几天躺在宿舍里不去上课，不知道怎么传到他耳朵里了，他跑到学校来把我骂得狗血喷头，我的室友们听得全都不敢作声。等他走后，她们纷纷表示，他的腔调极似她们的父亲，而在用词尖刻方面则远远胜出。我以为他不会再理我了，前天他主动帮我拎行李去车站，冷冷地说：“你大概是不大适应省城的生活，这学期就算了，先回家好好休息，过完年以后不许再这么任性了，好好回来读书。”

我再不知好歹，也听得出他是关心我的，不打算继续气他，“嗯”了一声：“那你什么时候回家？”

“过几天吧。”他在兼职打工赚钱，过年之前正是忙碌的时候。

我们本来算是修好了，不过今天他显然又被我气到了。我不能不认为他的脾气有越来越大的趋势。

许可从我安排给她的房间出来，问我：“那是你爷爷吗？”

我往外一看，连忙跑了出去，将已经快走出去的老头儿一把拉住，关上院门：“喂喂喂，棉衣也不穿，你又往哪里跑啊。”

他眯缝着一双惺忪的浑浊老眼看着我，含糊地说：“我想吃红糖米糕。”

我哄他："卖米糕的人早走了，明天我一定叫住他买给你吃。"

他半信半疑。我拖他进屋，先给他套上棉衣，再让他坐下，递给他一袋饼干，他不高兴地说："这个不好吃。"

"凑合吃吧，没别的了。"

"我要吃红糖米糕。"

我敷衍地说："明天再说，明天再说。"

许可看不过去了："米糕在哪里卖？我去帮爷爷买回来。"

我瞪她一眼："你以为我小气偷懒不肯买给他吃吗？他有糖尿病，再馋红糖米糕也没用，只能吃这种无糖饼干。"

许可顿时尴尬："对不起。"

"客人从哪边来？"

爷爷突然对着许可发问，她怔了一下："省城，应该是东边吧。"

"此行是想问姻缘还是前程？"

许可一脸茫然地看我。我摊手："他以前是本地有名的半仙，好多人专程找他看相算命，这会儿大概又犯了糊涂，以为你也是为这个来的。"

"哦，爷爷，我不是来算命的。"

爷爷不理会这句话，盯着许可看了好一会儿，才哑着嗓子说："好似将灯来觅火，不如安静莫劳心。"

"这话怎么讲？"

然而爷爷的注意力已经转移到饼干上面，坐下来专注地吃着，根本不回答她。她看着我，我再度叹气摊手："不用问了，他大概已经忘了刚才讲了什么。你要住这里就记住了，他神志不大清醒，有时候要起吃的来，能跟小孩子一样满地打滚。讲起话来不着四六，天一句地一句，不必认真。"

许可再看向爷爷，他正安静地坐那儿啃着饼干，吃相十分斯文。他的身材瘦削，花白的头发剪得极短，穿一件干净的灰色对襟棉袄。我知道他看上去完全无害，实在不像我说的那样癫狂，只得补充："待个几天你就知道了。我把话说前头，就算他说得再可怜，你也不能乱给他东西吃。"

许可点头，犹豫了一下："你爷爷看起来不到七十岁的样子，保养得很好。"

"你可真会夸人，他本来就只六十七岁。"

她看上去十分吃惊："那你爸今年多大年纪？"

"五十五岁。"她的嘴一下张圆了，我失笑，"他其实是我爸的师父，我叫他张爷爷，我亲爷爷在我出生前一年就去世了，喏，他和我奶奶的照片挂墙上呢。我从来没见过他，不过我爸长得倒是挺像他的。"

她点点头，盯着我爷爷的照片看，我盯着她看。真是好看的侧影，她的头发烫得微卷，绾成一个随意的发髻，发际线是一个精巧的美人尖，额头饱满，眼睛略凹，衬得鼻梁分外挺直，下巴到颈项的线条更是修长得让我暗生羡慕。我盯着她看算是审美，可是她盯着个去世已经近二十年的老头儿看是为什么？！

她察觉到我的目光，回过头来，我脸皮再厚，也不好意思不移开视线。

"你爸爸做什么工作的？"

我讪笑："小镇无业游民。"

"哦。"她眼神有些飘忽，指着墙壁上挂的乐器，"这些都是你爸的？"

"琵琶是我的，其余都是他的，他二胡拉得不错，其他乐器都能上手，还喜欢唱点京戏。"

"真多才多艺。这幅字是他写的？"

"嗯。"

靠窗子的书桌上摊着爸爸出门头一天写的工笔小楷，许可轻声念道："'一切恩爱会，无常难得久，生世多畏惧，命危于晨露，由爱故生忧，由爱故生怖，若离于爱者，无忧亦无怖。'这是佛经吗？"

"准确地讲，这不是佛经，是佛家偈语，出自《妙色王求法偈》。"

"你爸信佛吗？"

我摇摇头："不信，我从来没见他烧香还愿。这段偈语我倒是见他抄过不止一次，大概单纯是喜欢吧，对了，有段时间他还抄《资治通鉴》呢。"

她仍旧看着那段偈语，时间长到让我有些奇怪。她抬头，微微一笑："似乎很有深意。外面对联也是你爸写的吧，隶书看起来也很有功底，真是一位有文化底蕴的老先生啊。”

我暗自觉得好笑，一本正经地点头：“对，他没学历，但文化是有的，满屋子的书都是他的，而且爱好园艺，院子里的蜡梅茶花都是他修剪的。对了，你多大？”

“我今年三十四岁。”

我着实吃了一惊，一下怔住。

“怎么了？”

“哦，没事没事，真看不出来，我以为你最多二十八岁。”

她笑：“谢谢你的恭维。”

“不是恭维，你保养得真好，完全看不出年龄。”

“我不在乎被人看出年龄，女人在各个阶段有不同的美。三十以后其实是女人最好的人生阶段。”

我盯住她，她没有化妆，皮肤依旧晶莹洁白，短大衣松松敞开，里面是墨绿色针织上衣，看得出腰肢纤细，既保持着青春姿态，又有成熟的风韵，确实处于“最好”的状态。我心里乱糟糟的，无数不成形的念头翻涌，急切却抓不住一个重点，呼吸不由自主地急促起来。她注意到我的异样，惊讶地问：“你不舒服吗？”

我摇摇头，非常懊悔收了她的钱让她住进来，突然，我急需一个安静的空间独自待着。

_3

院门再度被推开，来福总算“汪汪”叫了两声，一个顶着满头乱蓬蓬黄发的脑袋探了进来。我走出去，简直不相信自己的眼睛：“周锐。”

他小声说：“你爸在家吗？”

我摇头，他顿时收起了那个随时准备拔腿开跑的姿势，大摇大摆走进来，顺手捋来福的头，来福向来讨厌别人的这种亲热，躲开他的手，哼唧着表示抗议。

“哎哟你这死狗还是这么傲娇，一点久别重逢的表情都没有，小心我拿你下火锅。”

来福根本不睬他的威胁，甩一甩尾巴走开了。

他是我的中学同学，和我同届，读完高二后被家里送去英国留学，之后我们一直在网上有一搭没一搭地闲聊，前天他上线还在抱怨英国的饮食是猪食，英国的天气让人抑郁，今天出现在我家院子里，我没法不诧异。

他上下打量我：“咦，你怎么又像是长高了？”

“嗯，我现在应该有一米七了。”

“居然只比我矮六厘米了。打住打住，再不许长了，你一个女孩子长这么高简直不像话。”

我已经十八岁，再长高的可能性似乎也不大了。我问他：“学校放假了？”

“没放假，我跑回来了。”

“哟，你逃学逃得这么坦然啊？”

他反唇相讥：“只上了一个学期学，逃了差不多大半学期课的人居然好意思这么说我？我好歹在英国坚持了一年多。”

我被结结实实噎住，大约这个表情对他来说太罕见，他得意地哈哈大笑，伸手搭住我的肩：“我太想你了，所以不远万里跨越重洋回来看你，你感动得要哭了吧？”

“我感动个屁。”我甩开他的手，“你小心你爸妈打断你的腿痛得哭。”

他若无其事：“我不打算告诉他们。”

我疑惑地看着他，他摊一摊手：“反正学费和生活费他们会定期存到我账户里，我跟他们通话都是通过网络，学校发的邮件是英文，他们也看不懂。只要不给他们逮到，他们怎么知道我在哪儿。我至少可以这么逍遥快活地混个三四年，哈哈。”

啧啧，跟他一比，我哪能算得上任性。我也笑：“你爸就在几公里外的周家大塆大搞旅游开发，你要不想被他逮到，可不该跑到这里来。”

“我说了我想你嘛。”

“你左拥右抱各色妞的照片我看得还少啊，我才不信。”

他一脸吊儿郎当，并不在乎我信不信：“反正我不想留在英国，你看样子也不怎么喜欢你读的大学，不如跟我一起去北京或者上海，想待就待一阵，想玩哪里就去哪里，我家给的钱足够我们两个花了。”

这荒唐的主意在一瞬间竟然令我有点动心，不过也只一瞬而已。我正要说话，许可走了出来：“小朋友，这样诱拐少女可不好。”

周锐有些愣神，转头问我：“她是谁？”

“房客。”

他这家伙果然跟以前一样没什么大脑可言，居然一点也不觉得我家多个房客有啥不对劲，漂亮的面孔上挂了个痞气的笑，对许可说：“我诱拐她？别搞笑了，她不把我拾掇拾掇卖了，我就要说谢谢了。”

我恨恨地踢他一脚：“你妈杀上门来跟我说这话就算了，你也胡说。你说说我都怎么你了，是骗你财还是骗你色了？”

“对不起对不起，是我胡说。我没倒时差，没吃东西，又困又饿，脑子跟糨糊一样。给我做点吃的吧小航，求求你了。”

我去厨房煮方便面，周锐不高兴地说：“我在英国总吃这玩意儿，你就这么招待远方归来的游子吗？”

“我没有丢一包方便面让你干吃打发你就够客气了。”

话是这么说，我还是额外煎了个鸡蛋，再加一碟我爸做的卤牛肉，他这才表示满意。吃完之后打个哈欠，他熟门熟路爬上狭窄的楼梯，倒在阁楼的一张小床上，一下就睡得死死的。

“你男朋友？”许可问。

我摇头：“以前是同学，现在算是要好的朋友吧。”

“他为你从英国跑回来……”

我失笑：“听他瞎掰。他根本不喜欢读书，不想出国，最大的爱好就是各种玩，好在他家有钱给他败。假装留学溜回国这种主意也只有他想得出来，万一给他爹发现，不打他个半死才怪。”

“我觉得他是喜欢你的。”

“他喜欢的只是有人陪他玩而已。喂，姐姐，你都三十四了，还这么满脑子罗曼蒂克的想法，真神奇。”

她也笑了：“你才十八而已，口气这么老气横秋也有点神奇吧。”

“你家在省城？”

她点头。

我心里七上八下盘算着，不得要领，索性直接问她：“你结婚了吗？”

她再度点点头。

“那……你孩子多大？”

她摇摇头：“我们没孩子，也不打算要孩子。”

“我赞成丁克，将来我是不打算结婚的，当然更不想要小孩子。”

她看上去有点意外，迟疑一下问我：“你还这么小，怎么会有这种想法？”

“要我唱高调的话，我会说：不征求小孩子的意见把他们带到世上来，确实是很残忍的行为。”

“慈航，我们都是被这样带来世上的，还是有很多快乐的时刻。”

我笑嘻嘻地说：“都说了是唱高调而已嘛。真实的原因是：我很自私，嫌烦，不想照顾一个日夜啼哭、随意拉撒的小生物罢了。”

“我十八岁时好多想法跟现在不同。”

“我听出这是在婉转批评我幼稚。”

“我不觉得你幼稚，真的。”

真不真都没关系，谁介意一个过客的想法。只有我自己知道，就心理年龄而言，我远不止十八，我脑子里想法多得很，有些疯狂得连自己都看不下去。而眼下，我最大的念头是我爸爸到底什么时候才能回来。

_4

这两天过得过于平静，因此更显得漫长。

许可住了下来。她看我无意做饭，还主动申请下厨。听她要买的食材，我就摇头："罗勒、小茴香这些玩意儿我从来没见过，新鲜百合、适合做牛排的牛肉也不会有卖的，这种菜谱配齐材料外还得配工具。许姐姐，我们吃点青椒千张肉丝、番茄紫菜鸡蛋汤这样的大众菜好不好？"

她只好听从我的意见用现成的材料做菜。这位姐姐一副十指不沾阳春水的模样，但做起饭来却有模有样，只是坚决不肯用味精，主张少油少盐，炒出的菜味道过于清淡。好在我和周锐都是要求不高的人，他只要到时间有的吃，我只要不用自己动手做，就都会大力表扬端上桌的饭菜。张爷爷跟平常一样，不是望天放空，喃喃讲些没头没脑的话，就是打瞌睡，再不然就吵闹着要各种他不能吃的东西。我要么给他包饼干，要么给他冲一杯无糖麦片，他倒也能安静下来。

我处于一种无以名状的焦躁状态，周锐跟我讲话，我都懒得搭腔，时时盯着院门。可惜除了赵守恪的妈妈洪姨下班后跑来之外，再没其他人过来。

洪姨显然接到了儿子的电话，细细地询问许可的来历。我在一边盯着，十分意外地发现，许可对着我讲话有些天真，应付起洪姨这样自诩精明的中年妇女来却十分得体，态度客气，却又拉开足够的距离，让对方无法进一步刺探什么，跟和我对话时的表现完全不同。她并没有满足洪姨的好奇，可也足够让人感觉她不算来路不明心怀叵测的那一类人了。

第三天下午，爸爸终于回来了，推开院门乐呵呵地叫我："小航，我带回来了新鲜羊腿，晚上可以给你做羊肉火锅。"

他一眼看到周锐和许可，怔住。周锐硬着头皮叫他："何伯。"

我爸横他一眼，懒得理他，看向许可，许可一脸惊讶。显然，她眼前这个五十多岁的男人曾经是一个高个子，现在初现老态，身材略微发福，背部习惯性地略佝着，穿着不算合体的廉价黑色西装，戴鸭舌帽，配一双灰扑扑的黑皮鞋，一手拿个边角磨损的皮革包，另一手里拖着一只还滴着血水的编织袋，看上去和小镇上来来去去的男人没什么两样，与我顺口胡扯的那个精通琴棋书画兴趣高雅多才多艺的形象则实在相去甚远。

我顾不得说什么，冲过去一把夺下他手里的袋子丢到地上，拉着他出门，一口气绕过一条街才站住。

他抚着胸口喘气："我又不会打那浑小子，他自有他爹收拾，你着的什么急？"

"不关周锐的事。你跟我说实话，坐院子里的那个女的是不是我妈？"

他一惊，伸手要摸我额头："你没发烧吧。"

我气冲冲格开他的手："我问你，她到底是不是我妈？你可得放明白，你要是撒谎我看得出来的。"

"你这是着了什么魔，怎么会觉得那么年轻的女人是你妈？"

"她只是长得年轻而已，其实已经三十四岁了，十六岁生我也说得过去。"

他恼火地瞪着我："你真是魔怔了，我跟你说了不要多想那件事，你偏不听。我告诉你，她绝对不可能是你妈，我这辈子从来没有见过她。"

我堵在心头已经两天的一口气泄掉，坐到路边台阶上，满嘴苦涩，不知道是失望，还是辛酸。

爸爸也坐下，叹气："你何必听洪姨多嘴多舌，难道凭她酒后胡说的一句话，我就不是你爸爸了？"

"我什么时候说过这话？我只是想知道……"

我打住。其实我想知道什么，连自己都不清楚，但爸爸明白我的意思。

"哪有看到一个女的就以为是妈的道理？"

"前天她无缘无故跑到我们家里说要租房子住，你想想看，我们这个破镇子有什么可玩的，我们家的房子又不是周家大塆那种明清老宅，值得住进去发思古幽情。最重要的是，她不停打听你，对你充满好奇。"

他皱眉："你让她住进来了？"

“她出三千块一个月，我有理由拒绝吗？”

他笑：“都怀疑人家是你妈了，还好意思收人家钱。”

我恼羞成怒：“收钱是在起怀疑之前的事。”

“还好你没怀疑她是我在外面的相好找上门来闹了。”

就算满心烦恼，我也忍不住笑了：“拉倒吧，人家是城里人，年轻时髦漂亮，能看上你？你最多哄哄四邻八乡的寂寞师奶罢了。”

他并不生气，嘿嘿一笑，我意识到他只是想逗我开心，但我心里的酸楚更加克制不住，眼泪扑簌簌落了下来，他拿袖子替我擦，我不依，整张脸胡乱往他肩头上抹，他无可奈何：“好了好了，我只这一件充场面的西装好不好？”

“我再给你买一件。”

“口气这么大，你哪来的钱？”

“哼，我说了我刚赚了三千块啊。”

“来路不明的人怎么能随便放进家里住？”

“难道把钱退给她？”

“退了，请她去住旅店，有问题的钱还是不拿为好。”

“既然不是我妈，也不是你的相好，她的问题就是她的事了。看她的面相，应该不是什么坏人。”

爸爸瞪我一眼：“你又来了，叫你学点正经的你过耳就忘，张爷爷讲的那些杂七杂八占卜相面的你倒是记得很牢。”

“好好好，不说面相，她瘦得不足一百斤，手无缚鸡之力的能够闹什么妖，大概就是感情出了问题的城里女人，随便找个地方躲躲。这钱不赚白不赚。”

“一会儿觉得人家是你妈，一会儿又觉得人家感情有问题，你这脑袋活跃过头了。”

他要知道我脑袋里真正的想法，恐怕就不只是这样的评论了。

我和爸爸回去，周锐早已经溜得人影不见。爸爸看向许可，许可微笑：“何老先生，我贸然登门打搅，在您这里住几天，希望您别介意。”

我牢牢盯着他们两人，爸爸脸上没有任何表情，点了点头：“别客气。”

似乎没什么明显的异样，可是我心底疑惑更加大了，我老早就见识过我爸爸瞪着眼睛撒谎，被拆穿也若无其事的本领，不管他是轻描淡写还是赌咒发誓，我都未必全信。许可看上去有所隐瞒不说，我爸爸对着许可分明有一个短暂的恍神，眼睛里突然带了一点若有所思，这个神态也实在和平时太不相同了。

我暗暗在心里发狠：装，有本事给我一直装下去！

我去找周锐。出了镇子，一片荒地中矗立着三栋钢结构厂房，荒废已久，占地近三十亩，他果然在里面。

这座工业园属于他爸爸周英雄。周英雄是本县最先富起来的人之一，从倒腾小商品起家，看什么赚钱都想插上一手，六七年前雄心勃勃掏出全部家底办厂，被宣传得十分风光，不料合资的香港人一开始就抱着坑他的念头，发给他的所谓进口生产线属于淘汰产品，承诺好的出口更是从未兑现，后来索性消失。他勉强支撑了一年之后只好关门，拿不到工资的工人早把厂内稍许值钱的东西一扫而空。他雇了个半聋老头儿象征性地看守厂房，当然挡不住他的宝贝儿子周锐。我们读书时，放学后会跑来这里，在平整宽阔的车间里溜旱冰，更无聊的时候就是捡废零件砸玻璃玩，或者喝啤酒、抽烟。

周锐在空荡荡的车间里竖了一排啤酒瓶，正用轴承充当保龄球，玩得不亦乐乎。

“你就是为玩这个从英国跑回来的吧？”

他笑道：“我爸恨死这个厂了，害他赔得差点翻不了身，每次路过都拉长一张脸。我倒是很喜欢这里。”

“回去吃饭。”

“你爸不拿棍子抽我已经很好了，还会让我吃饭。”

“他不会动手，最多说说风凉话。你家破产没空管你的时候在我家混了那么久的饭，不多这一餐。”

他叹气：“所以我更觉得对不起你和何伯啊，我妈那人……真是典型的势利眼。”

要说他爸爸周英雄确实非一般人，负债折腾几年后，周家重新阔了起来。读高一时，他妈妈送他去省城一所国际学校，他混了半学期不到就跑回来，非要上原来的中学。不知道听了谁的拨弄，他妈觉得他是奔着我回来的，闹上门来，摔下一沓钱，叫我爸管教女儿不要“痴心妄想”。我把她轰了出去，过后一见到周锐就拳打脚踢，周锐很知趣，一动不动抱着头做沙袋状，弄得我倒不好意思下狠手了。不过从那以后，我爸看周锐一家当然不可能有好脸色。

“放心吧，我跟他说了你马上滚蛋。”

“他说啥？”

“他说你会痛快滚蛋才怪。”

周锐笑得直咳：“知我者何伯也。”

“你不是说要去北京或者上海逍遥快活吗？不走难道等着你爸来打断你的腿不成？”

“我想要你跟我一起走，不然我大老远跑回来干吗？”

“跟你走不成私奔了？”我也笑，“那轮到我被我爸打断腿了。”

“那怎么可能，何伯什么时候打过你，你以前淘气得连我都看不下去，他也没骂你。”

确实如此，小时候的事不说了，爸爸知道我才上大学就逃课的事，问我为什么，我木着一张脸回答什么也不为，就是不想上课，他居然再没说什么。所有人都觉得我任性得莫名其妙，他的这份平静和包容几乎到了不真实的地步，我一想到这一点就觉得难受。

“得了得了，别胡扯了，你明天赶紧走吧。”

“告诉我，大学里发生了什么事？”

“不关你的事。”

“你看你瘦了这么多，这两天跟你说话你都心不在焉的，肯定出了什么事。”

我这两天确实心事重重，没情绪理睬他，可是我也不想解释：“别乱猜，没什么事。”

“是不是赵守恪那蠢货欺负你了？”

“我说了不关你的事，你穷打听个什么劲。”

“不关我的事？你以为我从英国跑回来是为了什么？”

我一下跳了起来：“你无心向学一心鬼混败家可不许赖到我头上，我不是红颜祸水的材料，担不起这责任。”

他气得一时间眉目有些扭曲，可是马上又平静了下来，耸耸肩：“放心吧，我保证不会再发生那种事。走，回去吃饭。”

我有些疑惑，他脾气一向不比我小，以前我们为一点小事抬杠争吵彼此放狠话翻脸的时候着实不少，今天居然会这么轻易服软下台阶？

所有人都有点奇怪。我再度警惕起来。

_5

毫无疑问，许可是一个十分有礼貌的房客。

她吃了一餐我爸爸做的饭之后，赞不绝口，马上要求再加两千块钱算是搭伙。她出手这么豪阔，弄得我爸爸有些诧异，推托道：“你房费已经给得足够了。我如果在家，你只管一起吃，加人只是添双筷子而已，用不着加钱。我出门做事的话，小航也懒得做饭，你只能跟她随便混。”

她笑眯眯地说：“我做饭的手艺远不如您，不过您要是出门了，我可以做给小航吃。”

“那谢谢你了。”

“何伯，您的工作要经常出门，是做哪行？”

“一点杂事。”我爸含糊地说，一转眼看到我和周锐不约而同带着一点坏笑瞧着他，显然对他怎么回答这个问题大有兴趣。他从来都拿我没办法，可不肯放过周锐，沉下脸来：“喂，你什么时候走？”

周锐顿时做出一副可怜相：“何伯，我没地方去。”

“胡扯，你爸财大气粗，恨不得买下半个县城了，你会没地方去？”

“我愿意付房租。”

“好大的口气，别的没学会，拿钱砸人倒真是拿手。我又不是开客栈的，许小姐是远道而来的客人，你跑来算什么。”

周锐用求援的目光看我，我全当没看见，他只得继续装死狗：“何伯，我只住几天就走，保证不到外面乱跑把我妈招来气您。”

我爸哼了一声，径直回了他房间。周锐敲我的头：“一点义气没有。”

“放心吧，我爸要面子，当着许姐姐，不会硬赶你走的。”

许可微笑：“何伯人真好。”

周锐点头不迭：“对对，何伯又善良又仁慈，是百里挑一的大好人。”

“你讲这么大声也没用，万一你妈知道你在这里……”我比了一个杀气腾腾的姿势，“我就不客气地说你是硬赖着不走，请她务必加强管束，不要再放你出来骚扰良家妇女了。”

这时我爸开始拉二胡。

关于他那些风雅的爱好，我也许略微夸张，但真不算空口说白话。他会不少乐器，尤其喜欢二胡，十几年来都是在晚餐时喝点小酒，饭后拉拉二胡自娱。

他在我小时候试过教我乐器，但我连学校作业都完成得马马虎虎，更没有耐心练琴，被他催逼，就胡扯说二胡凄凄清清悲悲切切像是流浪艺人，琵琶弹起来更是天涯歌女，我要学好这些，就可以跟他搭个班子去城里沿街卖艺，正好连学也不需要上了。他只好叹气说我朽木不可雕，放弃了教学。

我老早就习惯了爸爸的琴声，已经到了听而不闻的地步，一转眼看到许可凝神倾听，她竟然眼里泛了泪光，我不免有些诧异。她略微尴尬：“很动听，这首曲子叫什么？”

“《独弦操》，又名《忧心曲》，刘天华作曲的。”

“有一种感时伤怀的凄美。”

我拉不出像样的调子，不过听过的曲目实在不少：“《独弦操》写于日本侵华的战乱时期，调子确实很沉重。不过二胡这种乐器是这样的，哪怕拉的是

《良宵》，也一样伤感，没什么花好月圆锦上添花的感觉。”

“琴为心声，听得出来何老先生是有阅历有情怀的人。”

我干笑一声，觉得这位姐姐对我展现了她过于浪漫的一面不说，还似乎非常擅长脑补，完全不需要我再添油加醋渲染什么，已经把我爸爸想象成落拓半生的不得志隐士之流了，简直让人不知道怎么接下句才好。

这时有人拍响院门门环，邻居造访都是推门自入，根本没有不速之客的概念，这个时间来敲门的多半是来找我爸有事的人。周锐十分自觉地溜上楼去，来福照例躺在檐下岿然不动。我过去打开院门，一下定住，眼前站着一个身材修长的男人，我不大会看男人的年龄，只能确定他肯定不老，可也丝毫没有像周锐那样的青涩感，大概三十来岁，身材挺拔，有着一张堪称英俊的面孔，穿米白色条纹衬衫配深灰色西裤，如同时装杂志上的男模特儿一般妥帖，这种过于走气质路线的打扮在本地居民中不可能出现。唯一的不足是嘴唇有些削薄，是感情淡漠之相——我的看相癖又发作了，暗暗提醒自己打住。

“请问有一位叫许可的女士是住这里吗？”

当然他只可能是来找许可的。我还是多事问了一句：“你是她什么人？”

他打量我，我别的优点没有，但一向在任何打量下都能做到不闪不躲。

“我是她先生。”

真是天造地设般配的一对。我在心里赞叹，侧身请他进来，同时扬声叫：“许姐姐。”

许可闻声出来，这两夫妻一个站在檐下，一个立在阶前，默然相对。我识趣地向里走，想，简直比电视剧还好看，可惜不能公然留在一边看现场。

我迅速穿过厅堂上了阁楼，周锐已经在窗前端端正正坐着，我挤开他一点坐下，手支在窗台上托着腮，一同向下看去。许可已经走到院中，两人站得很近，暮色苍茫，踩着一地落叶，他们的轮廓同样简洁利落，对话隐约传来。

“可可，跟我回去吧。”

“对不起，我还想再待几天……”

许可的声音低微下去，不知道说了什么。那男人显然有些恼怒了："总应该有个像样的理由吧，这样算什么。如果你是生我的气，不妨直说，老是玩引而不发也该玩够了。"

"我没什么可生气的。"

他们沉默了。周锐附在我耳边说："女人是不是很享受这种偷跑再被人追寻不放的感觉？"

我白他一眼："瞎猜什么？"

"这位许姐姐一看就是逃家的人妻，非要老公追过来哄一哄，撒够娇了才肯回去。"

"你也才十九，别以为自己已经看透了女人心理，够资格去情场打滚了。"

"嗯，接下来你要告诉我，女人都会骗人，越是漂亮的女人撒谎越厉害吧。这个我早知道，所以我喜欢你。"

这当然是挖苦我口气像他妈，而且长相不足以让他迷惑。不过我看许可和她先生看得入神，顾不上反唇相讥。他们相互凝视的样子如此美好，看上去他们的烦恼与现实琐碎完全无关，让我觉得爱情这回事也许不只存在于书里虚幻的描绘，而婚姻大概也不总是与无数麻烦相伴。

天色越来越黑，北风刮起，舞动落叶，他们仍旧那样站着，时间仿佛已经凝固，我无端觉得萧瑟悲哀。一根手指伸到我眼角抹去了泪水，我回头，周锐无可奈何："你看看你，以前带你去看悲情电影，你看得直乐，现在人家夫妻好好说话，你倒看哭了。什么毛病啊？"

我冷冷地回答："矫情，情绪投射偏差，喜怒无常。还要我继续补充吗？"

"别胡扯。跟我走吧，小航，想去哪里都可以，何必困在这个让你不开心的鬼地方。"

我十八岁，从记事起就困在这个镇上，所有人都知道我跟别的孩子不一样，有权在茶余饭后把我拿来顺口谈论。不管我是努力学习，还是任性妄为，得到的评论都是："也难怪她会这样。"他们好像早早预测到我的将来，有一段时间，我是非常想离开的。可是……

这时许可仰起头来叫我的名字，显然知道我就在阁楼上。我推开窗子，她轻声说：“我送他去旅馆，晚上关好门，不必等我。”

_6

许可一夜未归。

预报的西伯利亚寒潮如约而至，北风在窗外呼啸得铺天盖地，桑树枝头残存的枯叶被吹得发出近似呜咽的声音。冬天是我最讨厌的季节，躺在黑暗之中，盖着温暖的棉被，仍能感觉到寒意变得厚重，一点点渗透进来，空气里嗅得到严寒肃杀的气息。

早上起来，我打扫院子。爸爸洗漱完毕出来，诧异地笑：“今天居然这么勤快？”

“睡不着。”

“又在胡思乱想些什么？”

我闷闷不乐：“你都说我是胡思乱想了，还问什么。”

“你要老这么钻牛角尖可不好。”

“我也想跟你一样没心没肺凡事哈哈一笑，什么都放一边算了，可是我做不到。”

他终于生气了：“我要真那样，也不用管你浪费时间想这些没用的事了。”

他甩手进屋，我拄着扫帚站在原地发呆，身后有人说：“慈航，我看得出你爸爸是很关心你的。”

我回头，许可回来了，披了一件男式黑色长风衣，头发略有些凌乱地披散在肩上，有不一样的风情。不知怎的，我无明火起，冷笑：“我也看得出你先生很关心你，可你并没跟他回去嘛。”

她被堵得怔住。这时又有人大力推开院门，大声叫我爸：“何师傅，何师傅。”

我爸应声出来，那人急急地说："陈家老太太已经不中用了，你赶紧过去。"

爸爸答应一声，转身进去，很快重新出来，已经换了那套西装，提了公文包，和那人匆匆走了。

许可有些愣神："什么叫不中用了？"

我轻描淡写："垂死，弥留，快咽气了。"

她大惊，问："何伯是医生？"

我摇头："你昨天问他干哪一行，他有明确回答你吗？要是医生说起来多简单。"

周锐顶着一头乱发出来，笑道："何伯是师傅。"

许可茫然："师傅难道不是一种通称吗？"

一阵寒风吹过，周锐冻得哆嗦着抱紧手臂，解释着："我知道在省城里是管做体力劳动的工人叫师傅，不过在我们这里，师傅指的是会做法事的人。何伯帮人处理丧事，像布置灵堂，安排吊唁，写挽联悼词，挑黄道吉日，看墓穴风水，做路祭，下葬，做头七啊三七啊出七啊这些纪念仪式。"

他一连串说下来，许可显然更加糊涂："主持法事的不应该是和尚道士那样出家修行的人吗？"

"何伯的师父张爷爷以前倒真是如假包换的和尚，四岁出家，有个很厉害的法名叫释延，听着像从武打电影里走出来的大师。"周锐笑嘻嘻地说，"可他还了俗，荤素不忌，还结婚成家生了儿子，大家都叫他张师傅，何伯接他的班做这一行，就顺理成章成了何师傅。"

许可仍在发蒙。我问她："你先生呢？"

"他回省城了。"

"你真要在这里住满一个月？"

"我是不是打搅到你们了？"

"那倒也没有。不过我不大懂啊，看起来你先生挺关心你，你这年龄举止，大概也是职业女性，有一份工作要忙，就算放假，完全可以找舒服漂亮的地方度假，怎么有闲心一个人住这里？"

“我有些事情需要弄清楚，有时候只能一个人完成。”

这句话意外到让我默然。我当然不知道她指的到底是什么，可是我知道，就跟我的问题一样，有时候只能靠自己去找到答案。

“小航，请不要误会，我真的对何伯的职业没有偏见。”

我忍不住笑：“许姐姐，你多虑了，别人偏见不偏见的我完全不在意。我并不因为我爸觉得自卑，他的职业确实跟大部分人不一样，对我来说，也就是不一样而已。”

“她哪里会自卑，”周锐哈哈大笑，“我以前在她家混饭吃，她还一直鼓动我说既然我家没钱了，功课也不行，不如当何伯的徒弟学这门手艺，总不会饿死。说真的，我还蛮动心的，可惜何伯不收我。”

许可神情还是有点怔忡不定：“何伯一直就从事这一行吗？”

“从我懂事起，他就是干这个的，没见他做过别的。我问过他，他说百无一用是书生，何况他连书生都算不上，干农活不行，学这个却很快上手，养家糊口可以了。”

“我不大明白这里的情况，可是，我觉得以何伯的学识，当个老师是没问题的。”

“他又没读过师范，最多做个民办教师，吃粉笔灰吃到肺痛，还是转正无望，收入少得可怜，哪里比得上做这一行自在？”

我平时没这么热心为爸爸辩护，可现在多少是想要继续看看许可为什么会对他有这么多好奇心。我的职业价值观显然已经让许可大不以为然了，她既想表达一个不歧视的态度，又无法对我表示赞同，一脸纠结。

“当然，职业是无贵贱之分的，可是……”

我看得出她努力在调整思路，但肯定还是认为这绝对不算一份正当的、提得到台面上的职业，而且她真心实意在为我爸爸惋惜。真不知道她对他怎么会产生想象，又想从他那里找到什么。我笑眯眯地说：“不用‘可是’，坦白讲，职业当然有高下贵贱之分，起码我爸这种行当连归类都很困难。不过他说他如果当初愿意，其实也可以像张爷爷那样去弄个算命打卦批紫微斗数的摊子，好歹能混到三教九流里去，可他不喜欢对别人的命运流年信口开河，干涉人生选择，不如料理死人来得诚实。”

她肃然：“何伯真是很有想法的人，我太浅薄了。”

这位许姐姐虽然年长我不少，某些方面却比我天真太多，我觉得我再胡扯下去左右她的想法，未免就不厚道了，苦笑一下：“不要想太多，他就是谋生罢了。”

到了下午，天气越来越阴冷，有要下雪的趋势，我勒令周锐脱下那件从我爸房里拿的棉军大衣：“我要给爸爸送过去。”

他只好脱下交到我的手里，苦着脸看着我：“那我呢？”

“谁让你大冬天穿个薄外套跑回来的，就这么扛着好了，几时受不了几时走人。”

“太狠了你，我总不能让室友从英国给我寄衣服，又怕去镇上商店买会让我爸知道我跑回来了。”

许可插言：“这样吧，我正好想去镇上转转，可以帮你带两件厚衣服回来。”

“可可姐你真是好人。”

看许可取下身上风衣让周锐穿上比量身高大小，我想，她确实比我人好得多。

镇上去年新开了一家大型超市卖场，还有几家国内运动休闲牌子的专卖店，再就是一些零散的小服装店。我指给许可看，她却说：“天气太冷，我们还是先把衣服给何伯送过去吧。”

我笑：“你是想看我爸到底做的是什么吧？”

她有点尴尬：“希望你不要觉得我的好奇心变态。”

“没什么，走吧。”

陈老太太就住镇中心的一栋三层楼房，一走进她家那个院子，许可顿时呆住了。

天气寒冷，可是院门以及屋门都大开着。站在院子里，可以看到老太太就停在客厅内的一扇门板上，穿着寿衣，面孔上蒙了一张黄纸，亲属跪着大放悲声、烧纸、上香，而他们旁边就是进进出出川流不息忙碌的人。院子里有人在搭简易天棚，有人在布电线，有人不停搬运东西进来：食物、成箱的饮用水、香烟、自动麻将机、桌椅……满地狼藉。我爸爸正在院子一角指导几个妇女将黄纸折起来。大家一边忙碌，一边谈笑风生，浑然不在乎离他们几步之遥躺着一个才去世的老太太。

我欣赏着许可脸上的表情，她好久缓不过来："为什么会这么……热闹？"

"你想看真正的热闹，要等天黑过来，这里会先开流水席，然后有个戏班子过来表演，唱流行歌曲，演小品，通宵守灵开几桌麻将。"

"这不是干扰亲属的哀悼吗？"

"本地风俗就是这样。特别是陈老太太这个年纪的老人，去世称为'喜丧'，亲属觉得办得越热闹越能表达孝心。"

"可是……"她欲言又止，终于还是说，"至少把地打扫干净，弄得整洁一点比较好吧。"

"三天之内不可以做清洁，到送去火化才允许打扫。"

"然后呢？"

"然后还要'做七'，就是从去世那天算起，每七天一个周期，子女集中上香祭拜，师傅负责推算哪天'犯七'，需要做一个特别的仪式，相当于化解冤孽超脱上路的意思。到第七个七天满了才算'出七'，再就只需要第一个农历新年接受亲友吊唁，元宵节后移出灵屋，清明扫墓，七月半盂兰盆节时烧纸钱。"

"你怎么会知道这么多规矩？"

我笑："小时候我爸不放心把我一个人丢在家里，出来做事总带着我，我看得太多了。我如果是男孩，大概会顺理成章接他的班。对了，大城市里怎么办丧事？"

她沉默片刻："我母亲半年前去世，登讣告后，至亲好友在家里开了一个小型追思会，她是妇产科医生，单位在殡仪馆开了追悼会，除了同事朋友，还有她以前的患者过来送行，火化之后送到陵园安葬。"

听起来确实肃穆得多，更具备葬礼应有的仪式感。可是我从懂事起，就看着眼前这样喧闹的场景一次次上演，对于死亡，我早已经麻木。我过去把大衣递给爸爸，接受旁边大婶的打趣，谢绝留下来吃饭，走了出来。

"你们有你们的风俗，我不想表现得矫情，可这场面我有点接受不了。"

“并不一直都是这么喜庆的。如果你想看庄严的画面，可以明天上午来看出殡前的路祭。老实讲，我爸在那时候还是蛮感人的。”

在买完衣服回家的路上，许可一直沉默。

必须要有一颗足够柔软的心，才能如此易于伤感吧。而一个三十四岁的女人要让心保持柔软，前提就是被一直保护得很好。想必她出身于良好的家庭，从小到大被爱包围，受最好的教育，读最好的大学，毕业后有上佳的职业，然后被一个好男人追求直至结婚，所以才会放大自己的情绪。

等我到了她那个年龄，大约已经刀枪不入了。

可是真的刀枪不入又有什么可恭喜的。这么一想，我也意兴阑珊了。

“我不想打探什么，许姐姐，所以我只问你一次，当然你可以不回答。”我在院门前站定，“你来这里，住进我家，并不是带着心事随机走到某处停下，对吗？”

她踌躇片刻：“你太聪明，小航。没错，我是拿到你家地址特意找来的。”

我的心再度提紧，连声音都有些颤抖：“为什么？”

“据我猜想，”她一字一字地说，“你的爸爸，何伯，应该也是我的父亲。”

_7

我看着许可，她也看着我，一脸紧张，仿佛在等我点头认可她的身份。我说：“这里风大，你进去吧。”

她茫然：“那你呢？”

“我出去走走。”

我丢下她径直走开，其实并没走远，只是过了小街，到对面洪姨家里。

洪姨烧的猪蹄非常好吃，肥而不腻，软糯入味，我一口气吃掉了大半盘，弄得满手满嘴都是油光，她看得眉开眼笑。

“我还以为你再不肯来我家吃饭了。”

“谁说的，闻到烧猪蹄的香味我就自动过来了。”

“不生我的气了吧？”

我笑：“我从来不对跟我讲真话的人生气。”

“我都说我当时醉了，你再这么说，你爸越发不会理我了。”

“好了好了，你喝多了，讲什么都不作数。”

洪姨做松一口气状：“你这么想就对了。你爸可是把我骂得狗血淋头，吓得我这段时间都只能趁他不在再去你家串门。”

我从小就知道我生活在一个跟其他人不同的家庭里。

我爸爸是一个“师傅”，更准确地讲，他料理丧事。这职业不怎么上道，收入也只够维持生活而已，可是他身材高大，模样不差，说话声音低沉好听，谈吐举止之间有着不同于周围男人的气质，女人缘一向颇好，不要说邻近乡里的中年妇女，连洪姨这样有一份正经工作的寡妇也对他很有好感。他不是本地人，大约二十年前和张爷爷一起过来定居，张爷爷倒是出生于本地，不过一向四处游荡不定。在张爷爷的撮合下，爸爸与他老家的远房侄女结了婚，但两人感情平淡，不到两年便离婚了，身边却突然多了个刚出生的婴儿——那便是我，别人问起，他坦然说是他女儿，再无其他解释。

我当然不会是张爷爷侄女生的。她后来再嫁，过得不错，还带着孩子来走过亲戚，见到我连眼皮都懒得抬一下。

到我懂事的时候，听到邻居老太太、大婶们的一个说法：我是他与某个丈夫南下打工的已婚女人生的孩子，被他抱回来养活。非婚生这个身份当然不大妥当，不过我们小镇子的道德标准颇有弹性，一方面大家的观念都十分保守，强调家庭稳定，男大当婚，女大当嫁，鄙视所有不合规则离经叛道的事情；另一方面又抱着相对宽容的态度。不太离谱的丑闻非常适合拿来作为闲话主题，供他们带着优越感嘲笑、谈论，等新的话题出现，没人会揪着陈年旧事不放。

最有发言权的当然是张爷爷，我爸一直与他生活在一起，就算与他侄女离婚，也没见两人交恶。可惜他长年酗酒，以前最爱跟我闲扯他那些不着调的学问，比如相面、看手相、摸骨、占卜、研究生辰八字和风水，到我开始关心身世问题时，他老年痴呆症也初现征兆，偏偏又有糖尿病，唯一关心的事就是食物，讲起话来颠三倒四，答非所问，严重时还会问我爸爸和我是谁，当然不可能讲清楚我的来路。

我直接拿这个故事去向我爸爸求证过，他面无表情听完，冷冷地说："叫你练琴你不练，叫你临帖写毛笔字你说手疼，成天跟那些三姑六婆混一起，听这种无聊的东西，长大也会成个碎嘴子。"

他到底没有直接回答我，我也突然失去了追问的兴致。倒不是怕他骂我，他对我好得有些放任，最严厉的时刻也不过是那样沉下脸来说几句而已。只是我突然意识到，我想证实什么呢？有一个背叛家庭跟丈夫以外男人生孩子的女人当母亲，绝对算不上光彩的事，她如果不想承认，我似乎也不必非要找她出来相认。

我再长大一点，成了一个众人公认尖刻而略为古怪的孩子，喜怒无常，说翻脸就翻脸，就再没多少人拿我当面开玩笑谈起这件事了。

说来说去，我有一个有趣的、跟别人不一样的父亲，他对我很好。我目光所及的那些完整家庭过着沉闷无聊的生活，并没太多值得我羡慕的地方。总之，我没觉得没有母亲是多大的缺憾。

今年我考上大学，临去省城之前，爸爸做了一桌丰盛的晚餐，邀洪姨过来一起给我饯行。我们都喝了他自酿的杨梅酒，他看上去很开心，放量喝醉后睡着了。洪姨也喝高了，和我躺在院子里的大竹床上闲聊，说起我高考近乎超常的发挥，洪姨叹气："他没白把你捡回来，小航。"

我一下僵住。洪姨兀自不觉："你是有良心的孩子，好好念书，以后工作了，可要好好孝敬他。"

不知道过了多久，我努力控制住自己，缓缓坐起来，哑声问："这么说我根本不是他亲生的？"

洪姨已经醉得迷迷糊糊，嘴里只发得出单音节的"嗯嗯哦哦"，再没回答我什么。

等第二天她清醒过来，矢口否认讲过这话，我爸更是毫不客气地说以后再不会欢迎她来我家了。可是我知道，那肯定不是什么信口胡说。

所以趁丈夫出门在外跟师傅鬼混的出墙农妇只存在于想象之中。在你并没有期待的时候，真相来得就这么简单，几乎像个玩笑。

然而，有什么玩笑能如此有效击溃一切。

“洪姨，你要是我妈就好了。我可以名正言顺天天让你给我做好吃的。”

“是不是你妈有什么要紧，你只管天天来吃就是了。小恪不在家里，我一个人不管是做还是吃都觉得没意思。”

“你为什么不跟我爸结婚啊？”

“好好吃东西，别没大没小的。”

“我讲认真的，洪姨，你以前明明对他有意思的，别以为我不知道。不会是嫌我拖油瓶吧。我很知趣，不会妨碍你们。”

“什么拖油瓶？”她啐我，“我带着守恪，人家看我不是一样？”

“那就是嫌他没一份正经职业咯？”

“有什么好嫌的。他的职业是有点……不过我早过了虚荣的年纪，并非要男人有个看着风光的工作。自食其力就很好了。”

“那总得有个原因吧。”

她迟疑：“你爸从来也没说要跟我结婚啊。”

“你想要他搞送花表白下跪求婚那一套就有点过分了。你们两个成年人相互需要，你是熟女啊，多流露一点意思，再来一下欲拒还迎以退为进，不早就把我爸给搞定了。”

洪姨又好气又好笑：“你一个小姑娘家，满脑子装这些没正经的干什么。”

“哎哟你别娇羞啊，我又没说限制级的话。”

“好了好了，你爸没明确表态是一方面。另外，人年纪一大，想的事越来越多，患得患失，最主要是……守恪不赞成我再结婚。”

我着实大吃了一惊：“啊，这话他也说得出口，他好自私。”

“也不是自私啦，这孩子不像你，他从小就心思重，想得多。”

“别护短，说白了就是自私。”

她叹气：“你不懂，小航。我只这一个儿子，他对我来说最重要。我为他守过了女人最有看头的几年，临到老了不顾他的想法再嫁，以前不是白守了？倒不如善始善终。”

“胡扯，他以后总是要结婚成家的，你落得孤零零一个人，这算什么善终？”

“呸呸呸，这句话不能乱讲的。等他结婚生了孩子，我去省城给他带，想想也挺好。”

我哈哈大笑：“洪姨你才刚四十八岁好不好，堪称徐娘半老风韵犹存，都没有退休，居然想当奶奶抱孙子打发余生了。”

“镇上不到五十岁就当奶奶的女人不是很多？夕阳可不就这么红的嘛。”

“好吧，你是因为这原因不结婚的。那我爸呢？他为什么会跟张爷爷的那个侄女离婚？”

“老张的儿子不搭理他，他为了拢住你爸给他养老送终，乱点鸳鸯，那女的既没文化，还把钱看得比什么都重，你爸心思又深，两人一天说不上几句话，怎么过得到一起去？”

“哦。”

“再说你爸这人啊，我还真不知道他是怎么想的。按说照他的条件，长得周正，有会赚钱的营生，有文化，只要不是眼界高到离谱，再找个像样的老婆做饭持家也不难。不过，他给我的感觉是好像觉得单身打光棍没什么。”

“你从小就认识他师父，他到这个镇上你就认识他了，难道他就没跟你讲过他以前的情史什么的？比如是不是有过什么女人，喜欢过谁之类的。”

“情史？别乱讲了，我跟你爸要真到无话不谈的地步，也不至于到现在还只是邻居了。你爸这人随口开开玩笑没什么问题，可没有认真跟人谈心的时候。”洪姨摇头，“这一点也让我发怵。小航，洪姨告诉你个经验之谈，不管是男人还是女人，不管到了什么年纪，都不能跟自己没彻底弄懂的人结婚。”

听起来似乎很有道理，可对我一点帮助也没有。

_8

我的胃被红烧猪蹄填得满满的，心中那个大洞却依旧空空荡荡。北风好像可以直接穿透我的身体，呼啸而过。

我晃晃荡荡地回家，周锐正坐在我房间里玩电脑游戏，头也不回地问我："你跑哪里去了？"

我打个饱嗝："找地方混饭吃了。"

他在我家混饭吃习惯了，不觉得我出去混饭有何不妥，不再追问下去，继续专注在游戏里面。我躺到床上看他，灯光之下，他神情专注，漂亮的面孔上带着一点紧张。能叫他紧张的大概也只有游戏里的追杀，至于他那凶巴巴的父亲和超级唠叨碎嘴的妈妈会怎么发落他，才不在他的考虑范围以内。

我的满不在乎是装出来的，而他才是真的什么都不在乎。

我恶狠狠地想，当然，他清楚他家就他一个孩子，无论他做什么事，父母也不会真拿他怎么样，现在他家的财产多到他不必考虑谋生，任性放弃学业也无所谓，所以他有足够的安全感，而我则有太多自我折磨的理由，我大可以原谅自己的焦虑。

可是我知道这样也说不过去。

我见识过周锐最落魄的时候。他父亲被那个厂拖垮，与母亲一起忙着应付债主，无暇管他，他从零用钱多得花不完突然变成饭票都没钱买，中午只能在学校食堂喝点免费汤，然后跑到操场躺着晒太阳。我冷眼看了两天，走过去踢他一脚，把从家里带来的包子丢给他，他接住，翻身坐起，大口吃起来，丝毫没有拒绝嗟来之食的骨气。

"喂，这是我家来福的中饭，它不想吃，便宜你了。"

他哈哈大笑："好吧，替我谢谢你家来福。"

他吃得高高兴兴，我看乐了，忘了自己原本是准备来狠狠羞辱他，报复他以前说我是个卷毛丑妞的一箭之仇的。

第二天中午，他自动跟我回家，还说省得我再费事给他带到学校来。他就这样在我家吃了将近一年的饭，该夹菜时夹菜，该盛饭时盛饭，哪怕跟我吵架了也不会赌气走掉，没有一点寄人篱下的畏缩不安。那个坦然劲头连我爸看了都啧啧称奇，半真半假地调侃说他这辈子如果不走歪路必成大器。

我最多只能去洪姨家里混点猪蹄吃，前提还是一出生就跟她是邻居，她与我父亲多少有点暧昧，对我另眼相看。

是的，我可以装出什么都不在意的样子，可是生来缺乏这种坦然。

其实在内心深处，我早就清楚地知道邻居们传来传去的故事有多荒诞不经。花这么多力气，骗自己这么久，都是徒劳。

蒙眬之中，感觉有人抚摸我的脸，我一下惊醒，狠狠推开凑到跟前的周锐：“信不信我现在赶你出去。”

他一脸无奈：“我用得着趁你睡着来偷偷摸你吗，你怎么又哭了？”

我这才发现，眼角一片濡湿冰凉，我拿袖子抹一下，想想这几天真是太过反常，居然动不动就哭，脆弱得连自己都看不下去了。

“到底怎么了？”

“没怎么。”我瓮声瓮气地回答。

“你以前什么都跟我讲的。”

那是错觉，就像洪姨感觉我爸爸始终没对人敞开自己一样，我也是。我嬉笑怒骂顺口而出，有时候近似话痨，可从来没有做到过对任何人言无不尽。

“你不是我，小航，你从来都不会干真正任性的事。我知道你肯定遇到不开心的事了，不然不会从学校跑回来。闷在心里不说你小心生癌。”

我气结：“不会说话你就给我闭嘴，让我安静一会儿。”

他瞪着我，突然跑了出去，过一会儿回来，丢一个热手袋给我，我牢牢抱住，喃喃地说：“真讨厌这里的冬天。”

“英国的冬天也很讨厌。”

“周锐，我这个人是不是很差劲？”

他疑惑地看我：“你希望我说你哪里差劲，给个提示。省得我顺口说得不对，你又来收拾我。”

我闭上眼睛不理他。他推我一下，笑道：“喂，你明知道你就算更差劲一点，我也是喜欢你的，干吗还要问这个问题。”

我本该感动，可只迸了个苦笑出来：“就因为我管了你一年饭吗？那你比来福好，我捡它回来，管它五六年饭了，它都懒得跟我摇一下尾巴。”

他瞪着我，我等着他跟我翻脸骂人，可是他居然只耸耸肩：“早晚有一天我跟来福一样不甩你，你就知道后悔了。”

我忍不住哈哈大笑：“你是不是一直幻想那场景啊？”

“嗯，所以我现在才拼命对你好，让你习惯依赖上我。”

“我跟你说实话吧，你要不是长着一张漂亮面孔，平时招摇过市，趾高气扬得讨人嫌，到了饿得两眼发直的时候，突然有种说不出来的悲剧美，我才懒得扔两个包子给你。”

他沾沾自喜：“我早知道你垂涎我的姿色，没关系，我接受，尽情占我便宜吧。”

我颓然往后一靠：“真是服了你的厚脸皮。你要谢就谢我爸，不用感激我。他要开口说赶你走，我早踹你出门了。”

“行了行了，我都不在乎你的动机，你就别纠结这件事了。想不想痛快晒晒太阳？”

“怎么晒？拿个大反光镜来吗？”

“我带你去海南玩几天散散心，那边太阳好着呢，可以躺在海边晒着太阳喝椰汁，保证你什么烦心事都没有了。”

和上次他提议我跟他走一样，我的心又一动。他看在眼里，越发热忱地推销他的主意：“好多抑郁情绪其实都跟天气有关，我看过一篇文章，讲为什么芬兰那么安逸的高福利国家自杀率会高，就是因为他们冬天太漫长，晒太阳的机会太少。与其窝在这里生闷气，不如出去走走。我说得有道理吧？”

我点头，他倒意外了一下：“那等何伯回来，我跟他商量一下。喂，他不会生气真的大冬天赶我出去吧？按说不会，你这个样子何伯也担心啊。”

“哼，他要担心的事多着呢，轮不到我。”

“小航，对不起，我并不想让你觉得困扰。”

许可站在门口，静静看着我，我也看着她。

她刚来的时候，我曾经不着边际地揣测，这个陌生而美丽的访客也许是我母亲，出于某种原因遗弃了我，过了十八年之后，良心不安，回来探访我，想与我相认，我甚至设想了若干狗血的场面，比如她含着眼泪讲出真相，我毫不动容，冷笑着回答：不必了，没有母亲我一样活得很好。

现在我不知道我和她到底哪一个更会脑补了。

我疲惫地说：“我已经困扰了。可是不怪你，该来的总归会来。周锐，你上楼去吧，我有话要跟许姐姐说。”

周锐的目光疑惑地在我们两人身上转过，什么也没说，走了出去。许可走过来坐下，我掀开被子一角：“盖上吧，晚上很冷。”

我们拥被并肩坐着，听窗外北风刮过残存的树叶，簌簌细响带着冬夜凄凉的气息。

“你说过你母亲是医生，我爸只是在小镇上操持丧事糊口。他们之间的距离大得可以用光年来计算，这样的两个人怎么会扯到一起？”

第二章

若离于爱

「

我百感交集，要到这个答案又有什么意义，爱真是让人不知餍足的情感，没得到时，不顾一切想要；拥有时，又希望更多，地久天长永不改变。

——许可

」

_1

很多人除了喜欢不顾儿童意愿摸他们的脸之外，还特别爱问一个残忍而无聊的问题：你更喜欢爸爸还是妈妈？

小时候有人这样来烦我，我总是怔怔地盯着对方，不肯回答。他们当我害羞内向，其实我是在认真思索，不过很遗憾，我得不出答案，因为他们是我的父母，我必须爱他们，可是喜欢则是一种更直接的感情，对他们两个，最开始我都说不上喜欢。

长大之后，我慢慢开始尊敬甚至心疼妈妈，甚至感受到了对她的爱，同时我必须诚实地承认：我与父亲关系还是不好。

不能怪他。我从小跟外祖父母在北方长大，跟小姨的关系比跟母亲更亲近，到上学年龄才回父母身边，他们对我很好，只是我们始终不亲密。一旦错过毫无保留倾诉的阶段，似乎就再没办法弥补回来了。

我父母都不算是亲切的人，不过两人的性格来得完全不同。父亲生性刻板，可以对着电视里放的那种专讲鸡飞狗跳家长里短的电视剧拍腿大笑，却从来没有对家人流露情感的习惯。他一板一眼，尤其对着我与弟弟子东，严肃得让人不解，从来不会跟我们谈心，略不满意便会厉声训斥，甚至大发雷霆。母亲则十分沉默冷静，凡事讲道理，不像一个妈妈，更像一个接受神秘委派宣誓履行抚养子女职责的人。无论是对待繁重的工作还是烦琐的家务，她都十分尽责，辛劳至此，以至我觉得再要求她表现得慈爱，就属于非分之想了。

毕竟没有人是完美的。

去年冬末，我妈妈查出患了肺癌，转移得十分迅速，从发现到病逝只有五个月时间。她才不过五十六岁，我从未想到会这样早失去她，整个人有点被打蒙了。丧事全赖我丈夫孙亚欧与弟弟许子东一起处理，我没法发表一点意见。

妈妈下葬后的那个周末，我强打精神去父亲家里，打算替他料理家务，好好打扫一下屋子。

家里和我预料的一样凌乱不堪，在我意料之外的是，我的小姑姑，也就是爸爸的妹妹，正蹲在客厅里打包一个大编织袋，里面塞得太满，以致拉链无法拉拢。她从老家过来参加葬礼，大概是要回家了。我一眼看过去，放在最上面的是妈妈的一件深灰色羊绒大衣，不禁一惊，过去顺手一翻，下面是一条我从意大利带回来的围巾。几件毛衣下面，端端正正叠放着一床羊毛被，是以前我从新西兰背回来的，还被亚欧好一番嘲笑过。

“您这是干什么？”

“拿回去啊，又没人用得上。”

我气得微微哆嗦：“您征求我同意了吗？”

她不解，同时生气："我为什么要经过你同意？你这是什么口气。我拿这么点不值钱的东西还要跟你一个小辈赔小心说好话吗？"

父亲闻声出来，皱眉说："吵什么？"

我转向他："她凭什么拿走我妈妈的衣服？"

"留下也没人穿了，有什么用。"

我的泪水夺眶而出："你真是冷血。我妈妈走了，你一滴眼泪没有流，还这样随随便便处置她的遗物。"

父亲还没说话，姑姑已经跳了起来："到底不是这家的人，才讲得出这种话来。"

"住嘴。"

发火的不是我，而是父亲，姑姑似乎被吓住，随即讪讪地说："嫁出去的女儿泼出去的水，说的就是这个道理。"

她一向有几分胡搅蛮缠，我并不想跟她讲道理，指出她也是许家出嫁的女儿，大模大样将哥哥家的一切视为己有，未免自相矛盾。我只怒视着父亲。大概他没见过我这样发作，而且我毕竟早已成年并且结婚，他没办法像原来那样斥责我"没规矩"。他竟然避开我的目光，对姑姑说："别胡扯了，我送你去火车站。"

姑姑是绷着脸走的，没拎这个编织袋，但手里提着一个行李箱加另外两只同规格的编织袋。

门被她重重摔上，屋子里一时安静得可怕。

这是妈妈单位在十年前集资建的一套三房两厅，离她工作的医院很近，算得上宽敞，但装修极其简单，朴素得仿佛停留在二十世纪八十年代。

我父亲在一家大型国企做工会干部，母亲是医生，两人待遇都算不错，但买下这套福利性质的房子时竟然还需要咬牙，说出去谁都没法相信。只有我和弟弟清楚，父亲的老家在一个贫困山区，有一兄一姐一妹一弟，只他一人在城市安了家，先是负责父母的医疗养老丧葬，然后不停接济兄弟姐妹侄子外甥乃至各种远近亲戚，数十年下来，家里几乎没什么积蓄。

妈妈原本一向节俭，我工作之后，手头有了余钱，开始每年自作主张给她置办了一点质地精良的衣服、不招摇的首饰，她一直嗔怪我浪费，但她分明也是爱美而且有品位的，穿戴起来会不自觉地流露开心表情，而且十分珍惜。

记起首饰，我冲进卧室打开床头柜，里面跟我预计的一样，已经空空如也。

回到客厅，我拿起那件大衣，清楚地记得这是妈妈过五十五岁生日时我送她的礼物。家里一向并不重视生日，不要说从来没有吹蜡烛吃蛋糕这类仪式，连碗长寿面都欠奉。我把袋子递给她，她甚至有些困惑，反应冷淡得让我暗暗叹气。可是过了一个来月，她突然跟我讲："同事都说我穿这件大衣很合体很好看。"

讲这话时，她嘴角含笑，眉目突然变得生动。我们母女之间少有如此生活化的对话，一念及此，我的眼泪越发止也止不住，扑簌簌落到了衣服上面。

不知过了多久，子东下班回来。他坐到我身边，手搭住我的肩："姐，怎么又哭了？"

听我讲了事情经过，他叹一口气，没有说话，我问他："你是不是觉得我太情绪化太小气？"

"小气？当然不。以前堂妹擅自拿走你新买的笔记本电脑，你也没说什么。我知道你心情不好，我也一样。不过，他们到底是我们的亲戚……"

我恼怒地说："他们这几十年川流不息予取予求，小到买饲料种子，大到读书盖房就医生子娶媳妇嫁女儿甚至超生罚款，都能从爸爸这里得到满足。直到妈妈生病，还要接待他们，安排他们的食宿，略有疏忽就抱怨不休。别跟我说你觉得他们是合理的亲戚。"

子东苦笑："是的，我也觉得他们中间有几个真是可怕，妈妈确实做了很大牺牲。可这么多年，我以为你该跟我一样习惯了。我猜你大概还是对爸爸有不满吧。"

他小我六岁之多，却擅长分辨表面爆发的情绪下潜藏的原因，冷静看到问题的关键，大概跟他身为内科医生所受的训练有关。这些天来，我对爸爸的不满确实已经累积到一个无法忽略的地步。“妈妈为了他和他那个家，付出了那么多，他一下全放在脑后了，根本没有一点伤心的意思，甚至还有心情盘算该买什么规格的烟招待那些来吊唁的人，要在哪里订酒席答谢才不算失礼。”

“姐，这些事总得有人操心。”

“最让我吃惊的是，从墓园回来，他进门就打开电视机，看得聚精会神。”

“你又不是不知道，他兴趣狭窄，不善交际，没什么朋友，上网健身麻将通通不爱，这么多年看电视差不多是他唯一的娱乐。”

“我不能接受的是他竟然马上就有了娱乐的心情。”

“不然怎么样？你希望爸爸以泪洗面茶饭不思对着妈妈遗照诉说怀念，每周风雨无阻去一次墓地送花，坚持孤独终老吗？也许这样符合你的审美，可是他不是这样的人啊，勉强不来的？”

我生气地瞪着子东：“你当我是傻子不成？我没有那样的要求，可是他这人心硬得像石头难道是合理的。”

“他不是你说的那样。在妈妈生病期间，他照顾得是很尽心的。”

“他们是夫妻，相互扶持、尽心照顾不是本分吗？”

“姐，我做住院医生，确实看到过亲人因为各种原因不肯照顾的例子。”

“你不能拿那种人间极品来衬托爸爸的行为有多高尚难得。”

“我只是讲事实嘛。相信我，姐，他习惯这样生活，你不能要求他放弃多年的惯性，按你的思维方式来处理他面对的问题。”他轻声说，“我知道你是累积了很久怒气才发作，可是这些衣服，你也不可能件件带回自己家挂着以资纪念，一样要想办法处理，何必还为这件事生气。”

我颓然靠到沙发上：“那天我说爸爸不该计较墓地价格，亚欧也说我太过苛求，也许你们男人都偏向现实，所以才会觉得我动辄小题大做。”

“连姐夫一起责怪进去了可不公平，这段时间好多事情都靠他尽心尽力，才算处理得圆满。”

联想到我与亚欧最近的关系，我一时无话可说。

子东揽住我的肩，诚恳地说：“姐姐，我知道你对人对事要求都很高，还是宽容一点吧。我跟你一样想念妈妈，可是生活总要继续，我们得面对现实。下个月叔叔他们一家还要过来，不如我们现在把妈妈的遗物整理一下，你想保存的就先拿去你家。省得……”

他没说下去，不过我也明白他要说的是什么，点了点头。

_2

就在妈妈去世前一个月的某一天，我发现亚欧与某位女性有暧昧。

那天我下班，回家换了衣服，预备去医院陪夜，匆忙间拿错他的手机，刚好一条短信进来，锁定的屏幕上出现提醒信息，赫然是：我爱你，在你怀抱里的那一刻，时间仿佛静止，我想永远停留在这个时刻……我呆住，没等我回过神，亚欧走过来，把我的手机递给我，顺手拿回自己的手机，神情丝毫没有异常：“走吧，我开车送你过去。”

我一向认为夫妻之间应该保持信任与尊重，从相识到结婚，从未翻他手机与邮件。可是这条信息满满写着暧昧，让我无法置之不理。第二天，他去洗澡，手机放在床头柜上，我终于还是拿起来查看。

他甚至连锁屏密码都没设，但那条短信已经删除。

那女人是谁，暧昧到了什么程度，我无从知晓。我所知道的是：我察觉了暧昧，而他察觉到了我的猜疑。

偷看手机这种事，一旦有了开头，再做起来似乎都不需要挣扎与理由了，后来我不止一次拿起他的手机，但是再没看到什么蛛丝马迹，羞愧之余，我甚至疑惑，也许是看护妈妈压力太大造成了幻觉。

可是我们结婚近六年，再没一种关系会像婚姻这样，让人去深刻了解另一个人了。他是我的枕边人，我熟悉他所有的习惯、举止、每一个不经意的小动作、每一个细微的神情。他的坦然来得有些刻意，我没法说服自己扮鸵鸟当什么也没发生。

妈妈的病情急剧发展着，压得我喘不过气来，我没有余力去追究这件事，我最要好的朋友夏芸举家移民新西兰，我也没办法为这件事打越洋电话找她谈心减压。然而，我心里到底还是郁积了浓重阴影。

这大概也是我对姑姑的举动反应格外激烈的原因之一。

我抱着两只大纸箱回家，里面全是妈妈的遗物。我直接将纸箱搬进储藏室内，预备心情平复之后再整理。

亚欧并不在家。他在一家外资企业担任销售总监，加班应酬以及出差都是常事。屋子里空荡寂静得让人不安。

既然你无法释怀，那么等他回来，坐下来摊牌，质问他，让他给出一个合理的解释——我对自己摇头。我十分肯定，他会给出一个无懈可击的回答，显得我多疑可笑。

我从来不擅长争执，因为我来自一个不吵架的家庭。

我父亲没有做任何家务的习惯，下班回家便往沙发上一坐，打开电视看到吃饭，饭后继续看电视，到十一点准时上床。妈妈和我承担所有家务，我工作之后提出请一位钟点工，父亲诧异并且恼怒："有必要花这冤枉钱吗？"他不认为妻子身为医生工作一天很辛苦，当然更不觉得女儿上了一天班后厌倦家务事是合理的。

爸爸源源不断寄钱回老家，弄到自家生活拮据，妈妈不吭声。

爸爸的亲戚每次登门，照例不空手而归，基本上是看中什么拿什么，妈妈沉默以对。

爸爸侄子侄女外甥不断来省城找工作，基本都是住在我家，最离谱的一个堂弟考来汉江市读三本，学费由爸爸负担自不必说，且眼高手低，毕业后换无数份工作，每份工作短则半月，长不过一季度，在我家住了近两年。发展到后来，索性还带上女友过来吃饭，甚至留宿，爸爸这才看不下去逐客，贴补房租让他搬了出去。妈妈从头至尾不发表意见。

那种情况放到别人家，完全可以三天一小吵五天一大吵，闹到永无宁日。

但是我从来没见过我父母争吵。准确讲，我父亲从来不认为自己做得过分，而我母亲从来不做抗议，全盘接受。耳濡目染下来，我与子东似乎都失去了吵架的能力，碰到意见相左的时候，我们的反应惊人一致，就是走开，走不掉时便下意识地选择沉默。

这个习惯让我在工作上受益良多。我在一家外企负责人力资源管理，每天要处理无数琐碎的工作，跟形形色色的人打交道，始终可以保持相对平和。

然而身为一个内心存疑的妻子，就只好自己挣扎了。

难道你必须去跟踪他?

当然，这是我更加做不到的。

如果任由悲哀与自怜情绪笼罩，一个人呆坐下去，恐怕会走火入魔，我强打精神收拾好健身包，去会所恢复中断已久的游泳。两千米一气游下来，累得全身酸痛，又去吃了晚餐，回来之后看书，吃子东开给我的安眠药入睡。

梦境来得灰暗幽远，先是跌跌撞撞奔跑，漫无目的，看不到归途，不知何时场景变换，仿佛孤独一人被丢入深海，迎来一场没有尽头的坠落。终于被一双手接住，我睁开眼睛，亚欧正坐在床边看着我，拭我额上的汗。

“做噩梦了？”

我伸手，他俯身抱住我。

“好重的烟味。”

“我正打算去洗澡。”

“等会儿再去。”

平常我都拒绝他在应酬之后带着一身复杂的味道与我亲近。但此时我突然急需感受他身体的重量、热度以及气息。他静静伏在我身上，头埋在我颈间。

“亚欧。”我唤他的名字，他将手指插进我的头发算是回答，缠住发丝，轻轻收紧，拉扯感仿佛一直延伸到心底。我轻声问他：“你还爱我吗？”

他的身体明显绷紧了一下，隔了片刻才说：“为什么要问这个问题？”

我固执地等待着回答，终于他说：“当然，我是爱你的，可可。”

他很少讲这句话，此刻更像是被我逼问出来。我百感交集，要到这个答案又有什么意义，爱真是让人不知餍足的情感，没得到时，不顾一切想要；拥有时，又希望更多，地久天长永不改变。

“是毫无保留的那种爱法吗？”

他轻轻笑了，呼吸的热气喷到我皮肤上，沁进去：“我把我给了你，这已经是我所知道最大的无保留了。”

我也忍不住笑，含着一点辛酸与自嘲：“是是是，我会懂得珍惜，妥善收藏，不让任何人抢走。”

“如果你肯穿上制服，我不介意你监禁我。”

我推他一把，他笑出了声：“你看你，始终不愿意配合我玩点禁忌。”

他是百无禁忌的，相比之下，我以前拘谨得像个修女。他的手开始探入我的睡衣内，在我身体上游移，我按住。再怎么渴望亲密，我也无法接受他的若无其事。

他感知到我的抗拒，苦笑一下：“娶个讲道理的太太，有一点很要命。明知道你做的每件事都必然是合理的，可又隐约觉得，你肯定会有一个不合常理的爆发，只是不知道什么时候发作，这种心理威慑可比相声里讲的楼上没丢下来的另一只靴子强多了。”

“我是很愿意配合满足你，可是我不知道我该怎么爆发，才正好合乎你的期望。”

他撑起身体，从上方俯视着我，我的视线慢慢移动，从他衬衫敞开的衣领一直看上去，喉结、下巴，直到嘴唇——他有着性感的下巴和一对薄唇，此刻正紧紧抿着。

小姨曾偷偷跟我说：你家亚欧相貌气质都没什么可挑剔的，好看，又没到过分引人注目让人忽视他内在的程度，只是嘴唇过于削薄，未免会有些薄情。我当时不以为然，此刻想起，不免百感交集。

他突然一手扣住我的头，那对薄唇狠狠吻向我。酒精、烟草以及他身体原本的气息复杂地混合在一起，向我袭来，既熟悉，又陌生，我瞬间恍惚。一个长长的吻过后，他看定我，好一会儿才说："关于那条短信，我给你一个明确的说法——"我屏息等待，他说："你根本不必放在心上。"

这当然不是一个诚恳的解释，但似乎已经是他做出的让步，我也许应该追问：她是谁，你们之间有什么事？但是我怕一个疑问总会牵扯出另一个，夫妻之间一旦走到没完没了质疑与解释的地步，就再没有回头路了。

我从他身下挪出来，将头侧向另一边。

"可可，你是知道的，我讨厌为一点捕风捉影的事争吵。"

我疲惫地说："我当然知道，你之所以与我结婚，就因为我不会吵架——"

是的，这是结婚不久亚欧在某次酒后说的话。接受由丈夫亲自颁发的"最佳隐忍奖"，大概没有一个妻子会觉得开心，我的挫败感来得尤其强烈。等他酒醒后，我再问他，他哈哈大笑，反问我一句醉话有什么可认真。然而我没法对这句话做到无动于衷，现在想起又有其他感触。我从来都没有刻意表现教养，只是没学会吵架而已。那么妈妈呢？小时候我甚至见过外公外婆争执，然后和好，再正常不过，可她为什么会永远带着一点倦怠地承受一切，从不动怒？难道这就是我的将来？此时想到这一点，无数感慨涌上来，堵在喉头，讲不出话来。

"可是你这样冷战，也没什么意义。"

"人生哪有意义可言，眼睛一闭，一切都归于虚无。"

这个回答让他怔住，他神情缓和下来："我知道你仍在为你母亲去世难过，对不起。"

我鼻中发酸，却哭不出来，只能失神地看着天花板。

他扳正我的脸让我对着他："别难过了，生老病死，我们都得接受现实。"

"就是因为人生必须接受的事情太多，才觉得格外凄凉。"

"我们去度假吧。好好放松一下。上次你提到的塞舌尔好像不错。"

我疑惑地说："妈妈刚走，还是过段时间吧。"

"难道你要守孝三年？心中怀念，何必拘泥于形式。"

"度假需要心情，我实在……"

我摇摇头，没说下去。他站起身：“我去洗澡。”

我突然拉住他的衣角：“亚欧，把烟戒了吧。”

他一笑：“行了，下次我洗澡之后再进卧室好了。”

“我是认真的，亚欧。你看妈妈——”

我妈妈抽烟。

她身为一名受过专业训练的妇产科医生，居然抽烟，而且抽的是劲道极大的进口烟，不是那种薄荷型女士烟。

当然，她在医院工作时绝对不抽。晚上回家后做完家务，她还需要写论文、看专业书籍杂志，一直忙到深夜，我时常会看到她去阳台一根接一根地抽烟。她抽烟不是那种浅浅吸上一口吐出了事，而是深深吸入，缓缓吐出，十足烟枪架势。

父亲也抽烟，但他很反感女人抽烟，评价是“像什么样子”，每逢他讲这句话，妈妈都不做应答，烟雾缭绕中，我看不清她的表情。我颇矛盾，一方面认为女人不需要表现出某种男人认可的特定样子，另一方面又清楚地知道，抽烟是无可置疑的恶习。我与子东也曾劝她为健康着想戒烟，她多半只是笑笑，顾左右而言他。有一次我说得口气略重，她弹一下烟灰，笑道：“我统共也只余这么一个坏毛病了，不至于非得要求我做到零缺陷吧。”

肺癌与长期抽烟之间的联系不言自明。而她言语之中的萧瑟意味，我现在想来，阵阵发冷。

_3

我没有探险精神，又有轻微洁癖，并不是那种一心想见识不同世界的旅行者。我喜欢去的通常是天气晴朗、阳光充足、游客相对不多、有美景与良好旅馆设施的地方。

一年一度的旅行，对我来讲，更像是享受额外的蜜月。

女人在成长的过程中迟早会发现两件事：激情不会持久，要在婚姻生活里永葆初恋状态是不可能的；成年人没法在爱情这件事上讲求所谓公平。

如果要做出比较，那么，我爱亚欧应该超过亚欧爱我。他是那种对于成功有着强烈追求的男人，感情对他来讲，是锦上添花，而非生活必需。我清楚地知道，对他来说，有很多事的优先级别都高于我。

只有在旅行的时候不一样。一年有十天左右的时间，脱离熟悉的环境以及琐碎的日常生活，将工作放到一边，在一个亲密相处的空间里放肆厮缠，享受缠绵与他的绝对专注。

所以我当然重视度假，会提前挑选地方，安排行程，不漏过每个细节，力求尽善尽美。

亚欧则近似工作狂，每次都得我好好哄他同意，他才肯排出日期，而这次他居然主动提起。我想，我们确实需要翻过某一章了。

然而，目前我意兴阑珊，提不起精神。

妈妈去世的阴影仍旧缠绕着我，那条短信引起的疑问并未完全消除，我应付工作都略觉力不从心，也没有余力分析自己的感情，哪有出游的兴致。

那种虚无感需要时间来慢慢驱散。

可是亚欧这次认真得出乎我的意料，过了几天，他告诉我，他已经订好了机票跟酒店，一周后出发。

我没办法再拒绝，只得去公司告假。这个时机显然极不恰当，我的顶头上司是三个月前空降过来的总经理带来的嫡系，一朝天子一朝臣，在人人自危力图表现的时候，我因为母亲患病与去世请了不少假，还算情有可原，可是刚处理完丧事又要休年假，他简直有些怀疑地看着我，但还是准了假。

我交接好工作，回家整理行装，先将衣物放入行李箱，再进储藏室拿上次去塞班岛度假用过的浮潜用具，它们被搁在置物架上层，我努力踮脚够到，刚一拉动，就把旁边纸箱碰落了下来，里面的东西一股脑儿倾倒在我身上，幸好没什么重物。

我俯身一看，落在脚边的竟然是妈妈的病历与各种检查报告。

那天我一股脑儿将几只抽屉内的东西倒入纸箱内带回来，并没细看。我蹲下来归拢着，准备送入碎纸机，突然发现中间混入了父亲的一份体检报告。这是妈妈刚查实癌症时，我和子东坚持让他去做的一个全面检查，事后他告诉我们各项结果都还不错，我也就放心了。我拿出来，随手翻了一下，准备放到一边，却突然一下定住，头一次注意到第一页上就写着父亲的血型：AB 型。

在妈妈住院期间，我已经知道了她的血型是 B 型，而我是确定无疑的 O 型血。

我是妇产科医生的女儿、内科医生的姐姐，多少了解一点基本的医学知识，AB 型血的父亲与 B 型血的母亲不可能孕育出 O 型血的女儿。

一定有什么地方出了错。

我像被雷击中一样，呆立在狭小而不通风的储藏室内，不知站了多久，呼吸都有些艰难了，才走出来，拿起手机打给子东，直接问："你是什么血型？"

他打个哈哈："你也学那些女孩子开始研究血型星座这些东西了吗？"

"不是。我只想知道你的血型。"

手机里出现一阵奇怪的静默，我听得到自己心跳急剧加快，提高声音："子东，快把你的血型告诉我。"

他依旧沉默不语，我的心沉重得如同绑上铅块，一点点向下坠着："这么说你也是知道的。"

他终于开了口，焦急地否认："不不不，我什么也不知道。"

"我再问一次，你的血型到底是什么？"

他轻声说："B 型。"

我挂断了电话。他没问题，从血型直到兼具父母双方遗传特征的相貌。而我，在三十四岁的时候，猛地意识到这样一件事：我，竟然不是我父母的女儿。

他立刻重新打了过来，我机械地接听。

"姐姐，你别胡思乱想。"

"我是文科生没错，可我也是有常识的。你明明早就知道这一点，别骗我，子东。"

“我没骗你，姐，有一种血型叫顺式AB型，这种血型的人，AB基因在同一条染色体上，另一条染色体是O型基因，属于基因的变异，可以生出O型血的孩子。爸爸就是这种情况。”

我将信将疑：“你说的这种情况概率有多大？”

“呃，不算大，但确实存在。”

我上网查证，子东确实没有顺口编个怪异血型来打发我，但他说的那种情况极其罕见，在亚洲差不多十万人中才有一例，当然小概率事件是存在的，只是我没有被说服。他是我弟弟，我太了解他了，他的第一反应来得十分奇怪，我的直觉告诉我，这件事仍有问题。

我再度打电话给子东，叫他下班后来我家。

他过来时，带着一脸不安的表情：“姐，不要再纠结这个问题了。”

“你是什么时候注意到我血型不对的？”

“这有什么对不对的。我……只是疑惑过，那时我刚念大学，学了孟德尔定律，心血来潮把家里人的血型都取样做了化验。”

我记得他初上医学院，时常拿家里人做各种测试，当然也不止一次不顾我的抗议捉住我手指取血样。“然后呢？”

“没有然后啊，我都说了，这种现象是有科学解释的，只是比较罕见而已。”

“子东，请你认真回答我，你有检测确定过爸爸真是你说的这种顺式AB型吗？”

子东没有回答。

“你这样有科学精神的人，学的又是医学，碰到罕见血型，怎么可能不做进一步检测，就把疑问搁到一边？”

他仍不作声。

“要不我们去做DNA检测吧，我愿意相信科学，这样我才能放心。”

他的嘴巴顿时闭得更紧，久久不愿说话。我心底发凉：“这么说我猜得没错，从血型看，起码我绝对不可能是父亲亲生的，对吧？”

“姐——”

“别骗我，子东，别骗我……”我一下失控，眼泪流了出来，哀声说，“你肯定知道些什么，请如实告诉我。”

子东抓住我的手：“姐。这件事当时我很困惑，试探着问过妈妈，她沉下脸，头一次对我大发脾气。”

我愕然，妈妈对我们要求严格，但印象之中，我从来没见过她动怒，她似乎总有办法控制自己的情绪。

“她打了我一耳光，厉声对我说：你只要记住你姐姐是我女儿就够了，以后再也不要提这件事。”子东焦急得有些语无伦次了，“你知道她以前从来没打过我，可我一点也不记恨她，我觉得她说的是对的，你是我姐姐，我一生下来就知道这一点，血型能改变什么？”

事实上，一切都被改变了。

我拒绝子东留下来陪我，只说想独自静一下。他走以后，我在屋子里走来走去，根本无法平静下来。

不知道转了多少圈，我突然心底一动，冲进储藏室，将两只纸箱里所有的东西都倒出来，疯了一般翻找着，终于找到了他们的结婚证，上面贴的照片有着那个时代的特征：爸爸穿着军装外套，妈妈穿蓝色上衣，花衬衫衣领朴素而小心地翻出来，两人面孔同样年轻，表情同样拘谨，尽管肩挨着肩，仍像是一对路人被突然硬拉到一起。证件签发时间是 1977 年 3 月，而我出生时间是当年的 8 月。

我父亲是农家子弟，就算从部队退伍之后在大城市工作生活多年，身上仍保留着极其节俭务实的习惯。妈妈一向也并不浪漫，他们从来不是那种恩爱得会庆祝结婚纪念日的夫妻，每年家里不过是四个家庭成员过生日时聚在一起吃相对丰盛的一顿饭而已。我看着那个日期，努力想说服自己：不要乱想，奉子成婚在那个时候也许不够得体，会引发许多非议，但也不是不可能的。

可是我无法让自己信服。

我颓然地坐在地板上，地上堆满陈年旧物。厚厚的相册，按年份排列着我和弟弟的满月照、百日照、周岁照，出游、读书、毕业，还有我们与祖父母、外祖父母的合照，我们画的蜡笔画、混合着拼音的稚气作文、成绩册……

我的成长全记录在照片里，而我的记忆也是完整的，我甚至清楚地记得我不到两岁时，搭了一个小凳子，立在桌边看外婆和面包饺子，细细的面粉在我眼前飞舞，让我莫名快乐；三岁时在胡同里奔跑摔倒磕破额角，一个疤留了很长时间；我记得弟弟出生后，爸爸抱给我看，我拿手指轻轻触他的脸；我经历过外公外婆在两年内相继离世的痛苦，到奶奶去世时，因为没有共同生活的经历，我并不怎么悲哀；我家有往来不断的亲戚，从来没一个人给过我丝毫暗示，我不属于这个家……

不对。

我猛然记起姑姑负气出门前丢下的那句话：到底不是这家的人。

她讲得再清楚不过，我竟然只当她是没逻辑的胡言乱语。因为我根本从来没有过这方面的怀疑。

我的生活看似环环相连，没有任何缺失，可是我称之为爸爸的那个人却不可能是我的父亲，或者更糟糕，他们两个都和我没有血缘关系，我根本是被领养的。

不，还是不对。

外公外婆都说过我的眼睛长得极像我妈妈，而且小姨曾经不止一次绘声绘色地跟我描述我出生时难产的情景：“我陪着你外公外婆从北京过来，真是不习惯汉江的夏天，到处都是热烘烘的。你妈妈阵痛发作七个多小时了，你还赖在她肚子里不肯出来，你妈疼得声嘶力竭地央求医生，‘快给我剖了，快给我剖了’。我当时还是十五岁少女啊，一派天真，以为生孩子必然是一件庄严神圣的事情，在外面听到吓得半死，心想，他妈的，什么样的男人也不能让我以后受这种罪。”

当然，她后来食言了，结婚两年后，生了一个儿子。但她没理由编这样一个故事骗我。

我拿起手机，打通小姨的电话，姨夫告诉我，她去新加坡出差开会，要再过一周才能回来。

我根本无法想象当面去问父亲这个问题，只能试着平静下来，自己寻找答案。

_4

我跟亚欧说起取消机票推迟旅行，他愕然："为什么？"

我无法讲出原因，只能重复说："我现在没有度假的心情。"

他沉下脸，再没说什么，径直出门。

我知道他从来没有太多耐心，肯亲自安排度假，已经算放下身段。他大概觉得我这次出尔反尔，仍旧是为那条短信耿耿于怀，却又碍于教养不肯公然吵闹，于是变相惩罚他，简直是矫情得不可救药。

我想，至少我得找出父亲是谁，才能有一个像样的解释。

我唯一的线索就是那两个纸箱里的东西。

我妈妈生前没怎么在我们面前流露她感性的一面，她的遗物同样没有多少感情色彩。她保留着读书时做的笔记，后来又写了厚厚十来本工作笔记，谈的全是日常行医与教学，却没有留下现成的生活日记来告诉我一切。

我花了两天时间，将一大堆零零散散的东西全倒出来，试图拼凑妈妈的一生。

1971 年，她年仅十七岁，作为知识青年下放到了省内一个叫清岗的地方，在那里一待就将近六年，1977 年初返回省城，与从另一个地方复员的父亲领取结婚证，父亲进了一家国企，而妈妈生下我之后，考进了医学院学习。

相册内有他们班级的合照，排成四排，第一排女生蹲着，所有人都衣着简朴，神情庄重。不像我读书的时候，同学年龄全都相仿，经由高考而来。她的同学中有三四个已经明显步入中年，另外几个看着也至少有二十六七岁，脸上写着阅历，想来结婚成家对他们来讲并不罕见。妈妈混在其中，并不像一个孩子的母亲，仍显得学生气十足。

毕业纪念册上的留言非常正式，看不出端倪；妈妈保留的信件竟然都是与她专业有关的公务往来；另有一些私人往来的明信片，不过是简单的相互寒暄、通报近况。

在一大堆与某学术杂志的往来信件里，我终于找到唯一一封私人信件，盖着清岗的邮戳，地址是手写的，收信人是我妈妈，寄信人的名字叫梅雪萍。

我记得这个名字。

妈妈住院时，我拿到又一次的 CT 结果，与医生交谈之后，知道癌细胞已经转移扩散，疼痛感会越来越强烈。我心情沉重，拖着步子返回病房，看到妈妈病床前坐着一个阿姨，而妈妈眼里含着泪水。她性格坚强，从不曾在访客和我们面前流露悲观情绪，我吃惊地在门口站定。

只听妈妈说："雪萍，你见过他吗？"

那个阿姨说："是的，那年我哥哥生了孩子，我回家看望，偶然遇上了他，后来我们一直有联系，不过也只是通个电话，相互问候而已。"

"他也住在省城？"

"不，他只是来探亲。"

"那，他……还好吧？"

"每个人评判好与不好的标准不同，我觉得他是平静的。"

妈妈的声音微带颤抖："不，他肯定恨着我。我……"

我愕然，只见那位阿姨握住了妈妈的手，打断了她："燕子，有些事我们必须放下。"

妈妈叫严小燕，在我童年时，爸爸似乎还叫她小燕，中年过后，他甚至直接叫她老严，我曾和子东窃窃私语议论，如此称呼老婆，真是老干部腔十足。这还是我初次听到有人用这个昵称来称呼她，只见她猛然摇头，面孔一瞬间扭曲了，我吓了一跳，连忙进去："妈妈，是不是又痛得厉害了？"

那位阿姨说："怪我不好，让你妈妈激动了，你是可可吧，来，帮你妈妈倒点水。”

我依言倒了一杯水过来，妈妈已经调整平稳呼吸，跟我介绍说：“可可，这位是梅雪萍阿姨，当年我们在一个地方插队。她特意坐三个多小时的长途车赶到省城来看我。”

“谢谢梅姨。”

妈妈是北京人，当年没有像她一同来插队的同学那样返回原籍，而是留在省城汉江市读书、工作、定居，这是我头一次见到她知青时代的老友。梅姨看上去比病前的妈妈要苍老得多，衣着简朴，不事修饰，不过神态中自有一种安宁镇定的气度。她微微一笑，站了起来：“我要去取药，再赶末班车回去，燕子，你好好休息。”

妈妈神情复杂，欲言又止，点了点头：“你住得太远，我不留你。可可，帮我送一下梅姨。”

我陪梅姨出来，到电梯边，她站定，轻声说：“可可，不要难过。”

我怔住，随即眼泪扑簌簌落了下来：“梅姨，我妈妈是不是已经知道她的病情了？”

“她自己就是医生，很清楚你们对她隐瞒的是什么。放心，在这方面，她有足够的心理准备。”

可那是我的母亲，她再怎么达观，我也没办法因此做到松一口气。梅姨当然清楚我的感受，她留下电话和地址，嘱咐我好好照顾妈妈，有事立刻通知她。我点头答应，并没有探究她们过去的生活。

一个月后，妈妈病逝。我给梅姨打了电话，她赶来出席了追悼会。她握着我的手，对我和弟弟说：“节哀。上次我过来，你妈妈对我说过，她之所以拒绝进一步放疗，就是希望走得从容，让儿女在回忆里保留她健康时的样子。”

追悼会结束后，她便悄然离开。

这封信写于1983年8月，算一算，当时我六岁。我抽出发黄的信纸，信是用纯蓝墨水写就的，竟然没怎么褪色，字迹纤细而工整。看到开头母亲的名字，我的鼻子便已经有些发酸。

燕子：

接到你的来信，我很意外，又很开心。我确实是方圆上百里留下的最后一个知青，但我留下的原因很复杂，并不像你看到的那篇报道里写的那样无私奉献，大概记者觉得必须把我拔高一下，宣传起来才更有意义吧。

我已经结婚，儿子今年五岁，理论上说，我可以带着丈夫和儿子返回省城，熬上几年，他们的户口也许可以解决。可是我回去探亲，感觉我出生的地方对我而言已经变得十分陌生，我丈夫更是无所适从，根本无法适应城市。我的哥哥姐姐对我很好，但他们是工薪阶层，从居住条件到经济收入都并不宽裕，无法接纳三口之家。我能找到的最好职业也不过是去街道小厂做一名工人。思前想后，我只好选择放弃城市。我唯一不放心的是父母年事已高，身体都不算好，好在哥哥姐姐可以照顾他们，帮我尽孝。

每个人都在找自己在生活中合适的位置，至少在这里，还有很多人是需要我的。

清岗这个地方也慢慢有了变化，外出打工的年轻人开始多了起来，我想生活总归是在向一个好的方向前进。

我和过去的同学联系不多，毕竟插队这种经历太过艰苦，大家好不容易摆脱，需要更长一段时间才有回顾与怀旧的情绪。

很抱歉，我并不知道何原平的下落，据我所知，他与所有同学都断绝了联系。他家离我家不远，去年我回城探亲时，探访了他的父母，他们说跟他没有联系，完全不愿意提起他。也不能怪他们，他们和我父母一样，都是好人，一生谨慎老实地生活，视名誉脸面大过生命，无法接受发生在何原平身上的事情。

看了你的来信，我心情很复杂。不管怎么说，请不要那样激烈地批评自己，燕子，我不能替何原平说谅解，也不认为我有资格评价你的行为，那种身不由己的年代，我们每个人都有被扭曲的时刻。

事已至此，你不要再拿往事折磨自己。我现在相信人都有自己的命运，我们必须向前看，放下心头的负担，才能继续生活下去。

雪萍

我的目光牢牢定在三个字上面：何原平。

这和妈妈在病房中对梅姨提到的那个“他”应该是同一个人吧。

_5

第二天，我抄下梅姨信封上的地址，决定直接过去。

我设定好导航仪的路线，开了将近三个小时车，到了一个叫清岗的县级市，稍事休息之后穿城而过，继续向前，道路两旁种着高大的意杨，两边风景一成不变，前方好像看不到尽头。我时时疑心走错了路，终于看到路边出现刘湾这个村名，才松了口气。

入村的道路看上去刚刚修好不久，狭窄，但是十分平整。村口有一个不大的池塘，一群鸭子悠然浮在水面。我停好车走下来，立刻被无处不在的甜香包围住，深深呼吸，举目四望，村子里种了不少桂花树，金黄色的桂花一簇簇开得正好，池塘另一侧坐着老头儿老太太在晒太阳打麻将，几个孩子好奇地围了上来，隔了一点距离看着我，然后咬着手指相互讲悄悄话，显然这里并不是每天都能看到陌生面孔的。我问到梅姨，他们马上活泼起来，争先恐后地说：“我知道我知道，梅姨是我们这里的医生。”“跟我走，我带你过去。”

梅姨住在村子东头，院门敞开，我走进去，只见她正在厢房里为一名脏兮兮的小男孩处理长满脓疮的头部，神情专注，同时教训着旁边一个同样脏兮兮的老头儿：“我说过了，要注意个人卫生，不然怎么上药都是白搭。”

那老头诺诺连声，但显然根本没听进去。

我有洁癖，所以没有像弟弟那样追随母亲选择学医，当然无法直视这个场面，来不及跟梅姨打个招呼，就匆匆退到院子里去。

从敞开的屋门看进去，梅姨终于给小男孩上完药，又打来热水，细心替小男孩做了清洗，然后拿了口服消炎药给老头儿，叮嘱他按时给孩子喂服。她送他们出门，看到我，十分诧异："可可，你怎么来了？"

在来的路上，我准备了一套礼貌寒暄，打算先谢谢她去探视我妈妈，出席追悼会，再慢慢迂回到我想打听的事情上面，可是面对梅姨，突然觉得这个心眼儿来得未免太小家子气了："梅姨，我想跟您谈谈。"

她默然片刻，我猜她多少知道我的来意，而且并不想谈。可是我不打电话，径自远道而来，登门直入，这温婉敦厚的女人没法一口拒绝我提出的要求，叹了口气："天气不错，我们出去走走吧。"

刘湾很小，我们很快走出了村子，外面是大片的旷野，正值秋天，阳光没有盛夏时的炽烈，照在身上暖洋洋的，我们在一棵大桂花树下面坐下，风扑面而来，仿佛可以穿透身体所有看不见的空隙，带走多余的思绪。

"空气真好。"我喃喃地说。

"对，远离城市至少有这一点好处。"

细碎的桂花随风飘落到我身上，我拈起一朵，凑到鼻尖闻着那甜蜜的气息："我从来没看到过这么高大的金桂。"

"以前我家有一株桂树，比这棵树还大，可惜……"梅姨摇摇头，没说下去，"空闲的时候，我喜欢到这里来坐坐。"

我们隔得很近，我可以清晰地看到她面孔上细碎纵横的皱纹和斑点。我一向被人夸赞比实际年龄年轻，但我自己知道，皮肤因天生肤质再加上后天护理，能够保持相当长的青春状态，但眼睛无法骗人，时间在不断为我们增加阅历的同时，也为我们写下岁月痕迹，最早改变的就是我们的眼睛。我早就不再有少女的眼神，而梅姨的一双眼睛却是清亮平静的。

"梅姨，我没想到你跟我妈妈一样是医生。"

她莞尔："不一样啊，你妈妈是正规医学院毕业的大夫，我只是接受初步培训的村医，可以为附近乡邻处理一点简单的病情，碰上复杂的病例，一定要往乡卫生院或者更高一级的医疗机构送的。"

我妈妈是医生，我知道行医是高尚的职业，可是十分辛苦，而当乡村医生尤其清苦崇高。这里远离城市，偏僻荒凉，我实在不能理解一个大城市长大的女孩子怎么会选择永远留下，成为一名农妇。我迅速在心里算了一下，从她下放那年到现在，已经将近四十年，超过半生了。我把自己的烦恼强加于她，真的说得过去吗？可是，我又怎么能够做到从这样的疑惑中解脱出来。

"梅姨，何原平是谁？"

"你怎么会问起他？"

"我找到你以前写给我妈妈的一封信，提到了这个名字。"

她迟疑片刻："他跟我一直是邻居、同学，当年也插队到了这里。"

"他和我妈妈……是什么关系？"

"可可，那是过去太久的事情，如果你妈妈生前选择不对你提起，我觉得你就没必要在她过世之后继续探究。"

"梅姨，我妈妈有她的少女时代，有完全跟我无关的一段生活，甚至还有跟我父亲无关的情感经历，这些我都能够理解，我无权翻检什么。可是，"我停顿一下，艰难地开口，"我现在最大的困惑不是关于她的过去，而是我自己。我今年三十四岁，梅姨，在这个年龄，突然知道自己与父亲根本没有血缘关系，是一件可怕的事情。"

她怔住："你确定？"

"我们血型不符，我悄悄去做了 DNA 鉴定。"

当然，我没有惊动父亲，而是软硬兼施，强拉着百般不情愿的子东去做的，结果表明我们只有一半亲缘关系，同母异父。

"我实在没办法当什么也没发生过，所以我必须找到一个答案。除了您，妈妈没和过去一起插队的知青有联系，您一定知道内情。那个何原平，他是我父亲吗？"

梅姨长时间沉默，我的心跳越来越沉重，几乎喘不过气来，绝望地想，看来我也得去做一次体检，看看心脏是不是出了问题。终于，她开口了。

“恐怕我没办法给你一个答案，可可。”

我的眼泪一下奔涌了出来。当然我没卑鄙到处心积虑用泪水软化梅姨，得到想要的答案，可是我突然失控，无法令自己保持一个成年人应有的态度。我痛哭失声，梅姨搂住了我，她身上混合着消毒水的气息，是我曾经熟悉的、属于当医生的妈妈的味道。可是梅姨的怀抱带着温暖的触感与母性的气息，而妈妈从来没给过我这个感受。

她已经永远离开，留下一个巨大谜团给我，我越发顾不得羞耻，哭得上气不接下气。

等我缓过劲来，发现我的泪水已经打湿了梅姨的肩头。我哽咽着说：“对不起。”

她摇头，递一条蓝色格子手帕给我，我接过来擦着脸。我早已经用惯方便的纸巾，这时才感觉到柔软洁净的棉质手帕用起来感觉是不一样的。久远的记忆如同冰河乍然解封一般，一点点涌出来。小时候，外婆也曾在我罩衫上用别针别一条花手绢，送我去上幼儿园。到了上小学，为我做这件事的是我妈妈，不过我嫌将手绢别在外衣上未免太幼稚，总是等走出她的视线，将手绢取下来，胡乱塞进书包里。这样的小细节，我从来没认真回忆过，此刻却清晰得如同刚刚发生。

“我不知道该怎么解释，才能求得您的理解。如果可以选择，我也情愿不知道这件事。在这之前，我一直不缺乏爱，先是跟外公外婆住在一起，他们和小姨都很疼爱我，后来父母把我接到汉江，我有了弟弟，有了和别的同学一样的家庭。我跟爸爸虽然不算亲密，可他一直都是个尽责的父亲，对我很好，我的家是和睦完整的。现在我的整个人生突然被颠覆，我做不到说服自己当什么也没有发生。”

“你只比我儿子大一岁，可可，我也是一个母亲，能够理解你的心情。可是我很矛盾，有些往事，无论对于逝者还是生者，都太沉重，重提是一件残忍的事情。”

“我做好心理准备了。”

_6

我还是高估了我的心理承受能力。

从前我只从和小姨的闲聊里约略知道外公外婆在那段岁月曾被隔离审查，吃过相当长一段时间的苦头，而妈妈高中没有读完，就作为知青下乡，一去五年。小姨因为年纪尚小，被一位远房亲戚收留，侥幸留在了城里。外公外婆不像寻常老人那样喜欢忆旧，每每听到小姨对我讲过去的事都会皱眉，而妈妈更是绝口不提她的那段经历。我和弟弟一样，对于过去的兴趣十分有限，现在看来，小姨天性中的乐观跟他们完全不同，也许他们正是不堪回忆重负的那一类人。

“当年我们知青从不同的地方来到清岗，你母亲只比我和原平大一岁，但已经先来这里待了两年多时间，她人很好，对我们指点照顾很多。她来自北京，看过很多书，还曾随父母调动工作，去过不少地方，而我们从出生到下乡之前，都没有离开过生活的城市。白天我们一起下地干活，晚上我们会聚在一起，听她讲她读过的那些小说，我们会听到入迷。那时我们最喜欢听她讲苏联小说《静静的顿河》，现在我还记得那些拗口的人名：葛利高里、阿克西妮娅、娜塔妮亚……”

我记忆中的妈妈好像只阅读专业书籍，甚至没像别的母亲那样在小时候给我们读童话故事，我完全不知道她曾经有过热爱小说的少女时代。

“原平十分多才多艺，会很多乐器，二胡拉得尤其好，他拉各种曲子给我们听，也是我们最喜欢的消遣。后来我被抽到公社里当赤脚医生的助手，都没能听完你妈妈讲的《静静的顿河》。农村交通不便，知青生活十分艰苦乏味，我们聚会的机会并不多。到了冬天农闲，我们都去修水利设施，才碰到一起，我看得出来，你母亲跟原平……很谈得来，相互关心彼此。”

他们曾是一对恋人？我很想问这个问题，却又有些情怯。

梅姨似乎看出我的心思：“那几年知青开始慢慢有了返城的机会，招工、推荐上大学成了大家最关心的话题。来自不同地方，意味着将来会各奔前程，很难有真正在一起的机会。而且当时风气保守克制，农村尤其怕人议论，我猜他们同样会考虑到种种问题，所以不大可能像现在年轻人那样，有了感觉便走到一起。”

我凝神听着，生怕漏掉任何一个字。

“1976 年底，我记得应该是快到元旦了，原平被抓起来的消息传来了，他的罪名，”梅姨有些艰难地说，“据说是公社书记下到村子里，当场抓获他强暴女知青，而那个女知青是你母亲。”

我呆住，我来探寻自己的身世，并不想听到自己竟然是一起犯罪事件的结果。

“我连忙赶去打听，听说你母亲先是否认这件事，可是审查之后，她突然沉默了。我完全不相信原平会干出这种事，于是专门去找她，想问她到底发生了什么，她一句话也不肯说，把我拒之门外。”

我定一定神：“听起来我妈妈并没有指证发生了强暴啊。”

梅姨涩然摇头：“对，她没有直接指证原平，可是也没有为他做开脱。原平被关在公社一间废弃房子里，我在深夜找过去，隔着窗子问他是怎么一回事，可他反过来问我：燕子是怎么说的——当时我们都叫你妈妈燕子。我只能实话实说：她什么也不说。没想到原平听到之后，沉默了许久，说：那我也没什么可说的了。”

我目瞪口呆：“为什么他会这么说？”

“我跟你一样困惑。大概一个月之后，你母亲的父母获得平反，恢复工作，他们身体有问题，打报告将女儿接回城里，于是公社书记的话就成了唯一的证词。那个年代，法制并不健全，原平每天都必须接受批斗。后来我听别的知青私下议论，原平曾经因为就招工指标的分配提意见得罪过书记，书记很可能是在借故报复他，但是他们都一心盼着回城，没人肯公开质疑书记，为原平鸣不平；而村民们对于涉及男女关系的这类事，完全抱着看热闹的心态，把批斗会当成一种消闲娱乐，根本不关心真正发生了什么事。”

“我妈妈再没过问这件事吗？”

“据我所知，没有。后来原平被判了三年劳教，送去外地一个劳改农场，跟所有人都失去了联络。直到十八年前，我回娘家探亲，才偶然碰到他，那天他家人把他赶了出来，他带着刚出生不久的女儿在附近徘徊。”

我大吃一惊，愤怒地问：“他们怎么能那样绝情？”

“唉，原平在劳教结束后就回过省城，被父母拒之门外，后来就消失了，多年没跟家人联系，那次是他第二次回省城，才知道父母已经在前一年时间里相继去世。他很受打击，和他哥哥争吵甚至动手，被他哥哥赶了出来。”

被离弃得如此彻底，我有说不出的凄凉之感，讲不出话来。

“我好说歹说，总算拉他一起去吃了顿饭，后来我们多少保持着联系。”

我整理着自己听到的信息：“所以他和我妈妈很可能只是恋爱，两情相悦，约会时被那位书记撞见，书记很保守，难免大惊小怪，而我妈妈胆怯了，怕影响推荐上学或者回城，于是保持了沉默。可是，”我打住，无法接受自己的推论，“她怎么能这样做？就算一时胆怯自私，回城之后也应该为他辩解啊，竟然任由他被送去劳教，不闻不问。”

“那个时代发生过很多荒谬的事情。”

“不不不，梅姨，不管什么时代，如果爱一个人，根本不应该陷他于那种无法自辩的灾祸之中。”

“这只是你的推测，可可，真正发生了什么事，只有当事人才清楚。我也曾责备过你母亲，可是年纪渐长，越来越明白这世界上最难理解的是别人的苦衷与动机，妄加揣测是不公平的。”

“所以她写信对您忏悔她的行为，而您表示谅解，劝她放下。”

她苦笑：“你母亲给我来过信，说她在报纸上看到关于我的报道，鼓足勇气才写信给我，她没有谈过去到底发生了什么事，只是说越来越觉得对不起原平，想打听他的下落，可是当时我并不知道，过了好几年后我跟原平才碰面。我忘了我给她回信写了什么，不，我应该不会自认为有资格代为表示谅解。对于所有心头背负重担的人，我都会劝他们放下。”

我做不到这种无差别的宽容，尤其当那个人是我一向深深敬重的妈妈时。

她显然一直背负着良心重负，直到病重仍旧满怀负疚，至死无法解脱，可是逝者已矣，我又怎么去责备她。

我找梅姨要何原平的地址，她十分犹豫不决。

“可可，他有他的生活，有一个女儿。我们联系并不频繁，以前是写信，后来偶尔通电话，都是随便闲聊几句，从来不谈论往事，他也从来没提到过你母亲，所以直到你母亲住院前，我都没对她提起过他。我不确定他是否愿意看到你出现在他面前。”

“我也不确定我是否有胆量出现在他面前，毕竟……”

毕竟我妈妈太对不起他了，原本只是两个年轻人在寂寞绝望的环境里情不自禁偷欢，却让他一个人付出那样的代价。在三十四年之后，站到他面前，自我介绍是他的女儿，再怎么乐观去联想，他都不可能觉得是一个意外惊喜。

我彷徨不已，喃喃地说：“但我想我妈妈欠他一个道歉。请您别对他提起我，我要好好想想，该不该去见他。”

_7

我从清岗回家后，又过了一天，总算接到小姨给我打来的电话，听到我的问题，她顿时哑然，久久说不出话来。

“小姨，只有你能告诉我真相。”

“可可，刨根问底对谁都没有好处。”

“我并不是存心想毁坏妈妈的名誉，我只想知道我父亲是谁。妈妈去世前曾跟你说过什么？”

她又是一阵沉默。妈妈病重时，她曾请假飞过来在医院陪护了半个月之久，我每次过去，都看到妈妈与她姐妹两人依偎在一起交谈，越发认定她们之间的谈话肯定包含着我想知道的事。“就算你不告诉我，我也一定会弄清楚的。起码我可以直接去找何原平。”

“不不不，可可，不要去找他。”

“这么说妈妈确实对你提到过他？”

她无法否认。

“小姨，我已经是成年人，能够坦然面对已经发生的事情，我只需要知道真相就好。”

“没有你想得那样简单。可可，冷静下来听我说，电话里讲不清楚，我春节时会过来，我们可以好好谈谈，你千万不要去找何原平。他有他的生活，你妈妈那么负疚，也没有去找他，如果你贸然去打搅他，我觉得很不合适。”

我试图冷静。然而这件事缠绕在我心间，我无法抽离。

子东找我一起吃饭，试图开解我，而我打不起精神来。

“姐姐，有什么心事你可以跟我说。从小到大我们感情一直很好，那些甚至不会跟父母讲的话，我都会跟你说的。”

“可是你向我隐瞒了这么重要的一件事。”

“那是因为讲出来只会让你困扰，没有意义。”他叹气，“那天你拖我去验DNA，我应该抵死不从的。你看，你说验出个结果就能放下了，果然是鬼话。”

“换了谁也没办法马上释然。”

“你跟姐夫说了这件事没有？”

我摇头。他不解：“姐，不要把什么都闷在心里，姐夫的说服力比我强，跟他讲，他会开解你。”

“我不需要开解，子东，道理我全都懂，我只是……”

我打住，说来说去，我只是无法让自己放下而已。

“爸爸昨天给我打电话，说你一直不跟他联系，也不回复他的电话，是不是还在为那天跟姑姑吵架生气？”

我哪里还有余力去在意这件事。我不知道跟这个我一直称之为父亲的人说什么才好，既做不到若无其事，当然更没办法开口问他：你为什么会娶一个怀着别人孩子的女人当妻子，你知道我亲生父亲是谁吗？

“姐，爸爸也许不算最佳父亲，但你也得承认，他从小对你和我是一视同仁的。”

父亲是老派人，对子女都不亲热，而且坚信男孩子负责传宗接代，所以对子东更严格一些。知道我并不是他亲生的，所以我根本没有底气去计较他一向的冷漠。

“我明白。周末我会过去，马上入冬了，他的被子也该换换了。”

我与亚欧处于冷战之中，我提不起精神和他坐下来好好沟通。毕竟这一团乱麻，我无法解释。

而我的工作也陷于胶着状态，我在这家公司工作了六年，经历高层人事变动之后，我意识到以前付出的努力差不多被一笔勾销，再无升职的可能。正在这时，我的学长卢湛开设的咨询管理公司业务拓展到本地，约我见面。我与他讨论起我面临的职业困境，本意只是想听听他的建议，他却突然邀我过去工作。我很意外，请他让我考虑一下。回家仔细权衡之后，我觉得这是一个难得的机会，打电话给卢湛，接受了这份工作。元旦之后，我便向公司提出辞职，花了两周时间进行交接，与同事话别，拿回自己的东西，预备过完春节去新公司上班。

空闲下来，我到底忍不住开车前往梅姨给我的地址。

他住的地方叫李集，与清岗在相反的方向，离省城有上百公里路程，距县城有十多公里，沿途路牌尽是类似地名：王集、张集、罗集……仿佛百家姓里每个姓氏都各自聚集生活形成了镇子。到了李集后，我发现那里完全不是我想象中的古朴安静的小镇，看上去和省城的郊区没什么两样，整齐的楼房混合着砖瓦民房，没什么旧式建筑，居民众多，十分热闹。

他的住所是一座简单的砖瓦结构两层楼房，看上去有些年头，前面带一个院子，院门上贴着褪色残破的对联，字体是颇有功力的隶书，内容不是其他人家门上的吉利话，而是：闲饮窗前三杯酒，笑看堂外一树花。

院门虚掩，可以看到里面坐着一个女孩子，膝盖上摊着本书，却没有看，双手托腮，望天发呆，身边躺着条黄狗。

梅姨曾告诉我，他有过一次短暂的婚姻，独自带着一个女儿，想到这女孩子也许是我的异母妹妹，我有种奇怪的感觉。

我想不出我该怎么开这个口。幸而这是一条背街小巷，我停车踟蹰良久，也没谁投来疑问的目光。

我抬手打算敲门，没想到院门一碰即开，倒吓了一跳，到底还是走进去，与那女孩子搭讪。她叫何慈航，很难用漂亮来定义她，她高出我半个头，非常瘦，四肢修长，脖子纤细，小小的面孔上有漆黑的眉毛、细长明亮的眼睛，鼻子尖而略翘，头发蓬松，带着一点天然的卷曲，紧紧绑成一条马尾，仍有无数碎发凌乱张扬着，明明长着一张稚嫩的面孔，却时时带点世故的神态，显得颇为精怪。她显然看出我另有目的，但还是让我住了下来。

我向来择床，在何家的第一个夜晚当然辗转反侧，一直到将近子夜时分，还是难以入睡，索性披上衣服走出来。寒气扑面而来，我打了个哆嗦，拢紧外套。只见院子一半隐在黑暗中，一半洒着月光，映照得地面如同结了一层薄薄冰霜，仿佛举步踏上便可发出细碎的破裂声。

这样默然独立，感官变得分外灵敏。檐头有一只猫悄然掠过，蜡梅的香气清冷溢满院落，风吹得树枝沙沙作响，屋内张爷爷翻身发出一连串梦呓呻吟……

我久居城市，耳朵早已适应各类无处不在的噪声，而这里实在太过安静。安静到令我不安。

我心头油然浮起一个念头：我的到来，不仅会打破这样浓厚的寂静，也会搅乱别人平静的生活。

可是我已经没法让自己退回去了。

这是一个古怪的家庭。

老迈的张爷爷刚一见面便盯着我看，说了一句让我费解的诗句：好似将灯来觅火，不如安静莫劳心。我琢磨半天，不解其意。接下来，他基本忽略了我的存在，当然他忽略的其实是整个世界，除了要吃的东西之外，他时不时盘腿而坐，嘴里喃喃念叨，知道他是一位还俗的和尚，倒也不难理解。

何慈航似乎也沉浸于自己的世界之中，异样沉默，偶尔投射到我身上的目光十分复杂，仿佛在心里估量着我这个不速之客。

家里所有的房门都敞开着，可以随便出入，其中一间看起来属于何原平。挂着蚊帐的木架床靠墙摆放，另一边是一列靠墙壁的简陋书架，上面摆满了书，既有《王阳明全集》《资治通鉴》，也不乏《常见农作物病虫害防治》，跨度很大，总体来说，还是历史古籍居多。我随意看着，到最下面一排，一下蹲了下去，那是一套陈旧的《静静的顿河》。我抽出其中一本，是 1986 年的版本，随着时间流逝，书页已经有些泛黄。妈妈在少女时代读过这本小说，后来凭记忆在清岗向同伴们复述打发山村的漫漫长夜，而他的书架上放着的这套书，有着明显的反复阅读的痕迹，我想这绝对不是一个巧合。我一直蹲到腿发麻，才将书放回原处站起来。

靠窗放着一张简单的长条桌，上面摆着笔墨纸砚，笔筒内各种尺寸的毛笔林立着，大叠写着毛笔字的白纸随意堆放，翻了翻，除了佛家偈语，确实还抄了不少《资治通鉴》，有一丝不苟的工笔小楷，也有工整的隶书和随性的草书。

等了两天，终于见到何原平。

我想象过血缘联系也许会让我们的第一次见面有别于陌生人，但是，我失望了。

他已经老了，看上去十分普通，从目光到身姿都透着倦意。我试图在他脸上寻找能让我感到亲切与似曾相识的部分，却不得要领。仅凭相貌我推断不出结果。

他还从事一个我根本无法理解的职业：和尚的徒弟、神汉、师傅、丧事承办人。

他十分客气，然而那种一看而知的距离感让我完全失去了对他开口的勇气。

孙亚欧追踪而来。

“我出一趟差回来，家里就人去楼空，要不是子东拦着，我大概得报警了。”

“我以为最多待两天就能回去。子东全都跟你说了？”

他嘲讽地说：“子东比你周到，只讲了你在这里，想要确认一些事情。至于是什么事，他认为还是你自己跟我说比较好一些。”

“亚欧，我突然发现我不是我父亲的女儿，我的生父另有其人……”这一切听起来多么荒唐。可是到这一步，也只能说了。

饶是亚欧平时对什么都能保持一个不动声色的态度，也愕然了。

我苦笑：“我并不想瞒你，只是这件事……不知道怎么说才好，毕竟我自己到现在也没弄明白。”

他神情缓和下来，伸手抚我的头发：“一开始你就该告诉我的，至少不用一个人撑着。对不起，我这段时间总不在家。”

那一刻我几乎想扑进他怀里，将整个世界抛到身后。可是一个动念竟然没办法下意识付诸行动，想到亲如夫妻，竟也隔膜至此，心不能不觉得悲凉。

天色已晚，我跟慈航打个招呼，送他去镇上的宾馆，守在前台的大姐扫视我们，登记他的身份证，丢过来一把钥匙，一脸略带鄙视的心照不宣。

我们上楼，他说：“这位大姐肯定拿我们当搞婚外恋的狗男女了。”

活到三十四岁，在别人眼里，我一直是循规蹈矩的，端庄得有点乏味。在这偏僻小镇里卫生状况存疑的宾馆里竟被当成偷情女人，真是一个新鲜的体验，我忍不住觉得好笑。

他打开门，我进去按亮灯，扫视房间的陈设，设施还算齐全，只是什么都透着廉价与潦草敷衍。我正要说话，他已经将我按在墙壁上，附到我耳边轻声说：“放松，放松，至少不要辜负大姐的想象力。”

他开始吻我，我并不想与他较劲。

在何家待了两天，何慈航看上去满怀心事，犹如一只小刺猬，竖着全身尖刺，眼神警觉，防卫姿态一看可知。我不知道是不是我这不速之客登门让她意识到了什么，可是我又何尝轻松。从看到父亲体检报告的那一刻起，我就处于紧绷状态，各种念头在心里此起彼伏，无法理出一个清晰的头绪，整个人已经被弄得疲惫不堪。

他的吻火热，推我躺到床上，我略微不放心："希望他们清洁做得到位。"

他停住，伏到我肩头直笑："你的洁癖真是无药可救了。"

是的，我出差都带消毒药水与信封式睡袋，他曾取笑我无数次。我无可奈何，自嘲地说："所以我不可能像小姨那样去远足露营。"

他不理会我，开始解我的衣服，径直一路吻下去。跟过去一样，他有足够的技巧，又足够了解我的身体。过去几个月里，我回避与他亲密，正是恐惧他的这份了解，害怕自己太轻易屈从于欲望，过后更加纠结。我想推开他，他将我的手固定住，凝视我："可可，记不记得我们的第一次——"

我当然记得，那是多年前的一个深夜，也是这样的寒冬，他当时租住着旧居民楼的一间公寓，跟这个小宾馆一样，塑钢窗不甚严实，被吹得发出"呜呜"轻响。他的吻初次落在我的皮肤上，灼热得宛如可以烙下印记。

那么遥远，恍如隔了几个世纪。可是那个时候我狂热地爱着他，清晰记得当时他的体温、他的气味都能引起我阵阵战栗。而此刻，外面北风同样呼啸，夜色渐浓，寒意更深，也许在脆弱时刻，只有拥抱可以取暖，只有纵情可以忘忧。

回忆带来的惆怅与软弱让我无法再拒绝他的靠近。

载沉载浮，似梦似醒，疑真疑幻……

那些沉重的痛竟然似乎暂时被抽离这具肉身。我躺在他怀中，感激这样近于不真实的飘浮轻盈。

"跟我回去吧，我们重新好好来过。"

我按住他的唇，不让他拿真实世界来打扰我。

第二天，我们差不多同时醒来，他靠在床头，看着我穿衣：“这么说，还是要弄个清楚才肯离开？”

“我需要知道答案。”

“可可，你有没有想过，答案也许对谁都没有好处。”

“可是不知道答案，我没办法说服自己放下。”

“那你有没有考虑你父亲的感受？他毕竟养育你长大，对你并没有亏欠。”

“我知道，我对他没有意见，只是想弄清楚自己的生活，亚欧，请理解我。”

他叹气：“好吧，我理解。但是不要强求，可可，我们早过了苦儿流浪记的年龄，作为一个成年人，你就是你，父亲是谁都无法改变这一点。不值得为这一点执念沉迷不悟。”

_8

跟过去一样，亚欧永远是理性的，而且说服力强大。

我知道他说得全对，可我没办法就这么离开，不了了之。我到底还是跟何慈航说了：“你的爸爸，何伯，应该也是我的父亲。”

让我意外的是，她看上去出奇地镇定，仿佛她每天都要接待无数试图与她攀亲戚的不速之客，对此已经司空见惯。这精怪少女与神汉组成的奇特家庭，实在太不一般了。

我们拥被坐在一张床上，我讲了我发现此事的始末，当然，我省略了母亲那段不光彩的行为，只讲他们是在农村插队时的旧识，有着不一般的关系。她不置可否，并不追根究底。

对比她的平静，我简直是白年长了十多岁，难怪她看我的眼神时不时带点嘲讽我天真的意味。我疑惑，是不是我过去三十余年生活顺利，让我根本经不起一点意外发生？可是一个人从何而来，再怎么说也不是一件等闲小事啊。

我拿手机给她看，里面有梅姨保存的一张老照片，我翻拍下来。照片上有五个年轻人，三男两女，我指着靠右边的女孩子："那是我妈妈，她旁边是梅姨。左边第一个是你爸爸，他旁边的那个矮个子男生被招工，另一个胖一点的被推荐上大学，剩下的三个人送行，在县城照相馆拍下了这张照片留念。"

他们全都穿着灰蓝色制服，年轻的面孔被定格在小小的照片之中，有人表情严肃，有人微微含笑。何慈航长久看着，好一会儿才将手机还给我："这还是我第一次看到爸爸年轻时候的样子。"

"我并不想贸然干扰你们的生活，慈航，我只想弄清这件事。"

"哦。他明天上午主持路祭，送陈老太太上山安葬之后会回家，你可以直接问他。"

我迟疑，她笑了，依旧略带着一点嘲弄的意味："放心，虽然他不是绝对诚实，但一般情况下，他不会撒谎。不早了，去睡吧。"

我又度过了失眠易醒的一晚，早上起来，发现下起了零星小雪。这里接近山区，比平原地区寒意更重一些。

慈航的房门紧闭着，我不想打扰她，穿好衣服，走到那家办丧事的人家，发现路边白幡招展，花圈罗列，布置了一个灵棚，旁边有很多邻居围观，那一家人果然全数跪着，穿着白色粗麻布孝服，头上缚着长长的孝布。

何伯正主持着一个陌生的仪式。他用当地方言吟诵着悼词的东西，讲述逝去的老太太的一生以及亲人的追思，半文半白，我只能听懂零星的字句，"少时艰难""辛苦一生""待到重阳日，思亲不见亲""人间从无双全法，不如意事常八九""尘归尘来土归土，各有因缘不强求"……

按照我有限的认识，他这篇祭文，很难按宗教归属做严格的划分，可是没人追究这一点，他神情庄重，声音低沉而有穿透力，应和着亲人的悲恸，甚至可以打动事不关己的围观者，这就足够了。

路祭结束，送葬的人启程去殡仪馆，围观的人散去。

何伯收拾着他的东西，抬眼看到我，微微一怔，走了过来："我不知道许小姐对于民俗这么有兴趣。"

我再也管不了其他，直直看着他："请问你认识一个叫严小燕的人吗？"

他的表情瞬间凝固，没有回答。

"她是我妈妈。"

隔了许久，他说："哦。"

我简直要抓狂。我不知道我到底指望从他那里得到什么样的回应，可这个"哦"实在太说不过去了。

"请如实告诉我，我是你的女儿吗？"

他脸上这才有了表情，却不是惊讶，而是张口结舌，仿佛有人突然来跟他说：喂，你刚才念悼词送走的那个陈老太太活过来了。我一下也慌乱了，嗫嚅道："我今年三十四岁，1977 年 8 月 20 日出生，也许当年我妈妈没跟你说她怀孕了。"

他突然恢复了镇定："当然没有，我还没到如此健忘的年龄。对不起，许小姐，我想你弄错了。"

"怎么可能？我去找过梅姨。"

他欲言又止，这时有人叫他，他答应一声："我要走了，许小姐，有什么话，等我回来再说吧。不过，"他摇摇头，"关于这件事，我也确实没什么可说的。"

送葬的车辆排成长队开走，承办丧事的人开始拆除灵棚，收拾音响，街道恢复成正常模样。雪越下越大，一片一片在眼前回旋飞舞。我失魂落魄地站在那里，不知过了多久，头顶上遮了一把伞，我回头一看，何慈航站在身后，她问我："我爸爸怎么说？"

我摇头："他甚至不肯承认他认识我母亲。"

"也许你确实弄错了。"

"不，我确信他是我的父亲。我提到我母亲时，从他的表情看得出，他们远不只认识那样简单。这也不能怪他，毕竟我妈妈当年……非常对不起他。"

她好像没有一般少女的好奇心，竟然根本不追问是怎么个对不起法，沉默一会儿问我："你打算怎么办？"

"我不知道，我必须尊重他的意愿，总不能扯他一根头发去验 DNA 吧，也许我该先回省城。"

"那我把你的房租还你。"

"不用，我已经来打扰了好几天，而且我们很可能是异母姐妹，这算是我给你的零用钱。"

她神情空茫，显然注意力既不在我这个突然自封的姐姐身上，也不在钱上面，隔了一会儿，她突然说："从理论上来讲，如果你跟我一起去验 DNA，也能证明我们是否同父，对吧？"

我眼睛一亮，我与子东正是这样验证的，没料到她竟然主动提出这个方案。

"你愿意吗？"

"没必要留个谜不解开。"

"那得去省城，要不过年之后我们约个时间？"

"今天就去吧。"她反问我，"你不想快点知道答案？"

我当然想，踌躇一下："DNA 鉴定通常七天才能拿到结果，我可以找我弟弟同学的实验室做加急，也最少需要两天时间。你怎么跟你爸爸说？"

她耸耸肩："我根本不必说。刚才又有人到家里来请他办丧事，我叫他们直接过去找他了，他过几天才能回来。"

"那你爷爷……"

"我会托洪姨给他做饭，提醒他按时吃药。没事的，我去上大学，爸爸出去做事的时候，都是这样安排的。"

她的态度实在太轻描淡写，仿佛面对的不是关于亲缘关系的鉴定，而是决定买件上衣而已。就这样把一个女孩子带到省城，我觉得有些不妥，可是正如慈航所言，我实在太渴望知道答案，不愿意就此罢手。

第三章

「十多年来，我生命里唯一的亲人是何原平。

然而，他是别人的父亲，他真正的女儿美丽、成熟、温和，神态宁静，有良好的教养，跟我截然不同。

——何慈航」

_1

许可为我做着介绍：“这是我弟弟，许子东，他是一名内科医生。”她介绍我，“她是我在电话中提到的小妹妹，何慈航。”

许子东是一个清瘦的年轻男人，戴着细黑框眼镜，看上去二十七八的样子，不同于许可丈夫那种一看可知的英俊，许子东的长相、衣着都不算打眼，但五官俊秀，文质彬彬，有着标准专业人士的睿智气质。我暗暗喝彩，这一家人至少从外在来看，各有各的出色之处。

他比许可冷淡得多，草草与我点头，显然完全不赞同他姐姐的计划，但又拗不过她。他带我们去一个医学院的实验室，安排我先取了血液样本。我出来后，他看着我："何小姐，我不知道我姐姐是怎么说服你的，不过我希望你知道，这里只是具有基因鉴定能力的实验室，不能做司法鉴定，出来的结果并不具法律效力。"

我笑："你不必担心凭空多出一个妹妹扯不清干系，我习惯是我家里唯一的小孩，并不像令姐那样喜欢到处认亲。"

我说话这么刻薄，他不仅没有反驳，脸居然还微微一红，看上去颇有些尴尬。唉，他们姐弟俩都如此皮薄，想来很少跟我这样讲话直接的人打交道。

周锐坚持要跟我同来，他一直等在外面，见我们出来，马上拖我到一边："你是不是得了什么病？"

我哭笑不得："你才有病。"

"好端端跑来这种地方干什么？"

我无法回答他，因为我也不大知道我在干什么。许可确信我爸爸是她父亲，并想证实这一点，而我呢？我心里的寒意越来越浓。

周锐握住我的手："是不是着凉了？手这么冷。"

我摇头："我们出去玩吧。逛街，泡吧，看电影。"

他闻言大喜，马上把别的事抛开。我跟许可告别，她诧异："你们两个人生地不熟，想玩什么，我陪你们好了。"

许子东讪笑："姐，他们这年龄，不需要保姆跟着。"

许可仍旧不放心，把她家地址和电话写给我："晚上住我那里比较安全，地方足够大。"等我们走出几步，她仍追上来叮嘱，"时间多晚都一定要回来啊。"

省城当然远远繁华热闹过我们那个乏味的小镇。

算起来我已经在这里待了一个学期，但跟其他同学不一样，我带着心事入学，没心情像同学那样迫不及待去熟悉这个陌生的城市，更多是待在宿舍里发呆，逛的地方十分有限。但周锐常来省城，算得上熟门熟路了。

没找到好看的电影，我们先去溜冰，然后吃饭，打电动游戏，再找一家酒吧坐下。我头一次进这种地方，看什么都新鲜，只能让周锐替我点酒水。他给我要的是一种甜酒，我拿过来喝了一口，感觉并没有爸爸酿的梅子酒来得好喝。不过我也根本不在乎口味，没一会儿就喝了大半杯。

“喂喂，你不是存心想快快把自己灌醉好来占我便宜吧，我告诉你，我这人很有底线，反对酒后乱性的。”

我笑，伸手捏他的脸：“我要占你便宜还用得着拿酒壮胆？”

他也忍不住笑，打掉我的手：“别闹别闹，再闹我可当真了。记不记得那一次——”

我瞪得他住口。

他说的那一次，确实是在酒后。他去英国的前夜，我们买了啤酒，去他爸的废弃厂房聊天道别，喝了两瓶之后，他有点酒意，突然伸手抱我，嬉皮笑脸问我有没有试过接吻的味道，我摇头。“从来没有男生追求你吧，我来拯救你好了。”他开玩笑一般凑近，嘴唇贴上我的唇。柔软，温暖，带着酒的味道，灼热，陌生，不讨厌，奇特……厂房空旷，热热的晚风从高处的破玻璃窗刮过，我有些眩晕，不知道是因为喝下去的啤酒，还是身体接触带来的陌生反应。他似乎要进一步，我推开了他，两个皮厚的人都有些脸红，不好意思再看对方。那是我们最接近暧昧的一次。不过等他在英国安顿下来，上线与我聊天，我们便心照不宣再也没提起。

此刻酒吧里倒是流动着一种说不出来名目的气氛，各色声息蠢动，不乏打扮时髦光鲜的女孩子烟视媚行而过，我问周锐：“我是不是显得特别土？”

他看看我，坦白讲：“要我说实话吗？”

我泄气地挥手：“不必了，早有省城女孩子说我是标准小镇少女模板，不似纯粹农村来的那样土得纯朴可爱，从打扮到发型无一不散发半土不洋气息，再一作，就更让人厌烦了。”

“你是不是因为这个自尊心受挫不肯去上课啊？”

我怔一下，笑得伏到桌上：“我要敏感成这样，一早就活不下去了。”

“那倒也是。谁这么刻薄啊，是你同学？”

“赵守恪的女朋友。”

“啧啧，他一个书呆子居然找这么恶毒的女朋友。快告诉我，你是怎么喷回去的，一定精彩。”

让他失望了，我当时实在是心不在焉，又意识到她是在为赵守恪来管我不去上课的事吃飞醋，并没反讽回去，倒是跟我在一起的同学，另一个来自小县城的女孩子跳起来发作了，她们吵作一团，我却只管躺着望天发呆。

“明天我带你去剪头发买衣服，包你脱胎换骨。哎，你怎么了？”

我只是不知不觉哭了而已。不知为什么，悲从中来，不可断绝，先只是流眼泪，然后开始抽泣，止也止不住，周锐没有办法，只得拖着我出了酒吧。

“你这酒品，以后再不敢带你喝酒了。”

冷风吹得我面颊冰凉，我用衣袖抹着源源不断流下来的泪水，嘟哝着：“真没意思，小时候老看张爷爷喝酒后拍手唱歌，high（兴奋）到不行，还以为喝醉应该是件很开心的事。”

“你不像你家那位和尚爷爷，倒像我们家三大爷，他老人家一喝多就是悲从中来，大哭大闹，无比伤心，历数这么多年来有多少人对不住他，排第一位的总是我爸，按他的说法，我爸是富了就得意忘形忘恩负义的典型。”

“他对你爸有什么恩？”

他挠头：“大概就是很久以前我爷爷非常败家，弄得一度揭不开锅，我爸去他家混过饭。”

我蹲下来哈哈大笑：“原来你家有混饭吃的传统。”

“不止，还有败家的传统呢。我那个爸爸，指不定哪天又会把钱折腾光。喂，你又哭又笑是要闹哪样啊？”

我也不知道。

_2

周锐把我送到许可家里，但他不肯住下："我去小区对面的酒店很方便。"

许可扶住我，把我带到客房，交代哪边是客卫，不如先去洗个澡再睡觉。

我进了卫生间，里面设施齐全，深蓝色瓷砖地面配白色墙面，淋浴间前铺着雪白的地巾，架上放了大叠的厚实白色毛巾，门后挂着浴衣，面盆上方是成套的洗浴护肤用品，到处一尘不染。我只得赞叹她的生活品质完全在我这个"小镇少女"的想象之外。

洗过澡后，热气蒸熏，我越发头重脚轻，昏昏沉沉回房，倒头躺下，睡得人事不知。

第二天醒来，我茫然看着陌生的房间，花了点时间才想起来自己在哪里。我找不到自己的衣服，只得裹了浴袍去卫生间洗漱。

从卫生间出来，我迎面碰上一个穿白色衬衫的男人，一下呆住，才意识到这个家还有个男主人。他微微一笑："你好，慈航，我们见过面。我是许可的先生，孙亚欧。"

"许姐姐呢？"

"她去公司处理一点事情，很快就会回来。"

"我……找不到我的衣服，明明昨天脱在房间里的。"

他嘴角那个笑意加浓："你昨晚从卫生间出来，进的是我们的主卧，客房是右边那间，衣服应该是许可帮你洗了，已经烘干放在主卧卫生间里。"

我的脸顿时火辣辣发烫，慌忙跑回卧室，穿过一个衣帽间，里面又有一个卫生间，我的全套衣服果然都叠得整整齐齐放在那里，我火速穿好衣服，却实在没脸出去，靠在床上绞着手指想要怎样才能不这么尴尬。

过了一会儿，他敲门叫我："慈航，请出来吃早餐。"

"我不饿。"

"许可准备好的，临走嘱咐我一定要让你吃下去。"

碰上如此礼数周全的主人，我没奈何，只得出去。他笑道："其实我才应该是比较尴尬的那个，我昨天应酬喝了点酒，回来得比较晚，打算直接进房上床的，幸好许可跑出来及时拖住了我，不然……”

我强作镇定地打断他：“你不用上班吗？”

“我今天出差，十一点的飞机，”他抬腕看看手表，“所以你只须再忍二十分钟，我就出门了。”

他这么若无其事，完全拿我当无性别动物看待，我再扭捏下去，未免更显小家子气，只得苦笑一下，坐下吃早餐，是全麦面包、果酱、牛奶。他回客厅继续对着笔记本电脑处理着文件。

我心神不定地吃着早点，突然问他：“你对你太太做的这件事怎么看？”

他反问：“你是指她执意寻亲？”

“你不介意她认回一个奇怪的父亲、一个奇怪的妹妹吗？她弟弟可是很警惕。”

他笑着摇头：“对我来说，不管她父亲是谁，她都还是她。至于奇怪的亲戚，坦白讲，我家也有不少，我早学会了不介意这件事。”

我也笑：“我真是自取其辱。”

“慈航，我没有要侮辱你的意思。除了喝醉酒后记不清方位，目前来看，你没什么奇怪的地方。可可对于想弄清自己身世这件事十分执着，你能配合她，确实是个善良的举动。”

我耸耸肩：“我总以为到她这个年龄，一切都应该看开看淡了。”

他的薄唇挂上一个好笑的表情，我有一瞬间屏住呼吸：唉，我只是倚小卖小，可是青春在成熟的美面前多少苍白，他真是一个好看的男人。

“我忘了十八岁的孩子与我们大概已经隔了无数条代沟。不幸的是，我们还没到看淡一切的时候，不一定有足够智慧看开所有的事。在很多问题上，我们甚至更加在意。再加上许可这个人，”他略微思索，“她凡事求完美，不肯容忍自己的生活出现不明不白的地方。请理解她。”

“我尽量。”

等孙亚欧到时间拎行李箱走后，我在这所房子里闲荡子一下，满足自己的窥视欲。

这个位于高层的公寓宽大、通透，装修简洁而有格调，家具陈设处处透着主人的品位。

我昨晚误入的那间主卧，面积颇大，除带了衣帽间与浴室，还连接一个小小的弧形阳台，墙壁刷成米白色，宽大的床上铺着花色复杂的百衲被，床尾有一个软榻，白色的梳妆台台面上干净清爽，什么也没放，床头柜上搁着一本厚厚的书，拿起来一看，是一本管理学方面的著作。

原本安排我住的客卧内全套深蓝色的床上用品，没有多余的装饰，看上去比较阳刚。

书房有一面墙的书柜，置物架上放着各色镶框照片，我拿起其中一个，是许可、许子东与一对中年男女的合影，我猜应该是他们的父母亲，那中年男人眉目严肃，略微发胖，是平常长相，没有任何特别之处；当妈妈的则侧身坐着，身姿笔直，头发烫成微卷，嘴角微带笑意，眉目端正，看得出年轻时必定是漂亮的。每个女孩子都想要这样一个看上去得体高雅的母亲吧。她跟我爸爸当年是什么关系？我无法想象下去。

"我长得还是有点像我妈妈的，对吗？"

许可不知什么时候回来了，站在书房门口，我放下照片，有些讪讪："嗯，眼睛很像。"

"我很想念她，慈航。"

那是自然。

"说来奇怪，她在世的时候，跟我并不亲密。她不是那种会抱着你亲、给你唱歌讲故事的妈妈，我们之间很少谈心。"她侧头，仿佛神驰于某段回忆之中，"她一切讲求合理，从来不发脾气，对待我和我弟弟，不像是一个母亲，而更像一个尽职尽责的长者。有的时候，我真希望她来一点真实的情绪反应，现在再一想，她在我的身世这个问题上都撒了谎，还能有什么真实的一面给我看。"

"我不知道真实的妈妈应该是什么样的。"

她顿时歉然："对不起，慈航，我不该谈论这个。"

“没什么，我并不敏感，不为这事难过。嗯，我在你家随便乱转，请别介意。”

“没关系。那天我在你家盯着你爷爷的照片看，也想找到一点相似的地方。”

我失笑：“你要像他就麻烦了，绝对不可能有现在这么美。”

“我并不在乎皮相美。”

“那是因为你一直拥有皮相美，”我有点不耐烦，“许姐姐，你要长成我这样，就不会说这话了。”

“我没觉得你不好看啊。你长得很特别。”

“你去做下调查，看女生要‘长得特别’，还是‘长得特别美’。”

她被逗乐了：“不，我不必调查，你有特别的气质，让人过目难忘，相信我。”

我知道我从小就是比较另类的那种人，当然客气一点的说法就是特别，不过我不想再谈这个：“这是在哪里拍的？”

我拿起这张照片，他们夫妻穿着潜水服，在浅滩相拥而立，四周海水清澈碧蓝如玉，斑斓的小鱼在他们身边游动。

“那是塞班岛，前年假期去的。”

“这儿呢？”

“这是新西兰的皇后镇，我们自驾到那里待了两天。”

其他照片都是在不同地点旅游拍摄的，真是令人羡慕的一对。她仿佛看出我的心思，微微一笑：“我们没有孩子，不必储蓄教育费用，所以可以在玩的方面投入多一点。”

“更坚定了我以后不要孩子的决心。”

“啊，我没想这样影响你。其实有孩子也能带来不同的人生乐趣……”

我嘻嘻笑：“我想法早已定型，不需要影响，像我这么自私的人，肯定不适合当母亲的。”

她苦笑，突然说：“对了，慈航，我需要向你坦白一件事，上次我从你家私自拿走了这个。”

她指的是书柜内一个裱好的镜框，我凑近点一看，里面是熟悉的工笔小楷字迹：

一切恩爱会，无常难得久，

生世多畏惧，命危于晨露，

由爱故生忧，由爱故生怖，

若离于爱者，无忧亦无怖。

我忍不住笑：“哎，许姐姐，你口气这么严重，吓我一跳。不就是我爸练字随手写的一张纸吗？他又不是书法家，字又不值钱，一向随手写随手扔的。”

“我头一次这么不告自取，实在是看了之后感触很多，忍不住拿了回来。”

“我爸说过，佛家偈语爱打机锋，你想得越多，越觉得其中大有深意，未曾真正悟道反而会添烦恼。许姐姐，我去跟周锐碰面出去玩，晚饭不回来吃。”

她叮嘱我注意安全，不要回来得太晚，俨然一个母亲。我随口答应，一边却想，她与我好像生活在不同的空间里，相隔何止代沟。

_3

除了空气里总有一点消毒水气息之外，医学院看起来与一般大学无异。我不知道坐在实验室外等待的人，是不是都这样忐忑不安，强作镇定。

许子东终于将结果拿出来，递给许可，她看过之后面色苍白，手指微微颤抖：“对不起，慈航，我弄错了。”

我没有吭声。

她喃喃地说：“可是，这怎么可能？那个时候妈妈明明是和他……不可能还有其他人。”

许子东扶住她：“姐，不要再纠结于这个问题了。我们始终是姐弟。”

她痛苦地摇头：“你不明白，子东。”

我问她：“你为什么一定要认一个父亲？”

她惊讶地看着我。我补充道：“明摆着嘛，你有自己完整的生活，富足优越，有丈夫、弟弟，还有小姨，这么多亲人还不够吗？何必非要去认一个潦倒的陌生人当父亲。”

“我猜所有人都渴望知道自己的生命来自哪里。”

我顿时无话可说。

“一想到我永远也得不到答案，就觉得绝望。”她摇摇头，努力镇定心神，不肯失态，“不好意思，慈航，谢谢你肯来省城，至少我可以断一个痴念，再不会去打搅你们了。”

这似乎是我要的结果，我本该大大地松一口气，可是我心底有个声音说：何慈航，你简直自私得可耻。

我挨不过这个自我谴责，惨淡地笑：“该说对不起的那个人是我。许姐姐，你仍旧可能是我爸爸的女儿。今天的检测只证实了一件事，我确实是他捡来的。”

许家姐弟震惊地看着我，我摊一摊手：“他一直否认，我也情愿相信他，可是有些事骗不了自己。跟你不一样，我是知道答案的，只是不肯面对。陪你来做检测，我存着很多念头，最虚妄的就是也许能检测出我们有血缘关系，那我就算永远不知道妈妈是谁也没关系，至少我不是一个被捡回来的孩子。眼下这个结果，在我意料之中，我不过是想让你死心。”

“可是……”

“可是我高估了自己，我做不到就这么剥夺你们相认的可能，更重要的是，我不能这样对爸爸。你要是还想检测，就去说服他吧。他的心其实很软，你多磨一下，他肯定会答应的。我先走了。”

“慈航，你去哪儿？”

“回家啊。我跟周锐约好在长途车站碰面的。”

我拒绝让许可送我，上了出租车，然而我没去长途车站，而是在半道下了车，信步在一条陌生的大街上走着。

省城没有下雪，天气阴沉，来往行人匆匆，看上去每个人都有目标。

手机响起，我接听，是爸爸打来的，说他仍在处理丧事，后天才能回家，然后叹气：“这名死者非常年轻，死于交通意外，亲人完全不能接受。要是有得选，我情愿料理老人的后事，大限一到，走得理所当然，大家视为喜丧，就算悲伤也是有限的。”

“我不许你走。”

他笑：“傻孩子，腊月里你对别人说这话是要挨骂的，幸而我不迷信。”

“你明明做的全是迷信的事，靠迷信谋生，真是自相矛盾。”

“又来损我了。”

“我不管，反正你不许走。”

“我能走去哪里。你在家放乖一点，叫那个周锐回家去，眼看要过年了，他这么混在外面不像话。”

“嗯。”

放下手机，我走进路边一家旅行社，看墙壁上的招贴画。西欧、北欧、中东、美加、日本、泰国……整个世界好像都在向我招手，接待小姐迎上来，笑眯眯问我想去哪里，我反问：“三千块钱，今天出发，能晒太阳的地方是哪里？”

两个小时后，我已经到了机场进安检。领队发给我一顶小红帽，我放眼一看，周围大约有三十个戴着同样帽子的爷爷奶奶与大伯大婶，聒噪得无以复加。

我给周锐发了条短信，让他回家，告诉我爸，我出去晒几天太阳就回，不必担心，然后关掉了手机。

上了飞机，这群团友兴奋依旧，先是大费周章地调换座位，好容易坐定下来，隔着走道谈笑风生，不时传递各种零食，动辄大声呼唤空姐，要求续饮料、拿毛毯，要求多多。

我木然坐在他们中间，充耳不闻。

_4

阳光确实可以驱散很多阴郁的情绪。

三亚的天空碧蓝如洗，白云大团大团聚集，仿佛伸手可及，空气清透得没有丝毫尘埃，紫外线强烈到让我睁不开眼睛。在这样的天空下如果还一直郁郁寡欢，的确是不可思议的事情。

头天晚上，我们下飞机之后，导游召集我们上了大巴，拖去一个偏僻的酒店，分配房卡，我与一个老太太住一个标间，别人还在围着导游吵嚷货不对板，说好的海景四星怎么变成了前面马路后面工地离海还有几站路，我一声不响回房躺下，根本懒得理睬。老太太进来后和我搭讪，我也只"嗯嗯哦哦"敷衍过去。

我脱去穿来的厚衣服，按部就班地跟他们走着行程，森林公园、植物园、海滩、蜈支洲、天涯海角……其他人忙着拍照，我听听讲解，如东风过马耳，看看花、捡捡贝壳，累了就原地晒太阳，按时集合，不挑剔难吃的团餐，不骂滥竽充数的景点，别人问我什么我都"嗯嗯哦哦"敷衍过去，简直堪称模范客人。

导游小张是南方人，满面笑容里透着精明，几天时间里把那些难伺候的客人招呼得服服帖帖，对我唯一的不满是我进什么店都不消费："都像你这样，我要喝海风了。"

不过我拉出空空如也的口袋给他看，他乐了："小妹妹，你真是穷得够坦荡。"然后又疑惑，"喂，你不是情变了来玩一趟然后打算想不开的吧，千万不要给我添麻烦。"

轮到我乐了，大力拍他肩膀："你想象力这么丰富，可以去当导演，只当导游可惜了。"

他认真地说："不骗你，我以前真遇到过这种事。我带的团里一个女的，长得还挺好看，从第一天就有点神道道的，在蜈支洲岛爬上海边岩石，把身上的钱掏出来往下扔，撒得到处都是，大喊大叫说不想活了。急得我在底下恨不能给她下跪，后来还是出动警察才把她拉下来。"

"相信我，我要是有钱，绝对进店大买特买支持你，不会那样白白乱丢。"

他哈哈大笑，大约我的样子虽然古怪不像游客，但实在也不忧郁厌世，他放下心来："等一会儿去南山，你能看到你的名字写在牌匾上，威风得很呢。"

到了南山，我才知道，小张说的是其中一个园区，叫慈航普度园。

我哑然失笑，想起前几天我对许可说的话：苦海无边，何来慈航普度啊。哪怕明晃晃挂出来，也是虚幻。

我爸是一个半途还俗的和尚的徒弟，从事的职业充满超度往生之类的仪式，又给我取了一个带佛教色彩的名字，却总说他不迷信。也许他只是什么都姑妄听之姑妄信之吧。

我跑到天涯海角这么远的地方，仍旧找不出能让自己渡过这一关的办法。

南山旅游区很大，我漫无目的地乱转，不知不觉走到了海边，前方出现一尊百余米高的海上观音，远远看去，宝相庄严，身后风起云涌，足下海静波平。如果真有救赎，当然适合出现在这样宛如梦境的远方。

信众纷纷合十礼拜。而我不知道我能求什么。

也许他们已经父女相认，握手言欢，甚至是抱头痛哭吧。听说血缘是人与人所有联系中最强悍的一环，哪怕他们三十多年不见，也改变不了什么，她仍旧辗转找到了他。

也许我该祈求与我有血缘关系的人快快现身？

这个念头一起，我就打了个冷战。太可笑了，我提醒自己，你是被"捡回来的"，当年像一袋垃圾、一条瘸腿的小狗，被人随手丢弃，他们根本不会做出哪怕一丝找到你的努力。

而且，我怎么会想要一个陌生人跑到面前来与我相认？

十多年来，我生命里唯一的亲人是何原平。

然而，他是别人的父亲，他真正的女儿美丽、成熟、温和，神态宁静，有良好的教养，跟我截然不同。只要我不从中作梗，他们相认起来应该没什么阻碍。

旁边一个人轻轻碰下我的手肘，我转过头去，是一个满面皱纹、样子和气的瘦小老太太，背着香袋，递给我一张纸巾，我才知道，我又哭了。

我哭点一向算高的，但是这段时间简直随时都能落泪，昨天半夜梦醒居然发现枕头是湿的。

我向老太太道谢，拿纸巾狠狠捂住脸，在心里对自己大喝一声：何慈航你够了。

当然不够也得够了。

南山是最后一站，行程结束。

_5

下了返航的飞机，已是将近晚上十点，我冷得哆嗦，而且真正一穷二白，口袋里只余几枚硬币，连机场大巴都坐不起了。

我呆站了一会儿，开了手机，打给赵守恪求救。

“你跑去哪里了？你这人真是没心没肺任性得不可救药了。你知不知道你爸在到处找你？你能不能长大一点成熟一点负责任一点……”

人穷志短，我只得老实听着，一下体会到了周锐在我家敢情就是这样装死的。等他骂够了，才吩咐我上出租车，直接开到他那里，我的手机已经微微发烫了。

从机场过去将近一百块，赵守恪守在校门口等我，沉着脸付了钱，才瞄了我一眼，大吃一惊：“你怎么变成这个鬼样子了？”

在三亚这几天，我不戴帽子，不擦防晒霜，连续暴晒下来，皮肤接近小麦色，再加上吃得不好，瘦了一圈，刚才在机场洗手间里添衣，一照镜子，自己都觉得陌生，也难怪他这反应。我不理会他：“对面那家兰州面馆还没关门吧，我饿死了。”

他瞪着我，我摊出手来：“给我饭钱，回头和车费一起还你。”

他显然气坏了，可毕竟忍住没有发作，一言不发带我过马路进了面馆。我点了一碗牛肉拉面，加了煎包，想一想，又要了一杯红豆沙。上齐之后，我埋头大吃。

人生最基本的安慰果然来自食物，因爱而生的饥渴也许难以解除，可胃却是容易满足的。

我吃饱喝足，问赵守恪：“我爸是不是真的很生气？”

他不理我，我只好自问自答：“也不至于吧，我都叫周锐带话回去了，只是玩几天而已。照理说，我以前有更淘气的时候，他也没怎么样。”

“你们这对父女不是都最擅长装若无其事吗？你就这么回去，你爸也许也真会当什么都没发生，哪里用得着苦恼。”

“你骂我也就罢了，怎么连我爸也捎带上了？”

“要不是他对你放任自流，你怎么会这么任性？”

“要不是我这么任性，你这么多年去哪儿找个人骂得这么过瘾？”

他被噎住。

“好了，我知道你觉得我爸早该在我第一次犯错的时候痛打我一顿，让我长足记性。不过没办法，他信奉非暴力，而且——”而且我不是他亲生的，他没办法像别的父母那样“打你就是为你好”，不能那么理直气壮。我苦笑，耸耸肩：“你不能因为我不符合你的行为标准就怪罪到他头上。”

“但是慈航，你今年已经十八岁，算是成年人了，我们能不能试着用成年人的方式来为人处世。”

“好，你教教我，成年人该怎么做？”

“首先，我们做任何事情，都必须有个像样的理由。其次，我们要考虑别人的感受。”

“一定还有第三吧。”

他不理会我的调侃：“第三，为你将来考虑，既然上了大学，就好好学习。你爸爸再怎么对你好，可以养你一辈子吗？”

我承认，就跟小学时他警告我不做完作业会被老师罚站，中学时他批评我放松自己跟不上进度就会被丢脸地从快班调出来一样，他说得很正确。后来我确实尽量按时完成了作业，也通过几次考试挣扎回了快班，可是现在我并不需要这样无懈可击的忠告。我木着一张脸不吭声。

“最后，不打招呼就走这一点必须改。”

“我让周锐带话回去了，算打过招呼啊。”

“没头没脑七个字：我想去晒晒太阳。这种招呼跟不打没什么区别。我早说过，别跟周锐这种轻浮无聊的人混在一起，他对你影响太坏了。”

可怜的周锐实在冤枉。不过正如他瞧不上赵守恪一样，赵守恪也早就讨厌他讨厌得要命。我犯不着费力为他辩护，捂住嘴打了个哈欠，两眼空茫地看向前方。赵守恪看着我，恨铁不成钢之意已经无法再用言辞来表达了，只得起身去结账，没好气地说：“走。”

_6

赵守恪从上学期开始全力准备考研，嫌宿舍吵闹，搬出来在学校不远处租了一个单间独住。他把我安置下来，回了学校宿舍。我草草洗漱之后躺上床，尽管连日在海南根本没有睡好，但翻来覆去，一直折腾到后半夜才蒙眬睡着。

我是被敲门声吵醒的，睁开眼睛一时有些搞不清自己在哪里，好容易才回过神来，敲门的声音持续着，简单而粗暴。我不高兴地披衣服起来打开了门，门外站的是赵守恪的女友董雅茗，她是一个模样秀气的女生，此时却表现得颇有些粗暴，一把推开我，闯了进来。房间太小，什么都一目了然，我裹紧羽绒服，饶有兴致地看着她。

她也看向我：“赵守恪呢？”

“听到你砸门，他躲床底下去了。”

她毕竟不蠢，没有当真弯腰去查看床下，而是狠狠盯着我：“你怎么会在这里？”

“天气太冷，没什么事你就请回吧，我还想接着睡觉呢。”

她眼睛里好似要喷出火来，好在这时赵守恪回来了，看到她一怔："你怎么来了？"

她盯着他手里拎的袋子："这是给她买的早点吗？"

赵守恪略有些尴尬，却没有否认。

"昨天晚上有人告诉我你带她回家了，我还不相信，觉得应该信任你。没想到过来一看……"

董雅茗气得微微哆嗦，一时讲不下去，赵守恪生气地说："你这是胡闹什么？"

"你居然还有脸说我胡闹？"

董雅茗曾在第二次见面时就嘲讽我是标准的半土不洋小镇少女，我承认她懂化妆搭配，确实比我洋气许多，不过在看过许可那样精致低调的穿着之后，我意识到她的时尚也不过是走杂志示范的日韩少女风罢了，蕾丝裙摆大衣，带LOGO（商标）的围巾，内增高运动鞋，糖果色PU（仿皮）皮包上挂着毛绒球，与我完全不讲究的廉价卡通宽松卫衣猫须破洞牛仔裤不过五十步百步之间，哪里就值得生出如此优越感，想到这里，我不免觉得好笑。她看到我的表情，更加怒不可遏，指着我的脸："没见过你这样三观扭曲不知羞耻的人……"

这姑娘真是语不惊人死不休，我满心不耐烦，不过也没打算闹到她与赵守恪翻脸的地步，打断了她："董雅茗，你误会了，我的宿舍寒假关闭，找不到住的地方，他看在我们是邻居的分儿上收留我住一晚而已。你要不信，可以去问他宿舍室友，他昨晚是回学校睡的。"

她僵住，看出我没有说谎，有些下不来台，气呼呼地说："你一个女孩子应该自重，怎么可以随便睡在男生的房间里？"

"我没钱住宾馆啊，不然睡大街上吗？"

"上次说你作，真算是客气，你索性越发矫情了，好端端放假过年，你又从家里跑来干什么？"

"不关你的事。"

"你招惹我男朋友，当然就关我的事。"

赵守恪拉她的胳膊，她一把甩开："我告诉你赵守恪，如果是亲兄妹没什么可说的，但我不会天真到容忍你们玩哥哥妹妹的暧昧。”

“喂，”我怪叫一声，“你醋劲大成这样真可怕。既然是他女朋友，对他有点基本的信任好不好。我也告诉你，我跟赵守恪在彼此眼里是没性别的。不然我们这么多年对门住着，要搞在一起早搞了，哪里轮得到你。”

赵守恪也怒了：“什么搞不搞的，何慈航，你说话放斯文一点。”

正乱作一团时，门被敲响，许可出现在门口，迟疑地看着我们，显然搞不清这是什么状况。

赵守恪拉住董雅茗：“有话我们出去说。”然后对许可说，“我刚给何伯打了电话，他正在来的路上，应该快到了。麻烦你看住她，别让她又跑了。”

他们匆匆出去，我哭笑不得，实在想象不到我在赵守恪眼里究竟不靠谱到了什么程度：“你怎么会认识他？”

“那天周锐跑来找我，我才知道你没回家，他回去跟何伯商量之后，把小赵的电话给了我，让我在省城跟他联络，看他知不知道你的去向。昨晚你回来，他给我打了电话。”

“对不起，我只是想一个人静一下，并不想弄出这么大惊扰。”

“我能理解你的心情。”

“那天要退房租你不收，现在我可没办法退给你，去一趟海南全花光了。等我以后分期还你吧。”

“没什么，不必放在心上。”

我迟疑一下，终于还是问：“你们，我是说你和我爸，相认了吗？”

“该我说对不起，我只顾自己的那点念头，没能顾及你的感受，也完全没想到对你的生活造成这么大的破坏。慈航，请相信我，我根本没想跟你抢父亲。”

“你们是血缘之亲，哪里用得着抢。”

“他为你出走的事很生我的气，拒绝跟我相认，说我弄错了。”她恳切地说，“慈航，他很爱你，不要因为我的出现就怀疑这一点。”

门再度被敲响，许可离得较近，伸手开门。我爸爸站在外面，看到她怔住，随即客气而冷淡地说：“许小姐，请不要再跟小航谈这件事。”

许可像是被人当头狠抽了一下，美丽的面孔上掠过一个痛苦的表情，却保持着微笑：“请不必担心，我跟慈航解释了，我没有恶意。以后尽量不打扰你们。”

她教养好到这一步，我几乎有点不真实的感觉。

“好的，你请回吧。”

“我开车送你们回去。”

“谢谢，长途车很方便，不必麻烦你了。”

她点头：“我这就走，再见。”

两人擦肩而过，爸爸进来，看着我，我等着他发落，他却摇一摇头：“好好一个小姑娘，晒得棕不棕黄不黄的。开心了？”

我会开心才怪。我想大哭，想跟过去一样把眼泪鼻涕全抹到他衣服上。可是我眼睛发干，只呆呆站着，什么也没做。

“明天就是除夕了，跟我回家过年吧。”

赵守恪说得没错，他确实非常擅长若无其事。我满心不是滋味。

以一个客观的角度来看，董雅茗说我“作”“矫情”，算是凭空放枪，射个正着。我折磨自己之余，连带着折磨我爸爸、许可。然而，我讲不出道歉的话来，我心里依旧满是无名的烦闷。

第四章

若离于爱

「年轻的时候，越冷漠的男人似乎越能激发起我们天性里那点渴望征服与被征服的欲望。爱上他的女孩子实在太多，我幸好并不是最狂热的那一个。

——许可」

_1

大年初一的下午，我去机场接回小姨。

她叫严小青，今年四十九岁，在一家化工研究所做研究员。不过她是个风趣的话痨，与我妈妈性格截然不同，这一点时常让我纳闷。

当晚她与我同居一室。她笑道：“跟以前放假你回来一样，多好。”

我默然。是的，小姨只大我十五岁，我与她的亲密程度远远超过姨侄，之间的感情像母女，更像是姐妹。我们一直睡一张床，读幼儿园时，都是她负责接送我。我被接回父母身边，最不舍的是她。分隔两地，我们保持着密切的联系，通长长的信，讲电话讲到话筒发热，我从来没对她保留过心事、秘密。而她却对我隐藏了如此大的一件事。

她握住我的手："别怪我，可可。换作是你，会不会跟自己的侄女说，来来来，小姨跟你说个你母亲到死都不想让你知道的秘密，你一直叫父亲的那个人根本不是你亲爸。"

当然，她不可能这样做，我没资格苛责她。我将头靠到她肩上，她抚摸我的头发，叹气："真希望你一直不知道这件事，可以少许多烦恼。"

是的，我完全同意。可惜没人能够退回到无知无觉的状态，在很多事上，只需一点小小的疑惑与不确定，就能颠覆一切，再也回不到从前。

"爸爸为什么会同意娶妈妈？他们以前就认识吗？"

小姨苦笑："知道你的身世之后，我也问过你姥姥同样的问题，她很生气，狠狠骂了我，不过经不起我死缠硬磨，多少还是讲了一点经过。你奶奶曾做过我家保姆，你姥爷恢复工作之后，两人身体都很不好，重新请她过来工作。让你父母结婚是她的建议。"

我目瞪口呆，讲不出话来。当然，我没与奶奶一起生活过，头一次见她，是在子东出生那年，她提着鸡蛋和老母鸡来汉江市，在病房里抱着小婴儿喜极而泣，然后说了一串我根本听不懂的方言，给我留下了颇深印象。之后我们见面的次数屈指可数，她在我十岁左右去世。这样一个农村老太太会主动让自己的儿子娶东家怀孕的女儿，实在不可思议。

"你爸的老家你也去过一次，应该知道那边很贫困，他家尤其兄弟姐妹众多，他父亲很早就生病丧失了劳动力，母亲不得不出来给人做保姆。他是唯一参军的儿子，当时面临退伍，很可能会回家乡县城安置。"

所以这是一桩各取所需的婚姻。他接受他妈妈的建议，同意跟一个家庭背景不错的怀孕女子结婚，做名义上的父亲，换来定居大城市在收入相对丰厚的国企工作的机会。而她从来没有抱怨丈夫常年将工资补贴几个兄弟姐妹上学成家，弄得自家生活窘困，家里曾经在长达三十年的时间里有着川流不息的农村亲戚，他们随意进出所有房间，随手取走他们看中的每一样东西，我与子东没有隐私可言，厌烦之下，板着面孔的时候不少，背着父亲更是大发牢骚，而妈妈都以礼相待，永远保持和颜悦色，从无任何怨言。

我从小因为父亲的粗线条而无法与他亲近，对他有诸多抱怨，还一直天真地以为妈妈有着异于常人的修养与传统美德，经常在心底为她抱不平。现在看来，她和父亲只是一对同样选择隐忍的人罢了，而我正是令他们这样生活的原因。

我前三十四年所有的认知都被彻底推翻了。

“发现怀孕后，妈妈为什么不去流产？”

小姨一怔，嗔道：“越说越离谱。她如果去做了流产，怎么会有你？”

“那不是很自然的选择吗？她可以不必拖着一个来路不明的孩子跟没有感情的男人结婚，过那样压抑的生活，人生肯定完全不同。”

“不是你想得那么简单，可可，那个时候可不像现在，满街都是无痛人流的广告，做个流产是稀松平常的事，不会有人追问胎儿的来路。”

我确实不了解那个时代。

“总之，你爸爸妈妈火速见面然后结婚，定居汉江了。”

“他们为一个错误竟然付出了一生。”

“不，不能这么说，可可——”

我出生时，小姨仍在读中学，她并不觉得侄女在姐姐姐夫登记后不久出生有什么不妥当，欢天喜地与父母把我带回了家，帮忙照顾我。

她察觉到他们的婚姻有不对劲的地方，是在我母亲怀了子东的那一年暑假。她正在读大学，送我回汉江市准备上小学，我大哭，抓紧她的手不肯放她走，她决定留下来住一段时间，帮我适应。

那个时候，我父亲经常要轮夜班，妈妈在市区一家医院工作，两个人都很忙碌。小姨迟疑，问：“要不我还是带可可回去上学吧，你马上有一个婴儿要照顾，姐夫看上去也不算细心会照顾人，怎么顾得过来？”

我妈妈摇头：“他坚持要接她回来的，他说正因为要有第二个孩子了，不能让可可以为我们不要她。”

听到小姨转述这句话，我的鼻子发酸。

小姨轻声说：“可可，你爸爸这人，心思并不细腻，能讲出这样的话来，证明他是真心接纳你，拿你当女儿看待。最开始我也不喜欢他，总觉得他过于爱面子，大男子主义，谈吐无趣，生活习惯粗犷让人接受不了，举止小家子气，最要命的还是无穷无尽贴补他的老家，对你妈妈不够体贴。但他有他的长处，关于你妈妈的事，他和他的母亲一直守口如瓶，维护着她的名誉，给予她相应的尊敬。就算葬礼之后你给他脸色看，他也不曾有丝毫暗示，对不对？”

是的，我不能否认这一点，连姑姑那样口无遮拦，都只失言了一次，马上被他喝止。

“像他那样传统守旧的人，老家讲究的是传宗接代，你妈妈有五年多时间没能给他生一个孩子，他从来都不抱怨。子东出生之后，他对你们姐弟一视同仁。他们确实不是因为爱情而结婚的，可是长久相处下来，把他们联系在一起的，也不仅仅是一个夫妻名分了。你不能把他们的婚姻看成一个彻底的错误。”

小姨说得没错，我有什么资格评论他们的选择？

“那你是什么时候知道他不是我父亲的？”

“就是那个暑假。汉江的天气太炎热，当时没空调这回事，只凭电扇搅一点风，聊胜于无，非常难熬。那天你爸爸在厂里值班，半夜里我实在睡不着，起来喝水，看到你妈妈在客厅里拿着一封信流泪。我从来没见她哭过，被吓到了，不停追问，她什么也不肯说。老实讲，我跟她虽然是姐妹，可是年龄差着八岁，她去插队时，我才刚小学毕业，等她回来，已经完全成了一个陌生人。她从来没有跟我谈心的习惯，任凭我说什么，她都能一个眼神、三言两语打发掉。我实在担心，就趁她第二天上班，翻了她的东西，偷看了那封信，看到何原平这个名字。”

我想那就是后来我看到的梅姨给她的回信。她为什么会在六年之后才首次打听那个男人的下落？是因为我重新回到她身边，勾起了她的回忆？还是再次怀孕，荷尔蒙水平的变化让她更加追悔愧疚？

“我不再是中学生了，大致知道一点生活常识，联想你的出生时间，能推导出当年大概发生了什么事。这样才能解释姐姐为什么会在回城之后迅速跟以前根本不认识的姐夫结婚，为什么会放弃回北京的机会随他一起留在汉江市，为什么一直那样过分严肃，自虐一般毫无怨言承担家庭责任。”

“你当时跟她求证过吗？”

小姨摇头：“我说过了，她对我来说一直是长姐，回城后她变得很陌生，沉默冷淡，我怕她胜过怕父母。偷看她的秘密已经让我胆战心惊，就算好奇心再强烈，我也不敢去当面问她：你跟那个叫何原平的人到底怎么了？”

对，妈妈确实有这份威严，所以能一记耳光打得子东再也不提此事。我禁不住猜想，如果发现血型问题去发问的不是子东而是我，她会如何反应。我被自己难住了，我也是怕妈妈的，我只是不确定面对自己的身世来历，是否会害怕到缄默不语，当什么也没发生过。

“可可，这对于何原平来讲，同样是一段不堪回首的往事。我猜他甚至根本不知道你妈妈怀孕了，你贸然站到他面前，他怎么可能接受？听我的话，不要试图去与他相认。”

“他已经回绝我了。”

小姨吃惊：“他是怎么说的？”

“他说我弄错了，不要再提这件事。可他也没有直接说我不是他女儿。”

小姨很长时间没有说话，这种长久沉默的状态对她来说是少见的，我想这实在是能令所有人都无话可说的情况。

“他现在生活得怎么样？”小姨忽然问我。

“他生活在一个叫李集的小镇，靠承办丧事为生，生活得应该很不如意，但他有一个特别的女儿，今年十八岁。”

小姨“哦”了一声。

“所以不管怎么说，我的出生就是一个错误。”

“可可——”

“我知道，小姨，我不会钻牛角尖了。”

“不仅仅是这件事。还有你与亚欧的关系——”

小姨的观察力实在强悍，被她说中了，我和亚欧的关系的确又出现了新的问题。

_2

除夕那天下午，我正在超市采购食物，接到一个陌生号码打来的电话。

“许可，你好。”

对这个声音一时间没什么印象，我只得问：“不好意思，您是哪位？”

“俞咏文。你还记得这个名字吧？”

当然，我记得。“有什么事？”

“我想和你谈谈。”

我断然拒绝：“没有必要。”

“回绝得这么干脆，相信你也知道我要谈的是什么。”

我握着手机，站在人来人往的超市大卖场内，满耳都是高亢的拜年歌曲：“恭喜恭喜恭喜你，恭喜恭喜恭喜你……”喜气洋洋，循环往复。听筒里传来她的声音，幽细，软糯，分外清晰，似乎可以一起钻入心底。

“回避没有意义，许可，相信我，我们确实需要见一面，坐下来好好谈谈。你想好了，请打这个号码。”

我还是买齐了清单上的东西，到父亲家，系上围裙，开始准备年夜饭。父亲做家务事十分生疏，居然破天荒进来帮忙择菜，还跟我闲聊着：姑妈又当了奶奶；四叔的儿媳也已经怀孕，两口子留在上海没回家过年，四婶为此很不高兴；二姑妈说她打算后天过来住几天，顺便看病……

我知道父亲是在对我示好，拉近我们之间的距离。对他的这种努力，我感激，而且有些感伤，只能配合地应答着，突然听父亲问："可可，你为什么总不跟亚欧回他家过年？女孩子不能太娇气任性，这样婆家会认为你不尊重他们。"

"我没反对过年去他家啊。他说想好好休息，没必要挤进客运高峰飞来飞去。"

父亲显然不赞同："他和他父母的关系好像很疏远。"

确实如此。孙亚欧的老家在千里之外的一个三线城市，结婚近六年，他只带我去过一次，待了一天，吃饭在外面餐厅，晚上还是住的酒店，公婆与我之间的对话不超过十句。之后他与父母的联系只是不定期通一个电话，过年打一笔钱到他们的户头上，能不回去就尽量不回去，我也曾问他原因，他轻描淡写地说：不是每个家庭都温暖愉快值得久留。

"可可，你们也该考虑要一个孩子了。"

我吃惊，这是父亲头一次跟我谈论这个话题，以前只是妈妈跟我委婉提过一次，让我不要因为忙于工作而错过女性合适的生育年龄，我坦白说没有造人计划之后，她虽然略显意外，却也再没有发表意见，我当时着实松了口气。

"以前我让你妈妈催你，或者带你去好好检查一下，她都说要尊重你自己的想法。我就弄不明白，结婚生孩子不是再自然不过的事吗？"

迟疑一下，我说："我们都喜欢清静，结婚前就约定不生孩子。"

"清静？"

父亲茫然，我知道这种不要孩子的动机完全在他理解范围以外，实在不好解释，只得打岔："爸，家里只有老抽，没有生抽，您能不能下楼去买一瓶？"

"都是酱油，何必要买两样。"

话是这么说，他还是起身出门。过几分钟，子东回来了，进厨房后，夸张地惊叹："姐，我简直不敢相信，真是你做出来的吗？"

"哼，难道是田螺姑娘变出来的？"

他笑："我跟爸爸一起过的简直不是日子，他有时干脆从单位食堂打包饭菜回来应付晚餐。这么下去，我必须要学会做饭了。"

我呆了一下，有些自责："最近事情太多，以后周末我尽量过来给你们做些吃的。"

“不能怪你。那个叫慈航的女孩子走了吧？”

“她爸接她回去了。”

他松了一口气：“万幸万幸。你带她来省城，万一出了什么事，你的责任太大了。”

“你只想到没责任就好。”

“因为她是我们负不起责任的人。姐姐，这件事就到此为止，不要再提了。”

“换作是你的血型与家人不符，你会怎么想？”

他无可奈何：“对，我不能站着说话不腰疼。”

他这段时间一直苦苦安慰我，我过意不去，捋他的头发：“好多事情会变，可你是我弟弟，至少这点不会变。想到这个，我就安慰了。”

他苦笑。

到了六点，我已经把饭菜做好，亚欧仍未过来。父亲叫我打电话催一下他，我说：“不必了，他公司有事，说了让我们不必等他。”

我们坐下吃饭，气氛略为沉闷。可是我们也都习惯了在餐桌上不讲话，到快吃完时，亚欧才赶过来，父亲马上支使我去给他再炒两个热菜，我进厨房切着笋片，心不在焉之中，菜刀一滑，切到左手食指尖上，血一下冒了出来。我慌忙丢下菜刀，捏住手指惊呼子东，他与亚欧一起跑了进来，亚欧连忙问：“要不要去医院？”

我摇头，子东已经迅速拿来医药箱，检视伤口：“不碍事，幸好有指甲挡着，不然以这把刀的锋利程度就真得去医院了。”

他替我消毒包扎好，笑道：“还是我来炒菜，你和姐夫出去好好休息。”

吃完饭后，子东留下来陪父亲，我与亚欧告辞下楼，他握住我的手腕抬起来查看：“痛吗？”

“没事。”

“把你的车放在这里，坐我的车回去。”

“不必了。”

我取出手机，找出在超市里接听的那个电话，递到他面前："这个号码你比我熟悉吧？"

他的目光停留在手机屏上，没有说话。

"我还真没想到是故人重来。这么说她学成归国了？我要没猜错的话，她是在我母亲得病那时候回来的吧？"

他默认。

"她想跟我谈谈，我没有兴趣。明天小姨要过来，我不想当着她的面跟你起争执，请你去处理好这件事，在这之前，不要回家。"

他看看手机，再看向我，昏暗的路灯下，我看不清他的表情。我顺手将手机扔进包里，去找车钥匙，他突然一把攥住我的手腕。

"你忍得实在辛苦吧？"

"不。虽然有人选在今天向我发难，但我不想在这种日子吵架。"

"刚才在厨房，你切伤手指，第一反应不是叫我，我就知道不对劲了。"

"你想多了，子东是医生。"

"第一反应是本能，不是理性选择。你没有和她谈，也不需要我解释，心里大概已经做了决定。"

我无话可说，挣脱他的手，拿出车钥匙按了遥控，径直开车回家。

_3

一早小姨就起床说要出门会一位老朋友，我看看时间："才七点啊，今天是大年初二，什么老朋友会起得这么早？"

"我们很久没见，所以约得早一点儿。"

"那我开车送你过去。"

她按住我："不用，你昨天去接我，看着精神就很不济，还是多睡一会儿，我打车去很方便，大概会晚一些才回来。"

从除夕与亚欧分手回家之后，我确实一直觉得不太舒服，精神不振，有些潮热感，昨天去机场前量了下体温，三十七度六，只能算略高而已。等小姨出门，我还是挣扎着爬起来，再量一次体温，三十七度七，连续两天偏离正常体温，不过好像也没到需要就诊的程度。

我的好友夏芸一度对灵修十分感兴趣，做了不少研究，她曾告诉我，很多疾病源自无法疏解的内心冲突。作为医生的女儿，我当然对这种说法不以为然，可是这场毫无征兆的低烧似乎从某种角度证实了她的理论。

我喝了点水，重新躺回床上，打算好好整理一下我面对哪些问题。

这真是一个无法让我平静的决定。

我的婚姻。我的生父。

区区两个问题而已，看起来一点也不复杂，可没有一个是我能解决或者果断放到一边的。

我不知不觉中陷于一种半睡半醒的状态，所有念头变得跟做梦一样浮动恍惚，一张张面孔从脑海中飘过：孙亚欧、许子东、何原平、何慈航、小姨、父亲、已经去世的母亲、去世已久的外公外婆、没什么印象的爷爷奶奶、面目模糊的大伯、多得记不清名字的堂兄弟表姐妹……

手机响起，我费力地睁开眼睛，好一会儿分不清身处梦境还是现实。铃声不紧不慢持续着，我顺手抓过来接听："你好，哪位？"

"是我。"

我彻底醒了，懊悔没看号码就按了接听："我说过了，我没什么可跟你谈的。"

俞咏文轻轻一笑："许可，你这么逃避现实有什么意义？"

我也笑，涩然说："你这么忙不迭要把我唤醒，无非觉得现实对你有利吧？真有利的话，你甚至不必给我打电话。"

她跟过去一样暴躁，哼了一声："不要这么自我感觉良好，我只告诉你几个简单的事实：亚欧这些年一直跟我保持着联系，他来美国出差时，我们见过面；如果不是你母亲患病，他觉得你很脆弱，早就跟你摊牌谈分手了。"

回忆中的某个场景自动切换到眼前，我的耳中掠过一阵低频的尖啸，握着手机的手微微发抖，只能努力保持声音平稳："那我该对你们两个人的仁慈说声谢谢了。你今年也差不多有三十岁了吧，我们三个加起来超过一百岁，还像中学生一样搅在一起，你不觉得厌烦吗？"

"我确实厌烦，不想再等下去了。亚欧才从我这里离开，我们谈得很累、很纠结，这种状态继续下去，对谁都没好处，是时候做个了结了。"

我冷冷地回答："我跟你从来没有任何关系，谈不上了结。至于我与亚欧怎么谈，与你无关，请你自重，不要再来纠缠我。"

我挂断电话，发现手抖得几乎握不牢手机。我用一只手按住另一只手，用力得关节泛白，却不觉得疼痛。

可是自己清楚，心到底是被狠狠刺痛了。

阳光之下并无新鲜事，情变，婚变，这些在我们的生活中似乎已经司空见惯。

我的同事、同学中都传出过感情破裂、婚姻告急之类的消息。几个月前，我上班的那座52层写字楼内更是疯传一个劲爆的八卦，位于23楼某外企一名担任公共关系部经理的女子，遭遇自称怀孕的第三者闯入办公室逼宫，携带的撒手锏居然是雇用私家侦探拍摄的她与某位男性友人约会的照片。

相比之下，我接到的只是电话，倒显得含蓄多了。

收到短信之时，我已经知道我的婚姻出了问题。图穷匕见，她这么逼近过来，也只是迟早的事。

我努力说服自己镇定，可是心里乱成一团，后背一阵阵出着冷汗，将睡衣沁湿。我走进厨房，煮了一壶咖啡，刚刚坐下，门打开，亚欧进来了。

他问我："你小姨呢？"

我看着他，像看一个陌生人，他皱眉："怎么了？"

"她去会一位朋友。"

他突然伸手过来，我避之不及，他的手掌覆在我额上，皱眉："你在出汗，好像在发烧。是不是感冒了？我带你去医院。"

“不必，我量了体温，只是略微低烧。”

“那还喝什么咖啡，上床休息吧。”

“我们离婚吧，亚欧。”

他一动不动看着我，没有说话。

“谢谢你顾及我的精神状态，考虑到我在这年龄，先是母亲患病，丧母之后又突然生父不详，再被遗弃恐怕会承受不起。我很承情。你们给我宽限的时间足够了，我现在情绪基本平稳，能够接受所有现实，不必再拖下去。”

“咏文又给你打了电话？”

“就在你进门前半个小时。三年前你去美国出差时，与她见过面？”

他没有回答。

“这三年你们一直有联系？”

他依旧沉默。

“我还记得我得知妈妈患的是肺癌，而且已经到了晚期时的情景。亚欧，我回到家，你说你有话想跟我说，我没等你说，就抱住你大哭出来。你安慰我，抱了我很久，再没提起你想说的是什么。其实那天你是打算跟我说你和俞咏文旧情复燃，要与我分手吧？”

“不是你想的那样。”

但肯定也不是我曾经以为的那样。我只能努力忍住眼泪，决心不再凌迟自己的自尊继续追问下去。

“我没有其他问题了，我们离婚吧。”

他的神情终于有了变化：“所以你打算做一个潇洒放手的姿态把我推出去了？”

“难道你期待我抱住你的腿哭求？对不起，我厌倦了，也害怕——害怕我得仰赖你的同情维持婚姻，害怕我的余生都得和她没完没了纠缠下去。”我涩然说道，“我演不来那样的戏码，也不想过那样可悲的生活。”

他猛然伸手一拂，我面前的咖啡杯、碟子、盛方糖的罐子跌落一地，发出刺耳的脆响。我一动不动看着他，他深呼吸，克制住自己的情绪，声音平缓，一字一字地说：“许可，你够狠。要是你以为一切都由你说了算，就大错特错了。”

他的眼神冰冷，没有一丝温度。就算发着烧，我也打了个冷战。我在二十四岁时认识他，在二十八岁嫁给他，早知道他的性格，了解他内心冷漠的一面，但此刻仍不寒而栗。

正僵持之间，门铃响起，亚欧没有理会的意思，我起身开门，子东来了。他看到一地狼藉，不禁怔住。这时亚欧自动恢复成合格的男主人模样，笑道："不小心打翻了你姐姐最喜欢的一套咖啡杯，她正要发落我，你刚好救了我。"

他取来扫帚清扫，我问子东："你怎么有空过来？"

"不是说好今天一起陪小姨吃晚饭吗？"

"哦，对，小姨还没回来。"

"子东，可可在发烧，你看看用不用去医院。"

子东赶忙取来体温计，替我量了一下："三十七度六，略高一点。烧了多长时间？还有哪里不舒服？"

"没多久，就是觉得乏力。"

"低烧的话，还是再观察一下，不必急着退烧。"

我实在没力气继续撑出若无其事的样子，幸好有这个低烧可以用来当借口："子东，你随便坐，我……去躺一会儿再出来。"

我向卧室走去，只听亚欧在问："子东，你姐姐要紧吗？"

"不用担心，低烧只要不持续太长时间……"

我没有听子东回答完毕，关上卧室门，靠到门上，泪水一下涌了出来。

_4

当初我为什么会爱上孙亚欧？

呵，我何必问自己这个问题。

年轻的时候，越冷漠的男人似乎越能激发起我们天性里那点渴望征服与被征服的欲望。爱上他的女孩子实在太多，我幸好并不是最狂热的那一个。

也就是说，我不是俞咏文。

她痛恨我，在她看来，我是终结她爱情的第三者。这一笔烂账，我实在无从分辨。我只能说，我与孙亚欧最初在一起时，离她出现尚有几年时间。

在别人看来，我是矜持的，而且有骄傲的资本，不会轻易为谁动心，不会动辄脸红心跳，不会莽撞进攻示好，更不会施展风情诱惑。

其实，我从来都不自视过高，只是从一个家教保守严格的家庭出来，把自尊看得过于重要，甚至干脆拿自尊当铠甲。我也从来没学会过如何才能做到风情，更别提将它当成一种武器。

我大概伪装得太好。这是一家上市民营企业，员工众多，没人知道我暗恋销售部里新来的那个最引人注目的男人。就这样过了差不多大半年，在年会之后，大家意犹未尽，又结伴去KTV，除了我，所有人都喝多了，全体站起来合唱一首歌，他不知什么时候站到我身边，手环到我的腰上，到唱完结束时，他侧头亲了一下我的头发，来得十分自然，以至于我要有什么惊愕的反应简直就是煞风景。我坐回原位，心跳得像要蹦出胸腔，旁人都浑然不觉，选歌的选歌，猜拳的猜拳，玩得十分投入。

我觉得再待下去，不免会举止失态，跟身边人打个招呼，悄悄离开，然而他也跟了出来，牵住我的手，快步走出KTV，招手叫来出租车。

我坐上去，听他问我："你住哪里？"

我处于眩晕状态，顺口讲了住址，他又问："你那里方便吗？"

我搞不清这句话的意思，直愣愣看着他，他也看着我，突然轻声一笑："对不起，我误会了。送你回去好了。"

他若无其事，我却一下回过神来：他以为我先离开是给他的某个信号，所以他尾随而出；他其实是在问我是否独居，"方便"所指不言自明；他很快弄明白我处于迷茫之中，但也并不介意，似乎这种状况对他而言司空见惯。

我的脸热到发烫，突然说："我与父母同住，还是去你那里好了。"

就这样，我把自己给了他。

不，不能算单方面的给，我也拿到了我暗自觊觎的东西——哪怕并不完整。我知道这根本不是正常的恋爱，可是暗恋太痛苦无望。就在出租车上，我已经意识到，以他的个性和这种与我搭讪的方式，我们根本不可能有我希望的开始，那么我宁可选择这样终结。

接下来是春节假期，他没有回老家，我有空就从家里跑出来，与他厮守在他租住的那个简陋公寓里，过了甜蜜的几天。

上班头一天，他闲闲地说："在公司里，我们还是保持同事关系比较好。"

我听到自己镇定地回答："我们不会是同事。我早准备年后辞职，换份工作。"

他有些诧异："可可，你要想清楚。"

当然，这是一个临时决定，但我想清楚了。我想努力清除我们之间的阻碍。

不过，我辞去了工作，我们的关系也并没有持续下去。

他事业心极强，时常出差，甚至没心思抽一点时间经营一段不必付出太多的感情关系。而我侥幸保留了一点自尊，没有卑微到愿意放弃底线接受他的随传随到。三个月后，他出差归来，给我打来电话，我说我们不必再联系了，他默然，然后表示同意。

只有夏芸约略知道我的这段经历。她当时在北京读研，时常打电话过来开解我，而我也确实下了决心。

我与孙亚欧有差不多三年时间没有碰面。

我没有任何理由就辞去一份收入与前景良好的工作，上司跟同事通通表示不解，还好，没有人把我的离开与孙亚欧联系到一起。我回家后被父亲严厉教训，他从部队转业便一直在一家企业工作，从不怀疑自己会做到退休，完全不能接受我的辞职。妈妈跟我谈话问我原因，我无言以对。我匆忙之间找到的新工作很不如意，勉强忍耐两个月，就不得不另投简历。

那段时间情绪极其抑郁，无人可以倾诉，夜半从噩梦中惊醒，只差对自己冷笑：看看你要为自己做的蠢事埋多少单。

经过多次面试，我终于进了后来一直服务了六年的外企，同时马上报读了在职研究生，将一点空闲时间交给了学校。事实证明，这是一个明智的决定。

我与过去的同事保持着网络联系，时不时会听到他的消息：他升职了，在公司里表现极为抢眼；他又交了一个女友，非常漂亮；他的业绩遥遥领先，一路高升，能力被老板激赏，顺利进入公司最高层；他们分手了，他看上去若无其事……

我的生活重回正轨，相对稳定，顺利完成了学业，工作得心应手，获得稳定提升，与同事相处融洽，相继有男人来追求我，但我始终没有发展的兴趣。父亲的一位同事极为热心地为我介绍男友，我拗不过，去见了面，意外地发现，对方是内在与经济条件都不错的优质男人，摆脱相亲见面的尴尬之后，我们也颇有共同话题，之后有了正常的约会，相处下来，似乎也培养出了感情。

我并没有曾经沧海之后难以为水的悲凉感。

事实证明，骚动的只是得不到的，我付出代价，没最终得到那个人，总算得到一段经验，作死也好，犯贱也罢，都结束了。

这个城市大归大，毕竟并未大到人海茫茫没有边际。

在一家购物中心，我重新碰到了孙亚欧。

他的身边正是俞咏文，漂亮，高挑，有着美好的身材比例，面孔上满满都是年轻的胶原蛋白，看上去只二十出头，停留在楼梯那里，正撒娇说新高跟鞋穿得脚好痛，要求他背她，他敷衍地笑，让她坐下来休息一下。她顿时不高兴起来，铿锵讲出女孩子在恋爱时最爱的那句话："你根本不重视我。"

我与男友从他们身边走过，我知趣地没与他打招呼。男友握一下我插在他臂弯内的那只手，轻声说："你居然从来没这样跟我闹过。"

"是不是略有遗憾？"

"我要说是，不免像是犯贱了，不过可可，男人都有犯贱的时刻。"

我忍不住笑："要拿捏准这个时刻是门学问，我怕我修不来。"

我们走下楼梯，站到中庭，我忍不住回望，看到孙亚欧手扶栏杆，正俯视着我，似乎笃定我会回头。

他只比我大不到一岁，三年时间，他似乎褪去了最后一丝属于三十岁之前男人特有的青涩感觉。

隔了几天，孙亚欧重新出现在我的面前："我还是不能忘记你。"

"谢谢。你有女友，我有男友，为彼此好，还是不要再提旧事。"

我不会天真到以为自分手后，他对我有多念念不忘。不到三个月的时间，足够让我知道他既不深情，也不长情，甚至是冷漠的。再自恋的女人，也没法把他当成一个情圣。没有纵使相逢不相识，已经算是一种安慰了。

可是，我的心仍有蠢动。

我悲哀地意识到，他对我依然有某种神秘的影响，而他也清楚这一点。

我忍不住与旧同事谈到他，他们告诉我，他刚高薪跳槽到另一家公司，老东家以竞业禁止的名义发出措辞强硬的律师信，双方进行拉锯式谈判，他的工作处于停顿状态，情况颇不乐观。至于他的女友，旧同事笑道："真是漂亮，还在读大四。这家伙一向艳福不浅，总有女孩子往他身上扑。"

我毕竟也在那家企业工作了近两年，清楚前老板蒋明和大儿子的性格都极为强势，如果存心要给孙亚欧颜色看，那他很难轻易脱身。我唯一的疑问是以他那样避免感情麻烦的性格，又正处于事业的低谷之中，哪有心情来纠缠我。

他再约我吃饭，我赴约了，问起他的工作，他笑："坏事果然一日千里，你也知道了。"

"到底要不要紧？"

他倒没有装没事人，坦白地说："我低估了他们父子俩要整死我的决心，这一关大概很难过。"

"那怎么办？"

他耸耸肩："先休息一阵再说。"

“你这么嗜工作如命的人，怎么闲得下来？”

“到了形势比人强的时候，就由不得自己选择了。”

他到底还是流露了一点颓丧。我的理智告诉我，他那样强悍孤傲的男人，根本不需要无谓的同情；我的同情毫无益处，而且一旦表露，必将被他视作侮辱。可是女人一旦泛滥起这种混合着怜惜的情绪，简直就等于自动放弃抵御机制。

“最近常常会想起我们在一起的那段日子。”

我揶揄道：“想起我还没在公共场合要求你背吗？”

他笑：“她还是个大孩子，我们完全不合适，已经分手了。”

“其实我羡慕她的理直气壮。我性格放不开，说得好听点是教养，说得不好听，就是无趣了。”

“我从来没觉得你无趣。”

“那是因为我抽身及时，懂得主动说再见，没把无趣的一面暴露给你。”

他哈哈大笑：“你看，你现在正对我展示你有趣的一面。”

我的脸红了。没错，我有点不自觉卖弄风情了，而他竟然每次都能激发我那少得可怜的一点风情。

他隔着桌子握住我的手：“你脸红的样子很美。”

他以前甚至没拿这样的眼神专注凝视过我。电光石火之间，我突然明白了一件事，征服与被征服确实是一体两面。挡在他路上，会被他移开；接受他征服，会被他厌弃。我本来只会是他前女友中的一员，可我至少在他明确厌弃之前先走掉了。于是我多少有一点不一样了。

“我以为你现在根本没心情约会。”

“我现在时间大把，空闲得前所未有。”

原来如此。要重新跟他在一起，再一次把自己差不多收拾井然的生活破坏掉吗？

对着男友，我能感受平和的开心，但没有电击的酥麻，没有心脏狂跳，没有控制不住的颤抖，更没有混合不切实际希望时的害怕。

我告诫自己，你必须长大，接受人生不同的面貌与阶段，不要沉湎于一段已经成为过去的经历。

这时我已经二十七岁，还与父母住在一起，他们在四年前搬进了一套三居室的宿舍，居住面积足够大，但家里依旧随时有亲戚造访，我根本没办法跟他们亲热相处，若是再锁上自己的房门，会被视为一个明确的不礼貌信号，唯一能做的不过是悄悄锁上几只抽屉保留最基本的隐私，我渴望有自己的空间，仅凭这一个理由，我也想结婚。

而孙亚欧从哪方面看，都不算是我应该选择的结婚对象。

没等我想明白这件事，俞咏文就堵在我下班的路上大闹，一时宣称她绝对不会与孙亚欧分手；一时痛斥我是第三者插足，而且脚踩两只船道德败坏。我被她的疯劲惊呆了，只得打电话给孙亚欧，他赶过来，俞咏文自动切换到楚楚可怜的模样，哀求说："我知道我太任性太不懂事，可是我爱你，我全都会改，你不要不理我。"

孙亚欧笑道："但是我不爱你，别闹了。"

她被刺痛，嚷道："你敢再说一个不爱我我就自杀，这次我是来真的。"

我吓得连忙叫："不要，千万不要，你误会了，我跟他真的没什么关系，我有男朋友。有话你们好好说。"

他扫我一眼，摇摇头，对俞咏文说："你看你吓不到我，倒确实把她吓着了。可是光吓到她有什么用，她又不能娶你。"

他把俞咏文塞进车里带走，为我解了围，不知道他是怎么做到的，那女孩子再没来烦我。我惴惴问起，他说："我哪有心情陪她玩这种恋爱游戏。她家人送她出国留学了。放心，我知道自己其实很无趣，魅力并没有大到会令人当真为我去死。她最多难过几个月就过去了。"

我又一次被他展示的冷酷一面吓到，问自己，你真的想和这样一个人在一起吗？

这时，他握住了我的手。如同第一次被他揽住腰一样，我有微微的酥麻感，一直透到心底。原来这样的感觉仍在，一直潜伏在体内，伺机被唤醒。

大半年之后，我与孙亚欧结婚，一起生活到了现在。

而俞咏文的难过显然没有过去，并且决心把这份难过偿还给我。

第五章

「

我爸爸不会再像从前那样疼我了。

许可看似美满的婚姻其实爬满蚤子。

我不相信与一群无忧无虑的陌生人一起放声唱一晚上歌就能让我找回人生的意义。

——何慈航

」

_1

张爷爷，不对，这会儿应该称他为释延法师，他的头发剃光，露出顶上戒疤，身披崭新的大红色袈裟，低眉垂目盘腿坐在蒲团上，一下一下敲着木鱼，同时嘴唇开合，默默念诵。烟雾弥漫之中，他看上去法相庄严，颇有得道高僧的模样。

我回头怒视周锐："看看你爸做的好事。"

周锐痞着脸赔笑："张爷爷本来就是和尚嘛，从小出家，受了几十年训练，念经做法事样样精通，一身的本事浪费了多可惜。”

“你爸不知道，你总该知道他已经有点老年痴呆了吧？”

他挠头：“我爸说了，根本不需要他做什么，他只要顶着方丈的头衔，在这里敲木鱼给游客看就好，庙里招来的其他和尚都太年轻，镇不住场面。”

“啧啧，他为了赚钱，真是什么歪点子都想得出来。”

“这话算你说对了，他确实满脑子只有一个‘钱’字。你也别生气，张爷爷在这里有徒弟伺候着，有工资领，你爸倒省心了。”

哪有周锐说得这么轻巧。

我除夕的前一天被爸爸领回家，发现张爷爷不在，顿时慌了神：“这么冷的天，又在下雪，他跑哪儿去了？”

爸爸告诉我，周家大塆旁边那个荒废多年的小庙被周英雄作为旅游设施的一部分整修一新，重新请来和尚入驻，三天前，把张爷爷接去做了挂名住持。我惊得合不拢嘴：“张爷爷都还俗这么多年了。”

“游客并不需要知道这一点。”

“他犯起糊涂来甚至不知道自己姓什么，你怎么能让他去。”

爸爸叹气：“我拦不住，周英雄直接做通了他儿子的工作，上门来把他接走了。”

“他儿子不是根本不认他，十几二十年都不跟他来往吗？”

“周英雄答应只要他爸过去，工资就直接打给他。”

我望天翻个白眼，笑道：“张爷爷这些年看病吃饭全是你负责，有领工资的机会，他儿子就冒出来了，真是不服不行。”

爸爸无可奈何地说：“算了，我已经把他吃的药给他带上了，写好了服用时间和饮食禁忌。但愿他们守信用好好照顾他。”

“凭什么就能这样带走他啊！”

“他们毕竟是亲父子。”

我一下哑住，爸爸看我的表情，也怔了一下，苦笑摇头：“小航，你就是我女儿，不要一谈到这个话题就有其他想法，好吗？”

我闷闷不乐：“但是许姐姐……”

他打断我：“不要再提她了，她有她的生活，跟我们不相干。”

“好吧，不提她。告诉我，当年你是从哪里捡回我的？”

他无可奈何地看着我。我摊手：“我有好奇心啊。还有，我的生日是真的生日，还是你捡我回来的日子？”

他没说话，转身进了里屋。我气得追上去抓住他的衣袖嚷：“喂，你这是什么态度啊，不打算理我了吗？我可告诉你……”

“好了好了，小祖宗，别叫了。”

他打开柜子，从最里面翻出一个包裹递给我，我展开一看，是一床小小的百衲薄被，由各种花色的碎布拼成，尽管陈旧，还是看得出手工很精细。

“当年你就裹在这里面，被放在省人民医院侧门外。”

省人民医院是省城一所规模颇大的医院，离我读的大学不算远，我曾数次从门前经过，竟然不知道我在婴儿时期被人丢弃在那里。

“被子里放了一张字条，上面只写着你的出生年月日，当时你刚出生一周。我忘了把字条夹在哪本书里了，回头找出来给你。”

“算了，不用了。”

“小航，答应爸爸，别再想这件事了，好吗？”

“嗯。”

我不可能不想，可是想也是白想。也许我得庆幸捡到我的人是爸爸，然而，身为一个弃婴，又有何幸可言。

平常张爷爷除了闹着要吃东西，并没什么存在感，可是家里突然少了一个人，我提不起精神，爸爸看上去也有心事，这个年过得十分冷清。

初二那天，雪停了，温度降得更低，我正靠在火盆边看书，周锐过来了，一脚踢在我坐的椅子腿上，我差点摔倒，恼火地叫：“你抽什么风啊。”

“你把我一个人扔在省城，都不说一声去哪里了。我只好回来跟你爸报信，在镇上撞到我爸，被逮回了家。我在心里已经揍你无数次了。”

我笑：“还好啊，你看上去手脚完整，能走能跑，看来你爸没下狠手。”

他作势掐住我的脖子，我只好求饶：“别闹了别闹了，我爸马上回家，他看到可又得把你撵出去了。”

他松开我，气哼哼地说：“你好好给我解释一下，我看能不能原谅你。”

“我要你原谅？”我跳了起来，没好气地说，“你爸把张爷爷拐去庙里的账我还没算。”

他顿时气焰全无，赔笑说：“你也知道是我爸干的，真的不关我事，他是他我是我，我们不兴搞株连那一套的。”

这时外面院门又被敲响，我懒得理他，出去打开院门。外面站的是位女士，穿着黑色长羽绒服，围一条格子围巾，看上去四十来岁，保养得很好，斯文而有气质，一看就不是小镇居民，而且身后一辆省城牌照的出租车正在掉头离开。

“您找谁？”

她打量我，讲的竟然是一口正宗京腔：“请问何原平先生是住这里吗？”

居然又是来找我爸的。我也打量她：“请进。他出门了，应该过一会儿回来。”

我请她到火盆边坐下，给她倒了一杯热茶，她连声称谢：“没想到这里竟然积了这么厚的雪。”

“您从省城过来？”

“对。不过平时我生活在北京。”

“这样大过年的远道过来找我爸，一定有很重要的事吧？”

她微笑：“对。”

她不肯说下去，我的好奇心得不到满足，却也没办法再追问。好在这时爸爸回来了，她站起来：“您是何原平先生吧，您好，我叫严小青。”

“您好。”

爸爸脸上没什么表情，但我顿时警觉，我很清楚他平时不是七情上面的人，内心越是波动，表面反倒越是镇定。

“我有事想跟您单独谈谈，您看哪里方便？”

“稍等。”爸爸转头对我说，“今天温度很低，你把张爷爷的那件厚棉袄给他送过去，让他穿在袈裟里面，不要冻着。顺便问下他们，有没有让他定时吃药。”

我只得答应下来，打包好衣服跟周锐一起往外走。

出来以后，周锐笑道：“干什么臭着个脸。”

“我爸跟我玩心眼儿，生怕我在家里偷听，把我打发出来。”

“何伯看上去不认识她，两人不会是老相好，有什么可偷听的？”

那倒也是，换了十天前，我大概又会想入非非猜她是我母亲，按年龄来讲，她当然比许可更胜任这个角色。可是现在我对这个已经再没想法了，我生气的是我爸竟然对我有了秘密，而且看起来远远不止一个。

我们坐中巴很快从李集到了周家大塆，我一看票价，顿时肉痛，问周锐：“应该可以刷你的脸免票吧？”

“他们怎么认识我？我总不能为这事去找我爸又讨一顿打吧，去买票。”

“咦，你居然让我掏钱？”

他瞪我：“托你的福，我的钱全被我妈没收了，告诉你，我又得吃一阵你的软饭了。”

我笑，拿钱去排队买票，一起走了进去。

这个村子我几年前来过，印象中黑瓦白墙的古民居错落有致，但透着掩饰不住的萧条破败感，不时有学美术的学生三五成群去写生。现在一看，俨然已经被周英雄改造成了一个标准的旅游胜地，青石板路修补齐整，清扫得干干净净，沿街挂着应景的红灯笼，映着积雪，十分漂亮，一间间小商店卖着各式工艺品、说不出名目的食品，不时可以看到举着小旗的导游带着一队队游客穿梭而过，打谷场上有民俗表演，舞狮子玩龙灯，锣鼓喧天，很有过年的味道。

周锐啧啧称奇：“不得不说我爸这人，想干点什么，还总能干得像模像样。周家大塆被他这么一拾掇，简直改头换面了。”

“令尊确实是人才啊，哪怕受骗上当都是大手笔的。”

他毫不介意我挖苦他爸爸，反而哈哈大笑：“这话我得记下来，回头他跟我吹牛，我可以拿出来好好打击一下他。”

话音未落，他爸爸周英雄就出现在前方不远处，他顿时有撒腿想跑的意思了，我拉住他：“别这么孱头好不好？他陪着一大帮人，哪有空收拾你。”

果然周英雄只是拿眼睛狠狠扫了他一下，继续与周围人谈笑风生，从我们身边走过去。我看着周锐惊魂未定的样子，摇一摇头：“怕成这样，也亏了你有胆子从英国跑回来。”

周锐只得自我解嘲：“小杖则受，大杖则走，这道理你不懂了吧。”

穿过村子，我们看到了那座庙，香火居然十分鼎盛。

我过去推了一下张爷爷，他睁开昏花老眼看着我，果然又像看陌生人。我不管，拉他起来，一个瘦小的年轻和尚过来拦我：“施主，你干什么？”

“我不布施，别叫我施主。”

他呆住，我不理他，拉着张爷爷走到后殿，替他脱去袈裟，把厚棉袄穿上，周锐在一边直笑：“你知不知道你在干什么？在庙里脱和尚衣服这种事，只有你做得这么理直气壮。”

“呸，你真下流。”

我不理周锐，一粒粒给张爷爷扣着扣子，平时在家，我也经常这样给他换衣服，大概触动了他某个记忆，他突然说：“小航，我要吃饼干。”

“嘿，总算没白来一趟，居然还记得我。”

我把带来的无糖饼干递给他，他眉开眼笑拆开来吃，顿时没有了半点大师模样。我再替他套上袈裟，对跟随过来的年轻和尚说：“你们有没有让他按时吃药？”

“有。”

“他儿子来照顾他没有？”

他摇头：“我们会照顾师父的。”

“那好。不许给他吃甜的，吃出了事，小心我过来跟你没完。”

他讲不出话来，周锐摇头：“你够了，人家大概没见过你这么蛮横的人，完全被你吓到了。”

我倒不是存心吓这小和尚，实在是不放心，夺下张爷爷手里的饼干交到他手里：“好了好了，一次不要给他吃太多，回头我再买了送来。”

张爷爷坐回原位重新开始敲木鱼，果然是他从小修熟的功课，做得熟极而流。周锐问我：“你要不要上香？”

我摇头：“有什么好求的。”

“口气真大。”

“不是口气大。我真正想求的都是没法实现的，索性不求。”

我想求某个神祇，让何原平就是我的亲生父亲——怎么可能呢？那床小小的薄被是我与血亲之间唯一的联系，想想就觉得万念俱灰。

我们出来，周锐拉我走进一间茶馆，里面刻意装修成古旧风格，有民间艺人操苍凉嗓音唱着本地几近失传的一种戏曲，我曾在某次办丧事人家搞的演出中看过，听不太懂，只觉得十分配合诀别气氛，可是完全没有流行歌曲受欢迎。茶馆内热气腾腾，周围全是中老年人，他们谈笑着，还有人抽烟，一切都与我们格格不入。

我看下茶水牌，怪叫一声：“你是想让我也破产吧。”

“看看你这小气劲。”

“大气需要经济基础支撑。我给你出去买瓶矿泉水好吗？”

他不理我，点了两杯绿茶，我只得苦着脸付钱 ：“你赶快回英国去吧，大爷，我养不起你。”

“你得先跟我讲清楚，到底出了什么事。”

我两眼空茫看着前方，他不耐烦地推我一下：“告诉你，不讲清楚，我们今天没完。”

“我是我爸捡来的，不知道亲生父母是谁。”

他倒没有意外的表情，想来也多少听过传闻。

“那个跑来借住我家的许姐姐才是我爸的亲生女儿。”

他这才有些吃惊："小航。"

"没了，就这些。"

他握住我的手，我本想甩开，手动一动，眼泪却掉了下来，一滴滴落在他手背上。艺人仍在"咿咿呀呀"唱着，伴奏胡琴如泣如诉。

所谓众生皆苦，不外如是。

_2

我回家的时候，那位女士已经走了，爸爸在拉二胡，我在院子里停步细听，是《江河水》。他很喜欢刘天华，但极少拉这首曲子，说里面有股愤懑情绪，今天会拉这首曲子，多少有些奇怪，在这严寒的天气，琴声听来有无尽的萧瑟沧桑。

我一直等他拉完才走进去，坐到他身边的矮凳上，将头靠到他腿上，他放下二胡，叹气："你是大姑娘了，坐要有个坐相。"

"我要是你亲生的，你才不会跟我讲这话。"

他一脸的哭笑不得："傻孩子，儿大避母，女大避父，亲不亲生都一样。"

"根本不一样，别骗我。"

他把我的双手合在他的掌中。他手掌粗糙、宽厚、温暖，触感与周锐完全不同。我无来由地想哭。

"你看看你，我不跟你说，就是不想让你无时无刻不惦记着这事。"

我明白他说得没错，仍咕哝着说："我不管，你不许有了新女儿就不要我了，不许对她比对我好。"

"又说傻话。"

我突然抬头定定地看着他，他不解地问："怎么了？"

"这次你没说你只有我一个女儿。上午来的那女的是谁？跟你说什么了？你是不是打算跟许可相认了？"

"小航，你要把你这聪明劲全用到功课上面，只怕可以考上北大清华。"

我知道他是在逗我开心，可是我根本笑不出来，呆呆看着他，挨了好一会儿，小声说："我不问了，你要认就认吧。"

我站起来，他拉住我的手："小航，听我说——"

我回头看着他，他却又没说什么。我点点头："是让我别胡思乱想，对吗？不用说了，我知道。"

"她再怎么比我好，再怎么是你亲生的，也别不要我！"——其实我很想说出这句话，可是我忍住了。我的不安全感到了自己都看不下去的地步。如果放任自己一味索取更多的保证，我大概会走火入魔，把爸爸逼得更加为难。

寒假结束，我返回省城上课。

通常在一所讲求升学率的高中度过三年之后，上了大学，都会有解脱之感。但我没有。

一方面，猛然知道自己是个弃儿毕竟带来的冲击很大。另一方面，我并不适应省城。

在此之前，我一直不喜欢我生活的小镇李集，这个地方从名字到居民都同样平凡无趣，有三分之一的人我是认识的，另三分之二的人看着眼熟。而所有的人都认识我，知道我是何师傅那个来路不明的女儿。我有同学、伙伴，可是不用多敏感都深知自己跟他们不一样，像一群羊里的一只羊驼，羊群不会特意空出一块地方孤立羊驼，可羊驼再怎么努力让自己缩小退后，也融入不了羊群。

到了省城，物种突然变得极为丰富，举目所见，再不是单一的羊群，什么样背景、出身、性格的人都有，好似进了一个没有牢笼的大动物园，没人会特别注意一只羊驼。

我本该松一口气，不过恰恰相反，我感觉到空前的孤独，还有一点恐惧。

我这才知道，原来我内心已经被我生活的小镇改造成了一只羊。

躺在宿舍里不上课，当然什么问题也解决不了。我打算做个好学生，至少要对得起爸爸给我缴的学费。

赵守恪对我的变化表示赞赏，认为我还算是孺子可教，认真替我做着规划："现在醒悟为时不晚。你的专业是国际经济与贸易，优势是就业选择范围大，但是特定专业可替代性也比较大，所以你必须在学好专业课的同时，多增加一些就业资本，比如修双学位，学好英语，不要只想着过四级，尽量争取达到专业八级，到大四的时候再考个报关员证。这样就业就基本没什么问题了。"

我只得点头受教，顺便问他："你和你的女朋友怎么样了？"

"老样子。"

我追问："老样子是什么样子？"

"是我妈让你打听的吧？"

"临走我又吃了一顿她做的红烧猪蹄，不带点情报给她说不过去啊。"

他哭笑不得："你有点出息好不好？"

"我有个强烈的感觉，我要是真有出息了，你也懒得搭理我了。"

"很好，就为了让我以后别烦你，你也得努力长出息了。"

反正辩论是辩不过他的，我只得耍赖："你就告诉我嘛，起码现在我可以不烦你了不是挺好吗？"

他经不起我磨，只得说："我们还在交往，不过我觉得她和我没有将来。"

"为什么？"

他反问我："你还记得她说你是什么？"

"小镇少女，作，矫情。"我一一历数着，忍不住好笑，"估计在你面前说得更多。"

"别忘了我跟你是邻居，住你家对面，你是小镇少女，我就是不折不扣的小镇青年。"

"我得为她说句公道话了，她只是讨厌我，才讲那些刻薄话来气我，又不是针对你。"

"她在省城长大，对着我们，潜意识是有优越感的。"

"喂，你别这么敏感好不好。她是你女友啊，而且吃起醋来毫不含糊，肯定很紧张你。"

他冷静地说："现实就是这样。我如果考研顺利，毕业后找到一份理想的工作，那跟她还有一点可能。否则分手是早晚的事。"

我大不以为然："你不好好享受恋爱的快乐，倒直接操心会不会分手，真是杞人忧天。"

"嗯，你在践行活在当下享受今天，那么请问你的今天让你快乐吗？"

我怔住。

"生活里并没那么多能让人没完没了傻乐的事，对吧？我早说过，你跟周锐混在一起，只会拉低你的智商。"

周锐声称绝食，他爸不出意外地狠揍了他，他鬼哭狼嚎求饶，却怎么也不肯答应回英国。周英雄打到自己手软，拿他没办法，只得默许他妈妈把他转到省城一所号称合作办学拿洋文凭的学校读书，明眼人一看，就知道是供他混日子的地方。一提到他，赵守恪当然又多了几分鄙夷。

"话说回来，托他爹的福，他有当败家子的资本。你不一样，何慈航。对你来说，今天也不过是普通的一天，很快会成为昨天，四年大学时间一转眼就过去了。从小地方来，没背景没人脉，这里有的是比你优秀、比你有家世、比你更努力的人。你现在不操心，将来有的是操心的时候。"

"你这人真是……请问你平时跟董雅茗也是这么说话的吗？"

他扬眉笑了，从小到大，他这种既鄙视我幼稚，又觉得在意料之中不值得奇怪的笑法回回都能打败我："她不用我教训，她是独生女，父母一个在事业单位工作，一个开公司，足以把她的生活安排得好好的，他们不需要她打拼，大概唯一的要求就是她不要找一个条件差的人拉低她的生活水准。慈航，你爸爸再怎么疼你，也只在小镇负责料理丧事，没人能为你做出安排。要是没有一点真本事，你想在大城市站稳脚跟难上加难，回县城的话，最走运也就是考上一个公务员，继续跟你想摆脱的那些人和生活为伍。你愿意那样吗？"

跟往常一样，我再一次被他说得哑口无言。倒不是被他说服了，他的忧患意识与上进心是天生的，我学不来，可是我意识到，他的话有一部分戳中了我的心事，我情愿混迹于省城这个大动物园，也好过成为小镇上的异类。

另外，我没法理直气壮地说我情愿当个废柴。

是的，我连找爸爸撒娇求得安全感的信心都没有了，哪有当废柴的资格。

_3

我回头看省人民医院的门诊大楼，堂皇气派，不停有人进进出出，台阶下有一个竣工铭牌，显示是五年前新建的。

当年我爸是在哪个门外捡到我的呢？这个念头一浮上来，我就想抽自己：神经病，如果是在垃圾桶里捡到你，你又能怎么样？难道还要去对着垃圾桶凭吊一番不成？

我一抬头，意外看到前面站的是许可，上次见她还是一个多月前从海南回来那天。她穿着合体的深灰色套装配白衬衫，头发绾成一丝不乱的发髻，化着淡妆，拎着一只黑色皮包，是标准的上班装束，却站在靠台阶的位置发呆，神情看上去几乎是惨淡的。我本来想不声不响绕开走掉，可是又莫名有点担心，她那样内敛的一个人，在医院里出现这种表情，摊上的大概不是什么好事。

想了一下，我还是走过去拍一下她："许姐姐。"

她一惊，抬头看我，近乎本能地勉强一笑："你好，慈航，你怎么在这里？"

"张爷爷病了，在我们那边县城住院。我爸让我拿他的病历和检查结果到这里找专家咨询一下。你没事吧？"

"我……没什么。"

她实在不像是没什么的样子，不过站在我的立场，也不想扮演一个过于爱管闲事的人，点点头："那好，再见。"

她拦住我："等等，咨询的结果怎么样？"

"别提了，起个大早挂专家号，排了近三个小时的队，医生草草扫一眼病历，几句话把我打发了：糖尿病并发症，具体到了什么程度，要怎么治疗，需要到这里做进一步检查才能确定。”

“那倒不是他们敷衍你，没有亲眼看到病人，确实不好诊断。”

“我知道。”我叹气，“算了，我先回学校去了。”

“等一下，小航，我可以带你去市中心医院。我弟弟在那里做内科住院医生，虽然他还说不上是专家，但业务方面是很不错的，你要不放心，我还可以请他找主任一起帮忙看一下，也许能给你一个稍微详细点的答复。”

我迟疑，可是马上嘲笑自己的那点小心思：得了吧，你确实搞不定这件事，还是得他的亲生女儿出面；就算你硬撑着不接受她帮忙，也改变不了什么。我随她出去上车，她发动车子，踌躇一下，突然说：“慈航，请不要告诉我弟弟，我们是在医院碰上的。”

我点点头。

市中心医院离我的学校较远，是本市规模最大的医院。许可在内科住院部找到了她弟弟许子东，这次他穿着白色工作服，看上去斯文儒雅而又有专业的权威感，简直可以直接走上医院宣传海报当医生形象代言人。他疑惑地看了我一眼，尽管许可讲清了来意，他的态度依旧是冷淡的，不过他看病历和各项检查结果却十分仔细。

许可问他：“子东，你看用不用请你们主任帮忙看一下？”

他讪笑：“姐，你对我有点信心好不好，这个病例并不复杂。”然后问我，“这位老先生患2型糖尿病已经有多年时间，平时有没有按时服药，注意饮食？”

“他有老年痴呆症状，一直都是我爸爸督促他服药。但是近一个月，他没跟我爸爸住在一起，我爸问过他徒弟，他们说话支支吾吾，实在不能保证。”

他点点头：“老年糖尿病患者会有智力与记忆力减退的现象，并不见得是单纯的老年痴呆症。结合病史来看，他的症状符合糖尿病酮症酸中毒，简称DKA。糖尿病患者如果发生急性感染，或者中断药物，饮食不当，造成体内胰岛素下降，生糖激素升高，就会引起高血酮、酮尿、电解质紊乱等一系列问题，这是内科临床常见的一种急症……”

我奋力做着笔记，远比在课堂上认真，生怕漏掉任何应该转达给爸爸知道的信息。不过我发现医生不仅有一套自成体系的书写格式，连讲话也都带着深刻的职业特征，除了一个接一个的医学名词让人听得满是迷茫之外，他们永远带着保留，不会给你一个确定无疑的希望或者打击。当然，来到这个地方的人都害怕失望，想抓紧最后一丝希望，渴望躲开注定落下的当头一棒，不得不说，他们的这种讲话方式是最合理的。

许可似乎看出我茫然不得要领，代替我发问："子东，你觉得有无必要转院到省城来进行治疗？"

他沉思一下："我的意见仅供你和家人参考，中心医院的医疗条件在省内无疑是最好的，但同时床位压力很大，如果不是特殊的疑难病症，我们并不建议转过来。"

"还是问问你们主任的意见吧。"

许可为我竟然这么坚持，而许子东只略微扬一扬眉，也没再说什么，带我们去找了内科主任，请他帮忙看了病历，说了自己的诊断意见。主任看上去脾气不错，笑着对许可说："你们完全应该信任子东，他的判断在我看来没有什么问题。对了，我记得那边县医院内科的李医生曾经到我们医院来进修过一年，这样吧，我给他打个电话，沟通一下患者的情况再说。"

主任翻通讯录找到号码打电话，很快找到了李医生，两个医生沟通起来，我更加听不懂，不过我听得出来他问得仔细，那边回答也颇详尽。足足十来分钟之后，他才放下电话，告诉我："李医生跟我谈了他的治疗意见，我觉得没什么问题，现阶段还是留在县医院治疗，小剂量胰岛素配合补液，纠正代谢紊乱导致的高酮血症和酸中毒，降低血糖，消除酮体，同时密切注意各项指标的变化。我们会保持联系，看是否要随时调整治疗方案。"

我由衷地道谢，出来之后对许子东说："谢谢你，许医生。"

他淡淡地说："别客气。"

随许可出来，我再次向她道谢，她说："别客气，张爷爷是你爸爸的师父，我帮忙也是应该的。"

我苦笑一下："我跟爸爸也说过了，我不介意你们相认的。"

许可微微一笑："顺其自然吧。到我这个年龄，并不见得需要一个真正的父亲作为精神上的依赖，更介意的还是真相，你爸爸不肯提的事，我不会去勉强他，慈航，你千万不要把这件事放在心上。不管怎么说，我是很乐意有你这样一个妹妹的。"

她有教养，大方得体亲切，完全是理想中的长姐，可是我做不到顺势叫出一声姐姐。对于自己的这种孤儿心态，我也无可奈何，只能转移话题："许姐姐，我不喜欢多管闲事，可是有件事我还是要跟你确认一下，你避开你弟弟工作的医院，跑到另一家医院去，又不想让他知道，真的没什么事吗？"

她一脸的犹豫不决。

"你要不愿意讲就算了，我不是非问不可。你身体没事就行。"

我转身要走，她拦住我，苦笑了："慈航，我真的没事，只是……我怀孕了。"

我拍拍胸口嘘一口气："你脸色那么奇怪，吓得我以为……拜托，我十八岁，不是八岁，不至于听到怀孕就会耳朵失贞。"

她的脸顿时涨得通红，三十来岁的女人皮薄至此，让我暗笑，又不得不承认，她雪白细腻的皮肤染上一层红晕，显得十分动人，竟然只落在我眼里，实在是浪费了。我对与生孩子有关的事情毫无兴趣，可是突然又记起她曾说过她与先生是丁克一族，疑惑地看她："你不打算要这孩子？"

她的脸如同血液瞬间流失一样变得煞白，说不出话来。我苦笑："我爸早就说我跟张爷爷混着，染上了不小的半仙脾气，喜欢不由分说下判断。对不起，确实不关我的事。"

"慈航，我很……矛盾。"

我一筹莫展地看着她，怀孕女人的矛盾无非就是要或者不要吧。"许姐姐，我是我爸捡回来的孩子，有时候免不了会猜想他们为什么要扔掉我。不管怎么想，都会心生怨恨，没法做到心平气和。所以我能给的建议就是一句废话：如果不想要孩子，千万不要生下来；如果决定生下来，请好好对待。"

许可长时间没有说话，我也不认为我这无关痛痒的建议能有多大分量："好了，许姐姐，你开车小心，我先回学校了。”

_4

这个城市太大，公汽线路多到让我迷茫，我对着密密麻麻的站牌研究了好一会儿，才找到回学校的那路车坐上去，拿手机给爸爸打电话通报情况，他告诉我，张爷爷的主治医生刚才找他谈话了，尽管隔着电话，我也能感受到他情绪不对。

“怎么了？”

“你为什么要去找许可帮忙？”

我一怔：“我没找她，只是在医院里偶尔碰到。”

“偶尔碰到的话，打个招呼就过去了。我只让你挂号找专家问问情况，没必要请她帮忙。”

“专家三言两语就把我打发了，许姐姐的弟弟就不一样，对我解释得很详尽不说，还咨询了主任，给县医院那边打了电话，这样不是很好吗？”

“小航，我不愿意让许可介入这件事。”

我的火气也上来了：“你们父女之间掉枪花，要认不认玩矜持，我夹在中间算什么。我说过了，我没特意去找她，也不觉得有在她面前隐瞒什么的必要。你有什么想法，直接跟她说好了。”

我挂了手机，将头别过去对着车窗外，公交车行驶在一条宽阔的马路上，旁边另一辆公交车并行着，面窗而立的乘客原本一脸漠然，突然换了个惊讶表情盯着我。

我知道我在哭，可是我已经管不了别人拿什么眼光来看我。我一直都不是乖顺的女儿，过去经常跟爸爸顶嘴吵架，他纵容我，让我过后时时懊悔自己的出言不逊，然后会不太认真地下决心改正，但从来没哪一次像今天这样伤心得难以忍受，好像属于自己的某样东西被拿走了，再也找不回来——具体是什么，我说不清。

晚上周锐打电话约我出去吃饭，我拒绝，不料过了一会儿，他找到学校来，我只得下去："你不是又交了一大帮狐朋狗友吗？应该不用发愁没人陪你玩啊。"

"他们都问到你，要我一定带你过去。"

我哭笑不得。我只被他拉去参加过一次聚会，他新认识的朋友有男有女，与我唯一的共同点是年龄相仿。他们打扮得十分时尚，对各种好玩的事物都兴致勃勃。对比之下，我十足是个土妞。不过我最大的长处是不怯场，坐到他们中间，完全可以做到满不在乎。不知谁开头谈到星座，我从小受张爷爷熏陶，喜欢钻研这些被我爸爸称为"不着调的学问"，当即口若悬河地讲了一通算命、看相和星座方面的话题，成功地唬住了他们，没想到隔了半个月他们还念念不忘。但是今天我实在没心情跟他们胡诌，有气无力地说："我打算去自习室看书。"

"闷在学校里会发霉的。今天是星期五，再怎么洗心革面当模范学生，也该出去放放风。"

"没心情。"

他大言不惭地说："碰上什么不开心的事了，讲出来，我好好开导你。"

我懒得理他："你走吧，别来烦我，让我自个儿待着。"

"不行，你这人有前科，自个儿待着爱出幺蛾子，跟我走。"

他不管我的抗议，拉着我出学校坐上出租车，到了他跟朋友约好的地方。那是新开的一条步行商业街，两侧西式建筑，回廊塔楼一应俱全，全是各式专卖店、咖啡馆和餐馆。他的朋友坐在一家西餐厅的外面，占据了好几张桌子，一看到我，顿时凑过来，纷纷要求继续上次的话题。

"慈航，你上次说我这个月水逆不适合外出真是太准了。我和男朋友出去看电影吵架，出去吃饭也吵架。"

"慈航，帮我看下手机中这张照片，他是天蝎座，面相是不是看上去控制欲很强，我担心会被他吃得死死的。"

她们谈的不外乎和男孩子的那点事：我爱他，他爱她，他不够爱我……兜来转去，真是吵得人头晕。心情好时，我倒不介意继续信口开河，可现在实在打不起精神来。周锐把她们挡开，叫了份薄底海鲜芝士比萨，和我分着吃，见我没什么食欲的样子，问我："经验告诉我，现在找你讲话，你会把气撒到我头上，可是我也不能放你在这里生闷气，怎么了？"

"我发现这世界上的事情，我不理解的越来越多了。"

他乐了："比如——"

"比如人为什么要活着。"

他哼了一声："我拜托你不要胡思乱想好不好。是不是在担心张爷爷的病？"

"都怪你爸，要不是他把张爷爷弄到庙里，没人照顾，让他乱吃东西不吃药，张爷爷也不至于病倒。"

"我就知道我会惹火烧身。好吧好吧，怪我爸怪我爸，反正怪他的人多了去了，用不着我为他辩护。不过话可得说清楚，跟我没关系。我已经打电话嘱咐我妈，让她送一笔医药费过去。"

我突然示意他别说话，盯住不远的地方。他顺我视线看过去，一对男女正从餐厅内走出来。他酸我："喂，不要看到个帅点的男人就发花痴盯着不放。"

旁边女孩子闻声看过去，笑了："确实很帅啊，周锐你不服不行。"然后推她的女伴，"你是衬衫控，快看，如假包换的大帅哥。敢不敢上去搭讪？"

"帅是真帅，不过人家带着女朋友好不好。"

"平时你净吹牛，关键时候就萎了。"

我无心理会他们的胡扯，只紧盯着那边。

那英俊得异乎寻常的男人是孙亚欧，站在他身边的是一个漂亮女人，不过不是许可。她长得更高挑一些，细腰长腿，有着几近完美的身材比例，穿件及腰深酒红皮质上衣、破洞牛仔裤、带流苏的短靴，长长的头发梳成一根辫子放在一侧肩头，显得颇有英气。

早上才碰到许可，晚上又碰到她先生，未免太巧了一点。而且那女人挽他手臂仰头与他讲话，满脸放光，十足一对情侣模样。

我推开椅子站起来，大步走过去拦到他们面前。孙亚欧看到我，微微一怔，那女人问："有什么事？"

“我不是道德家，也不喜欢管闲事。不过太太刚怀孕，就有心情与别的女人挽手吃饭逛街，无论如何都说不过去吧？”

两人的表情同时僵住，那女人先发作了：“喂，你想干什么——”

孙亚欧拦住她，问我：“你是说许可怀孕了？你怎么会知道？”

“你还没来得及回家吧。得，我给你个机会，就当今天什么也没看到，什么也没说。你自己看着办好了。”

我不再理会他们，回位置坐下，继续吃比萨，那几个女孩子看我的眼光是惊讶的：“看不出你胆子居然这么大。”“你跟他说什么了？”

我没好气地说：“我告诉他，他印堂发暗，眉尾带煞，必定惹上了烂桃花，若不及早抽身，后患无穷。”

她们顿时更加好奇：“真的吗？这也看得出来。”“慈航慈航，帮我看看有没有桃花。”

我哭笑不得，敷衍她们：“等我吃完再说啊。”

她们总算散开。周锐笑着摇头：“你很受欢迎，好几个人打电话给我问你今天会不会来，你完全可以摆摊收钱给他们算命了。”

我不理他，吃了几口，将叉子丢下，长长叹气：“人生真他妈的没意思透了。”

“你够了，跟我去唱一晚上歌，保证不会再起这种鬼念头。”

这是只有周锐开得出来的药方。

张爷爷躺在病房里，以他的年龄与身体状况，不必医生指出，我也知道复原的可能性很低。

我爸爸不会再像从前那样疼我了。

许可看似美满的婚姻其实爬满蚤子。

我不相信与一群无忧无虑的陌生人一起放声唱一晚上歌就能让我找回人生的意义。

第六章

「

至高至明日月，至亲至疏夫妻。他刺痛我，我也刺痛了他，而且都十分精确。

难怪有人说婚姻带给我们最亲密的敌人。

——许可

」

_1

我们怀念童年，很大程度是在怀念一段托庇于父母关爱照顾之下，不必事事自行负责的时光。不管他们算不算完全合格的家长，总能为我们遮挡许多问题。

年事渐长，一切都得靠自己，再没资格沉湎于顾影自怜之中，天塌下来，只要没当场压至倒地不起，都得探头出去找寻出路。

一段感情走向失败当然算不上世界末日，一切还得继续下去，人前尤其要表现得与平时没有两样。

春节期间，小姨在我家待了三天，我身体不舒服，大部分时间由孙亚欧陪同她吃饭、购物，还去观赏了梅花。他表现得十分尽责。

到她走的那天，我送她去机场，进安检前，她抱住我："可可，不要怨恨你妈妈，她有情非得已的地方。"

我摇摇头："我不可能怨恨她。我只是不明白，为什么她执意保守秘密，甚至都不在最后那几个月告诉我实情。我也许当时不能接受，但也不至于像现在这样一直抱着疑问，没法彻底解脱。"

"你妈妈已经安息。至于何原平——"她迟疑一下，"他的生活也许不大如意，但毕竟已经过去了这么多年，再大的心事也该放下了，我相信他不至于还对你妈妈怀恨在心。将来如果他需要帮助，我们可以好好补偿他，也算做出一定弥补。"

"小姨，他不会接受的。我虽然没机会跟他多相处，可看得出他外柔内刚，是一个很硬气的人。"

小姨点点头："以后再说吧。可可，听我的话，好好修复跟亚欧的关系。"

我自知与亚欧做得就算再举案齐眉，到底瞒不过小姨的锐利眼神，只得不说话。

"夫妻要走完一生，需要缘分，更需要双方付出努力，你们没孩子，说实话，比平常家庭维系双方的纽带要少一些，更需要多体谅对方一点，只要不是原则性的问题，就不要太固执。"

"我明白。"

小姨有她的家庭与事业，飞来这边陪我谈心，尽力开解我，已经让我感激不尽，我不能像小时候那样拿自己的烦恼无休止打搅她。她说得很对，但最后的决定只能由我自己来做。

回到家里，我试图坐下来与亚欧好好谈谈，可是他十分冷淡，说就算要离婚，也不必像某些人春节排队进庙烧头炷香那样守着等民政局第一天开门上班。他在心情不好时，态度一向极为冷漠，根本无法沟通，我无话可说，只得作罢。

假期结束后，他马上开始三天两头出差，行程排得远比过去密集，我到新公司上班，各忙各的，甚至很少碰面。

我做了多年HR，对于人事管理算是驾轻就熟，但咨询对我来讲是全新的行业，我负责替接受咨询的公司分析和重新设计薪酬结构以及人事培训，接手这份工作之后，千头万绪，需要我全神贯注，所以在办公室里我不难做到抛开一切杂念。

漫长的冬天终于过去，天气乍暖还寒，但公司里的年轻女同事已经迫不及待换下厚厚的冬装，穿上了短裙。再怎么忙碌，我也注意到春天已经来了，同时不得不面对另一件事，我的生理期迟迟未至。

结婚之前，孙亚欧便明确表示不要孩子，我也同意。婚后我一直避孕，直到最近大半年，先是忙于照顾妈妈，随后亚欧的疑似外遇、丧母的悲哀和身世的震撼接踵而至，我更疏忽了这件事，与亚欧唯一一次没有防护的亲密发生在李集那个小小的招待所。退房送走他之后，我在路边药房买了紧急避孕药服了下去。

我也只当生理期推迟是服药引起的副作用，直到连续几天早上都觉得恶心想吐，才猛然发现不对，买回验孕棒一测，吓得目瞪口呆，只得请了假去医院，拿到的检查报告单坐实我已经怀孕五十三天。

是紧急避孕药有问题，还是药品说明书里那点微乎其微的避孕失败率让我摊上了，我根本无从探究。我不得不自嘲地想到，婚前唯一一次纵情，惹上的是孙亚欧；婚后这一次，得来的是意外怀孕。

真是丝毫也没有放纵的命，只能过循规蹈矩的生活。

跟别的同事不一样，我甚至欢迎加班。

一旦下班，我就不得不开始思考我面对的处境了。我不知道该怎么与孙亚欧谈这个问题。

我丈夫的旧情人重新出现。

我们已经谈到离婚。

我怀孕了。

……最后这一条简直像一个黑色幽默。

我独自转了两天念头，完全理不出头绪来。待看到孙亚欧出差回来，一脸疲惫，几乎脱口问他有没有吃晚餐，再一想，都已经提出离婚，再照过去的习惯关心他，几乎有些可笑。可是当关心变成习惯，却要用理智说服自己重新变回路人，无法不觉得感伤。

我不知道该怎么开口谈怀孕这件事。他似乎也回避与我这样面面相觑的局面，打个招呼，匆匆进了客房。

盯着紧闭的房门，我进退维谷。

_2

隔了一天，我去江对岸会见一名重要客户，已经快到目的地，对方却打来电话，声称有要紧事需要处理只能取消约见再约时间。我无可奈何，车子掉头之际，看到远处省人民医院的招牌，心中一动，驶了过去。

我想到了流产。

这是家大医院，远离我家与公司，碰到熟人的概率较小，解决问题然后返回公司继续上班，手术做得干净的话，几乎可以做到若无其事——这想法之冷血，令我自己都觉得全身掠过寒意。

我努力遗忘的往事涌到眼前。

就算到了三十四岁，我也并没把自己的生活安排好。我从来没有像现在这样需要妈妈，希望她没有离开我。

妈妈去世之初，我十分悲伤，花了两个月时间才做到情绪慢慢平复，我一直怀念她，但没有像此刻一样，强烈意识到我的人生已经有了永久的缺失。也许是重新置身于医院里，感受到压抑沉重的气氛，勾起那段折磨人的记忆，一阵空洞的疼痛让我的心抽紧，几乎想要痛哭出来，可就算在这种充满病痛折磨与生离死别的地方，每个人都努力控制着自己，我也无权失态。

我只能停留在外面，努力调整着自己的情绪。

何慈航过来跟我打招呼，才将我唤回现实之中。

我带她去子东那里咨询。路上我问张爷爷的情况，她告诉我："他被送去医院的时候，处于昏迷状态，治疗了几天，恢复了一点知觉，但医生说他还是有意识障碍，没有完全脱离危险。唉，我想请假回去，我爸不让。他一个人守着太累了。"

"我记得上次周锐说过张爷爷成过家，还有一个儿子。"

她耸耸肩："张爷爷的妻子早过世了，他和儿子关系一直不怎么好，自从患上老年痴呆，没法给人算命做法事之后，就根本没收入，这十多年来看病买药全是我爸负责，他儿子根本不打照面。我爸打电话过去，也只是想让他儿子来看望一下，不过根本找不着人。"

我想起子东曾说过他在医院早已见惯亲人因为各种原因不肯照顾病人的例子，可是何慈航小小年纪，讲到这种事语气平淡，没有任何义愤谴责，似乎完全不以为意，让我有些惊讶。我迟疑一下，还是问："医疗费用方面有没有问题？"

"不知道，我没有问。"

我很想说如果需要，我可以帮忙，可总觉得这话说得太冒昧，只得欲言又止，何慈航突然"扑哧"笑了："许姐姐，谢谢你，钱的事你不用操心，张爷爷不是头次住院了，我爸应该扛得住的。"

她十分坦然，我觉得自己的心思简直小家子气十足。

从子东那里咨询出来，我想送她回学校，她谢绝，却再次问我有什么问题。她实在是冰雪聪明的女孩子，一眼看出我有不妥。我的生活中已经有太多掩饰，对着她，我突然不想撒谎。

"我怀孕了。"

亲口讲出来，哪怕对面站的只是对生孩子毫无兴致的少女，这件事也不再仅仅是检测单上的一连串数据，或者内心挣扎要不要尽早解决掉的麻烦。

我不自觉摸向小腹，那里平平的，没任何异常。

理论上说，只是一粒受精卵而已，尚未发育出性别，更别提对外部世界的感知能力。可是一说到处理，就带着冷冰冰的气息，而一想到躺到手术台上，我更是呼吸困难，不是恐惧手术，而是恐惧自己最终变得彻头彻尾地冷酷，失去感知温柔情感的能力。

“如果不想要孩子，千万不要生下来；如果决定生下来，请好好对待。”——何慈航说她讲的只是一句废话，可是对我来说，这句话很重要。她不知道，我们这些成年人永远进退两难，患得患失，皆因想得太多。她保留着孩子才有的敏锐，看到了问题的本质。

慈航是被丢弃的孩子，而我是妈妈不得已留下的孩子。

那个应该是我生父的男人这些年经历了什么样的蹉跎，不会与我分享，也许对他来说，我意味着不愉快的回忆，他也许永远不会明确承认我，可我看得出，他待慈航至亲至厚，他们之间的父女感情让我深深羡慕。

我的母亲则以她的方式尽力善待我，关心我，指导我，就算留给我一个不明的身世。她过了辛苦而不愉快的大半生，得癌症早逝。我对她还能有什么怨言。

他们经历过什么样的生活，选择怎么样生活，我哪有权利妄加评判。

我回公司，重新安排工作，等处理完手头事情，已经是晚上八点。我开车回家，上楼开门，发现孙亚欧正坐在沙发上，我们面面相对，他问：“怎么回来这么晚？”

“有点工作才处理完。”

“吃过饭没有？”

“吃过了。”

“新工作还顺手吗？”

“还好。”

寒暄过后，室内有一种奇怪的静默。此刻看起来是最好的谈话机会，可我竟然不知道该如何开口。

这时他站了起来，伸手拿过我手里的包，我还没反应过来，他已经将包倒过来一抖，里面的东西全倾倒在茶几上。我惊呆了："这是干什么？"

他不理我，自顾自拣出里面的病历与检测单，拿起来细看，然后视线移到我脸上："这么说，你真的怀孕了。"

"你怎么知道的？"

他不回答这个问题，反问我："检测时间是四天前。你打算什么时候通知我？"

夫妻之间一旦有了隔膜，就不存在所谓正确的时机了。我无话可说。

"以我对你的了解，你大概会想自行处理，根本都不打算通知我吧？"

被他言中了，我以前这么做过，这次又确实动了这个心思。哪怕没有付诸实施，我也并不想为自己做辩解。

"我毕竟也给孩子提供了一半基因，你要是以为可以不知会我一声自行其是，就大错特错了。"

"亚欧，我想留下这个孩子。"

室内陷于长长的、沉重的沉默之中，可以清楚听见彼此呼吸的声音。

我知道，这句话对于亚欧来讲，是比我怀孕更让他意外的消息。

_3

俞咏文再度打来电话，指责我企图用孩子拴住孙亚欧，言辞激烈，声音尖厉得透过听筒直刺耳膜，我只得走到楼梯间接听。

"不是你想的那样。不过你怎么想，我也不在乎。"

"亚欧明明是不要孩子的，你这么做，实在太卑鄙了。"

我挂断电话，将她的号码放入黑名单，同时感谢现代科技，能省却很多口舌。

不要说不习惯同人争吵，就算有吵架的本事，我的精力也实在分配不到这上面来。工作已经忙得焦头烂额，而身体也开始出现一系列与怀孕相关的反应：晨吐，倦怠，食欲不振……我知道仅仅做出决定还不够，我必须开始调整我的生活了。

我把怀孕的消息告诉我的老板兼学长卢湛，他一时有点愕然："我记得你说过没有要孩子的打算。"

"这是……计划以外的事情。真的很抱歉，卢总。"

他挥一挥手："哎，不用道歉不用道歉。我太太私下也跟我说，你这位学妹又能干又漂亮，可是女人不要孩子总会觉得人生有遗憾。恭喜你了，许可。"

他太太李佳茵是一个近两岁男孩的妈妈，我加入公司后，与他们一家三口一起吃过一次饭，见我逗弄那可爱的小宝宝，李佳茵带着得意之情说："只有当了妈妈之后才觉得人生完整。"这些年类似的话我听得太多，不管是善意提醒还是无心炫耀，我都能一笑置之。现在重新提起，我当然还是笑笑。

"我已经做了一次产检，情况正常，如果没什么意外，我会坚持工作到生产之前，不过在情在理，还是要提前跟卢总说一声。"

"许可，你入职之后一直天天加班，身体吃得消吗？"

"没问题，工作已经慢慢理顺，我会合理分配时间。谢谢卢总的体谅。"

他却笑道："哎，谈不上体谅，老实讲，我倒是蛮高兴听到这个消息的。我会马上告诉佳茵。"

我不解，夫妻之间闲谈下属的状况很平常，但马上向妻子通报我怀孕的消息未免有点古怪。卢湛也意识到了，略有些尴尬地笑："佳茵那人，怎么说呢，什么都好，就是心眼儿有点小，总认为我请你来工作，看中的不是你的能力。"

我吃惊地看着他："如果你太太认为我有表现得不够专业的地方……"

他摆手："现在说说也无妨，其实不关你的事，她不知从我的哪个同学那里听到八卦，说我当年喜欢过你，所以知道你加入公司后，未免疑神疑鬼，跟我吵闹了几次。"

我这一惊非同小可，几乎说不出话来，只听他继续说："再加上上次吃饭，说好请你们夫妻两人，你又一个人来，先生说是突然出差，她越发嘀咕。现在你怀孕了，她肯定就没什么可怀疑的了。”

当然，上次我也觉察到李佳茵在餐桌上时不时做不经意状审视我，言谈之中总像若有所指，不过我只以为是充满母爱的女性对我结婚多年不要孩子感到好奇而已，没料到竟然还有这段公案，顿时也有些尴尬了。

卢湛倒浑不当回事：“这都是陈年旧事，学生时代有几个男生不觊觎漂亮学妹的。当年喜欢你的又不止我一个。”

要说我对别人的喜欢全无感觉，未免矫情，但我确实不知道卢湛曾经对我有过这个念头，否则我在换工作前一定要慎重考虑，避免蹚入浑水。事已至此，我只得也像卢湛那样若无其事地说：“回头我要向佳茵请教育儿经，希望她不要嫌烦。”

“不会的，她最大的乐趣是不停地买各式育儿书、各种婴儿用品，混论坛与人交流，攒了满脑袋这方面的知识，总说只生一个未免浪费，肯定巴不得有人跟她聊。”

“那就好。”

他意犹未尽：“我收到太太怀孕的消息时，高兴得冲出办公室狂奔欢呼。不知道你先生是不是也这样不淡定？”

我莞尔：“他很意外。”

孙亚欧与卢湛的反应大相径庭。

意外过后，他保持沉默，当然没流露任何开心的意思。丈夫如此表现，一般当妻子的会心寒，可是一旦决定留下这孩子，我开始与其他孕妇一样，在工作之余会买回各种孕期以及育儿指南，狂补相关知识，再顾不上揣测他的心思了。

不待我去请教，李佳茵晚上便主动给我打来电话，她一改初次见面时的矜持防备，先是祝贺我，然后一股脑儿传授了无数孕期知识给我。

“啊，你竟然没在孕前开始补充叶酸。哎呀，叶酸很重要亲爱的，可以避免胎儿神经管畸形。”

“现在是春季，细菌滋生，不要到人多的地方去，免得交叉感染。”

“千万不要长时间对着电脑，最好买一件防辐射服。”

“要保持心情愉快，记得去做唐筛。”

“找一家好医院做产检，最好提前请好月嫂，好的月嫂都需要提前预约的。”

……

一通电话下来，我感觉颇有些信息爆炸，头昏脑涨，不由自主想到，如果妈妈在世，她身为资深产科医生，自然能给我最专业的指导，鼻中又有了酸意，马上提醒自己，身为孕妇，不可以动辄触景生情。而且，家里还有一位现成的医生。

我给子东打电话，他先是吃惊，继而大喜。

“你不是说不要孩子吗？”

“可是孩子已经来了。”

“太好了，姐，我要当舅舅了。”

我把我最大的疑问告诉他，他去请教了院内最权威的妇科专家之后，给了我解答：“顾主任说，你服的那种紧急避孕药是单纯的孕激素，服用剂量小，在服药的24~48小时内会完全排出体外，怀孕3~8周才是胎儿的敏感期，世卫组织做过相关调查，认为相关致畸风险很小，药品说明书上的警告写得很严厉，但那是厂商为规避风险做出的。如果决定留下孩子，保险起见，就要严格做好孕期检查，密切注意胎儿在子宫内的发育情况。”

我着实松了口气，这个问题解决之后，其他问题就好办了，子东虽然是内科医生，也足以一一解答，并给了我不少忠告：

“就到市中心医院来生，我会给你预约最好的医生。”

“防辐射服没有科学依据支持，但确实不要对着电脑久坐。”

“唐氏筛查最早在怀孕九周后再做，十五周是最佳时期，不用着急。”

“对，你应该开始补充叶酸，现在不算晚。你平时膳食还算均衡，不要过于担心。”

“戒掉咖啡，改喝牛奶，注意补水，不要超时工作，更不要熬夜。”

“你还不到三十五岁，算什么高龄产妇，不要胡思乱想。”

我的心总算放回原位，不禁微笑。放下手机才发现，亚欧不知什么时候回来了，正站在玄关处看着我。

“这么看来，不管我怎么想，你都已经下定决心要把孩子生下来了？”

我苦笑：“亚欧，我希望孩子在受父母欢迎的情况下出生。可是你从一开始就明确说过不想要孩子，不能接受的话，我不会怪你。”

“那么你要这孩子的动机是什么？”

“动机？你不会认为我要拿孩子来要挟你吧？”

“知道怀孕之前你就提出离婚了。你决定留下孩子，是不是想告诉我，你并不在乎我留不留下。”

我迟疑：“生活在完整的家庭当然对孩子更好。可是我会尊重你的选择。”

孙亚欧看着我，眉头一挑，嘲讽地笑了：“说得真是大度得体。不过可可，你必须弄清楚一件事，孩子并不是你人生问题的答案。”

“什么？”

“你的身世不明朗，你母亲仍然生下了你；你无法跟生父相认，解开所有谜团；与我的关系又出现问题，偏偏在这个时候有了孩子，如果你以为生下孩子就可以理解你母亲当年的选择，那你是大错特错了。”

“不是你想的那样。”

“你当然不会也不屑拿孩子来要挟我，可是因为这种理由就生下孩子，能算恰当与负责吗？”

只有最亲密的人才能准确击中我们身上最薄弱的那个环节。在这个春风和煦的夜晚，空气中仿佛都带着花香，寒意却从我的心底深处蔓延到全身，深入骨髓。

我看着他，清楚地说：“孙亚欧，也请你弄清楚，你与你的父母关系疏离，有着不愉快的童年，体会不到家庭温暖，并不能成为你轻视婚姻、厌恶孩子的借口。”

他勃然大怒。他与他父母的关系是他极度不肯提及的话题，当年我只问过一次，他便翻脸，足足与我冷战数日，我好容易哄得他平静下来，他才跟我约略提了点过去的事情：他父母都是冷漠自私的人，相互之间没什么感情，对唯一的儿子也十分淡漠，家庭十足像一个冰窖，他成年之后便立刻逃离，不再想回去，对他们只想尽到责任就好，不想有过多联络。我当时抱紧他，十分难过，暗自提醒自己再不要提起此事，想不到今天我会毫不犹豫讲出来。

“许可，我小看了你，你伪装得善良大度，其实很知道怎么刺痛别人。”

一句“对不起”已经习惯性到了我嘴边，我忍住了。我实在无力奉陪这种争吵，厌倦地说：“我并不大度，没法包容一切，请你以后不要再拿我妈妈和我的身世来打击我，孩子当然不可能是我人生问题的答案，更不是我婚姻的救星。可是既然已经有了，我决定负起责任留下。”

“也就是说，无论我接受与否，对你都没有任何影响了？”

“我还是希望你能接受，亚欧。不能接受的话——”我停顿，室内静默得可怕，我没有说下去。

事实上再说什么也没有意义了，我知道我犯了他的大忌。

自负的男人通常都早已习惯处于主导位置，孙亚欧也不例外。

七年前，他因为锋芒太露，理念与老板蒋明及其长子不合，转而跳槽到另一家公司，却惹来官司上身，前老板一方面放出了狠招，另一方面又托人私下带话，只要他肯妥协，仍有回公司的余地，他断然拒绝。前老板行事颇有草莽之风，长子更是出名强势，父子二人被触逆鳞之后，当然更加震怒，下手越发不留任何余地，扬言不仅要让孙亚欧输掉官司赔光家底，还要让他在本地永无立足之地。

所有人都以为孙亚欧就此完蛋了，唯一的出路是远走别的城市，换个行业从头再来，几乎没有什么翻身机会。但世事难料，不过两年多时间，曾风云一时的蒋明受长子好赌、金融危机与投资决策失误等诸多因素影响，偌大一个上市公司深陷债务危机，再无暇顾及那点意气之争，而孙亚欧已经进入同行业的一家企业，不声不响做到了高层位置。

在职场上，他从来不肯接受别人的要挟，或者被逼迫签订任何形式的城下之盟；在感情问题上，他同样不肯臣服于谁。

当年俞咏文的任性便犯了他的大忌，而我，一直被他视作讲理，甚至是过于讲理，“不会吵架”。

突然之间提出离婚不算，还干脆无视他的存在，决定留下孩子。

他当然被狠狠激怒了。

至高至明日月，至亲至疏夫妻。他刺痛我，我也刺痛了他，而且都十分精确。

难怪有人说婚姻带给我们最亲密的敌人。

我们在同一所房子里出出进进，交流降至碰面点头打个招呼，我也没有心情去想办法打破这个僵局。

以前看杂志，曾看到有丈夫抱怨妻子有了孩子之后，全部关注会转移到孩子的身上，进而忽略丈夫的存在。当时我不理解，现在看来，是完全有可能的，因为除了忙碌的工作之外，我的心已经被腹中孩子占据，就算想到婚姻问题一样黯然，也不会对这个问题耿耿于怀。

_4

过了差不多一周时间，我正在公司，接到何慈航打来的电话：“许姐姐，我家张爷爷病情危急，已经在转来省城的路上，可是我去省人民医院问了，那边说必须排队等床位。张爷爷的情况不能等，我给你弟弟打了好几个电话，他都没有接。能不能麻烦你联络一下他，请他帮忙把张爷爷安置到中心医院。”

我连忙安慰她：“慈航，你别着急。我弟弟在工作时是不接听私人电话的，我马上跟他联络，然后给你回话。”

我先打子东的手机，果然无人接听，再打他科室的电话，请同事给他留言，过了差不多半个小时，他总算打了过来：“姐姐，什么事？”

我将大致情况告诉他，他说：“床位确实已经满了。”

“应该可以加床吧？”

他沉默一下，反问我：“姐，你确定要管这件闲事？”

“这怎么叫闲事？”

“她父亲并没跟你相认，你也不能确定他就是你的生父。”

我生气地说：“子东，这个时候说这话干什么。”

“你难道忘了，以前爸爸那边的亲戚、乡邻来省城看病，都得由妈妈无条件出面接待，放下自己的工作，为他们找最好的专家、安排床位不说，有时他们一走了之，妈妈还要垫付医药费。我们当时都不胜其烦，还曾经一起劝妈妈少理会他们，现在你自己倒要主动去牵连上一串含含糊糊的麻烦了。”

“子东——”我急了，“这不是一回事。”

“我看不出有什么区别。”

“妈妈对……慈航的爸爸深深负疚，小姨也证实了这一点。以他一向的为人和对我敬而远之的态度，我根本不可能有机会弥补，事实上，那样的伤害也根本无法弥补，现在是我唯一能帮上一点小忙的机会，你怎么能计较我会被他们占到便宜。”

他又是一阵沉默。

“好吧，我会尽力安排。”

子东就职的市中心医院不仅是本地规模最大的医院，在周边几省也享有盛誉，门诊与住院部常年都在超负荷状态下运行，连走廊都已加满床位，子东好不容易才为张爷爷在外科争取到一张加床。我下班过去，不免纳闷：“为什么会放到外科？”

子东告诉我：“他的右脚已经发生严重溃烂坏疽，恐怕需要截肢。”

我大吃一惊，再看何原平，他守在病床边，神情看上去十分平静，但也透着深深的疲倦。我拉子东到拐角的地方，问他：“为什么会一下发展到截肢？上次慈航来咨询的时候，你说可以在当地治疗，该不会是怕添麻烦敷衍他们吧。”

子东沉下脸来："姐，你当我是什么人了。没错，我认为你并不真正了解他们一家人，不希望你贸然与他们扯上太深关系。但我是一名医生，涉及诊断治疗，我怎么可能私心误导他们。患者脚趾早有溃烂现象，我提醒过他们要注意及时清创，DKA 这种病，症状复杂，本来就会降低人的免疫力，他又有高血压和其他身体问题，合并发作起来，就算早早转到我们医院，也未必能避免目前的情况。我可以带你去看另一个病人，同样是患糖尿病，一直在我们这里治疗，两年时间右腿做了三次截肢手术，从脚掌一直截到大腿。"

我呆住，只得道歉："子东，对不起，我不该这么问。刚才我是太着急了，别生我的气。"

他叹一口气，摇摇头："幸好我是你如假包换的亲弟弟，才不会跟你生气。"

"是是是，尤其我是孕妇，智商打折你必须包涵。"

他被我逗笑，摇摇头："你的脸色不大好。"

"三十开外的职业女性要靠粉底撑气色的，现在我已经减少化妆了。"

他不放心地问："这几天饮食正常吗？"

"还好啊，早上都没太有想吐的感觉，就是连着几天下午都会觉得头晕，刚才开车的时候也有一点。"

"走，去我办公室，我替你量下血压。"

"哎，等一下，张老先生动手术的话，费用会不会很高？"

子东显然知道我在想什么："办入院的时候，我问了那位何先生，患者是没有医保的，动手术是一笔不小的开支。"

"我能不能先垫一笔钱在这里，你让医院别向他催费？"

"我就知道你会这么说。姐，我知道你想尽心意，但人家也不会傻到以为预交的那点住院费总用不完，你必须先征求他的意见，看他能否接受。"

"别这样做，他不会接受的。"

我们回头一看，何慈航走了过来，大概从电梯出来正好听到最后这两句对话。"我打电话请你帮忙办住院手续，他大概又要训斥我。"

我有点尴尬，更有几分难受，没想到何原平对我竟如此抵触。看来，小姨说时间会冲淡一切并不确切，他们之间并非普通恩怨，当一个男人被无辜劳教三年，以后的生活只能蹉跎于小镇，靠操办丧事糊口，怎么可能轻易释怀。“这样的话，我尽量不再出现，不过慈航，有什么事的话，请还是给我打电话，好吗？”

何慈航耸耸肩：“我不知道他为什么会这么拧，平时他是很好说话的人。对不起，许姐姐。”

“没关系，不方便给我打电话也没事。有什么问题，就只管找我弟弟。”

子东抗议：“我是内科医生，管不了外科的事……”我瞪他，他只得打住，“好，找我吧，我会尽力帮忙。”

何慈航笑了：“我不会不好意思的，许医生，请耐心应付我，直到我家张爷爷出院。我先过去了。”

她走后，我看子东，子东只得摇头：“这女孩，真是厉害。”

“嗯，我放心了，她对付你绰绰有余，你摆冷脸也吓不到她。”

“拜托，我才是被吓到的那个人好不好。走，去我办公室。”

子东给我量血压，发现略低于正常标准，他收好血压计，告诉我：“怀孕中高血压当然比低血压来得危险，不过也不能忽略血压低这件事，你要加强营养，适当运动，多吃易消化含蛋白质的食品，尽量通过改善饮食来调整血压。”

“嗯，我记住了。”

“姐，爸爸知道你怀孕了也很开心。”

“你跟爸爸说，我新工作很忙，等这个周末我会过去做大扫除。”

“不用不用，清洁我自己来做就好。对了，爸爸对你换工作这事是有意见的。”

我苦笑：“我知道，他肯定又说年轻人没定性没恒心，动不动跳槽不是什么好事。我都快三十五了，哪里还年轻。再说我毕业十来年也只换了三次工作而已，不算动不动跳槽吧？”

“他是老观点，讲究对工作从一而终，老是念叨外企的福利健全，生孩子休产假都有保证，你为什么偏偏跑去个什么咨询公司，听着就不正规……”

我扶住头，呻吟一声：“别说了，我的头又晕了。”

子东哈哈大笑："别晕别晕，我送你回去好了，顺便检查一下你的冰箱和药箱，看看哪些药该扔掉。"

我们一起下来上车，由子东开车，我坐到副驾驶座上，问他："我这段时间没过去，你和爸爸吃饭还是那样胡乱对付吗？"

子东叹气："爸爸催我赶快结婚，找个老婆回来做饭。"

我骇笑："这话也说得出口。你怎么回答？"

"我能怎么说？我只能告诉他，现在没几个女孩会下厨肯下厨，我要说找老婆是回来做饭的，估计会被当场拍死。"

"说真的，你到底有没有正式交过女朋友？"

"你也这样。尊重一下我的隐私好不好。"

我嗤之以鼻："告诉你，我见过你小时候洗澡的样子，你在我面前没有隐私可言。"

"喂，你怎么一怀孕就开始讲话百无禁忌，跟我们院里的护士大姐一个风格了。"

我哈哈大笑，不肯放过他，继续追问，他终于招架不住，只得承认确实对一个女孩子有了好感。但是——

"她一直若即若离。"

我吃惊："这是在跟你玩暧昧啊。"停了一会儿，我加上一句，"子东，不要陪她玩这种游戏，你会因此失去很多机会。"

"我不需要很多机会，那会让我应接不暇，太浪费时间了。"

我不免有些不平："你条件这样好，这么优秀，唯一的缺点就是内向，脸皮不够厚，不然什么样的女孩子追不到。"

他哭笑不得："你这是鼓励我努力成为一个厚脸皮吗？"

我想一想，摇头叹气："算了，脸皮是天生的，我们姐弟两人都皮薄，没办法。"

回到小区停车之后，我们向我住的单元走去。我突然止步，台阶上坐着一个漂亮的长发女郎，正饶有兴致地逗着我楼下邻居家的一只金毛，同时与邻居聊天。邻居见我过来，笑道："你回来了，你朋友等你好半天了。"

那是俞咏文，我们已经七年不见，但我还是一眼认出了她。她依旧漂亮，我头一个念头是：我也摊上传说中闹上门来谈判这回事了。她笑盈盈跟我打招呼："你好，许可，不介意我突然来访吧。"

我含糊"嗯"了一声，等邻居牵狗走远，她歪头看着我："可以请我进去坐坐吗？"

"不行。"

子东惊讶地看我一眼，我摇摇头，他没有作声。

"太不友好了，我等你三个小时，需要跟你好好谈谈。"

"我可以叫保安过来把你请出去的。"

"那没必要，我是给你留面子才在这里等你，不然我也可以直接去你公司。你一定不想我那么做吧。"

我被她这种不按常理出牌的疯劲弄得无话可说："有什么话请讲吧。"

她冷笑："你真愿意在这里跟我谈？"

我确实不愿意让邻居看热闹，但更不想请她去家里，就指一下外面："出小区过马路有一家咖啡馆，请在那里等我。"

俞咏文出去，我与子东面面相觑，他惊讶更甚："这算怎么回事？这女人是谁？"

弄成这样，在自己弟弟面前继续粉饰下去也没什么必要，我苦笑："她是亚欧的前女友。"

子东一怔，随即大怒，掏出手机："我叫姐夫回来，凭什么让怀孕的妻子面对这种事？"

我按住他的手："亚欧不想要孩子。"

他恼火地说："不想要孩子，也该跟你好好沟通，这难道能成为与前女友勾搭弄得她闹上门来的理由？"

"子东，我想我跟亚欧的婚姻，大概走不下去了。"

_5

正值晚餐时间，小区对面的咖啡馆生意十分清淡，顾客稀少，俞咏文坐靠窗角落位置，见我与子东进来，嘲讽地笑：“完全用不着带一个保镖过来。大家都是文明人，我只是想跟你谈谈，不会动粗做出踢孕妇肚子那种事来。”

子东冷冷地说：“小姐，你要自重的话，甚至根本不该出现在我姐姐面前。”

我有些惊讶，子东甚至比我更不会吵架，他时刻与人保持距离，礼貌周全，我从未见过他这样当面直接指责一个人。他替我拉椅子，让我坐在俞咏文的对面，然后坐到旁边一张桌边，招手叫来服务员，指一指我：“请给这位女士一杯热牛奶，给我一杯拿铁。”

俞咏文呵呵一笑：“当然，你们占据道德制高点，完全可以认为我是不自重的。不过在我看来，对自己的最大尊重就是尊重自己内心的情感。”

子东随手拿一本杂志翻阅，并不理睬。我厌倦地说：“别表演绕口令了，俞小姐，讲正题。”

“我想问问你打算怎么做？”

“我有很多打算，但没一条与你有关。”

“眼下这种僵局持续下去有什么意义？”

“你这样拦住我，非要跟我谈的意义又在哪里呢？我看我们还是有话快说，俞小姐，我还要回家吃饭。”

“好吧，我就不废话了。许可，你也是受过高等教育的女性，我不相信你会甘心沦为靠生孩子拴住老公的可悲角色。”

“各人过各人的生活，这你就不用操心了。”

“话不能这么说。当年如果我使出这一招，根本不可能有你什么事，可是我尊重亚欧的想法，退出了他的生活。现在亚欧跟你已经没有感情，你居然还怀孕，甚至准备生下孩子，这种不肯愿赌服输的态度，对谁都没有好处。”

我瞥见子东握着咖啡杯的手指因用力而指关节泛白，决定尽快结束这次令人蒙羞的谈话。

“俞小姐，我以为你等我这么久，非要找我谈，一定有套新鲜理论忍不住要与人分享，看来我想错了。我已经了解你想表达的意思，请少安毋躁，听一下我这边的说法：第一，在知道怀孕以前，我已经向亚欧提出离婚，这句话并不因我怀孕作废。”

俞咏文的眼睛不由自主地快速眨动几下：“但是他不可能跟一个孕妇离婚。”

“听说真爱是一种很强大的力量，能让人不顾一切，既然能驱使你来跟一个孕妇面对面谈判，当然也能让他来跟我谈离婚。”

“你……用不着仗着怀孕在我面前唱高调，这种小伎俩根本提不上台面。”

我苦笑了：“当然，唯一提得上台面的就是你伟大的爱情。可是我有胎儿需要照顾，有工作要忙，真没有跟你讨论这件事的时间。接下来要说的是第二点，你与亚欧打算如何发展，我不感兴趣，请不要再来骚扰我。”

“如果你痛快跟亚欧离婚，我们当然用不着再见面。”

“俞小姐，我现在确实相信你非常爱亚欧了，因为你看起来简直一点也不了解他。他从来都不可能需要别人来为他争取什么，更别提干扰左右他的决定。我与亚欧何时离婚，以什么条件离婚，完全是我跟他之间的事，和你一毛钱关系也没有。你是成年人了，再以这么天真烂漫的姿态出现非常不合适。”我转头对子东说，“结账吧，我们回家。”

过马路进了小区，子东要开口，我摇手示意他别作声，他被我的脸色吓到，扶我回家。我勉强支撑着，一进门便冲入卫生间对着马桶翻江倒海般大吐。我晨吐最厉害时也不过是干呕而已，这当然不是怀孕的生理反应。

吐完之后，我坐到浴缸边的地垫上喘息，子东倒水让我漱口，又递热毛巾给我，我拿毛巾捂住脸，哭了出来。子东坐到我身边，让我靠到他肩上。良久，我放下毛巾：“谢谢。”

“为什么不早告诉我？”

“我不知道该怎么开口讲。”

“如果身为弟弟都不能分担，那要弟弟有什么用。”

“你已经分担了，子东。”

我不能想象如果今天单独面对她会怎么样。倒不是怕她动粗，她自认占有了我丈夫对她的爱，带着居高临下的心理优势而来，而我害怕这样孤立无援的感觉。

“不要再想她了。”他不自觉问了与俞咏文相同的问题，“你有什么打算？”

“我会把孩子生下来。”

“但是……”

我摇头，他看着我的眼睛，没有再说下去。

“别说但是了，子东。所有的困难我都想过，最坏的可能无非是我要一个人带孩子生活。我想我能承受。”

我看得出他并不赞成，可再没说什么，只紧紧握住了我的手。我重新靠回他肩头，感激他这样沉默地陪伴。

第七章

「

许可和许子东姐弟两人都肯这样设身处地为别人着想，行事大方得体，性格宽容平和，对比下来，我真是既乖戾，又自以为是，莫非我的性格来自我完全不知根源的遗传?

想到这一点，我非常沮丧。

——何慈航

」

_1

许子东颇受护士的欢迎——这一点是显而易见的，根本不需要特别的观察就能发现。他打过招呼之后，外科几名小护士对张爷爷护理得十分耐心，连对我爸爸和我的态度都很和蔼，而她们对着许子东讲话更不一样，声音娇柔，温柔可人，从眼神到肢体语言，亲近之意都表露无遗。可惜许子东的冰山气质并不只针对我一人，他对谁都保持着礼貌的冷淡，或者说冷淡的礼貌。在我看来，这两点是不一样的，具体不一样在什么地方，我说不清。

护士打听我跟他是什么关系，我只能含糊地说是“朋友”——原谅我不够诚实，我跟他其实连熟识都说不上，哪里谈得上是朋友。不过我不想失去护士对张爷爷的那几分另眼相看。

他与我的唯一一次对话是在张爷爷手术后的第二天。

爸爸出去吃饭，张爷爷在接受输液。我百无聊赖，盯着药水缓缓滴落，简直有催眠作用，不知不觉伏在床边打瞌睡了。被拍醒时，慌忙看输液袋，还有将近三分之一没打完，才松了口气。再一看，许子东医生正一身白袍站在旁边，宛如玉树临风，却一脸为难表情地看着我，我有些莫名其妙，也看着他。他迟疑了一下，举手示意我擦嘴角，我一摸，流了好长一道口水，禁不住扑哧笑了，一边擦一边说：“你不用替我难为情吧。”

他只得选择忽视我的调侃：“我有点事想问你，方便出来一下吗？”

我指一下输液架，他招手叫来一名护士，嘱咐她帮忙看着，那女孩点头不迭。

我随他走到走廊尽头站定，他说：“希望你不要觉得我唐突，我并不是想打听你们的隐私……”

我叹气，打断他：“许医生，你做这么长铺垫，是想问我爸够不够钱交医药费吧？他没跟我说钱的事，但我猜答案肯定是不够，在大医院住院的花钱速度太惊人了。”

“我姐姐让我转告说她愿意代付医药费用。”

“请替我谢谢许姐姐的好意，但我不能自作主张接受。”

“也许你能劝一下你父亲。”

“他平时是很开明随和的人，但他有他的坚持和底线，我不能去触及。”

他点点头：“你看上去并不怎么发愁。”

“发愁有什么用？尽人事，安天命，总会有办法的。”

他显然对我这种不着边际的乐观持不赞成态度，可又不方便直接批评，我被他的表情逗乐了：“许医生，轮到我问你一个问题了。张爷爷的病能治好吗？”

他马上换回医生的职业面孔，字斟句酌地说：“据我了解，他的截肢手术是成功的。至于糖尿病酮症酸中毒还需要进一步治疗，这样才能防止出现新的溃烂。”

“用通俗的话翻译过来，大概就是：这病是不可能治好的，不继续恶化就该烧香还神了。对吧？”

他又现出那种为难的表情，我摇摇头：“唉，算了，猜也猜到了。”

“对不起。”

“没什么，医生负责治疗，并不负责科幻逆转。”

“所有家属都能像你这样想就好了。”

“我并不是通情达理，只是对一切都不抱有盲目期望而已。对了，许姐姐还好吧？”

“她还好，只是最近不大方便来医院。”

“这么说她决定留下孩子了？”

他略为惊讶，显然不理解他姐姐怎么会跟我讲到这件事，但还是点点头。通常情况下，我都不爱管闲事，不过也不知为什么，对于许可总有些放心不下。我迟疑一下，还是说：“你注意一下她的情绪。”

他十分敏感，盯着我问：“她还对你说过什么？”

“没有。只是……”我还是决定讲出来，“我看到过她先生跟另一个女人在一起，样子亲密。”

“你没对她说吧？”

“许医生，你姐姐那样心思细腻的人，绝对不可能对自己的婚姻状况后知后觉，她不需要我去通报这种情况。我只是提醒你，注意关心一下她。”

他默然，我也不打算再说什么，转身回了病房。

张爷爷情况稳定之后，转回到内科病房继续治疗。

这天周锐陪我一起从学校过来，我见爸爸站在窗前发呆，便安慰他：“他只是截去了半只脚掌，无非走路会跛一点，反正他又不用参加赛跑。”

爸爸苦笑，没有放轻松的表情。我试探地问：“是不是钱不够用了？”

他摇头，我“切”了一声：“用不着瞒我，你有多少家底，我还不知道？给我交学费都花了好多，你又这么长时间守在医院没收入。”

“这个不用你操心。”

“我操心也没用，最多省个早餐钱给你。”

他再次苦笑：“不许不吃早餐。”

我却不能不考虑到实际问题：“我听 23 床陪护的阿姨说，不交钱就会停药，那可怎么办？”

周锐插话：“要不然我装病，看看能不能从我爸那里骗点钱过来。”

爸爸瞪他一眼：“你消停点，少想这种没出息的点子。”

周锐只得挠头闭嘴。我笑：“要不是他爸拉张爷爷去庙里，张爷爷也不至于病成这样，他爸出点钱也是应该的。”

爸爸沉下脸来：“别胡扯，你们两个都不许给我惹事。我会去想办法。”

“你能有什么办法。”

他站起来，拿起外套：“去借钱。”

我疑惑：“都快六点了，长途车该收班了吧？”

“我就在省城借。”

“你在省城还认识谁？”

他没有回答，只说：“我去去就回，你守在这里，看到输液快完了就去叫护士。”

我问周锐：“你觉不觉得我爸今天表情好奇怪。”

周锐没当回事：“谁缺钱的时候表情都不可能正常。”他站起来将身上所有口袋掏空，摊到床单上，拿了一张五十元的钞票出来，“剩下的你收起来。”

“干吗？还没到向你追讨饭钱的时候，你别急。”

“我知道你干得出来不吃早餐这种事。”

“那你呢？”

“以你的姿色，不可能有人来买饭养你。我就不一样了。总会有人怜香惜玉不忍心看我饿死，抢着来给我埋单的。”

我气得笑，可又多少有些感动，叹气道："我要能像你这么乐观就好了。"

"不难，只要你别胡思乱想就行。"

什么事到周锐那里都可以处理得特别简单，我不能不羡慕他。

原本周锐是打算拉我去与他那帮朋友一起出去玩，让我散散心，但等到晚上八点，爸爸还没回来，他的朋友不停打电话来催，我嫌烦便轰他走，他也确实在医院里坐不住，就先走了。

又等了一个小时，爸爸还没回来，我开始担心起来，拨打他的手机，已经关机，心里七上八下，无法安稳坐着，先是在走廊走来走去，再后来索性乘电梯下去，站在住院部入口处张望一阵，又惦记着楼上，回来打来热水替张爷爷擦洗，他突然问我："原平呢？"

他现在比从前糊涂得更厉害了，多半时间都是一副空茫茫的样子，居然记得起我爸没回来，我只能含糊地说："他就来，再等一下。"

我打发他躺下，等他睡着了，重新到电梯那里等着。

到了十点，没什么探视的人出入，我逐渐慌了神，强自镇定着，从口袋里掏出三枚硬币，蹲下来，双手合握住硬币摇几下，撒到地上，再捡起来重复着，忽然听一个声音从头顶上方传来："你在干什么？"

我抬头一看，是许子东。

"占卜。"

他瞠然："就算对医生不抱什么期望，也不用占卜吧。"

我懒得理他，努力回忆以前张爷爷教我的那些卦象，却发现记得似是而非，颓丧地叹气，想站起来，却已经蹲得腿有些发麻了，身子一歪，幸好许子东扶住了我。

他待我站定，松开手，问我："算出什么结论了？"

"我爸应该快回来了。"

他被弄得啼笑皆非："这也要算？听我姐说她一到你家，你张爷爷就给她看了相，看来你得了他的真传。"

"你知道什么？我爸说出去借钱，五点多出去，到现在还没回来，手机也关了。他在省城应该没有熟人啊，我快急死了。”

他敛了笑：“对不起。”停了一会儿，他问，“你老家那边有没有人知道他在这边的朋友的联系方式？”

“我打电话问了一圈，没人知道。我还问了张爷爷，他讲话颠三倒四，完全不知所云。”说到后来，我有点控制不住情绪了。我当然不想对着一个陌生人哭泣，只能匆忙打住，跑回了病房。

_2

我的手机时不时一响，然而都不是爸爸打来的。

洪姨问我：“你爸回来了吗？”

“没有。”

“别急别急，也许是有什么事耽搁了。他那么细心的人，不会有事的。”

这当然无法让我觉得宽慰。

赵守恪打来电话，说他今天没见过我爸。我也知道，我爸不可能去找他一个学生商谈借钱的事。

周锐说他要过来陪我，我拒绝了：“这里是医院，病房内多一个人都转不开身，你不要来添乱。”

照道理讲，我的性格算是独立。很小的时候，爸爸就经常出门做事，有时去偏远的村镇，会一走几天，但他走之前都会跟我讲好他去干什么，多长时间回来，然后交代洪姨帮忙照顾我，我根本无须担心。

这是我头一次完全不知道他的去向，与他失去联系，我内心忐忑不安，努力想说服自己镇定下来，不要胡思乱想，却越想越害怕，同时深悔刚才不该心血来潮去弄什么占卜——如果我没弄错，那个卦象颇为不吉。我只能安慰自己：你这半瓢水的手艺，能占准才怪。

又过了一个小时，爸爸还没回来。跟张爷爷同一个病房的有五位病人，连同陪护的家属全都已经睡着了，或高或低的鼾声此起彼伏，只有走廊的灯透进来的昏暗光线。

不知道为什么，我突然觉得孤单得可怕，只能走出来，坐在走廊上发呆。

不知坐了多久，许子东带着许可过来。许可说："慈航，跟我走。"

"去哪儿？"

"子东告诉我，你父亲到现在还没回医院。我给他以前一起下乡插队的梅姨打了电话，她家人告诉我，梅姨刚好在今天下午回了省城的娘家，我拿到号码重新打给她。他们两个以前是同学、邻居，他们的父亲是同事，都住在化工厂老宿舍区里，现在那套房子由你父亲的哥哥住着，我们推测，你父亲应该只可能是去找他哥哥借钱了。"

我怔住。当然，我早就知道爸爸不是李集本地人，他的口音、举止做派与周围人全都不一样，身上一直有种异乡人的气质，但他从未提起他的家乡与亲人，更不曾有什么亲戚之间的往来。我以前竟然从来不知道他老家就在省城，还有一个哥哥。我那么爱他，依赖他，自认为也一定是他最爱的人，却对他的生活一无所知，强烈的挫败感让我讲不出话来。

许子东说："我送你们过去。"

"你还要值班啊。"

"我跟主任说一声，请同事帮忙照看一下，太晚了，你又有身孕，我不放心。"

许子东开车，载着我们过江，到了一个老旧的居民区，这里的路名竟然就叫化工厂，然后分出化工厂南一路、东二路，临街外墙上都刷了一个大大的"拆"，在夜色中依然醒目。一位阿姨披了毛衣外套，独自在路口等着。许可连忙让许子东停车，我们下来。

"梅姨，这位妹妹就是我跟您说过的何慈航，抱歉这么晚还来打搅您。"

她微笑："没事。我带你们去何家。"

这里路灯昏黄，楼房高低错落，方向更是横七竖八，毫无章法可言，楼间距狭窄，若没有熟人带路，真是很难找到。

许子东踌躇：“这么晚了，贸然上去敲人家的门不大好吧？”

我瞪他一眼：“你们留在下面，我一个人上去好啦。”

梅姨说：“不要紧，他们应该不会见怪。”

上到三楼，我敲门，过了好久，防盗门从里面打开，一个穿碎花睡衣的老太太隔着外面的铁栅栏门狐疑地打量我们，不高兴地说：“你们是谁，这么晚了来找谁？”

梅姨礼貌地说：“您好，我叫梅雪萍，住在前面单元，跟何原平是同学，请问何建国在家吗？”

她不答，反问：“你们有什么事？”

“她叫何慈航，是何原平的女儿，我们想问问，何原平今天有没有过来？”

“不认识这个人。”

门被粗暴地关上。梅姨一脸惊诧：“是 16 栋 302 没错啊，我以前来过。”

我气急，举起手来不管不顾地重重拍门，直拍得隔壁一家邻居都将门开了一条缝偷看，这边门才再度被拉开，一个穿背心短裤拖鞋的老头儿站在那里，在屋内灯光映照下，我看得一下呆住，他背佝偻着，有与瘦削四肢不相称的大肚皮，头已经半秃，可是五官看上去和我爸爸有不容置疑的相似之处，跟我家墙上挂的那位我从未谋面的爷爷更是像到十足。

梅姨跟他打着招呼：“何大哥，我是梅雪萍，以前来过你家。”

他冷冷地说：“何原平来过，走了。”

“什么时候走的？”

“七点过来，他要借钱，我告诉他，我没钱可借给他，不要再来找我。他马上走了。”

我简直不能相信自己的耳朵：“他是你弟弟，你连他借钱的原因都不问，就这么打发他走？”

“他因为流氓罪坐牢，连累爸爸妈妈和我在邻居面前抬不起头，我们早就断绝和他的一切关系了。”

“流氓罪”，我被这个几个字惊呆了。许可插话：“他是被冤枉的。”

老头儿冷笑：“冤枉？所有被抓起来的人都这么说。”

我回过神来，也冷笑了：“他是你亲兄弟，讲话不要这么刻薄，给自己积点口德。”

“我早说过，我没有他这个弟弟。赶着这里要拆迁的当口儿，他就冒出来借钱，想得倒美。我告诉他，一分钱也别想拿到。”

“真搞笑，这宿舍是你们父母的遗产，我爸爸也有份的，他没来争什么，只想借点钱，你居然一口拒绝，说得过去吗？”

那老太太突然从他身后跳了出来：“二老的养老送终全由我们负责，他有什么资格来争遗产。你们赶快滚，不然我要报警了。”

我气得哆嗦，正要说话，许可拦住我：“请二位少安毋躁，何原平和我们都不是为房产而来的。何先生的师父在省城住院，他只是需要借一笔钱救急，过后肯定会还。你们不借也无所谓，但我们想知道他离开后会去哪里。”

“不知道，他只说他再也不会过来，我说谢天谢地，说话要算数哦。哼，反正我们也快要搬走了，你们休想再来骚扰。”

门再度被关上。

我们只得沮丧地下楼来。许可说：“慈航，关于你爸爸的那个所谓流氓罪……”

我看着她，她却似乎一时不知道如何说下去了。我摇摇头：“算了，不必解释，爸爸是什么样的人，我最清楚。”

“不，慈航，我必须讲清楚，”她咬一咬牙，很快地说，“你爸爸确实因为这个罪名被劳教了三年，但他是无辜的，我妈妈……间接造成了这一切。对不起。”

我的脑筋有些转不过弯来，而许子东也一脸惊愕，显然刚刚知道这件事。我呆了好一会儿，颓然摇头：“你跟我说对不起有什么用。我现在只想找到我爸爸。”

梅姨叹气：“唉，没想到原平的大哥这么绝情。”

许可无可奈何：“梅姨，您还是回去休息吧。我们回医院去等着，就算要找，也得等明天天亮了。”

上车之后，许子东先送许可回家：“你现在必须照顾好自己，好好回家睡觉，有消息我会马上通知你。”

他开车带我回到医院，已经是半夜时分。医院的灯光将走廊照得分外惨淡，他说：“你去我们值班室休息一下吧。”

我摇头：“谢谢，不用，反正我也睡不着，就坐病房里好了。”

人无法抵挡疲劳。

我再怎么睡不着，这样枯坐着，还是困了，便伏到张爷爷床边打盹儿。恍惚之间，我好像回到了李集镇上的家中，推开虚掩的院门，桑树冒出新绿，茶花仍开得正好，来福在屋檐下趴着，一切都和从前一样，可是家里没人。我一间间屋子看过去，找不到爸爸和张爷爷，等我再出来，来福也不见了……

我猛然惊醒，吓得冷汗直冒，严格地讲，这甚至算不上是一个噩梦，可那样的一无所有，却是我最害怕的情景。我抓住张爷爷露在被单外的那只枯瘦的手，眼泪一颗颗落了下来。

这时许子东走了进来，俯下身轻声对我说：“我找到你爸爸了，他没有大碍。”

我呆呆看着他，一时无法反应过来。

_3

许子东开着许可的车载我去接收爸爸的医院，路上我问他是怎么找到的，他告诉我：“我也只是试着打电话给一个个急救中心，询问是否有接收符合何原平特征的病人，运气还算不错，终于找到了他。他是凌晨时分被送过去的。”

“他到底怎么了？”

“我也不是很清楚，据说他倒在马路上，头部着地，昏了过去，那个路段行人稀少，他在地上躺了将近一个小时，环卫工人从他身边经过，闻到酒气，以为只是醉鬼，没有在意，后来有路人打电话报警，他才被救护车送到附近医院，经检查，他的头部轻微脑震荡，额上缝了四针，没有大碍。”

我喃喃地说：“在家的时候，他会喝点小酒，但十分节制，我从来没见他喝醉过。”

“也许他心情不好。”

也对，他确实很有借酒浇愁的理由。可是竟然喝到醉倒街头，我还是不能相信。如果没有人好心送他急救，后果会怎么样，我根本不敢想下去。

到了那家医院，我跑进去，只见我爸坐在急诊室外面，头上包着纱布，衣服脏得一塌糊涂，散发着难闻的气味，样子十分狼狈，我冲过去，抓住他的肩膀就狠命摇：“你想吓死我吗？你浑蛋！你浑蛋！”

许子东在旁边看得呆了一会儿，才伸手拉我：“他受了伤，你不能这样。”

“我不管，痛也是活该。”

话是这么说，我还是放开了他。他苦笑：“对不起。”

我再也没有力气，瘫坐下来，把头靠到他腿上，哭了起来。

他抚着我的头发，叹一口气，再次说：“对不起，小航。”

许子东载我们回到市中心医院，爸爸去洗澡换衣服，出来之后问我：“你怎么还不去上学？”

我没有吭声。

“还在生我的气？真的对不起，小航，我喝了点酒，只隐约记得过马路的时候被一辆摩托车从后面带倒了，后来的事都想不起来了，手机也丢了，没办法给你打电话，只想等到天亮再说。”

“你为什么会喝得这么醉？”

“也没喝多少，那酒的后劲太大了。”

“为什么不告诉我你还有个哥哥？”

他皱眉：“你怎么知道的？”

“许可找到梅姨，她带我们过去找你。”

“你不该去那里。”

我生气地说：“那你为什么要去找他？他明明就是一个浑蛋。”

“刚才还说我浑蛋呢。”

“那是我气急了，你不算。他才是真浑蛋。”

“别说粗话，他毕竟是长辈。”

“什么长辈，他都不认你，跟我更没有关系。浑蛋就是浑蛋，老了也只是老浑蛋而已。”

他叹一口气：“每个人都会有干蠢事的时候，我不会再去找他了。”

我盯着他，等了一会儿：“你不打算跟我说一下你过去的生活吗？”

他沉下脸来：“许可跟你都说了什么？”

“她说什么不重要，重要的是，你是我爸爸，可我对你的一切都不了解。”

“因为那都是过去的事了，没有再提的必要。小航，从你成为我女儿的那一天起，我就下了决心，要把那些事彻底丢开。”

“你总拿这些话来打发我有意思吗？就算我不是你唯一的女儿，你总是我唯一的爸爸，我不想找不到你的时候，还得通过别人来知道你的下落。”

“小航，以后不要再说这样的话，我只有你一个女儿。”

“何必自欺欺人，你可没当着许可说过这话，我不需要你给我做这种保证。”

他一脸头痛的表情看着我，我知道他根本就是不愿意继续谈这个话题，但想到他昨天被亲哥哥赶出家门，借酒浇愁，喝醉之后被车撞了，独自在街头躺了那么久，又在医院急诊室坐等天亮，我的心顿时软了，气哼哼地说：“算了算了，你不愿意就别说吧，反正我不知道的事已经太多了，多一件少一件，区别不大。”

这时，梅姨拎着水果与牛奶走了进来，爸爸马上说：“小航，你赶快回学校吧，不要耽误功课。”

我跟梅姨说了再见，拿了书包出病房，但马上拐进隔壁病房。这里的结构是两间病房共用一个封闭式阳台，阳台兼备会客与晾晒功能，中间用格栅分隔开来，我已经与这边的病人混得面熟，打个招呼拉把椅子靠墙坐下，果然把隔壁对话听得清清楚楚。

“我的哥哥姐姐再三打电话叫我回来，说是老宿舍拆迁，要算拆迁款给我。我推辞不要，他们都不肯，说我过得最艰苦，如果当年他们咬咬牙，也许我就能留在城里，现在一定要给我一点补偿。我感动得不知道说什么才好，总觉得父母不在以后，兄弟姐妹之间的感情是最真的。没想到你大哥……”这是梅姨的声音。

爸爸苦笑：“以前我师父要教我算命，我始终不肯学，也不让他给我算命。我总觉得命这个东西，一旦能够预知，就再没有什么想头。现在只能说，人各有命，不认命不行，也许我大哥说的是对的，我们之间的亲人缘分早就断了，我不该还妄想有人记得我。”

“别这么悲观，你女儿慈航真是紧张你，反驳起你大哥来伶牙俐齿，你没有白疼她。还有许可……”

“不要提她了。”他打断梅姨，“要不是师父住院，我真不想在这里多待一天。”

“我明白，省城是我们的老家，可是越变越陌生，老宿舍这么一拆，以后再也没有回家的感觉了。”

“那么大片宿舍，我没想到会拆迁。”

“厂子效益一直不好，他们的日子也过得不容易。”

“我知道，他有一儿一女，负担也不轻。”

他们谈来谈去，都是闲话家常，并没提到我最想知道的事情，我正有点失望，只听梅姨突然说：“原平，我可以借一笔钱给你付住院费。”

“那怎么行？你做乡村医生，生活也不宽裕。”

“我刚说了啊，哥哥姐姐分了拆迁款给我，眼下我用不到这笔钱……”

“你这样偷听可不好。”

我一回头，许子东正皱眉看着我，明明一夜没睡，他竟然还是一身白袍笔挺，看不出任何疲惫走形。我并不尴尬，笑道：“小点声。你从来都没偷听过？

告诉你，偷听可以听到很多有趣的事。”

他一脸的不赞成：“明知不对的事情，我不会去做。”

我冷不丁压低声音问：“你妈妈怎么对不起我爸爸了？”

他的脸阴沉下来，没有回答，我呵呵一笑：“别紧张，其实我不是非要打听那些陈年旧事，我只是想告诉你，只要是人，都会有情非得已的时候，用不着成天正气凛然的。”

他被我堵得说不出话来，然后默默转身离开。我深深后悔，其实他们的妈妈如何对不起爸爸，我多少有些好奇，但也只是好奇而已。逝者已矣，有资格决定怀恨还是释怀的只有爸爸，我无权说什么。不过爸爸是他帮忙找到的，我没道谢，还毫不客气抢白他，这个逞口舌之快的毛病，确实得改改了。

我无心再听下去，拎起书包怏怏下楼，却发现许可和她丈夫孙亚欧一起站在住院部的外面。孙亚欧先看到我，向我点点头，我原本懒得理他，可是脑中灵光一闪，走了过去，直接问许可：“许姐姐，梅姨是你送过来的？”

她迟疑一下，点点头。

“她要借给我爸爸的钱，也是你出的吧？”

她恳切地说：“慈航，梅姨是很愿意帮你爸的，但她的拆迁款还没有拿到手，而且她在农村做乡村医生，收入微薄，有一儿一女，负担也不轻，所以我求她出面，至少你爸爸能够接受一些。你就算猜到了，也别告诉你爸，好吗？”

我苦笑：“我没那么不识好歹，许姐姐。我走了，就当我没碰到你好了。”

许可和许子东姐弟两人都肯这样设身处地为别人着想，行事大方得体，性格宽容平和，对比下来，我真是既乖戾，又自以为是，莫非我的性格来自我完全不知根源的遗传？

想到这一点，我非常沮丧。

_4

张爷爷出院了，爸爸带他返回了李集。

提起最后结清的那张医院账单，我牙疼一般直咧嘴："现在算是知道钱的重要性了，我必须去赚钱。"

周锐笑道："你有什么赚钱大计，说来我听听。"

我能有什么大计？说来说去，无非是和其他同学一样，去应聘快餐店的小时工、发楼盘传单、做超市兼职促销员之类，累是累点，赚得也有限，但我实在不忍心让爸爸一个人扛。

周锐不屑地指出我是在浪费时间："这种兼职报酬低得要命，你一周最多工作四天，累个半死，上课只想打瞌睡，一个月下来，赚不够八百块，连最低生活标准都不到，想凭这个帮你爸还债太不现实了。"

有八百块意味着我不必让爸爸再打生活费给我，多少对他是有帮助的。我横他一眼："不然怎么办？据说卖身赚得多，可是你肯定又要挖苦我，说我的姿色卖不出高价来。"

他看出我心情不好，只得识趣地闭嘴。

隔了两天，赵守恪介绍了一份工作给我，是给一家做网络销售的服饰公司当理货员，简单地讲，就是客服将接到的订单分发到仓库，而我与其他工作人员一起按订单配货，打包，交给快递公司收件员。

听起来并不复杂，上手也很容易，但第一天上班便赶上网络大型促销活动，接单的客服被牢牢钉在电脑前，订单如雪片般飞来，做足四个小时之后，我真切体会到腰都直不起来是什么感觉了。我瘫在一堆纸箱边讲不出话来，同事安慰我："这几天是这样的。大促结束之后，就不会这么累了。"

没等我攒出说话的力气，就有人用脚踢纸箱："哎哎，干活干活，现在还是上班时间，这成什么样子。"

我回头一看，是好久没见的董雅茗，她说完之后，并不正眼看我，踩着高跟鞋款款而去，我发愣，问同事："她干吗的？"

同事笑道："大老板的侄女，二老板的女儿，算是我们的小老板，负责我们的绩效考核，最好别给她抓到我们偷懒。"

我在心里破口大骂赵守恪，竟然都没提前警告我一声，就把我丢到他这刻薄且与我结过梁子的女友手里讨生活。

不过也没我想象的那么糟糕。

所谓大老板是董雅茗的伯父，他还开着一家制衣厂，而二老板则是董雅茗的妈妈，两人合资注册了一家商贸公司做服装网上销售，公司规模并不大，连两位老板、一位财务、四位客服再加上我这样的理货人员也不过二十来人。董雅茗快毕业了，一时又没找到合适的工作，于是到这里来上班。她倒没有再来修理我，出出进进，都继续保持着不正眼看我的表情，让我觉得颇有点好笑。

为期一周的大促让我直接累得像狗，每天回到宿舍只想倒头睡觉，坐在课堂上也时不时打瞌睡。熬过之后，果然相对轻松了不少，收入当然微薄，不过这份工作的好处是可以灵活排班，而且离学校不远。我做得十分卖力，二老板对我提出了口头表扬，同时感叹："穷人家的孩子到底还是肯吃苦一些。"

我继续做事，董雅茗却突然走到我身边，小声说："对不起。我妈那人讲话就那样。"

我诧异回头："什么？"

"她说你穷什么的，你别在意。"

我以前倒真的对"穷"没什么概念，小镇居民收入有高有低，我爸只属于略有盈余、不必为生计发愁的那一类人，但在我看来，收入高的那些人生活根本不及我家有趣，我从来没羡慕过他们。我唯一认识的有钱人是周锐，他还一度家道中落到我家混饭吃。现在一想，我爸欠着大笔医药费，我下决心省钱省到我的室友纷纷表示叹为观止，确实非常符合"穷孩子"的标准了，何至于为她妈一句话觉得自尊心受挫。我没想到的是，董雅茗曾用更为刻薄的话挖苦过我，现在居然会为她妈妈说我穷向我道歉，我一时有点反应不过来。

“也不知道为什么，她对钱特别在意，评判别人的标准就是物质条件，她觉得守恪的缺点就是太穷。”

哦，原来我还是沾了赵守恪的光。我笑眯眯说：“她是老板，按她的标准来讲，守恪当然只能算穷人。”

董雅茗撇嘴：“现在服装行业利润低，这个公司起步两三年，还这么个规模，也不算很赚钱，我家不过小康罢了，真不知道她这种强烈的优越感从哪儿来的。”

我不想在这时指出其实她一向对着我也颇有优越感，耸耸肩：“别担心这个了，证明自己就算穷也还有前途和未来，那是赵守恪需要做的事，你不用替他发愁。”

“可是我妈让我跟他分手。”

“你是怎么想的？”

她迟疑一下，低声说：“我舍不得他。”

她无缘由地对我诉说心事，我不好胡乱打发她了，想了想：“你才二十二岁吧，赵守恪也才二十三，你不会想一毕业就结婚，他也还要读研，多的是时间决定将来怎么做，不用样样跟你妈报备吧。”

我发现我摆严肃脸讲其实什么用处也没有的废话时，远比我讲风凉的大实话受欢迎。董雅茗似乎听进去了，不过更大的可能是她终于认识到赵守恪训起我来如同训孙子一般，其实不是一种特殊的亲热方式，我们之间没有任何暧昧可言，我对她既算不上一个威胁，又同时认识他们两人，并且认可他们的恋情。从那以后，她简直拿我当朋友了。

我倒也并不介意这种突如其来的友谊。一旦不拿我当假想敌，她就不再具有攻击性，我发现她其实人还算不错，活泼开朗，笑起来十分可爱，并没什么心机，难怪赵守恪这么古怪的家伙会喜欢上她。我不大明白的是，明摆着赵守恪不是那种会玩情调、造浪漫的男生，她怎么会喜欢上他。

这个念头只一闪而过，我实在没闲情替他们操心了。

张爷爷回家不过半个多月，再度病倒，被送进了县医院。

第八章

年轻的时候，我们要的是爱情，不计代价与得失。

三十岁之后，尊严似乎变得更重要了一些。又或者是，时间也磨平了我的爱情。

这样一想，多少有点苍凉。

可是人生的种种无可奈何，我们都得习惯、接受。

——许可

_1

除了偶尔的晨吐与胃口不佳、乏力之外，我端详自己，小腹有微微的突起，可是腰围只略放大了一点，穿上宽松衣服，并不明显。如果不主动特意强调，没人注意到我已经怀孕。我开始改穿平跟鞋，放缓步伐，不再像从前那样大步疾行，来去匆匆。

但在工作方面，我没什么改变。卢湛感觉满意，又有点过意不去："许可，我不是那种压榨员工的老板，你现在身体状况特殊，千万不要勉强自己超时工作。"

我笑道："放心，我不会拿健康开玩笑，一定将工作量控制在体力许可的范围内。"

话是这么说，其实我已经有疲惫感了，我只能拿妈妈的例子来激励自己。六岁那年，妈妈怀了第二胎，同时将我接回身边。我当时怀念外公外婆和小姨，与父母讲起话来都怯生生的，根本无法亲近，可是我亲眼看着妈妈挺着日渐突出的腹部上班、做饭，同时还要安排来汉江市看病的大伯一家，一直工作到子东出生前的两天。休完产假，又继续回去工作。我就算年幼，也知道她的辛劳非同一般。现在同样有了身孕，再回想起来，她简直如同超人。我想我大概没办法达到她那样的地步，不过家务一直有钟点工料理，我至少可以不耽搁工作。

更何况，从某种意义上讲，工作也是我的一个寄托，可以让我不至于陷入感情困境不能自拔。

李佳茵在周末打来电话，说要约我见面，送我一些全新的多余的婴儿用品，顺便帮我高效率地做好怀孕生产的准备。我原本提不起精神做社交应酬，可是无法推托她的好意，而且她是老板太太，好不容易对我释去那点莫须有的嫌隙，再不处理好关系，简直就是给自己找别扭，于是请她来我家喝下午茶。

她准时过来，参观了我家，看过我与孙亚欧的合影之后，大力恭维我有一个帅哥老公，而且装修品位甚佳，是她喜欢的格调，又感叹自己已经没多余心思花在家居布置上，家里乱得够呛。

"等你生下宝宝才知道，家里很难再回到秩序井然的状态。到处是宝宝的玩具、衣服，有一次卢湛回家，坐到沙发上宝宝换下的纸尿布上，马上跳起来，好一通抱怨。"

我想象那情景，也不禁失笑。

"你打算把哪间房用作儿童房？"

我指一下次卧，她端详着："色调太沉重了，要刷成明亮的颜色，把窗帘换掉，还得买新家具。"

我还完全没考虑到这些，迟疑道："我原本想先让孩子和我一起睡，等以后精力顾得过来再考虑重新装修儿童房。”

“亲爱的，专家并不推荐让宝宝跟父母睡在一张床上，我们也不能像外国人那样，孩子一生下来就放在一个单独的房间，反正你的卧室足够大，最好先买一张童床，放在你的床边，既方便照顾，也便于培养孩子心理上的独立感。”她突然带点诡异地笑，略压低声音，“再说了，长期和孩子睡在一张床上，也影响夫妻之间的亲密感。你先生会有意见的。”

我只得尴尬地赔笑：“来，我做了奶茶，尝尝这种曲奇，味道不错。”

我们坐到阳台上喝茶，她继续指点我：“儿童房的改造，你可以交给先生做，先试着动手组装儿童房家具，再把家里所有的家具装上防撞条，让他全程参与进来，他参与越多，付出越多，对孩子的责任感就会越强。”

我有些发怔，这些情感难道不是天生就具有的吗？还需要像做反射实验那样来加强的吗？

“你得做好大采购的准备哦，要买的东西实在太多，必须列一个清单出来。”

“比如——”

“比如你要准备不同尺码和季节的孕妇装，还要配一个待产包，医院生产时用。宝宝要用的东西就更多了，不同规格的奶瓶、奶嘴、奶瓶刷、消毒锅、婴儿碗、勺、围嘴、纸尿裤、爽身粉、隔尿垫……”

她看到我茫然的表情，笑了：“别急，我都存了资料，回头发一份邮件给你。”

“太谢谢你了，一想到这得花多少时间去采购，我就头大了。”

“你现在月份还小，要注意休息，不要着急，这个可以等怀孕到七个月左右，身体状况稳定，再开始慢慢采购。对了，还有童车，我跟你说，一部好的童车非常重要……”

听起来没有一样是不重要的，没有什么可以省略，养个孩子比我想象的似乎要艰难得多。

我只得点头受教，同时将话题引开：“奇怪啊，我突然发现，这世界上居然有这么多同样怀孕的女性，简直随时都能看到挺着不同尺寸肚子的孕妇从我面前经过。”

李佳茵哈哈大笑："我怀孕的时候，也是这感觉。现在嘛，我就觉得到哪里都能碰到带着宝宝的妈妈。"

我陪同干笑着，内心还真不希望我的世界放眼望去充斥孕妇，这感觉让我陌生，甚至不安。

送走李佳茵后，我瘫倒在沙发上，感觉比上班还累，好长时间缓不过劲来。子东过来看我，我对着他大发感慨。

子东也大笑了，然后解释说："你觉得你看到孕妇比从前多，其实是一种心理投射。你怀孕了，会下意识关注周围与你一样的人，原本只是偶然出现的某个因素，因为你的关注，放大成一个普遍现象。比如从前你是不打算要孩子的职业女性，下意识便会寻找你的同类，所谓'吾道不孤'，就是这个道理。"

我同意，人是群体动物，渴望归属于某个种类，哪怕绝对的特立独行，一样可以被进行归类。

可是我与那些孕妇是不一样的。她们的另一半期待着新生命的降临，而我跟孩子的父亲处于不战不和的状态，婚姻处于破裂的边缘。

子东当然了解我的心思，他坐到我旁边："姐，我想去找姐夫谈谈。"

我苦笑摇头："没有这个必要。"

"难道你真的打定主意要离婚吗？"

"子东，你不会认为我会拿离婚这件事来掉花枪吧？"

"孩子始终还是生活在一个完整的家庭比较好。你确定当一个单亲妈妈，一边上班一边独自带孩子，能够保持快乐平和的心态？你又凭什么保证孩子愿意自己的生活出现这样的缺失？"

当然，我什么也保证不了。

我黯然不语，子东有些不安："姐，我不是存心要刺伤你。"

"我明白。子东，道理我全都懂，可是，夫妻相爱，意趣相投，对于生活有一致的目标，还能充满喜悦迎接计划之外意外到来的孩子，携手终老，同时享受孩子慢慢成长的过程——这样完美的状态，并不是每个人都有幸拥有的。"

“你不能苛求完美，姐姐，如果姐夫肯回头……”

“子东，你觉得我们的父母婚姻幸福吗？”

他迟疑了，这证实了我的一个猜想。是的，早在知道自己生父另有其人之前，我就对父母的婚姻持否定态度。如果没有疾病将他们分开，他们毫无疑问将会白头终老，然而那是建立在母亲无限隐忍与付出基础上的一种古怪的和平。他们更像两个签订协议搭伙过日子的人，在他们身上，我从来都看不到爱情，甚至谈不上多少温情。我相信子东跟我有同样的感觉。

“据说父母当着孩子面争吵，对孩子的伤害最大。从小到大，我倒是没见过他们争吵，可是我一直都觉得家里的气氛十分压抑。”

“他们吵过架的。”

我大吃一惊：“什么时候？我怎么不知道？”

“那时你去上大学住校了，我在读初三，每天都有晚自习，一般八点半放学，到家差不多是九点。有一天我感冒发烧，老师放我提前回来休息，我到家的时候，才七点钟。”

子东顿住，我屏息等待他继续说下去，停了好一会儿，他才重新开口：“我用钥匙开了门，发现他们关在卧室里，里面有摔东西的声音，还有……对骂。”

我彻底惊呆了，张一张嘴，马上闭紧，难道我要去问他们相互骂对方什么吗？这种往事，我没有足够的勇气去弄清楚。子东显然也是这样想的：“我轻手轻脚关上门，跑了出去，在外面游荡了两个多小时，还给你的宿舍打了电话，你的室友说你去自习室了。等我再回去，家里恢复了平静，他们一个看电视，一个看书，跟平时没什么两样。要不是我在厨房垃圾袋里看到打碎的花瓶，简直会以为是发烧产生了幻觉。”

“过后你怎么没告诉我？”

“那天过后，我宁可不再想起，也就再没给你打电话说这件事了。”

他那时还只是一个初中生，在感冒发烧的情况下独自徘徊街头，我又偏偏不在。我不禁眼圈发热，伸手去摸他的头发。他苦笑：“你总当我没有长大。”

其实他现在稳重冷静，是一名让人信任的医生，在某种意义上我甚至有些依赖他，不过这一刻我清楚地记起当他年幼时被我带着去上学的情景。他握住我的手，看着我的眼睛："姐姐，我明白他们的婚姻并不幸福，可是你要让我选择，我还是情愿有一个完整的家。"

"我们当然都想要完整：完整的人生，完整的人格，完整的感情，完整的家。问题是完整强求不来啊，或者说强求来的始终不是我们最初想要的。怀孕之后，我不断想起妈妈的生活，她之所以嫁给爸爸，也是想给我一个合法的身份、一个完整的家吧。可是她这一生，实在太不快乐。"

"你这样说，对爸爸不够公平。"

"我对妈妈是有些偏心，但后来我觉得其实爸爸也是受害者。对着一个不快乐的妻子，再不敏感的丈夫也会觉察出有些不对劲来，他在妻子那里受到了拒绝，也许他的粗暴、拒绝与人交流、一心顾着兄弟姐妹，都不是没有原因的。"

子东没料到我会讲出这番话来，怔怔看着我。

"我不想我的生活陷入这样的恶性循环，子东，我生父不详，婚姻一团糟，整个生活都乱了套，对于完整，我没那么向往了。我只是不想重复妈妈的一生，像她那样看在孩子分儿上与一个不爱的人绑在一起，我也不愿意亚欧因为孩子而勉强留在我身边，那样我们总会克制不住对彼此的不满，无法一直隐忍、委屈下去，最后会彻底搞砸彼此的生活。"

"但是，你还爱他吗？"

子东不去当外科医生实施精准手术实在是可惜，我被问住了。

变质的感情无法如同病灶那样一切了之。我若足够爱他，大约还是想不顾一切留下他，更何况我现在有留下他的理由与资本。

"我不知道，子东，要说对他没有感情，不为婚姻失败痛苦，那是撒谎。我很难过，可是这和失恋不一样，我不能不考虑很多现实问题。在中年人这里，大概没有纯粹的爱与不爱了。"

"你让我对感情丧失了信心。"

我怔怔看着他。他苦笑："是的，以前我觉得就算我们父母的婚姻一地鸡毛，但至少你与姐夫意趣相投，你很爱他，你们的婚姻是幸福的。"

“世界上还是有很多人的爱情是完整美好的，不要光看我。子东，我有健康的身体，不错的工作、房子，一定数额的存款，做好了当妈妈的心理准备，还有你关心我，我并没有那么惨。”

他闷闷不乐：“你不觉得这会儿给我励志，很缺乏说服力？”

我只得道歉：“对不起。”

他一下跳了起来：“不不，姐，该说对不起的是我，我撒娇撒的不是时候。慈航特意提醒我，让我多多关心你，我倒来惹你不开心了，真是该死。”

“她怎么会想到这个？”

他迟疑一下，轻声说：“她在某个地方看到姐夫与另一个女人在一起。”

原来如此。我有些意外，又有些感慨。

这女孩，我贸然搅乱了她的生活，她比我更有资格诉说命运不公。可是我没见她抱怨过，至多就是耸一耸肩，认了。

表面上看她对谁都有点漠不关心，一副满不在乎的样子，可内心是细腻善良的，居然还关照到我的情绪。

_2

与何慈航相比，何原平对我的反应则冷漠到了完全出乎我意料的地步。

他看上去是那样通情达理、性格平和的一个人。按我的想法，就算他恨我母亲，对我的存在最多也就是意外，平静下来，应该会愿意与我沟通，没理由会迁怒于完全不知情的我。

可是他表现得拒我于千里之外，客气而又冷淡，对我的称呼一直都是“许小姐”，完全不想与我有任何交流。我出面请子东安排他师父住院，他似乎很不高兴。

我不解，而且不能不感到难过。

子东也很困惑："他竟然不肯与你相认？"

"你姐姐并不是人见人爱的香饽饽啊。"

"不只是不跟你相认，他的整个态度都太奇怪了，看上去很不想跟我们打交道，接受帮忙也表现得十分不情不愿。"

我只得苦笑："你看在我面子上，不要计较。"

"我当然不会计较。姐，我只是觉得，如果他不想认你，你不必勉强。"

"这种事怎么可能勉强，放心。我只是……没法说服自己就此放下。"

他对他的师父那样尽心尽力，明明收入有限，仍倾尽积蓄为老人治病，照顾得十分细致；他对收养的女儿慈航关爱备至，两人亲密得令我暗暗羡慕。

我不能不揣测，也许爱恨交织才是最难以解脱的情感，他与我妈妈之间的纠葛超出了我的想象。

直到那天陪着何慈航去何原平的大哥家里找他，我才意识到，我太想当然了。

以前只听梅姨叙述，何原平被劳教之后，他的父母与他断绝往来，等结束劳教，也拒绝接纳他回家。

亲耳听他的大哥冷酷地说与他恩断义绝，我被深深地震撼住了，等回过神来，我甚至比何慈航更加狂怒，简直想抓住那扇紧闭的防盗门狠狠摇晃。

然而我什么也没做，我既没有何慈航那样直接表达愤怒的能力，同时又根本没有立场为他出头。

我母亲才是造成他这几十年被亲人彻底遗弃、漂泊异乡蹉跎至老的原因。

他对我一直没有恶语相向，已经是一种难得的修养了。我有什么理由要求他抹去所有不愉快的回忆，与我相认，执手言欢？

我的心狠狠抽紧。

子东送我回家，开门之后，我心神恍惚，待放下包，一抬头，冷不防看到亚欧正坐在客厅沙发上，险些惊叫出来。

他冷冷看着我："怀着身孕半夜才回家，似乎不像是一个声称已下定决心要当母亲的人该有的表现。”

“以后回家请提前打个招呼，不要突然出现吓我好吗？”

“我不用提醒你我们还是夫妻，这里还是我的家吧？”

我实在没力气与他争执，摇摇头，打算回卧室，但他站起来拦住了我：“你干什么去了？”

“我并不打算问你这些天去了哪里！”

“你大概有些香艳的猜测吧，不过我可以告诉你一个扫兴的答案，我一直住在沈阳路公寓里。”

我很意外。沈阳路公寓是他婚前买的一套两居室，位于市中心的一个12层小高层的8楼，面积不大，优点是交通便利，缺点则是周边颇为嘈杂。我们婚后在那里住了将近两年，然后搬到目前的住处，那套房子空着，他曾叫我处理掉，我却非常舍不得。我一直怀念在那里的时光，不过那段时间他正受困于官司，肯定不可能和我有相同感受。我只说卖也卖不了多少钱，不如留着，他没再说什么。我隔一段时间过去做简单的打扫，盘桓一会儿。几年过去，他根本没再过问，似乎是忘了那套房子的存在。他去住酒店我都不会觉得意外，但完全没想到他会跑去住在那里。一想到俞咏文也会到那边停留，甚至过夜，与他同居，我顿时涌起强烈的不洁感，不得不提醒自己，婚姻都失败了，再计较这件事未免可笑。

“我累了，想回房间休息。”

他不动，我再也控制不住，抬手狠狠推他：“凭什么你和她一个一个堵住我非要跟我谈，凭什么我要对你们解释我在想什么、我要做什么。告诉你，我没什么好和你们谈的。这个孩子我要定了，你们爱怎么样，我不关心，别来打扰我。”

“俞咏文来找过你？”

“请你别装得这么惊讶好不好。以她的脾气，没在我妈妈葬礼过后就来找我，已经非常客气了。替我谢谢她的一念之仁，请转告她，我不打算当你们伟大爱情的绊脚石，你跟她走吧，让我清静一会儿。”

我疯了一样再度推他，这次他没有硬拦住我，而是紧紧抓住我的双手，他用力极大，我痛得叫出来，他握住不放，直到我稳定下来不再有任何动作，他才松开，侧身闪到一边。我匆忙冲进了卧室，重重摔上门，躺到床上，只觉得全身力气如同被抽干一般，眼泪顺着眼角不停地淌下来。

我想起子东说他见过父母争吵对骂，砸碎花瓶。我知道那一定发生过，却总觉得不可思议。

现在看来，根本没人能彻底克服心底的怨恨、不满，再完美的伪装，再强悍的自我控制，也有剥落溃败的时刻。

我自认为不会吵架，但到了某个时刻，也能像泼妇一样撕扯大骂。

我居然还敢说我会努力一直保持快乐平和的心态，真是狂妄得不知死活。

黑夜让再难挨的一切都能画上一个句号，而睡眠则是人类的一种自我修复，带我们暂时逃离烦忧的重压。

第二天起床，我疲惫无力，走出卧室，发现孙亚欧还没离开。他瞥我一眼："麻烦你去化一下妆，这个样子上班，简直会被怀疑遭受了家暴。"

我苦笑，扬起手腕，那里有一圈明显的瘀青，我嘲讽地说："我也许真会出去诉说你家暴我，好名正言顺轰你出去，落个清静。"

他握住我的手察看："对不起，我无意之中用力太大。要不要擦点药酒？"

"孕妇哪能擦药酒。没什么，我也明白你是不想让我太激动。以后我会注意控制自己的情绪。"

"在控制情绪方面，你已经做得过犹不及了。我们从认识到结婚这么久，我头一次看你爆发。"

我心灰意冷地说："只能说我的另一面隐藏得连我自己都没见识到。"

他默然一会儿，说："我很抱歉。"

他道歉的时候并不多，可是我已经不想继续谈论下去了，径自去厨房做早餐，其实没任何胃口，只能说服自己，为了孩子必须保持饮食正常。我刚将吐司烤好，正打算煎蛋，手机响起，是子东打来的，他告诉我，他已经找到了何原平，把他接回了医院。

“谢天谢地。”我由衷感激，“我等会儿过来。”

许子东在那头说：“不必急着过来，他情况还好。现在最要紧的是想办法替他解决住院费的问题吧，看着他和慈航父女两个，唉，真是有些难受。”

“嗯，我来想办法。”

我匆匆吃完早餐，回房间换衣服，还是略微化了点妆，然后给公司同事打电话告假，出来时孙亚欧已经不在了。我也没在意，下楼出了小区，准备拦出租车，孙亚欧驾着他的车驶过来停到我面前，伸手过来替我打开副驾驶座的门，平淡地说：“我看你的车没停在车位上。”

“子东开去医院了。”

“我送你去公司。”

“我需要过江去办点事情。”

“上车，我送你过去。”

上车后，我把梅姨哥哥家的住址告诉他，他专注开车，并没有问我去干什么。到了之后，我打电话请梅姨下来，将我的计划告诉她，请她帮忙，这善良的女人十分为难，并不想用自己的名义做这件事，可经不住我恳求，还是答应了。

她坐上我们的车去市中心医院，等她上楼后，我对亚欧说：“我去找子东拿车钥匙，等会儿送梅姨回去，然后再去上班，你不用再送我了。”

他没有动，我无可奈何：“亚欧，我承认我昨晚失态了，但我说的话是当真的。我不想再受到打扰。怀孕的时候，你不能提出离婚，但我提可以。我们可以商量一下财产的分割，然后协议离婚，各走各路。”

“我倒是很想知道，你会提些什么条件？”

我不可思议地看着他：“在这里？”

我们站在医院住院部前，周围人来人往，显然完全不是一个适合谈话的地方。他耸耸肩：“当然这问题更适合在家里谈，可你好像都不大想让我进门了。不如我们现在谈好了。”

我想了想，只得说："我想要目前住的这套房子，你可以保留沈阳路公寓，家庭流动资产我要一半，这个分法也许对你不算完全公平，但以后的抚养费你愿意给多少都可以，不愿意给，我也不会追究。"

"听起来你考虑得很细致了。"

"如果你以后想探视孩子，我不会反对，我们可以商量一个时间表出来。不想跟孩子打交道的话，也是你的自由。毕竟你早就说了，你不想要孩子。"

"也就是说，你不介意我当一个彻底的浑蛋。我好奇的是，你将来怎么给孩子解释我的存在？"

"等孩子懂得问这个问题时，我会说：有些人适合当父亲、丈夫，有些人不适合，我们必须接受那些没法改变的现实。我想这个答案不够完美，但是可以接受。"

"你这么固执地坚持留下孩子，到底是有多想弥补你身世上的缺憾？"

"你又来了。你很想激怒我吗？我也有很多办法能让你跳起来，可是何必呢？我有工作要应付，我还要开解自己当一个善良的人，保持心态平和，好好生活，真的不想再跟你们纠缠下去了。"

"如果我说我不想离婚呢？"

我没办法心平气和了："你到底要怎么样？"

他目光看向我身后，我回头一看，何慈航走过来了。这精灵的女孩子，一下猜到了真相，不过她永远比我豁达，并不介意这个安排。临走之前，她目光在孙亚欧与我之间一转，那是一个了然的神情。

我默然片刻，看向亚欧："被十八岁的孩子用这种眼光看，我真的觉得……我的生活很可悲。亚欧，我不想继续了，就这样吧。"

年轻的时候，我们要的是爱情，不计代价与得失。

三十岁之后，尊严似乎变得更重要了一些。又或者是，时间也磨平了我的爱情。

这样一想，多少有点苍凉。

可是人生的种种无可奈何，我们都得习惯、接受。

_3

俞咏文对于人生显然有着完全不同的理解。

她再度来找我，这次直接来了我的公司。我听到前台通报，有些动怒，却也不得不出来，将她带进会客室。

“你让我很难堪，俞小姐，我不希望再和你碰面了。难道我上次说得不够清楚？”

“但是我们之间的问题并没有解决。”

“解决？我没理解错的话，你想要的最佳解决方案是让我打掉孩子，然后同亚欧离婚，好让他无牵无挂与你结婚，是吗？”

她瞪大眼睛看着我，过了一会儿，她说：“你把我看得这么肤浅恶毒，时时表现得高贵冷艳，道德优越感大概已经快爆棚了，就冲这一点，也应该欢迎我出现在你面前啊。”

你看，和她这样总保持着少女心态的人斗嘴，简直是自取其辱，我哭笑不得：“好吧，对不起，我不该妄自揣测你的来意，可是横竖来看，你也不像是来忏悔不该介入别人的婚姻。”

“我没什么可忏悔的。能被人介入的婚姻，根本早就失去了爱情。”

“这很像是诡辩术的一种，听起来言之成理，不过别忘了，婚姻是两个成年人基于自愿订立的协议，除了爱情之外，责任是其中很重要的组成部分。我不会像你一样鄙弃无视这一部分。”

她微微一笑：“我没猜错，你果然要提到责任。我跟你分享一下我的成长过程好了。我父母一直关系不好，但他们为了我，始终维持着婚姻关系，直到把我送出国后，才悄悄离婚，居然又瞒了我将近三年，我才从一个亲戚那里得知这事。我打电话回去问妈妈，她倒先哭了，告诉我，在此之前，他们曾经不下四次写好了离婚协议，又一次次撕掉，理由都是：等文文上了中学再说，等文文高考之后再说，等文文独立一些再说。你知道我听了是什么感受？”

我当然不会按她的要求发问，只静静看着她，她耸耸肩：“我根本不感激他们。家里那种阴沉的气氛我早就受够了，从小到大，我都活在他们两个无休止的争吵之中，他们明明彼此憎恨，却打着为我好的旗号绑在一起，还自以为做出了无私的自我牺牲，为我做了一件天大的好事。”

“你现身说法，无非是想告诉我没有爱的婚姻对孩子没有好处吧，没问题，我基本同意。”

我平静的态度多少让她沉不住气了，她直接问：“那你们什么时候离婚？”

“俞小姐，结婚需要两个人，离婚也一样。我已经提出离婚，这个问题，你似乎不必再来问我。”

“亚欧现在很为难。”

“你不妨把你的故事讲给他听，让他下决心好了。”

“他是知道的。我听到父母离婚的消息时，正在美国念书。我心情很差，给他发了邮件，想倾诉一下，没想到过了一个月，他来看我了。他告诉我，他知道父母不和意味着什么，没人能选择在什么样的环境中成长，但长大以后，可以选择自己要过的生活。”

这件事她头次给我打电话便已经提到，我本该一直保持不动声色，但是，听着自己的丈夫跨越大洋给前任女友送去心灵鸡汤的细节，我再也做不到冷静，只能努力深深吸气，命令自己镇定下来。

“亚欧大概跟你说他不想离婚了，所以你又来找我，跟我讲这些话，我说得没错吧？”

“他不是不想离婚，只是不忍心在这种情况下抛弃你。”

“我经济独立，有能力独自承担当妈妈的责任，不会觉得离婚是被人抛弃。所以我提出了离婚，也对亚欧讲明了离婚的条件，那些条件肯定不算过分，不可能吓到像他这样的男人。他如果不肯离婚的话——”

我停住，轮到她勃然变色：“你是在暗示，你已经不要他了，他如果不离婚，恐怕很可能是我不足以让他下决心走进另一段感情。”

“我讲事实，不需要暗示什么。俞小姐，不管出于什么目的，都不要再来找我了。你讲的那些事确实能够伤害我，可是我要讲出某些事来，大概也不会让你好过，何必呢？我时间有限，不可能陪你打一场对攻战，满足你历经千难万险，空手入白刃抢到一个男人的愿望。你不如省出精力去说服亚欧。”

俞咏文一副言犹未尽的表情，但还是不得不走了。

等她离开，我用双手撑住头，两个拇指紧紧按住太阳穴，对着桌子长长吐着气，这已经不是正常的呼吸，而是一种变相的呕吐了。

不洁，被冒犯，愤怒……我说不清此时的感觉，心头如同堵了一块大石，无从搬移，要疏解这种难受几乎是不可能的，只能如同缺氧一般过度换气，给自己一点象征性的安慰。

这时有人轻轻敲会客室的玻璃门，我迅速调整表情，抬起头来，站在那里的却是何慈航。她迟疑地看着我：“你没事吧？”

“没事，慈航，你怎么来这里了？”

她却问我：“那女人跑来找你干什么？”

我惊讶，随即想到，子东告诉我，她是见过孙亚欧与俞咏文在一起的，苦笑一下：“没什么。”

“我不是想追问你的隐私，不过你的脸色看起来不大好。”

“我那点隐私，其实你也知道，我只是不想再谈她了。慈航，你来找我有事吗？”

她点点头，从书包里拿了一个信封出来，交到我手里：“里面是1000块钱，我爸让我交给你的，他说他会把你垫付的医药费分期还给你，只是可能需要一点时间。”

我惊愕地看着她，她摊手：“我什么也没说。不过他并不傻，他不知什么时候又回他家住的宿舍区去转了一趟，听到邻居议论，拆迁款还没正式发下来，当然就猜到钱是你交给梅姨垫的。”

他连这一点瓜葛都不想与我扯上。我颓然往后一靠，简直失去了支撑自己的力气，半晌，我有气无力地问："张爷爷现在怎么样？"

"两周前因为发烧又去县医院住了几天，不过已经出院了。许姐姐，你别怪我爸。"

"我谁也不怪。"

大约是我从神态到语气都太过可悲，何慈航犹豫一下，走到我身边，蹲下，手覆在我的小腹上，仰头看着我，目光带着怜悯，可是不知道为什么，我并不觉得自尊受伤。这女孩子有着一头浓密而自然卷曲的头发，束成马尾，仍有无数碎发毛茸茸地张扬着，从这角度看下去，活像一只小动物。

"你的肚子变大了。"

"是啊，孩子在一天天长大，已经有四个多月了。"

"你对它是什么感觉？"

我不解，她微微一笑："其实我是好奇，孩子和妈妈是怎么建立联系的？"

"靠脐带联结啊，由母体供给胎儿营养和氧气。"

"不不，我说的是情感联系。你本来不要孩子的，可是又决定留下，现在对它已经有母爱了吗？"

我迟疑一下："其实更多感觉到的是一种责任——"唉，责任与爱，怎么都逃不开这两个词，可是我们更想要的是什么？我摇头驱走这个突然闪现的念头："我一个朋友说她知道怀孕后就马上母爱泛滥无法抑制了，也许每个人的感受不一样。"

"哦。"

我蓦地想起她曾是出生不久就被人遗弃的婴儿，她这样问，也许是想到了自己的身世，不禁恻然，不知道该怎么安慰她，她猜出我的心思，笑了："没事，你说得没错，每个人都不一样，我并不纠结身世。你也别想那些烦恼事，许姐姐。"

"我明白，慈航，不必为我担心。"

"嗯。"

“告诉你爸爸，实在要还钱给我，也不必着急，可以慢慢来，不要影响到家里的生活。”

她点点头，站起来，稍微退后一点端详我：“都会过去的，看你的面相，以后应该会有一个好的生活。”

就算满腹郁结，我也惨淡地笑出来：“你家张爷爷教过你看相吗？”

“不要笑，他真教过。他以前那个方圆几十里闻名的半仙称号不是白混来的，找他看相占卜的人，不管问前程还是吉凶，他多半都能说到点子上。抛开故弄玄虚和那些唬人的专有名词，你也得承认，所谓相由心生，通过长相举止言谈可以判断一个人的性格，而性格决定命运是有一定道理的。”

“可是我觉得我的性格太过纠结，远远不如你豁达。”

她再度凝视我片刻之后，很肯定地说：“你会放下的。”

我从来不迷信算命占卜之类的，在报纸上看到每周星座运程之类的都一带而过，从不细看。她也只有十八岁，还在读大一，然而她镇定的神情让她有某种超越年龄的说服力。我想，当然，我必须放下，否则折磨死自己也就罢了，还得赔上我腹中的孩子。

“谢谢。”

“别客气，你可以去补下妆。”

“不要紧，我现在怀孕了，憔悴一点也没人挑剔。”

她略微踌躇：“刚才我走进来，看到前台小姐在门外站着，看到我才尴尬走开，她应该也听到了不少内容。”

前台是一个颇为八卦的女孩子，曾因在工作时间打长长的私人电话任由客户等候而被我批评过。她的偷听就意味着整个公司都会知道我的婚姻处于危机之中，我的心重重一沉。她看在眼里，摇摇头：“许姐姐，你难道打算悄悄离婚，谁也不说？”

“最多只跟亲人说一声。私事一旦公开，就要承受各种议论、同情和猜测，我很想避开这一切。”

她却笑了，又露出初次见面时“你怎么会这么天真”的眼神：“我住的小镇子，大家最爱的娱乐就是谈论这种事：谁家老公出轨被抓包，谁家嫂嫂与小叔子有暧昧，如果能够现场围观抓奸或者谈判，那简直就像是过节。”

我情不自禁呻吟一声：“沦为人家茶余饭后的谈资就是我最不想看到的。”

“这怎么可能避得开。大城市生活比较丰富，也许不至于像小镇那样眼睛只盯着别人家的糟心事，但人性是一样的，发生在同事邻居身上的事情，肯定比不认识的明星更有趣。他们会议论你，也许已经开始议论了，你要做好心理准备。”

我沮丧得说不出话来。

“在这方面，我有经验，我从小就被人议论。”

“为什么？”

“因为我没有妈妈，是一个来路不明的孩子，在他们眼皮子底下长大，简直就是供他们持续谈论的活标本。”

我怔住，没法想象她过的是什么样的生活。她笑了：“你看你又同情心泛滥了，其实没有你想的那么糟糕。我后来发现，我越在意，他们谈得越起劲，仿佛伤害我也是一种乐趣。我想开了，不当一回事，他们反而没有谈论的兴致了。你的同事都是白领，生活不像小镇居民那么无聊，修养也应该更好一些，过个几天就能找到新的乐子。让他们去谈吧，你不理会，就是最好的回应。”

她小小年纪，已经像经历了世事沧桑，对比之下，我简直自惭，只得点头：“嗯，我明白。”

她陪我一起去洗手间，看着我补妆，突然说：“你还是很美。”

这句夸赞来得实在意外，我苦笑一下：“谢谢你给我鼓气。”

“那我先走了，再见。”

_4

托网络的福，办公室流言的传播效率十分之高。

正如何慈航预告的那样，我从洗手间出来，穿过走廊进入开放式办公区，已经感受到同事投向我的目光跟平时不一样了。

毕竟没有同事会不知趣到真正拦住我问："你的婚姻到底怎么了？""那个女人是你先生的小三吗？""你真的会离婚？"

我目不斜视，径直走进了自己的办公室，继续手头的工作。至于他们此刻在 QQ 上八卦的那些，只好眼不见为净了。

表面上看，工作将我们困住，让我们付出至大心力，有时也不免自问这样殚精竭虑是否值得。而现在不同，对我来说，一份需要与人沟通合作付出专注努力才能完成的工作，在很大程度上，保证着我不偏离正常轨道。

所以我感激我的工作。

到了下班时间，手头还有一个 PPT（演示文稿）没有完成，但我还是关了电脑出来开车回家，不想留在公司加班，引来同事更进一步的议论。

到家时，钟点工李姐正在替我做晚餐："咦，今天回得比较早啊，等一下，汤马上好了。"

"嗯，不急。"

等我换好衣服出来，李姐已经将饭菜摆上餐桌："小许，最近怎么总没见你老公回家？"

似乎每个人都毫无例外对别人的生活有一份好奇，我只能说："他在外地。"

"你怀孕了，还要这么辛苦工作，又经常加班，他应该回来照顾你嘛。"

我笑笑，开始喝汤，她总算没再说什么，收拾一下厨房："好了，我先回家了。你要想吃什么，还是写便条贴在冰箱上。"

"谢谢李姐，再见。"

她走了，我长舒一口气。迟早有一天，每个人都会知道我的婚姻状况，一想到届时要收获多少好奇、同情的眼光，我不免胃口全无。

吃完晚饭，我稍事休息，坐到书房打开笔记本继续做那个 PPT，将近完成时，突然腹部轻微一动，我惊讶地坐直身体，伸手摸去，再没什么动静，刚才那一下几乎可以被忽略。我推开笔记本，一动不动等着，终于在一片静默之中感觉到了又一次胎动，与上次不同，不是一下，而是一次持续十来秒的波动，依旧轻微，但确定无疑。

我屏息感受着，待胎动停下来后，马上去查孕期指南，发现那上面写着：初次胎动大多发生在十八到二十周，很容易被误认为是胃部胀气——怎么可能。我忍不住笑，这明明是完全不一样的感觉，如同水波荡起一圈涟漪，又像有一只蝴蝶在体内怯生生扇动着翅膀，传达出生命的信息，奇妙得让人惊叹，同时生出无限喜悦——白天我才对慈航说，我对于胎儿感受最多的是责任，而此刻，我十分肯定，这就已经是身为母亲的感受了。

想一想，只有三个人可以打电话说这件事：子东、夏芸和小姨。子东虽然是医生，但他毕竟是男生，恐怕没法体会这种只属于女人刚为人母的感受；夏芸远在海外，我们通常选择在网上闲聊几句，没必要为这件事特意打电话过去吵醒她。而小姨知道我怀孕却与亚欧谈到离婚时，十分惊愕。我们通过不止一次电话，有时长谈甚至超过一个小时，她苦劝我，如果决定留下孩子，一定要与亚欧修复关系。

我们没能说服彼此。

从小到大，我与小姨的感情最深，在成年之前，她既像我的长姐，又像一个小母亲，我听得出她忧心忡忡，为我将来的生活担足心事，再去兴冲冲对她说胎动，也不是什么好主意。

天气已经足够温暖，我出来热了一杯牛奶，端到阳台上坐下，一边喝，一边让自己平静下来。

仰头望去，城市的夜空呈暧昧不明的暗红色，即使是如此晴朗的日子，也看不到星星。

我生平看过最美丽的星空是在新西兰皇后镇。

那是我与孙亚欧婚后第一次出国度假。夜晚，我们坐天际缆车上到山顶，高山渐渐隐没于无边的黑暗之中，空气纯净清洌，风带着微微的寒意扑面吹来，而头顶是明亮密集得不可思议的繁星。

他将我抱在怀中，用风衣裹住我，手指与我的手指交缠着。尘嚣被远远抛离在脚下，世界仿佛只剩下我们两人。我从来不确定他有多爱我，但至少在那个时刻，我知道我占据着他的心，正如同他将我的心占得满满的。

辛酸的回忆我们通常情愿忽略，尽可能不再想起。那么甜蜜的回忆呢？时过境迁，似乎更加伤人。

惆怅与伤感同时涌上我的心头。

这时，一道身影从客厅内投射过来，我吃惊地回头，孙亚欧站在落地窗内。几步之遥，我一时竟然有不知身在哪里的恍惚感，怔怔看着他。

“晚上好。”

我回过神来，坐直看着他，没有说话。

他拉开门走过来：“起风了，外面有点凉。”

“嗯。我坐一会儿就进去。”

“俞咏文找去你公司的事，我很抱歉。”

我有些惊讶：“她跟你说去找过我吗？”

“不，何慈航下午来公司找过我，好一通教训。”

我更加诧异，完全没想到何慈航会为我做这件事。

“有一点她说得很对，你不应该受到这种打扰。我已经跟咏文讲清楚了，这种事不会再发生。”

“那……谢谢了。”

我的口气带着一丝冷嘲，他当然听出来了，静默好一会儿之后，他才重新开口：“许可，不管我怎么想，你都一定要留下孩子吗？”

才感受到胎动，却听到这个问题，我心中的悲凉无法言喻，一时讲不出话来，默默积攒了一下力气，才一字一字地说：“亚欧，这不是我第一次怀孕。上一个孩子，我把它流掉了，恰好十年前。那个孩子的父亲，不用我说是谁吧。”

_5

对，我就是那个传说中的大龄无知少女。

讽刺的是，我妈妈是资深妇产科医生，但她在家里几乎绝口不提她的工作。我开始发育之后，她给了我一本生理卫生科普小册子，嘱咐我认真读一读。我读了，小册子文字平铺直叙，不带任何感情色彩，足以把一个刚步入青春期、对于男性还没有具体想象的小女孩吓得做噩梦，就跟小姨十五岁时在医院里守候我出生时给产房里传出的尖叫吓得半死一样，我又害怕又迷惑，不能理解女生为什么会面临这么多问题。

当然，我不能把我在大学期间没有谈过像样的恋爱归罪于这本小册子。我个性拘谨，不习惯情绪外露，根本不懂如何应对男生的追求，蹉跎下来，没有一段有头有尾的明确感情经历，到二十四岁，一片空白地遇上孙亚欧，沦陷来得毫不奇怪。

发现怀孕时，我刚辞去工作，正忙于找一份新工作，他已经五天没与我联络。我打电话给他，他说他在出差，语气十分冷淡。我再多问一句他什么时候回来，他便略不耐烦地说："正在开会，回头打给你。"

等了两天，他也没打过来。

我并不怪他，从一开始，我就知道他没有认真恋爱的打算，求仁并不见得就能得仁，而缘木怎么也不会求得到鱼。我决定为自己的行为埋单，壮起胆子找了家偏僻的小医院，挂号排队，躺上了手术台。

那是一段可怕的经历，我从来没对任何人提起过，包括我的好友夏芸在内。

如果只是终止于那间手术室，我也许还能从记忆里把它彻底抹掉。但是我的噩梦出了医院仍旧一直持续着，在术后连续大半个月出血不止，还得投递简历，奔波于几个公司进行面试，内心焦虑，面无人色到连化妆都无法遮掩。一天晚上，妈妈把我堵在房间里，关上门，问我发生了什么事。我既羞耻，又愧疚，同时混合着恐惧，张口结舌，讲不出话来，她没有追问，但是盯着我，是一定要知道答案的样子。

突然，我横下心，直视着她的眼睛，告诉她我做了人工流产，然后等待她的发作。她吃惊，目光复杂，却没有发怒，问末次经期的时间、手术的时间、我目前的身体情况。她这个医生的姿态让我茫然，我只能一一作答，最后她嘱咐我早点休息，第二天午休时间一定要去她工作的医院。

不必妈妈强调，我也知道情况的严重程度。

到医院的时候，她仍在接待一个病人。我在外面等待，只听负责接待分诊的小护士与她的同事嘀咕："严医生这人总是这样好说话，都这个点了，那女的又没挂到她的号，硬挤进去讲几句好话，她就接着看，每天不知道要额外看多少病人，连累我们不能按时下班吃饭。"她同事笑道："别抱怨了，她对病人倒真是有耐心，我要是身体也有问题，等也要等着让她来检查。"同事走后，小护士不客气地跟我说 ："喂，你不用等了，上午的门诊时间已经结束了。"

我好不尴尬，没有吭声。小护士不好公然发作，脸色更加难看。

这一等就是半个小时，病人总算出来了，妈妈让护士去吃饭，示意我进去，给我做检查。

我解衣服，动作十分迟疑。其实我已经有过躺在陌生而面无表情的医生面前接受检查和手术的经历，她是我母亲，对着她，我最不该觉得羞涩。可是巨大的羞耻感扑面而来，再度将我淹没，我的眼泪扑簌簌直往下落，她拿纸巾给我，这个举动让我在一瞬间退回到儿童时期，一下哭得声哽气咽，同时意识到，就算真正小时候，也没在她面前这么放肆哭过。她坐在我旁边，握住了我的手。

她的举动完全出乎我的意料，可我仍旧感觉她像是一个可亲宽容的医生，而非一个慈母——这个念头一浮上来，我的罪恶感更加强烈：我哪里有资格苛求更多。

等我平静下来，她给我做了检查，告诉我出血不止是吸宫不全引起的，她亲自重新给我进行了清宫。

躺在手术台上，让妈妈来做这种手术，是一种比流产更不堪回首的经历。

我猜她与我一样，内心都极不好受，但她的表现仍旧是十分专业的，声音镇定，手势稳定。我的恐惧感渐渐被抚平，可是我并没有轻松起来，内心有无穷无尽的自我厌弃。

完事之后，她给我开了药，讲解可能的危害——“涉及这类手术，就算不愿意让我知道，也一定要到可靠的医疗机构，如果炎症不及时治愈，扩散到相邻器官，甚至可能影响未来生育，”她补充道，“当然，那只是最极端的情况。治疗及时恢复得好，完全可以避免。”

我惨淡地说：“无所谓，我不在乎，反正我将来也不想生孩子。”

她字斟句酌地说：“可可，我知道对女性来讲，经历这种手术的过程很可怕，对情绪有影响，但是你是有机会完全康复的。你要有信心。”

“不，其实我早就有这个念头。”

“为什么？”

我反问她：“妈妈，你后悔过成家生孩子吗？”

她怔住。

“我要是您，肯定会后悔。明明是专业过硬的医生，可是忙完工作还要承担所有家务，放弃深造，拒绝调到更好的医院担任更重要职位的机会……”

“谁跟你说的？”

“小姨。”

她苦笑：“她在北京，并不了解情况。”

“我觉得她说得没错。我从小看到大，再清楚不过。如果没有我和子东，您会更轻松一些。妈妈，您并不是那种有了孩子万事满足的女人，我不认为您从家庭生活里得到的快乐，抵得过您承担的辛苦。”

她的表情凝住，突然有深刻而掩饰不住的倦容，我几乎懊悔刚才说的话。过了好一会儿，她才说：“每个人的生活都不容易，我过得并不比别人更艰难。”

“好吧，反正我不想过您的生活。不，您别这样看我，妈妈，我保证不会再发生这样丢脸的事情。”

她摇头：“可可，我没有责备你的意思。没人能保证自己做的每个选择都对，甚至在做了选择之后会万分追悔都是可能的。不管你想过什么样的生活，我都希望你快乐。”

快乐这么简单的事，在某一个阶段，都显得奢侈而遥不可及。我不吭声。

“他……是什么样的人？”妈妈迟疑着，终于问了一个属于母亲关心的问题。

我涩然回答：“不重要，我们分手了。”

她再没说什么。

_6

我头一次在孙亚欧脸上看到深深震惊的神情：“你竟然完全没有跟我提起。”

“跟你说有什么意义？你会看在我怀孕的分儿上和我结婚吗？”

他默然。

“当然不会。那个时候，你根本没有成家的打算，甚至也不打算谈一场认真的恋爱。就算勉强与我结婚，也是一个错误。”

“但我是会为自己行为负责的人。”

我微哂：“你所谓的负责，大概是指陪我去医院，给我付手术费吧。那倒不必了，费用并不昂贵，过程又很不堪，我不需要多一个人看着。既然决定与你分手了，我情愿一人承受。”

“你为什么要这样做？”

“因为年轻，因为恐惧，因为羞愧……亚欧，我有很多理由，没必要再追问了。我并不怪你。”

这句话顿时触怒了他：“你还嫌你的理智表现得不够充分吗？”

“我并不理智，否则不会……”

“不会与我结婚。”他冷冷地接上。

我没有回答，这个态度无异于默认。他看着我，脸上没有任何表情。

“其实我一直在想，为什么你会嫁给我。你在我身上吃过那么大苦头，我当时又正在倒霉，百事不顺，脾气说不上好，对你更称不上体贴，在那种情况下，远离我才是正常选择。可是你容忍了我，甚至答应我不要孩子。”

“因为当时我爱你。爱情有时候确实是一种非理智的行为，我并不责怪自己爱上你，当然更不后悔与你结婚。我的选择是我心甘情愿的，我们的婚姻也给过我很多快乐时光。但是，那都过去了。翻这段陈年旧账，并不想让你负疚追悔什么。我只想告诉你，关于孩子，”我把手放到腹部，仿佛要再立一道屏障，将这个世界上的所有拒绝都挡开，“我在年轻软弱的时候犯过错误，为了婚姻，也承诺过不要孩子。这大概是我当母亲的最后机会，我不会放弃。你欢迎当然更好，不欢迎也没关系，你怎么想，我根本不关心——”

我站起来，从他身边走过：“我已经不再爱你了。”

回到卧室，我爬上床，拉过被子裹住自己，努力调整着呼吸，让冰凉的手脚恢复温度。

尘封心底如此长久的事情，我从来没想到会一怒之下重新提起。

有些痛楚清晰浮上来，仿佛伤口从未彻底愈合。

想到妈妈，我喉头紧缩。

经历那件事后，我们并没有变成更亲密的母女，可是我必须承认，自那之后，有某种纽带将我与妈妈联系起来，我对她似乎有了更深的认识。

她给我的尊重与理解，让我下决心成为一个更好的自己。就在妈妈问起的那一刻，我下了决心，就算再多不舍不甘，也要断绝与孙亚欧的联系。

不过我的决心只维持了三年时间。他重新出现在我面前，没人知道我在矛盾中挣扎得多么痛苦，但后来我还是认了。

当我向家人提起准备与孙亚欧结婚时，父母一齐震惊。我的前男友是父亲一位同事热心介绍的，人品条件被他们认可。父亲尤其不能接受女儿说分手就分手，短时间内便决定与另一个人在一起，脱口说出：“你这样会被人说是水性杨花。”

我的脸涨红，却无法自辩，只能沉默以对。

妈妈单独与我谈话：“你一定有你的理由，但你要想清楚，婚姻大事不能冲动。”

“我知道。”

“你确定你做了正确的选择？”

不，我不确定，我只是决心再一次听凭情感驱使。我含泪看着她：“妈妈，您说过，没人能保证自己做的每个选择都对。但我会努力好好生活。”

“可可，别的事我可以不干涉，但婚姻这场赌注太大，我和你父亲不能看你草率行事。让我们见见这个人再说。”

我安排孙亚欧与家人一起吃饭，父亲一直冷着脸，而孙亚欧偏偏从来不是那种热切求表现求认同的人，这顿饭吃得接近冷场，父亲问到他的工作，他直言相告正在失业之中，父亲愕然，随即简直要推桌走人，幸好妈妈把他拉住。

过后，妈妈郑重跟我说：“他没什么不好，甚至暂时没有工作也不是最大问题。但他性格比较自我，未必会是一个好丈夫。”

“我知道。”

“跟一个过于以自我为中心的人生活在一起，会很辛苦。”

我声音更低一点：“我知道。”

她长久地看着我，叹息一声：“既然如此，我没什么可说的了。”

她跟我父亲是怎么说的，我不得而知，总之父亲再没说什么。我就那样结婚了，只是简单地去民政局领取证书，然后搬去他在沈阳路的小公寓，没拍婚纱照，没摆酒席，没度蜜月——在亚欧的工作重上轨道之后，去新西兰算是他补偿给我的蜜月旅行。

后来亚欧的事业越来越成功，父亲对他也渐渐认同，坐到一起，倒还算聊得来。妈妈则始终保持着一向的周到礼数，没对我的婚姻再发表意见。直至她去世前的最后几天，我坐在她病床边发呆，她突然问我：“可可，你过得好吗？”

我愕然抬头看她，她面孔浮肿，眼神有些涣散，我不确定她神智是否清醒，握住她的手：“妈妈，我很好。”

“那就好，那就好。”她长长叹息着，不再说什么。

现在看来，妈妈始终是不放心我的。

我的眼泪顺着眼角淌了下来。

当年我在她腹内，肯定也曾这样试探着伸展手足。她当时远离故乡、家人，在更为孤独的情况下感受我的到来，不知道我带给她的是什么样的惊吓。

为什么她不试着与何原平讲她已经怀孕，两人共同面对？

为什么她会为了自保将何原平置于那样的境地？

为什么她会留下我？她可曾在某个阶段感受到对我的爱？

为什么她选择沉默到最后，不给我任何关于身世的解释？

我凭什么确定我能独自做一个更好的母亲？

……

这不是一个个问题，更像一个个死结，没人给我答案，我无法释怀，放到一边，让它们自生自灭。想起亚欧说我留下孩子，是试图找到自己人生疑难的解答，我有深深的不安。有时我们无法面对内心真实的想法，会给出一个借口，我不希望被他言中，让这孩子替我承担如此重担。

可是怎么才能做到放下？

我将手放到小腹上，试图感受从子宫传来的其他信息。

孩子大概已经安睡，可以不必感受到我心底的波澜。想到一个生命正在体内安全而宁静地生长，我有满足感。

然而，孤单到无人可以分享，再大的喜悦也生出几分凄凉。

第九章

在孙亚欧面前，我大言不惭，说我能理解的事情足够多了，其实我刚刚踏足的，就是我不能理解的世界和生活。

想到或许有一天，我也会成为他们，朝九晚五，在堂皇的办公室里努力往上爬，与一个人相识、恋爱、结婚、离婚……我的脊背窜过一阵凉意。

——何慈航

_1

找到孙亚欧工作的地方并不难。

我上网一搜，发现他居然算是小有名气，有近期商业媒体篇幅颇大的采访报道，配有一张他倚着办公桌的照片，穿白色衬衫，打着蓝色条纹领带，对着镜头神情放松，薄唇挂着一个若有若无的笑意。

我再搜索他就职的公司，抄下地址，乘公交车过去。那是一幢位于市中心的 40 余层的办公楼，高高的台阶通上去，是一个宽阔的大堂，大理石装饰，看上去比许可工作的地方更为气派，至于我打工的那个小商贸公司租的老旧写字楼就根本没有可比性了。

混在进进出出衣饰鲜洁的一众白领之中，我这个长袖 T 恤加牛仔裤的打扮分外格格不入。我不理会保安的侧目，佯作镇定地研究了一下写字楼的结构，找到电梯所在走过去，那里有一群人分成几拨，分别在几部电梯前静静候着。刚好一部电梯下来，我跟随着走进去，却找不到想到楼层的按键，旁边一个女孩子看出我的困惑，问我："你去几楼？"

"37 楼。"

"那你要换一部电梯，这部只到 30 楼以下的双数楼层。"

我谢过她，等电梯停靠，灰溜溜出来，换电梯重新下一楼，再研究电梯门上方的提示，发现八部电梯到不同区间的双数与单数楼层，复杂得让人眼晕，折腾了一阵，我总算到了 37 楼，又被前台小姐叫住，与许可公司那位亲切的前台不同，她的礼貌来得十分冷淡，用眼角余光将我迅速从头到脚一扫，问我要找谁，我报上孙亚欧的名字，她又问我与孙总是否有预约，我的火气被她逗了上来，笑道："请通报他，我叫许可，让他马上出来见我。"

她有点被我大剌剌的口气吓到，打电话进去，孙亚欧马上出来，看到是我，略微意外，还似乎有些哭笑不得，将我领进他的办公室："想见我并不难，何必说你是许可？"

"我想试试你太太的名字是否已经被你屏蔽了。"

有时候像我这样明目张胆地倚小卖小，别人还真是没办法。他无可奈何地问："想喝点什么？"

"谢谢，不必。"

他还是叫秘书送一杯咖啡进来，然后问："找我有什么事？"

"孙先生，上回我就说过，我对别人私生活没兴趣，也没有管闲事的兴趣。但是我觉得婚姻维持不下去了，不妨好说好散，放任自己的情人去骚扰已经怀孕的太太，未免太没格调了。"

他有点不解："什么意思？"

“一个小时前，我去找许姐姐有事，刚好看到你那位长腿女友去她公司跟她谈判。”

他的脸沉下来，停了一会儿，才淡淡地说：“以许可的性格，只要摆出冷漠的态度，就足以打赢任何谈判对手了。”

我不可思议地笑了，嘲讽道：“你的心可真大。那你有没有想到，以你情人咄咄逼人的性格，会讲出什么样伤人的话来？”

“她说什么了？”

“我只听了个尾声，许姐姐说她已经提出离婚，但你的情人依旧不依不饶。谁是谁非，没什么可评价的，许姐姐是成年人，能够处理好自己的事情，本来不需要我为她打抱不平，但你们如果欺负她爱面子不肯撕破脸皮争执，不会到你公司来吵闹，就不断得寸进尺，我可看不下去。”

“第一，我不知道她会去找许可——”

“现在你知道了。”

他不理会我的打断，继续说：“第二，几天前我已经跟她明确分手了。”

我吃惊地盯着他，他摇摇头：“当然，我也不该跟你说这些事，不过还是谢谢你对许可的关心。”

“你会跟许姐姐和好吗？”

他沉吟一下：“如果换作是你，会接受讲和吗？”

我笑，斩钉截铁地回答：“当然不，绝对不。”

他毫不意外，反而笑了：“我不该问这个问题自取其辱，你这个年龄的女孩子，爱憎分明，自然是讨厌我的。”

“你误会了，我讨厌的是欺骗、背叛，和许姐姐不一样。我是一个容忍度很低的人。许姐姐看来比我宽容大度得多，而且你们又有了孩子，好像有和好的理由与必要。”

“但是我并不喜欢孩子，也不想要。”

“哦，那没关系，许姐姐想要就行了。不是人人生下来都有父母双全呵护备至的福气，有点缺憾也没什么。”

我看问题的角度显然有些让他愕然："你多大了？"

"我马上满十九岁。"

"你还小，有些事我没办法跟你解释清楚。"

"不必解释，十九岁能理解的事情足够多了，我唯一不理解的是，男人的喜好怎么如此变幻莫测，你娶了许姐姐那样成熟温婉的女人，应该是能够欣赏她吧，却又跟一个逻辑混乱、心智简直停留在少女时代的姑娘搞到了一起。真神奇。"

他的嘴角牵动了一下，终于还是决定不与我计较，我决定见好就收，不再穷追下去："当然，那也是你自己的事，我关心的只是许姐姐。如果你不爱她，至少可以做到尊重她，不打扰她。我说得没错吧？"

"谢谢你对我太太的关心。"

"再见。"

从写字楼出来，外面的阳光明亮晃眼，季节已经迅速过渡到了暮春时分，花匆匆开了又谢，道旁的法国梧桐甚至没来得及落尽上一季的枯叶，就以惊人的速度重新生满浓密的树叶。我突然有一点恍惚，仿佛不知身在何处。

在孙亚欧面前，我大言不惭，说我能理解的事情足够多了，其实我刚刚踏足的，就是我不能理解的世界和生活。

想到或许有一天，我也会成为他们，朝九晚五，在堂皇的办公室里努力往上爬，与一个人相识、恋爱、结婚、离婚……我的脊背窜过一阵凉意。

_2

我的十九岁生日是与周锐一起度过的。

他声称替我安排节目，其实也不过是先吃比萨，再和他的朋友一起去酒吧，最后唱歌。我表示嫌弃老套无聊，他笑道："那你说个比较不那么无聊的安排。"

我说不出来。

我们的世界说到底还是单调的，哪怕他去英国晃了一圈，哪怕我去观光了成人的生活并且受到不小的惊吓。

也许无聊好过那样的复杂多变吧。

再说，作为一个出生一周就被人丢弃的孩子，生日似乎也没什么可庆祝的。

吃完比萨之后，我们与周锐的朋友会合。刚要进酒吧，一个年轻男人拦住我："小姐，有没有兴趣当模特儿？"

我愕然，周锐和他那帮狐朋狗友全都轰然大乐，一个女孩子笑道："现在还兴这种搭讪方式吗？"

另一个女孩子小声嘀咕："这人审美好另类。"

一个男孩子则说："拜托，泡妞也要用点脑筋，她可没看起来那么好哄。"

那人根本不理会他们，塞了张名片给我："我是这家服装公司的企划经理，觉得你的形象跟我们新推出的品牌很契合，请留着名片，打电话给我，约个时间跟我们的设计师见一面。你放心，她是女人，你不会有危险，你也可以请你的朋友陪着一起过来。"

他离开后，那些人还在议论研究这件事，我扫他们一眼，笑眯眯问："你们到底是觉得那个人不靠谱，还是觉得他找上我这件事实在可笑？"

他们多少都见识过我讲刻薄话的功力，顿时闭了嘴，周锐打着圆场："走走走，我们进去吧。"

进酒吧坐定，对面沙发上两个女孩子仍在交头接耳，不时瞟我一眼。我知道，她们忍不住还是要议论我。也难怪，这一群人中间，漂亮的女孩子不少，个个打扮入时，随便哪一个都比我更有资格受到陌生人邀约做模特儿。我除了身高之外，可说没任何特别之处，而且就算这个一米七的身高，在南方女生中勉强算是高个子，但放在模特儿圈就显得微不足道了。不要说她们，我都觉得这事离奇到值得好好议论一番。

我往后一靠，就着昏暗灯光研究那张名片，周锐顺手拿了过去，丢进烟灰缸内，再将烟头按上去：“一看就是骗子，有什么好看的。”

我横他一眼：“你意思是说，以我的长相，没有知人之明，也该有自知之明，对吧？”

他嬉皮笑脸地说：“你有内在美嘛。”

我一把打掉他递给我的啤酒，酒瓶落地发出刺耳的碎裂声，所有人都看过来，我站起来就走，他追出来，拉住我的胳膊，气冲冲地说：“你发什么神经啊？”

“你管我呢。”

“以前开更大的玩笑，你都不在乎，今天是怎么了？”

“以前我处于潜伏期，今天正式犯病了，可以了吧？”

我甩脱他的手，过了马路，他大概也被气到了，没有追上来。我一口恶气无从发泄，也不搭车，大步疾走，胡乱转了大半个小时，感觉累了，也慢慢冷静下来，不禁哑然失笑。我和周锐以前时常为鸡毛蒜皮的小事拌嘴斗气，听得我爸直摇头说无聊，恐怕哪一次都没今天来得更幼稚可笑。

走到一个公汽车站，我停下来在十几块并列的站牌间研究公交线路，打算回学校，又一次为这个城市复杂的交通头痛，不过站牌上一个站名跃入我眼内：化工厂。

上次许可带我去那里找过爸爸。

我上了去化工厂的公交车，到站下车之后，不免有些茫然。

这个宿舍区楼房外观相似，道路横七竖八，好在我也根本没想去找爸爸的哥哥家，只是想随便走走。

距离上次过来，已经有快一个月的时间，到处刷的大红“拆”字依旧醒目，行人来来往往，一些商店做着最后的甩卖，播放着快节奏音乐，倒有一股反常的欢腾热闹。我漫无目的地走着，周围楼房明显都起码有二十年以上历史，想想爸爸小时候就住在这里，也许曾在这条路上闲逛过，我有微妙的满足感。

我原本觉得自己跑来这里，大概是与周锐吵了那场无聊的架之后心血来潮，现在一想，大概每个人都本能地想追溯自己的来处，我没有这个可能，可是我愿意将爸爸出生成长的地方视作故乡。

这个半封闭的宿舍区看上去风格与省城其他地方完全不同，倒与我们那个小镇有着某种相似之处：旧旧的楼房延伸出各式违章搭建的门面，狭窄弯曲的街道，卖着廉价衣服的小商店。走过几条街，前面是一所学校，挂着“化工厂子弟小学”的牌子，但奇怪的是大门被拆掉了，门口停着一辆货车，有三五个工人在往外搬着旧桌椅，我信步走进去，看得出这所小学已经人去楼空了一段时间。沿围栏种的蔷薇无人修剪打理，在春天适宜的温度里疯长着，开出密密麻麻、层层叠叠的花，配合空空荡荡的操场、被拆得七零八落的教学楼，有一种奇怪的如同置身于荒野的感觉。

我沿着操场走，突然听到有人叫我：“慈航。”

我冷不防吓一跳，连忙转身，发现不远处操场边缘的石凳上坐着一个人，路灯昏暗地照进来，看不太清长相，等走近几步，我松了口气，原来是梅姨。

“梅姨您好。”

她疑惑地看着我：“慈航，你怎么会来这里？是想找你大伯吗？”

我哈哈大笑：“我爸没哥哥，我也没大伯，我才不会找他呢。我是路过这里，忍不住进来转转。”

梅姨也莞尔：“真巧，这个小学是我和你爸爸的母校。这么多年，我还是头一次在城里待这么长久，哥哥姐姐还要留我，我实在放心不下家里，打算明天回刘湾，忍不住到这里来坐一下，以后这一带拆迁建商业区，就再也看不到了。”

我在她身边坐下：“梅姨，您和我爸做了多久的同学？”

“那得从托儿所开始算起了，你大概不知道托儿所是怎么回事吧。那个时候，这里住的多数都是化工厂的双职工，当妈妈的生完孩子休完产假后要继续上班，如果家里没有老人帮忙带小孩，就必须把孩子送到厂里的托儿所，让阿姨照看，工休时间可以过去喂奶。我们一路从托儿所、幼儿园、小学，一直读到中学，再一起去清岗插队。”

“哇，你们是青梅竹马啊。”

梅姨被我逗乐了：“这词可不能乱用。化工厂区太大了，以前一个年级开七八个班，我跟你爸在不同班级，几乎没讲过话，真正熟悉起来，好像是在插队以后。”

“梅姨，你们搞没搞同学会什么的？”

“插队后返城的小学和中学同学都组织过同学会，我住得太远，只参加过一次。”

“我爸是不是从来没参加过？”

“他和大家都失去了联系。”

我想，这是一种委婉的说法，他的同学不管是返城，还是像梅姨那样留在农村，都与过去的生活有着关联，只有他彻底把自己放逐到了另一个世界。

“我们读的中学早就跟别的学校合并了，只有这个小学还保持着原样，每次我回来，都要到这里来转转。对了，上次也是在这里碰到你爸爸和你，我还抱了你，教你爸给你换尿布冲奶粉。不过你不可能有印象，哈哈，那时你出生才一周。”

不期然听到这话，我怔住，心顿时狂跳起来，爸爸说过，他在省人民医院门口捡到我时，我正好出生一周。难道他捡到我后，带我回他家了？从他大哥那天的态度和他后来绝口不提家人来看，就算回家，也一定不愉快……

梅姨浑然没有察觉我的心潮起伏，继续回忆：“那一次我是专程回来吃侄子的满月酒的，他比你大不到一个月，今年也是十九岁。真快，好像就是昨天的事。”

“我还那么小，我爸有没有说他带着我跑来这里干吗？”

梅姨摇头：“我也问了他，虽然当时天气暖和，不过一个大男人带着出生才一周的婴儿到处跑毕竟不好。他苦笑，说他只有你，你只有他，只能带在身边。”

他只有我，我只有他。我的眼泪顿时涌了出来，好一会儿说不出话来。梅姨抚摸我的头发：“你爸爸是很疼你的。”

“我知道，可是我觉得他最近有些不对劲。”

“他怎么了？”

“从那次受伤之后，他看上去一直很消沉，而且喝酒也喝得很凶，我家对面邻居洪姨告诉我，她不止一次看到我爸喝醉了。”

“慈航，他是不是在为借的医药费担心，其实……”她有些不知该如何措辞一般，“真的不用着急还钱。”

“他已经知道是许姐姐借的，打算分期还给她。”

梅姨着实松了口气，看来背着这个债主的名义对她来讲是不小的心理负担：“其实许可说她是愿意代付这笔费用的，只是怕你爸不肯接受，才让我出面。”

“许姐姐说得没错，我爸确实不会接受，原因我就搞不懂了。”

梅姨欲言又止，终于还是摇摇头：“他们之间的事，我不是很清楚。”

“爸爸不愿意我问，我也不会去打听，我觉得就算欠钱，慢慢还也不是什么问题。梅姨，他这么不开心，难道是因为他那个浑蛋哥哥不肯认他？可这又有什么必要呢？他不认你，你也不认他好了。要在乎的，应该是那些在乎我们的人，何必在意对我们冷漠、抛弃我们的人有什么想法？”

梅姨苦笑：“慈航，你这是小孩子的想法，快意恩仇，听起来痛快，可实施起来没那么容易，亲人之间的联系是很难割舍得断的。”

我早不是小孩子了，但是我没法理解她说的这种联系，因为我从来就没拥有过。我有的，只是爸爸。

“他从来都不肯跟我讲过去的事情。”

“每个人都是不一样的，慈航，我参加同学会的时候发现，很多同学热衷于不断回忆美化自己当初厌憎的一段生活，还不时跟儿女讲插队下放的故事，直到他们都听到厌烦。我和你爸爸属于另一类人，我们过去有过艰辛，现在生活平静，情愿把不愉快的往事放在心里。你爸爸更是……经历了很多事情，就算不开心，他也会慢慢走出来的，别担心。”

我点点头：“嗯，我明白。”

我们静静坐着，看着工人师傅不断将课桌码上货车，一层层叠着，堆出一个有些危险的高度，我再看梅姨，她显然看不得那摇摇欲坠的样子，忍不住想去纠正一下，但这又不符合她谦和的性格，于是弄得表情几乎是忧虑的。好在这时货车总算开走了，小学变得十分安静，梅姨长长嘘了口气，看到我的神情，笑了："唉，操心的命，不相干的事情，也忍不住会去操心。不早了，慈航，回去吧。"

_3

周锐在一周后过来找我，我刚从宿舍出来，准备去打工的地方上班，当然没什么好脸色给他看，但他比我的脸色更难看，走在我旁边，都快到公司了，还一直没有说话。我不得不觉得奇怪了。

"你怎么了？"

他不理我，我来气了："不爱说拉倒，你可别指望我再问。"

他站住，从上衣口袋里掏出个纸片递给我，我接过来一看，居然是那天在酒吧门口碰到的年轻男人递给我的名片，当时被他抢过去扔进烟灰缸里，上面还有被烟头烫出的黑色印记，我又好气又好笑："丢就丢了，居然还捡回来给我干什么？"

"为个破名片你生了那么大气。"

我嘀咕："算了，别提了，我当时心情不好。以前你诽谤我长相用词更狠的时候也有，我发过火吗？"

他不吭声，从另一个口袋里掏了一个深蓝色小盒子给我。

"这又是什么东西？"

"给你的生日礼物，那天就买好了，结果你发疯先跑了。"

我打开一看，一条银色细链子上有一个蓝色心形水晶坠子，看着十分精巧可爱，顿时开心了："真好看。"

"你还真好哄，一个人造水晶项链就能眉开眼笑了。早知道那天我早点拿出来，也省得你跟我翻脸。"

我不理他，取出项链，试着戴起来，却怎么也扣不拢后面的搭扣，他看不过眼，推我转个身，帮我扣上，我把玩着水晶，看着光线从中折射出来："看在礼物的分儿上，我原谅你了。”

他不理我，走了几步之后，却突然说：“小航，我跟一个女孩子上床了。”

我吓一跳，站定回头看他，他的样子不像是开玩笑。

“什么时候？”

“就是你生日那天。”

“和谁啊，我认识吗？”

“小艾。”

这个名字我略有印象，是他那群朋友中的一个，白皮肤、齐刘海儿、小小尖脸加琥珀色的美瞳，曾要求我给她看手相，我不记得我当时说了啥，其他特征当然就想不起来了。

“你情她愿，别搞出人命来就行。”

“我有点后悔。”

“啧啧，睡都睡了还讲这话，你也太没品了。”

他不吭声。

“哎，问个技术问题，真的像传说中的那样欲仙欲死欲罢不能吗？”

他简直不相信自己的耳朵，怔了一下，随即恼火了：“这话你也问得出口？”

“好奇嘛，我又没打算问你们的细节。别小气，分享一下。”

“没有那么夸张。”

“喂，你这表情，未免太坚贞了，弄得倒像是人家诱拐了你一样。”

他无可奈何地说：“过程也不是不开心的。”

我乐了：“看你这弯转的，直接说个开心会死吗？”

“怎么说呢，过后觉得很空虚，不是那种毫无保留的一直开心。而且——”他欲言又止，我盯牢他，他只好说，“小艾问我，要怎么给你交代？”

“什么交代？”

“他们都当你是我女朋友。”

想想也是，我和他们出去玩了几次，每次都是被周锐带过去，确实很像是恋人关系。我只得摊手：“好了，托你的福，我成了被劈腿的那个倒霉鬼。”

“其实我也觉得你是我女朋友，所以才会觉得后悔。”

我哈哈大笑。他气得推我一把：“当我的女朋友很委屈你吗？”

“别恼羞成怒嘛，委屈说不上。”我一边笑一边说，“我们认识这么久，要能恋爱的话，我们之间早发生点什么了。”

“你可不能说我们之间什么也没发生过。”

那倒也是——他吻过我。如果他没有第二天动身去英国，也许我们之间会发生更多事情，可是时过境迁，等他回来后，那个吻早已经如同蜻蜓点水掠过，我们仍有独处的时间，却再没有那天的冲动。

“好了好了，还提那个有什么意思。”

他叹气：“我跟你说过，我是为你才从英国跑回来的。现在你更不想听我说这话了吧？”

“嗯，不用说了。”我问他，“你隔一个星期才来把生日礼物给我，不会是真觉得不好跟我交代吧？”

“信不信由你，我觉得有点不好面对你。”

“有什么不好面对的——”

我打住，突然觉得他说得没错。我并不为这件事生气，倒不是我宽容，事实上我对爱情从来没有特别憧憬，对周锐也没有所有权意识，所以产生不了被侵犯的愤怒。可是我又隐约觉得，也许我们就是错过了某个需要天时地利才能顺利达成的东西。这么一想，我也有些怏怏了。

我们再没说话，一直走到公司门口，他才说：“我们没事，对吗？”

这实在是一个奇怪的问题，似乎是在问我介不介意，我只能回答：“嗯，没事。”

“我们以后都不可能有什么事了吧？”

我也是这么想的，苦笑一下：“大概是的。”

我们不由自主避开彼此的眼睛，他转身走了。

看着周锐上了一辆出租车离开，我转身准备进公司，却与疾步冲出来的董雅茗撞了个满怀。

“怎么了？”

“我跟我妈吵架了。”

我笑，这就是小公司的好，不要说没有用眼角余光看人的前台小姐，还能时不时看二老板与小老板拌嘴玩。我打算进去，她却拉住了我：“陪我说会儿话，我快烦死了。”

“我要是迟到了，你妈该念叨我了。”

“理她呢，考勤归我管。”

我只得跟她一起走上天台，董雅茗趴在水泥栏杆上，长长叹气：“我妈让我跟守恪分手。”

我没什么心情听她诉苦，只“嗯”了一声。

“她实在太不讲道理了，凭什么这样干涉我的生活。”

“因为她没学过心理学，不懂得要想掐灭热情，最好的办法是让它自生自灭。”

“那你帮我去跟她说说——”

我失笑，摇手不迭：“我才不管这闲事。”

“你到底算不算赵守恪和我的朋友？”

“朋友也不能插手家事啊，大小姐，你们又不是急着结婚，非要双方家长点头祝福。静悄悄地约会，谁能管得着。”

“唉，我刚才跟妈吵架吵急了，说我已经是他的人了，她再怎么反对也没用。她一听就发疯了。”

我哈哈大笑：“这个‘我是他的人了’是我理解的那个意思吗？哎哟，看不出赵守恪一脸禁欲的样子，居然还有这一手。”

董雅茗恼羞成怒：“我们两个都是成年人，又在一起这么久了，擦枪走火不是很正常吗？”

“是是是，非常正常。”今天这日子真是古怪，所有人都跑来跟我宣布他们的私生活，我摇头，“不过我承认正常没用啊，你妈显然不这么看。”

她兀自嘴硬：“随便她。”过了一会儿，沮丧地说，“她这会儿肯定在给我爸打电话说这件事。”

“你看起来也不像怕你爸的样子。”

“他当我纯洁得跟白雪公主一样，听到非得气晕不可。”

我再度被逗乐，董雅茗悻悻地说：“当爸爸的都有点一厢情愿，难道你爸不是这样？”

“我爸没这么有童话气息，哈哈哈哈。”

“何慈航，不管我父母怎么想，我已经没办法放弃守恪了。”

她的声音低微，带着苦涩，我收敛了狂笑，看着她：“就因为……‘你是他的人’了？你不该这么想。如果他好，值得你爱，才值得你去坚持。不要因为发生了亲密关系，就觉得必须与他绑在一起。”

“你不会明白的。其实之前我也很犹豫，妈妈说的那些话难听归难听，都是现实问题，他家境一般，前途未卜倒是其次，他还有个寡妇妈妈，会是很不好相处的婆婆。”

“他妈妈洪姨对人很好的。”

“你只是她邻居，对她没有任何威胁，她没理由对你不好啊。一般守寡多年的女人对儿子都有独占欲，肯定会排斥儿子的女人。”

我恼了：“你在根本不认识一个人的前提下，就依据她的身份对她做出判断，对她十分不公平。要照此推断，赵守恪与我都是单亲家庭长大，人格与心理肯定不健全，不宜接近，更不宜托付终身。”

“哎，你不要这么敏感好不好，我根本没有说你什么。”

“你这样带着偏见给人贴标签，跟你妈说穷人家孩子更能吃苦如出一辙，有什么意思？”

她一下哑然。

“你妈是我的老板，她爱怎么想、怎么说，我根本不必理会。你声称拿我当朋友，我必须讲实话，赵守恪是今天这个你爱的样子，与他妈妈给的家教分不开。你不可能剥离他与他妈妈的关系，与其思前想后，不如按你家人的要求，早点和他分手好了。”

她眼泪汪汪看着我："可是我爱他。而且——"

而且"我是他的人了"。又绕回到这里，我的火气平息下来，摇摇头："我搞不懂你的逻辑。"

我们一同伏在栏杆上，看着远方，这里是一座 7 层旧厂房改建的办公楼，淹没在一大片居民区中间，不管从哪个角度望出去，周围密密麻麻全是房子，没有什么悦目的景致可言。

我知道董雅茗正在苦恼之中，赵守恪想必也不轻松。跟周锐一样，他们似乎不约而同踏过了青春的某个阶段，将我一个人遗留在原地。

我不能完全体会他们的烦恼，却能清晰感受到此刻的孤独。

_4

我翻出那张名片，打通了上面那个手机。

电话接通后，话筒里传来一个年轻男子的声音："你好，哪位？"

"嗯，我叫何慈航，半个月前，你在一家酒吧外面给了我一张名片，说是在找模特儿。"

"哦对，你为什么拖这么久才打我手机？"

"我想问报酬是多少？"

他一怔，被我的直截了当弄得哈哈大笑："首先你得来公司，让设计师过目，得到认可后再去试镜，出片没问题才能通过。至于报酬，不可能高到哪里去，但也肯定是公道价格，比一般打工要好得多，我们是大公司，不会因为你是新人就欺负你。"

"好吧。"

"方便的话，今天下午一点到公司来，跟前台就说是找我的。"

"要化妆吗？我可不会。"

“不用，保持碰见我那天的样子就可以了。”

我回忆一下，那天穿的似乎是黑色印字母 T 恤加一条破洞牛仔裤，平常无奇，跟满大街女孩没什么区别。“还有一个问题。”

“说。”

“你叫什么名字？”

“名片上不是印着呢吗？”

“呃，名片被烟头烫了个洞，正好是在你名字上面。”

他大笑：“幸好不是在电话号码上面，我叫祝明亮。下午见。”

我按地址找过去，这里位于城市另一端，是一个颇有规模的服装工业园，我对前台报上祝明亮的名字，马上被带进一个大房间，这里光线明亮，四周摆着模特台和各种布料样本，中间是一个乒乓球台般大小的工作台，比一般办公桌来得高一些，一个女子坐在桌边高脚凳上，伏案写着什么，祝明亮站在她旁边，跟我打招呼：“嘿，你好。”

“你好。”

我今天才看清楚他的模样，他看上去很年轻，从发型、五官到衣着都很清爽，像是一个标准上班族。“放轻松，这位是我们公司的总设计师辛笛。”

辛笛抬头，没有任何寒暄，从上到下审视我，目光炯炯。我也看她，发现她长着一张娃娃脸，头发剪得短短的，穿宽松白衬衫配黑色七分裤，被巨大的工作台衬得分外娇小，比许可更加看不出年龄，可整个姿态又有着说不出的专业与权威感，就算如此打量人，也并不显得无礼。

“你多大？”

她冷不丁发问，我竟然要想一想才能回答：“十九岁，身高 170 厘米，体重大概 49 公斤。”

她笑了：“老祝你从哪里捡到她的？”

“酒吧门口。”

“前天来面试那个，是你从电影院逛过来的。成天在这些地方乱转，真的没人当你是人贩子？”

“我这不是被你逼急了吗？再说，我长着这么正气凛然的一张面孔，一看就是可信的。”

她大笑，正要说话，一个女孩子探头进来叫：“辛笛姐，曾总请你过去一下。”

辛笛跳下高脚凳：“等我一下啊，马上回来。”

她一阵风般出去，剩下我与祝明亮面面相觑，过了一会儿，他忍着笑问我：“你不舒服吗？”

我不解地看着他。

“你的表情，还有站立的姿势……实在是很奇怪。”

我意识到自己确实全身发僵，有点来气了：“换你被人从头看到脚，会自然才怪。”

“不必紧张，要像那天我看到你一样，带点目空一切的感觉。”

“你确定你眼睛没问题吧，我什么时候目空一切了？”

“当时你站在一群大孩子中间，他们吵吵嚷嚷，只有你没说话，放空一样，嘴角挂着一点不耐烦。那个样子很拽，也很酷，就是我们需要的感觉。”

我气馁了，觉得他一定误会了什么，我根本从来都没有什么拽啊酷啊的感觉，至于那点不耐烦，倒是有可能的，听他们讲废话，很难做到兴致盎然，倒时不时会有些轻蔑。可是要我在这间工作室里还原当天的表情，太为难了。

“我又不是演员，还以为过来让你们看看就行了。既然这样，就不浪费彼此时间了。”

“哎哎哎，你别走，我觉得你很有希望。你看这边——”

我顺他手指看左边墙上，那里挂了一张巨幅海报，上面是一个女孩子，只十六七岁的样子，靠在一座老式建筑的花岗岩墙壁上，穿着一条白色裙子，有着一张完美如梦幻的面孔，黑色的长发一直垂到腰际，被风吹得飘拂开来，头微微上仰，眼神迷茫，而且——目空一切，没错，就是这个词，弓形的嘴唇微张，略微倔强，不带一丝挑逗，却有难以言说的性感。

“这就是辛笛一直喜欢的风格。”

我一怔，随即勃然大怒，怒视着祝明亮："靠，逗我玩是不是很有趣？"

"什么？"

"这姑娘美得不像话，跟我根本一毛钱相似之处都没有。你们设计师爱好的既然是这种，何必叫我过来。玩我吗？"

"息怒息怒。你长得确实不像她，但我们这次做一个新的品牌，找的模特儿不是标准美女，你的身材条件合格，神情气质跟她很相近。"

"少他妈跟我扯这种没谱的淡。"

祝明亮愕然，一脸的哭笑不得："看不出你一个小姑娘讲起粗话来这么顺溜。"

"让我逃课出来听这个，我讲不出好听的话来。"

我转身要走，却见辛笛不知什么时候进来，不声不响站在我身后，抱臂打量着我，她比我矮了至少有十厘米，可看起人来不动声色，颇有气势，我打算绕开她，她拦住："老祝有时候确实喜欢扯淡——"

祝明亮在对面抗议："喂，不要诽谤我。"

她不理会他："但我不会，你看起来确实是合适的。"

我瞠目看着她，讲不出话来。

"海报上的那个女孩子是我堂妹，穿的衣服还是我大学时代的设计作品。"

祝明亮插话："辛笛是出了名的恋妹狂。"

她还是不理会他，专注地看着我："拍那组照片的时候，她只十六岁，没错，她很美，不过她最特别的还是那时的神态气质。"

我不由自主再看向那海报。

"这个城市漂亮女孩子很多，但都不是我做这个品牌所要表现的那种气质。你不一样，你很特别，周身散发的气息，简直是她那个时候的加强版。"

我移回目光，不理解她讲的到底是什么，无法作答，只能耸一耸肩。

她笑了："话说回来，还是要看带妆试镜的效果才能定夺，你愿意再抽一个下午吗？不必逃课，我们迁就你的时间。"

一直到走出来到了公交车站，我都是恍惚的。

要不是张爷爷再次住院，我打工那点钱只算杯水车薪解决不了什么问题，急于想多赚一点为爸爸减轻负担，我才不会来这里。

我忍不住对着公交车广告屏里的影像审视自己，结果让自己更加疑惑。

从小到大，没人夸过我漂亮。爸爸这么偏心我，也避免提及长相这种话题。

我的审美一向正常，所以我觉得许可很美，辛笛工作室内海报上的女孩也很美，而再怎么对自己宽容，也只能承认，我的长相跟美扯不上关系，唯一拿得出手的是身材瘦得似乎跟上了某种时髦，而且腿够长。

至于神情气质，切，这么不着边际的东西，谁说得清。

我怎么才能做到站在照相机前，表现出他们要的东西？

想一想，我的腿都有点发软了。

第十章

「

理想而高洁的状态当然是彻底切割这段变质的感情，然而，谈何容易。

这个男人，我爱了十年之久。

那些愿意承受的苦，大抵都不能算苦，甚至有几分甘之如饴。

只不过，走到今天这一步，人事全非，再谈感情，未免可笑。

——许可

」

_1

关于我婚姻出现问题的消息不胫而走，终于传到了老板卢湛与他太太李佳茵耳内。卢湛保持着绅士风度，除开看我的目光多了一点同情之外，并没有贸然说什么。李佳茵则不一样，她马上到了公司，约我去楼下一家咖啡馆，我只得硬着头皮赴约。

坐定之后，她直接问我："那些传言是真的吗？"

"传言你是知道的，总有言过其实的地方。"

“他们说小三竟然找到公司来逼宫。”

想将谈话限定在社交范围以内已经不可能了，我无可奈何地说：“有这回事。”

“现在的小三这么嚣张，太可恶了。”李佳茵实在是直率的好人，愤怒得差不多要拍案而起，“你该当场叫来保安，把她轰走。”

“我不想因为私事影响工作。”

“许可，你完全用不着这样一个人隐忍，大家都会站在你这边支持你。”

我苦笑：“心意我领了，谢谢。”

“卢湛昨天回家跟我一讲，我的肺都要气炸了，他还拦着让我不要来宽慰你，我差点跟他翻脸，他完全不懂女人在这种时候有多需要朋友。”

我懊悔当初不该与她约那次下午茶，弄得现在她认为我们已经交浅言深，她有义务来跟我痛骂小三，而作为回报，我必须向她吐露更多细节。我如芒刺在背，无法安坐。不过我的烦恼落在她眼里，显然有另一种解释，她看我的眼神越发怜悯。

“你有什么打算？”

“目前说不上来。”

“当然，你要顾着肚子里的孩子。唉，恕我直言，男人一旦变心，想靠怀孕挽回绝对是一个昏着。”

我也想重重地、长长地叹气。我相信她是一片好心，可是一桩完好的婚姻固然容不得外人介入，一桩濒于破裂的婚姻，就更不需要外人来摇旗呐喊了。现在我最不需要的就是这种对我生活的判断、分析。

“现在的婚姻实在太脆弱，让人没有一点安全感，还有法律对女性的保护也不到位，只规定孕产期不能离婚有什么用，完全无视女性为家庭所做的牺牲，关键的财产分配问题不解决，我看我们女人都不用结婚生孩子了。”

我含糊地“嗯”一声算是应答。

李佳茵继续抒发着感受：“所以说男人这种动物，真是绝对不能提携的。”

我不得不感到惊诧：“提携？这从何说起？”

“卢湛全都告诉我了，当初你明明有条件很好的男人追求，而孙亚欧得罪了前任老板，惹上官司，被封杀得接近走投无路，甚至还被抓起来……”

“不不，这是传闻，他只是打一场民事诉讼官司，被警方叫去调查问话而已。”

“你看看，你还在为他说话，那种情况别人避之唯恐不及，你还毅然跟他结婚，养了他将近两年，他才东山再起，他居然毫不感恩。”

我最要好的闺密夏芸大概是除了小姨以外唯一知道我曾单恋孙亚欧的人，她在好几年前举家移民新西兰，只偶尔回来探亲，我与亚欧结婚，她也曾苦劝我慎重。除她们以外，我从来不喜欢与其他人分享自己的感情状况，若非亲耳听到，完全想不到坊间对我的生活竟有这种演绎。一想到以孙亚欧的个性，听到这些会有什么反应，我的心一沉。

“亚欧确实赋闲过一段时间，但他有积蓄，并不靠我养。职业生涯的起伏很正常，没有卢总说的那么严重。”

“但是没有你，他不可能……”

“他一样会有所成就，有一说一，我对他的事业并没有什么帮助，他是那种不可能长期蛰伏的男人。”

李佳茵有些痛心疾首：“许可，我以前对你还略有想法，总觉得你肯定是那种又有心机又有手腕、擅长若即若离吊足男人胃口的女人，熟识之后才发现，你简直老实得可怕。”

我总不能自辩说我既没有她从前凭空想象的那般厉害，也没有她此刻认为的这么无用，只得闭口不言。

“你怎么可以这样贬低自己，男人再怎么样给你洗脑，你也不能上当。你是他的妻子，在他最困难的时候嫁给他，他所有的成就都离不开你的支持。”

我彻底放弃了分辩。归根到底，我与她并不熟识，要想讲清楚，简直需要把我过去的整个生活摊开来重演一次，我没有这份力气，也不觉得有此必要。我只能在心里默念何慈航的话：都会过去的，你会放下的。

李佳茵继续说：“我听卢湛讲，孙亚欧现在任职的那个公司正在做上市准备，你知道这事吗？”

“去年听他提起过。”

“他身为总经理，据说又深受老板倚重，手头一定握有若干股份，这才是最有价值的部分。男人一旦变心，不会顾念旧情。你必须有足够心理准备，做最坏的打算，先弄清楚他的财产状况。卢湛他们生意圈子就出过一个败类，在外面包养女人，悄悄转移财产，原配到头来几乎还要替他背上大笔债务，呼天不应叫地不灵。这完全是所有女人的前车之鉴。”

我打断她：“佳茵，抱歉，我得去趟洗手间。”

从洗手间回来，我道歉：“对不起，佳茵，我得先走一步。”

“是要赶着回去工作吗？我已经跟卢湛说了，一定要体谅你的情况，不要压太多工作给你，你也不要给自己太大压力，再坐一会儿。”

“不是回公司，我得去趟医院，麻烦你帮我跟卢总说一声。”

“怎么了？出了什么事？”

我不得已，含糊地低声说：“我似乎有一点出血。”

李佳茵一下跳了起来，带得桌上咖啡杯歪倒：“天哪，你怎么不早说，我送你去医院，快快。”

李佳茵不顾我的反对，坚持让我上她的车，她开得又快又猛，我系上安全带，过了一会儿，仍不得不提醒她：“出血并不严重，不用这么赶，注意车速。”

她不理会：“现在哪能管那么多？”

我在车上给子东打了电话，他已经候在医院门口，来不及跟李佳茵寒暄，马上带我去产科，请顾主任给我做检查。顾主任是五十多岁的女医生，外表严肃，跟平常一样说话简短，却十分具有让人安定下来的能力，她告诉我：“你前几次产检情况良好，刚才的超声波检查也排除了胎盘前置和胎盘早剥的可能，孕中期出血，原因很复杂，目前胎心音是正常的，出血量不多，先观察一下，不必过于担心。”

没等我说话，李佳茵已经双手合十：“谢天谢地，吓死我了。”

“对不起，佳茵，让你担心了。”

我还要等一项血液检查结果，李佳茵挂念着家里的儿子：“我不放心让保姆带他太久，不然一定在这里陪着你。”

我连忙说：“不用不用，谢谢你，佳茵，我没事，你回去吧。”

她一再叮嘱我好好休息，不必担心工作，才告辞离去。子东帮我找了一间休息室，里面有两张床位：“你先躺下休息，等结果出来，我送你回家。”

他出去，随手带上了门，我呆立一下，看看两张床，铺着医院专用的白色床单，看上去还算洁净，只是一张床上的枕头已经皱了，明显有人刚躺过，另一张床略为平整，换作平时，我当然情愿坐着，但现在疲乏不堪，实在支撑不住，只能躺下。

同事的议论、老板娘的怜悯、变成陌生人的丈夫、理不出头绪的婚姻、做不完的工作、渐渐沉重的身体又出现状况……

意识到我的情绪竟已经如此灰暗，我有点被吓到了，只能在心里提醒自己：你曾经下过决心，保持平和的心态，做一个好母亲。

然而心底有另一个声音在说：得了，这只是你加诸自己身上的另一项责任而已，谁会因为必须独自承担责任而快乐?

别抱怨，这是你自己的选择。

连默默抱怨都不可以的话，人生未免太过可悲。

你需要振作精神，别让自己陷于抑郁之中。

少讲大话，振作的前提是你有振作的力气。

……所谓内心交战，莫过于此。不需要与别人争辩，自己已经先辩论了无数可能，得不到答案，疲惫而且厌倦。

我一向的择床加洁癖竟然消散得无影无踪，不知不觉在这个狭小房间的陌生床上睡着了。

等我醒来时，我意识到房间另有其人，艰难地侧头，看到孙亚欧坐在另一张床上看着我，我不免皱眉，哑声说：“子东不该叫你过来。”

“你弟弟根本不想理我，打电话给我的是你新交的朋友李佳茵，把我好一通大骂。看来我确实是千夫所指了。”

我完全没想到李佳茵热心至此，没有作声，支撑身体慢慢坐起来，整理头发："不必介意，她一时激愤而已。我去找子东。"

子东已经替我取回结果，告诉我除血压略低、白细胞总数略微偏高之外，其他都算正常。他补充说："妊娠期白细胞会有生理性增高现象，不必担心。"

他们都让我无须担心，可我还是无法放下心来，只能点点头，子东从头至尾没有看亚欧一眼，对我交代着注意事项，着重让我注意休息，有任何事，一定要马上给他打电话，不要硬撑着，迟疑一下，他又说："姐，要不我搬去陪你一段时间？"

我吓一跳："不用，你搬去我那里，怎么跟爸爸交代，我并不想让他知道……"

我没讲下去，他当然明白，我是不想跟父亲交代我的婚姻状况，他有些无可奈何地说："你能一直瞒着他吗？"

当然不能，我沮丧。孙亚欧突然说："放心，我会搬回家去。"

我吃惊地摇头："没有那个必要。"

"我们还没有离婚，这个孩子我也有份。不是吗？"

我与子东一齐看向他，他神情泰然自若，仿佛讲的不过是今天天气不错。

我刚要说话，子东握住我的手，我回头看他，他微微摇头。我从他眼里看到了诸多复杂的情绪，也明白自己心情同样纷乱，只能默然。

_2

我曾寄希望于悄悄解决问题。现在看来，这想法正如何慈航断言的一样，实在是一厢情愿得可笑。继我的婚变成为同事私下议论的话题之后，身体的不适偏偏又当着老板娘的面发作。

回家之后，我接到卢湛打来的电话，当然丝毫不觉意外。

他先问候我的身体，我回答说："医生说没有大碍，谢谢卢总的关心，也请转告佳茵，谢谢她送我去医院。"

他苦笑一声："对不起，许可，我是特来向你道歉的，怪我多嘴不该传闲话回去给佳茵听。她按捺不住要来安慰你，我拦不住她，也不知道她讲了什么刺激到你了，幸好没出大事，不然这责任实在承担不起。"

"卢总言重了，夫妻之间闲谈本该没什么禁忌。我身体出现的问题跟她没有关系。"

"佳茵这人过于热心冲动，有几分孩子气，请不要怪她。"

"完全不会。没有一点热血与善良的人，通常倒也不会像佳茵这样选择当面来给我声援，而是情愿享受坐在一边看热闹、讲闲话的快感。我很感谢她的关心。"

"不，你并不感谢。你一向都对自己的私生活很低调，肯定很抗拒成为别人议论的话题。"

我苦笑："有些事情是抗拒不了，只好学会接受。"

"许可，你应该有更好的生活。"

我一怔，眼眶竟然有些泛潮："不要这么催泪，卢总。"

"从读书时代起，你就温婉大方，丝毫没有美女的骄娇之气，重感情，不重物质，最难得的是工作又这么努力……"

我为之汗颜："打住打住，卢总，没有人能像你说的这样完美，请不要给我发这种安慰奖。"

"我说的是实话。以前年轻肤浅的时候，我跟别的男生一样，会不由自主关注长得漂亮的女同学；现在年事渐长，不能自吹有多成熟了，但看人的标准确实跟从前不同，再加上我是你的老板，考量一个人大概会更现实一些。许可，我并没有给你套完美的帽子，但你已经做得很好，而且值得拥有更好的。现在你最需要的是放松一下，不要给自己太多负担。"

到底说到了正题，我轻声说："谢谢卢总关心，我目前身体并没什么问题，也从来没有因为个人问题影响到工作。"

"我明白，你入职以来，工作一直完成得无懈可击。但佳茵也提醒我，你现在处于一个特殊时期。我考虑了一下，许可，你还是做一下交接，适当放个假，更利于你和孩子的健康。"

“好的，谢谢。”

放下手机，我倦怠地向后靠到沙发上，合上了眼睛。

卢湛算是厚道人，应该不会玩先架空我再让我知难而退这种套路，但他同时也是生意人，以不低的薪水请我过去，当然希望我创造足够的价值。可是我怀孕不说，还搭上婚姻出了问题，再怎么拼命，也会影响到工作。他不能不有所准备。

我并不怪他，但有深深的挫败感。

离预产期还有近四个月时间，这段时间如何安排工作，等法定产假结束后如何兼顾孩子与工作，我的职业生涯经得起多长时间的断档，我是否必须最终放弃我的工作，都是我不得不考虑的问题……我突然觉得不对，睁开眼睛，发现孙亚欧正站在几步开外看着我。

“怎么了？”

“没什么。”

我打算站起来回房间，但他走过来，轻轻按住我的肩：“我们谈谈。”

是的，我们也该谈谈了。

只是，谈什么呢？

“听说你们公司上市在即，如果你觉得这时候与怀孕妻子离婚会造成不好影响，也大可放心。提出离婚的人是我，去民政局办理协议离婚很简单，根本无须知会外人，不会有损你的名声。”

亚欧淡淡地说：“你这提议真慷慨大度，不过我不是法人代表，只是职业经理人，而且持股有限，就算闹出丑闻名声受损，也不至于影响公司上市。再说名声这个东西，我看得并不重要。”

“那我就不明白你为什么要搬回来了。”

“我只是不打算离婚。照顾一心一意要当母亲的妻子，不是丈夫应尽的职责吗？”

“如果你没有谈话的诚意，我们就没有继续谈下去的必要了。我现在要操心的事情很多，想尽可能保持心境平和，请你体谅。”

“好吧，简单地讲，我不想离婚，至少目前不想。至于这个孩子，”他瞥一眼我的腹部，“你想留下，我尊重你的决定，也愿意承担相应责任。”

我琢磨一下：“也就是说，我们保持夫妻的名分，继续一起生活？”

“你理解得没错。”

“为什么？”

“你以前没有这么多问题。”

“因为以前的一切是我甘愿接受的，没必要问长问短。现在我必须为孩子着想，需要一个合理而安全的环境。”

“从任何一个角度来看，父母双全对于孩子都是最为合理和安全的。”

“那么俞咏文……”

“我说服她回美国，她已经答应，订好了后天的机票。”

他说得轻描淡写，她走得云淡风轻，穿梭之间，却已经将我的生活冲击得百孔千疮，只余一个婚姻名分，摊在我面前，问我要不要继续接受，而且笃定我不会拒绝。我甚至提不起愤怒情绪，只是说：“亚欧，我说过，我不再爱你了。”

“我听得很清楚。”

他并不在意，从开始就是这样，我又何必固执，毕竟我现在并不想要一场激烈的动荡。

“搬回来的话，请你住进客房。我请了一位钟点工李姐料理晚餐，你如果回来吃饭，请头天提前在冰箱记事贴上提醒她一声。没其他事，我想去休息了。”

就这样，孙亚欧搬了回来。

_3

三天后，我回公司约见卢湛。他见面就说："你看起来精神不错。"

那是自然。一旦横下心来抛开杂念，不再患得患失，反而容易放松，睡眠足够后皮肤有了光彩，出门之前化了淡妆，穿略宽松的真丝衬衫配外套，几乎看不出身形走样，进公司时前台已经掩饰不住惊讶，想必看到的与她想象的失婚怀孕妇人相差太远。

我莞尔："休息确实是必要的。卢总，我与万泰的王总确定了培训方案，请你过目。"

他有几分意外："王总那边不是一直在提出新的要求吗？"

"我把他的要求归纳之后，有针对性地调整确定了一套方案，昨天送去与他交流，做了一些局部修改，他表示接受，并希望尽快启动。"

"许可，我给你放了假，但你明明还是在工作。"

"卢总，我很感激你的好意。公司内部人事管理这一部分，我会尽快与同事做好交接，但我希望能和人事部门商量出一个相对弹性的工作安排，继续跟进前期的客户，需要休息的时候一定会告假。"

"佳茵昨晚也跟我谈到你，我实在还是有几分担心。"

"我这个年龄，不会为一份工作付出健康和孩子的代价，一定会量力而行。希望卢总同意我的想法。"

说服卢湛并不难，难的是之前的铺垫。

这三天里，我不可能一直躺着休息。我不仅与客户沟通，拿出让他们接受的方案，昨天晚上还打电话给李佳茵。这样与人谈心，当然违背我的本意。可是人在江湖，妥协几乎是必然的。

我主动打电话过去，不必开口诉苦，便已经得到了李佳茵大量的同情和无数条建议。她连珠炮般问了我许多问题，我只能尽可能回答。当我提到想要继续工作时，她表示不解："以你老公的收入，你根本不需要担心不工作没钱养宝宝。是不是他已经转移了财产？”

“我们还未谈到财产这个问题。”

“那他有没有请求你原谅，重新开始？”

送上门去，就由不得你半吞半吐了，我如实说：“他倒是说了不想离婚。”

“哼，他要想求得原谅，就必须彻底忏悔，许可，你千万别心软，男人犯错误的成本过低，很快就会重蹈覆辙。”

她说得倒也不无道理，只不过她不了解孙亚欧，他实在不是那种会认错的男人。我试图将对话带到我希望的方向：“我请教了妇科专家，她说我的身体和胎儿都没什么问题。佳茵，我知道你和卢总是关心我，不过，我手头的工作有很多都有连续性，如非必要，中途易手会给客户带来不好的体验。”

“唉，女人从怀孕到生孩子，几年下来，确实什么都耽搁了。结婚之前，我也有无数计划，现在可好，被孩子困住，算是已经彻底放弃再出去工作的打算，但在怀孕之初，我就坚决要求卢湛把在上海的一套房子转到我的名下，等孩子生下来后，我又让他……”

我没料到还有份儿听老板的隐私，吃惊之余不免汗颜，几度想要插言，她已经讲得兴起，一时打不住了：“……卢湛还想让我去美国再生一个女儿，我跟他说了，如果不给我足够安全感，这事就没得商量。女人真的贪财吗？胡扯，我们要的只是安全感，是对我们付出努力照顾家庭的认可和尊重。许可，你也得想清楚这件事，不能把身段看得太重要，清高得不肯谈钱。就算你可以挨，可以拼命工作，也得想想你要付出多少辛苦，怎么才能做到兼顾事业和养育孩子的责任，凭什么让你的孩子享受不到应该拥有的一切。”

我比她年长近四岁，可她语重心长，明显觉得在这方面我需要好好补上一课。我当然明白，她是拿我当朋友，才会如此倾囊以授，不管怎么样，我都是感激的。

“嗯，我明白，我会好好考虑这件事的。”我重新将话题拉回到工作上，“不管怎么说，我还是喜欢这份工作，想在力所能及的范围内继续工作。”

“我觉得当务之急还是……”

知道一个人对你抱有好意，总归是件好事。花了大半个小时，我们总算达成一致，我必须在原则问题上坚守底线，坚持工作也未尝不可。

所以，今天与老板交涉进行得颇为顺利。

对于三十岁以后的女性来讲，退出职场容易，重返就难了，我想保持一份完整的履历，必须做出努力。我只能自我安慰：我确实用了心机，但并无恶意。

可是，我也清楚地知道，我已经变成自己从前做梦都不会成为的那种人。

为一个“情”字要死要活，放肆沉陷其中，让整个世界为之停摆，果然只能是年轻时的专利。

就算继续努力与现实世界保持一段距离，也逃不过现实的潜移默化。也许我还做不到像李佳茵那样务实地考虑问题，但已经不会一味打落牙齿独自咽下，而是能冷静下来，计算每一步的得失利弊，做出相应的妥协。

除了拿回一部分工作，还包括同意孙亚欧住回家中。

理想而高洁的状态当然是彻底切割这段变质的感情，然而，谈何容易。

这个男人，我爱了十年之久。

那些愿意承受的苦，大抵都不能算苦，甚至有几分甘之如饴。

只不过，走到今天这一步，人事全非，再谈感情，未免可笑。

子东打来电话问我情况，我告诉他：“他已经搬了回来，而且说不想离婚。至于他是看在孩子分儿上，还是出于其他考虑，我不知道。我只想平安度过我的孕期。”

他颇有些吃惊：“你总应该弄清楚他的想法。”

“我实在没多余的精力去研究这个问题了。子东，你是男人，大概体会不到女性这个时候会有力不从心的感觉。当年妈妈在生你前几天还在上班，门诊和手术都照常进行，真不知道她是怎么做到的。”

“那你还坚持上班干什么？如果你是为经济问题操心，奶粉钱可以由我出的。”

“不不，子东，谢谢你，我还有积蓄，暂时不必为钱发愁，但我不想困在家里，我需要这份工作让自己保持正常状态。”

“好吧。但是这样终究不是长久之计。”

“唉，哪里来的什么长久啊，变化永远快过计划。”

“那天姐夫说他不想离婚，也许他是想回头了。”

我无可奈何地笑：“子东，你这又是站在男人立场上提了一个天真的假设。他想回头就回头，我在这里无条件等候，哪有这等好事。”

“姐，我知道他伤害了你，可是，为孩子着想……”

“别做这样的猜测了，子东，你不了解亚欧，他不是那种肯走回头路的人，不然当年也不至于与前任老板闹得那么僵。”

“那他何必搬回来，而且说已经送走了那个女人？”

“我不知道，他没再提，我也没再问。”

“姐，你不要这样置身事外。”

“这是我自己的事，我躲都躲不开的，哪里能装不相干的样子。不过，现在我只是想让自己保持心境平和。”

“可是既然他说不想离婚，就是还想挽回，姐姐，我劝你还是看在孩子的分儿上，试着原谅，与他修复关系。”

“你不了解他这个人，他把一切都看成理所当然。也许他根本不认为自己需要被原谅。”这句话讲出口，我自己都吓了一跳——我竟然可以用这么冷静超然的口气来批评他了，大概心是真的已经死了。

结束和子东的通话之后，我热了一杯牛奶，回卧室去处理邮件。孙亚欧搬回来这几天，我们似乎很容易便达成了活动范围的默契，其实与过去没什么两样，主卧室属于我，客房属于他，但鉴于客房较小，我还是把以前两人共用的书房留给了他，把笔记本和常用的东西搬进主卧内。

过了差不多半个小时，门铃被按响，我出来看可视对讲，赫然发现父亲站在单元门外，子东神色紧张地跟在后面，我顿时吓了一跳，连忙给他们开门。他们进来，我问：“爸爸，你们怎么有空过来？”

子东抢先解释说："我刚才在阳台上给你打电话，被他听到……"

话没说完，父亲打断他，直接问我："孙亚欧人呢？"

这时亚欧从书房走出来："爸爸，您……"

话犹未了，爸爸已经劈面一拳挥了过去，亚欧被打得后退两步才站稳，子东试图抱住爸爸，但爸爸暴怒之下，气力大得惊人，一掌便推开了子东，又是一拳打在亚欧脸上，亚欧鼻血顿时流了出来。

我大惊，张开双臂挡在他们中间："爸爸，住手。"

父亲和我身后的孙亚欧几乎同时说："你给我让开。""可可，走开，这里没你的事。"

我一动不动站在那里："爸爸，不要。"

这时亚欧试图拉开我，子东一把抱住了爸爸。我回身用力推亚欧："回书房去。"

他不动，我怒道："我不在乎你继续挨揍，但我爸爸已经上了年纪，我不想他有事。你给我进去。"

他深深看我一眼，回了书房，我迅速关上了房门。这时爸爸已经再度甩开了子东，怒喝道："在我们老家，碰到出嫁的女儿受这种欺负，当兄弟的就要出头好好教训那个混账东西。你这个当弟弟的读书读得没了血性，只好我来出面。你再拦着我试试？"

我拉住他的手臂："爸爸，不要再动手了。"

他瞪着我："你不要管，可可，我早就觉得不对劲，你怀着孕，他居然做出这种事，禽兽不如，今天我非打断他的腿不可。"

"爸爸，你明知道姐姐有身孕，当着她的面动手不说，还跟她大喊大叫，万一她有什么事，就是你造成的。"

父亲明显一怔，随即说："你们如果非要拦着我，我就明天直接去他公司，当着他的领导面教训他。"

我与子东齐声说："别这样，爸爸。""不要……"

他暴躁地挥手："你们姐弟两个，都跟你们的妈妈一样，死要面子活受罪。"

转头又暴喝子东，“你一直眼睁睁看着你姐受欺负，简直不是男人。”

子东万般无奈地说：“爸，讲讲道理好不好。喊打喊杀有什么意义，姐夫在民企工作，老板之下，众人之上，跟你们国企不同，没有领导会理会这种事，何必非要弄到不可收拾的地步。”

“你少我跟扯这些没用的。她是你姐姐，关键时候你不护着她，她还能指望谁？”

我插言：“爸爸，不怪子东，他一直在帮我。”

他不理我，又要向书房走，我只得紧紧拉住他的胳膊，子东提醒他：“爸，姐姐现在可经不起拉扯。”

他气得额头青筋迸起，却果然再不敢动了，我恳求地说：“爸，过来这边坐。”

他身不由己跟我走到客厅坐下，我给他和子东沏了两杯茶端过来，他恨恨地说：“你为什么还要护着他？”

“打他一顿，解决不了什么问题。”

“起码让他知道，我的女儿，容不得别人这样对待。你有娘家人撑腰，不是任由他欺负的，看他还敢不敢干这种事。”

我看着他，眼眶瞬间发热。这个男人，我从小对他就敬而远之，记忆中几乎没有任何亲密的时刻，倒积累了不少怨恨疏离，等到知道他不是我的生父，更是不知道如何正常面对他。可现在我终于明白，他确实一直拿我当亲生女儿看待，以他的方式爱着我。想到这里，我的眼泪涌出来，他顿时慌了手脚，东张西望，又推子东，子东拿来纸巾盒递给我，我抽纸巾掩住面孔，哽咽好一会儿才平静下来。

“爸爸，谢谢您。”

他闷声说：“你跟我说这话干什么？你妈走了，我总是在的。为什么一直要瞒着我？”

“我……我只是不想让您操心。”

“家里的事，一直是你妈妈在操心。”

他打住，这样流露感情，对于他来说是别扭的。我们默然相对，过了好一会儿，我说：“爸爸，不用您出面，我会解决好这个问题的。”

“怎么解决？”

我不知道，我根本没有一个现成的解决方案，只得说：“我们都是成年人了，会坐下来好好谈谈。”

“当初我根本不同意你嫁给他，要不是拗不过你妈妈，我肯定会直接叫你趁早跟他断绝关系。”

我禁不住问：“妈妈当时怎么说的？”

他有些烦躁地说：“都是些废话，事实证明她看人根本没有我准。”

“爸，告诉我吧，她说什么了。”

他一脸的不情愿，可还是说：“她说可能的话，还是不要过被安排好的生活比较好，不然留下不甘心，以后再长的日子也不会开心。”

妈妈是在说我，更是在说她自己吧，连父亲这样对感情反应迟钝粗放的人都品出了言外之意，至今仍有几分耿耿。我的眼泪再度流了下来，父亲看着我，表情柔和下来，突然压低声音：“可可，不要离婚，孙亚欧这个年龄，跟你离了，大把未婚女孩要扑上去。你带着一个孩子，想要找到条件合适的男人再婚就难了，以后能怎么办？”

换从前听到这话，我会恼怒，可现在只微微心酸：“我没事，爸，这件事会过去的。再怎么说，我有您和子东，不会落到没办法的地步。”

这句话竟然让父亲重重点头。

_4

子东和父亲走后，我去敲书房的门，亚欧开门。我简单地说：“他们已经走了。你的伤需要处理吗？”

他的左眼眶已经青紫充血，但神情倒是平静的，摇了摇头：“我没事。”

“你一周打三次壁球，体力与反应能力都很好，明明可以闪开的。”

他并不否认："其实没必要让我躲起来，我可以跟爸爸解释。"

"解释什么？说你不会与我离婚吗？不必了。爸爸来这一趟也好，现在我的同事、家人全都知道了，我根本不需要再做什么遮掩，可以坦荡面对以后的生活了。"

他看着我，眼神复杂："七年过去了，你居然还是这样挡在我前面。"

我怔住。

如果他不提，我几乎忘了，七年前，我确实也曾不顾一切挡到他与另外三个人中间。

那个时候，我下决心与他在一起之后，约男友出来谈分手。这是一次注定不愉快的见面，我所能说的只是："你很好，但是……""是我不好，请原谅。""对不起，我很抱歉。"任何一个男人听到这些，大概都会愤怒，但我不得不说，男友实在很有风度，只质问我几句，最终保持了沉默。

我还没想好如何跟父母交代，孙亚欧便再度消失了。

我打他手机，他不接听，给他短信，他不回复。我在焦灼之中想，哪怕是第二次栽到同一条沟里，死也要死个明白。下班之后，我找到他的公寓，却在楼下碰到两个男人正跟他大打出手，另一个男人在一旁袖手而立。他被打得踉跄后退，撞到墙壁上才站住，那两人还要继续动手。我不顾一切冲过去，挡在了中间："你们怎么能打人，快住手！"

他们硬生生收了手，不耐烦地喝道："让开，不然我们可不管你是不是女人，连你一起打。"

孙亚欧粗暴地一把推开我："走开，这里没你什么事。"

我固执地站回他身前，问那两个人："你们是什么人，到底要干什么？"

他们看向立在旁边的那个人，我也看过去，一下认出他居然是我前任老板的长子，大吃一惊："蒋总，亚欧与你们公司的纠纷正走法律途径解决，何必动手？"

他从头到脚打量我，微微皱眉说："你看着眼熟。"

我在他公司任职是三年前的事，而且只是一名普通职员，与他没打过几次照面，没料到他对我有印象。我不接这句话，只是说："我是他女友。蒋总，有话请好好说。"

他盯着我，露出一点玩味的表情："你知道他现在是什么处境吗？"

我强作镇定地回答："失业，惹上官司，得罪了蒋总和董事长，大致是这些吧。"

他哈哈大笑："那你还愿意跟着他？"

我仍旧没接这句话："蒋总，官司缠身已经足够他应付，何必还要动手，请放过他。"

他收敛笑容，哼了一声，不再理我，对孙亚欧说："这个时候还有女人愿意跟着你，算你行。今天权当给你一个教训，我把话放在这里，那件事如果你胆敢讲出去，谁挡在你面前也救不了你。你最好识趣。"

等他们走后，我要扶亚欧，他摇头，一把甩开我："我没事。"径直上楼。

我当然知道，以他一向的孤傲，根本不愿意让人看到如此狼狈的一刻，但我还是去药店买了消毒药水、碘酒、纱布，上楼敲门，过了好一会儿他才开门。我给他处理伤口，问他是怎么回事，他一脸不耐烦："我说过了，不关你的事。"

情急之下，我讲着连自己都觉得蠢的话："亚欧，我只是担心你。"

"跟你说也没用。"

"但是说出来总比让我什么也不知道只能胡乱担心好。"

他神情总算缓和下来，叹一口气："他们父子在官司上跟我纠缠不清，意图把我拖垮。我实在耗不起这个时间，传话过去，要公布他们一个违规信托的证据，让他们撤诉，从此各走各路。他们急了眼，所以找上门来威胁我。"

"他亲自出面，说明这个证据对他们来讲关系重大。如果好好谈判，也许能够解决你的问题。"

他看着我，冷冷地说："你的意思是——"

"我只是觉得，你与他性格都很强硬，由你直接去说，好像是下最后通牒，他自然不肯接受，如果……"

"如果由你去说，就能挽回，对吗？"

我听出他声音里蕴含的怒意，柔声说：“我也只是想帮帮你。”

话犹未了，他已经将茶几上的东西悉数扫落：“许可，我自己的事自己解决，不需要你挡在我前面，更不需要你代我去向他摇尾乞怜。”

我呆住，好一会儿才回过神来：“对不起，我没想到你会这样看问题。”

“因为你根本不了解我。”

他的话尖锐而真实，我确实不了解他，可是我爱他，多么矛盾。人一旦陷入爱情，智商与自尊似乎都同时归零。我没有再说什么，默然收拾一地狼藉之后，拿起自己的包预备离开，他握住了我的手。

我垂头看他的手，再看向他，他颓然叹气：“我并不值得你这样对我。”

他的眼睛幽深，我被他那一刻流露出的苍凉孤独打动了。我想：他内心世界是丰富的，我只是需要时间走进去。

现在想想，我只能自嘲地笑：爱情何止让人盲目，还让人颠倒因果，不问缘由。其实你只是爱他，爱到愿意抓住任何一个可以留下的理由而已。

回头审视自己过去的所作所为，回忆变成了一件对自己格外无情的事情。

我涩然回答：“以前我做的，都是我认为值得去做的事。至于今天，请不要想多了，我怕受伤害的是我父亲。”

我转身准备回自己房间，只听孙亚欧在身后说：“可可，让我们试着重新开始吧。”

我站定，迟缓地回头看他，不相信自己的耳朵，好一会儿才说：“孙亚欧，你以为你讲出了复合的金句，我就必须感恩收下吗？”

“不，我知道你会拒绝。可是至少考虑一下，给我一个机会。我大概不值得你爱了，但尝试维护一个完整的家，我知道对你还是有意义的。”

他曾经自诩，他只要做足准备，就可以在谈判中说服任何人。也许他把我也当成了他的说服对象，并且找准了最能打动我的地方。

完整的家。那是我母亲曾经穷尽一生维护并给予我的，对我来说，当然是有意义的。

可是我生活里不明不白的事情已经太多，我还是必须要问："为什么？你明明既不爱我，也不爱孩子。"

他长久地看着我，在我以为他不会回答这个问题时，他开了口："我想了很久，还是不愿意失去你。"

第十一章

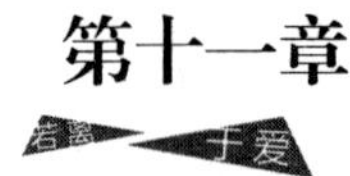

那种融化感一直持续到醒来。不必拿周公解梦出来，都知道这种梦意味着什么。

明明已经进入夏天，我居然头一次做起了春梦。更糟糕的是，梦见的不是虚无缥缈遥不可及的明星，而是生活中认识的男人。

那个男人尽管面目不清，但身形修长，穿着白色医生袍，根本不用猜测，我梦到的是许子东。

——何慈航

_1

我盯着镜子里的自己，如同看一个陌生人。

拍照约在一个周末下午，经过造型师、化妆师长达两个多小时的摆弄之后，我变得面目全非。而第一次进摄影棚站到镜头前，则是近乎魔幻的经历，比站在辛笛面前让她审视更让我不自在，我身体僵硬，目光飘忽。一想到挂在辛笛工作室墙壁上的那张巨幅海报，我就万分沮丧，懊恼之感陡然升起。

我凭什么就被他们说服相信我有与那个女孩子相同的气质？

这完全是一个错误。

辛笛弄错了，祝明亮弄错了，错得最离谱的那个人自然是我。

“放轻松。”“下巴再抬高一点。”“左边肩膀略微放低。”“脸再向右侧一点。”“过了过了，收回来。”“背要绷直。”

摄影师不断发出细致甚至自相矛盾的指令，我机械地照做着，顾此失彼，被弄得越发混乱。

“眼神太涣散了。”“不对，下巴要收回来一点。”“来，现在集中注意力，看我的镜头。”

我盯向他手持单反的镜头。进棚的时候，祝明亮就跟我科普了那套设备如何昂贵犀利，现在摄影师正通过镜头看着我，而镜头大约是不会说谎也不会出错的。想必他已经发现，他在浪费时间。

我听到叫停的声音，回头一看，辛笛不知什么时候过来了，我猜她大概实在是看不下去了。工作人员四散休息，我颓然坐到地上，伸展僵硬的双腿，她走过来递一杯咖啡给我，坐到我身边。

“是不是我表现得实在太糟糕，你不得不来给我励志了？”

她失笑：“不，我并不擅长烹制心灵鸡汤，你也不像你认为的那么糟。没接受过专业训练的人，初次面对镜头表现不自然是正常的。我认识很多模特儿，还特意请教过，照她们的说法，要想保持镇定，既要知道观众与镜头的存在，又要视他们为无物。”

我实话实说：“可是我并不确定自己是否真的符合你们的期望。”

她看着我，神情是温和的：“你可以质疑老祝的目光，毕竟这段时间他被我逼得急了，搭讪了不少女孩子去公司面试，看走眼的时候太多。但你要相信我，我认可的女孩并不多。”

我脑中再度浮现她堂妹的美丽面孔，嘀咕着：“我跟你堂妹明明是两回事。”

“我堂妹拍那组照片至少是十来年前的事了。”

我不明所以地看着她："你是想告诉我，她已经老了，不再是海报上那个美女了吗？我不相信，我认识一个姐姐，今年三十四岁，仍然非常美。"

她笑："不不不，你误会了，我妹妹还是美女，甚至更有吸引力，但她的整个气质与过去不一样了。她完全没有照片上的那种任性不羁、好奇与孩子气，看上去十分沉静。"

"你是说我身上还有这些东西吗？可是任性啊孩子气什么的，又不是什么好事，泛滥起来简直就是一种作。"

她摇头："好多人爱把跟自己不一样的想法、行为举止视为作，忽视了别人有保持不一样的权利。我喜欢不一样的人。"

"问题是，跟别人不一样就像是混在一群羊里的一只羊驼。"

她侧头想想："这个比喻挺有趣。这么说吧，其实每个人都有不一样的地方，不过大部分人早早选择了放弃，心甘情愿变成羊群的一分子，换回安全、认同，还有与社会的融合。而另一些人，出于某种原因，一直保留着自己的天性。我接受我的不一样，也一向喜欢别人的不一样。"

"跟别人不一样是孤独的，并没有看起来那样有趣。"

"你可以把它看成自己的天赋，接受它，正视它。"

我摊手："这算什么天赋。要像你一样有设计才能，得奖无数才叫天赋好不好。"

辛笛哈哈大笑："这是祝明亮说的吧？"

"嗯。他说你年少成名，得奖无数，是国内数得着的顶尖设计师。"

"老祝说话一向夸张。我不是一个谦虚的人，但我没他说的那么厉害，距离我心目中的顶尖，还有一段距离。"

"反正我有的只是你们无端认定的那一点特别而已，实在是……太虚无缥缈。"

"我懂你的意思，但我们其实根本无从选择。你看，相比才华而言，我还更想要与众不同颠倒众生呢。"

我被逗乐，可内心依旧彷徨不已。

"我们都得接受自己，然后再努力变得更好。客观地讲，你不具备走伸展台的身体条件，但面孔和气质有特点，这一点很重要，对于平面模特儿来讲，特点就意味着辨识度与可塑性，你需要磨炼的是表现力，对着镜头，不仅仅是不畏惧就可以了，还要释放出你平时忽略甚至隐藏的那一面。”

我琢磨一下，依旧不得要领。她拍拍我：“慢慢来，先从放松开始，你会找到感觉的。”

我知道她是在鼓励我不要畏缩。她确实安慰了我，更重要的是，我横下心来：从小到大，早就习惯无视别人异样的眼光，现在何不把镜头当成路人？不过是为了赚点钱，试镜失败，大不了就是赚不到这笔钱，哪至于就要闹到怀疑人生的地步。

拍照甚至比大促期间分装打包还要累得多。从摄影棚出来之后，我匆匆赶去上班的地方，迎面看到赵守恪站在公司楼下，他盯着我：“你怎么弄成这个样子，看着怪怪的。”

我尽力卸了妆，但眉毛已经被化妆师修过，头发更是被发型师又剪又吹并加了大量发胶定型，实在弄不回原样。我不想拿一个根本还没谱的事讲出来供他批评，只得反问他：“你怎么在这里？万一董雅茗的妈妈看到你，可不会给你好脸色。”

“她妈妈已经去学校找过我，还威胁说要跟我未来的导师谈，实在是……”

他摇摇头，将一个批评咽了回去，我替他补上：“这也太可笑了吧。你们都是成年人了，你情她愿，不存在谁拐带谁，有什么可告状的。”

他仍是摇头，显然不想再说她什么：“我刚送雅茗过来，她情绪很不好，你替我宽慰一下她。”

我“嗯”了一声，转身向里面走，只听他说：“如果她骂我，你就顺着她狠狠骂好了。”

“可是她干吗要骂你？”

“我跟她分手了。”

我惊得站定回头看着他，他异常平静，看不出任何表情，转身便走了。我跟他从小熟识，可是他毕竟不是周锐，我不能够追上去毫无顾忌摇他的胳膊问最隐私的问题，只得眼看他走远，然后进公司上班。

董雅茗的伤心则是毫无顾忌的。

她正在她妈妈办公室里号啕大哭，哭声隔着紧闭的房门传出来，外边办公区的员工当然全都保持着一个侧耳倾听的姿势。我没心情加入偷听的行列，径直去后面库房开始按单子配货。

我自己满怀心事，好奇心不知从何时开始用尽了，似乎再不想去探究任何秘密。

不过董雅茗在下班后等着我，眼睛哭得红肿，我只能陪她。

“他为什么要这样对我？”

她没骂他，只是想求得一个解释，但是我哪里解释得了赵守恪的行为，从小到大，我们都处于相互不理解的状态。我只得说：“你妈妈反对啊，你能完全不顾你妈妈的感受吗？”

“不能。可是他都不争取一下，似乎我根本不值得他努力。”

明知无望还去努力，不像赵守恪会做的事——不过我觉得讲出这话来，完全不能安慰董雅茗。

“也许他并不爱我。可是我们已经……”她喃喃地说，声音低微下去。

“这个问题你妈妈是怎么说的？”

“她叫我再也不要提这件事。”

“你妈比你开明。这件事确实不是两个人永远在一起的保证，甚至连婚姻这种法律认可的关系，都没办法让两个人长长久久、永永远远在一起，有时候只能顺其自然。”

她听不进去，也难怪她，我并不擅长安慰人，而她要的只是一双倾听的耳朵。

我陪她在大街上足足走了四个小时，幸而天气晴好，温度适宜，还算适合散步。她不停讲他们在一起吃过的小餐馆、去过的电影院、说过的话，每一个回忆都配合一个“为什么”。到后来我累得两条腿如同绑了沙袋一般沉重，只得告饶了，把她塞进出租车内，嘱咐她回家，再来辨明自己的方位。我离学校有一个不远不近的距离，乘公汽车需要转一次，坐出租车实在舍不得，只得拖着步子慢腾腾地走着，没走几步，身后有人叫我的名字："何慈航。"

_2

许子东站在离我不远的地方，审慎地打量我："你怎么了？"

"没怎么啊？"

"但是你看上去无精打采的，出了什么事？"

"没什么事，就是走累了。"

他指一指身后一家咖啡馆："那进去坐一会儿，我请你喝杯咖啡，休息一下。"

我真是累了，随他进去，坐进靠窗的墨绿色丝绒沙发，顿时只想陷进去再也不要站起来，实在是漫长的一天。

"你确定没事？"

我有气无力地回答："不知道，我很疲倦，想长睡不起，这算不算是一种病？"

他似乎没听出我在开玩笑，盯着我，表情很严肃："你家张爷爷现在怎么样？"

"在医院进进出出，时好时坏。"我没说的是，洪姨研究他的面色之后，悄悄跟我讲，他看上去与她公公去世前的样子差不多，恐怕时日无多了，弄得我回去紧盯着张爷爷看，可又看不出个端倪。

"你爸爸呢？"

他这样冷淡一个人，会主动叫住我，已经很奇怪了，居然还问长问短，我不得不诧异，不过正好我也有点问题想问他："许医生，酗酒会对身体有些什么危害？"

他皱眉："你爸酗酒？"

"可能也说不上酗酒那么严重，但他喝得比以前多，我几次回家，都看见他有点半醉，精神也大不如从前。写字的时候，握笔的手有些抖。这是酒精中毒的前兆吗？”

“你说的酒精中毒，其实应该是指短时间内过量摄入乙醇，中枢神经系统先是兴奋，然后抑制，临床表现为恶心、呕吐、头晕、谵语、躁动，严重的会大小便失禁、失去知觉，甚至……”

“打住打住，这些都没有。”

“不管怎么说，长期过量饮酒，对于食管、胃、肝脏以及大脑都会有损害。他的手抖动，如果排除其他因素，很可能就是一种酒精依赖症状，神经受损引发身体局部的特发性震颤。”

我怔怔看着前方发呆。不要说小时候我曾经常看到张爷爷喝得半醉之后拍手做歌，李集镇上还有几个颇出名的酒鬼，喝醉之后完全失控，踢鸡骂狗打老婆随处呕吐甚至卧倒街头无所不为。爸爸远没有到那一步，他只是时不时带着酒意出神，写字手颤，消瘦，但是我心里有无以名状的忧虑，总觉得是什么环节出了问题。

“你可以说服他来检查一下身体。”

“他不会同意的，我很矛盾，他并没有因为饮酒失态，也许他心里压了我不知道的东西，酒能给他快乐，让他暂时忘忧，我有什么权利剥夺他这点享受。”

“是我姐姐的出现让他这样的吗？”

“许姐姐人很好，但是，我想这之间是有关系的。”

他默然不语。

服务生将咖啡端上来，另外还给我一客冰激凌，我小小欢呼一声，吃了起来，偶一抬头，却发现许子东满脸都写着若有所思。

“我并不怪你姐姐啊。如果我知道父亲是谁，也会忍不住去找他的。”

他欲言又止，我也不说什么，埋头吃着。一客冰激凌下去，问他：“我还可以叫一个蛋糕吗？”

他点头，招手让服务生送上甜品单，我点了一个布朗尼，送上来后，我又一口气吃完了，感觉精神好了许多。

“其实失恋也不是什么大不了的事。”

吃饱之后，反应不免有点迟钝，我问：“谁失恋了？”

“你还小，肯定会碰到更好的人。”

我哭笑不得：“呃，你怎么会认为我失恋了？”

“一个多小时前我坐在这里，看到你跟一个女生一起走过去，一脸神不守舍，等我出来准备回家了，你还一个人在街上转悠。”

“就凭这个断定我失恋吗？”

他迟疑地瞄一眼桌上的空盘子：“我们科室小护士说过，失恋的时候就特别想吃甜食。”

我拍桌笑：“难怪你这么好心请我吃冰激凌。”

他居然一下有点结巴了：“其实……那个，最主要还是，上周我在一个酒吧看到你那个叫周锐的小男朋友，跟另一个女孩子在一起，两个人看起来似乎很亲密。”

我呆一下，打量他：“许医生，你看着根本不像会泡周锐爱去的那类酒吧啊。”

“我是陪朋友去的。”

我想说周锐并不是我男朋友，他爱跟谁亲密都不关我事。可是这句话一浮上心头，不知为什么，顿时有些空茫茫的。自从他上次来把生日礼物给我之后，我再没见过他，他也没跟我联系，好像一下从我的生活里消失了一样。我被可口甜品慰藉的心情顿时又低落了，靠回沙发深处，好一会儿不说话。

“还要再吃点什么吗？”

我的胃都快被那块分量颇足的布朗尼给撑爆了，摇摇头。

“那……要不试试巧克力，里面含的可可碱有助于帮人摆脱消沉情绪。”

看得出许子东并不擅长安慰人，却努力想安慰我。我不免有点感动，欠身过去，拉过他搁在桌上的左手，他吓一跳，本能想缩回去，我横他一眼：“给你看看手相，不是要非礼你，别动。”

他的手指修长，有着干净温暖的触感，掌纹清晰，靠近虎口的地方有一粒小小的黑痣，我仔细看着。他无可奈何地问：“看出什么来了？”

“你有洁癖。”

“医生大抵都有一点。”

“不只是身体上的，情感方面也一样。”

“这是从哪里看出来的？”

我不理会，继续说：“你会成为一个很好的医生。”

他失笑：“其实白天我还在考虑是否要转行。”

“不，你会一直做医生的。”

他不置可否。

“你的感情并不算顺利。”

“有多不顺？”

“你没有真正结交过女友，是一个要求很高的人，过于内敛，现在正处于一段无望的感情之中。”

他蓦地缩回了手，我忍不住笑：“许医生，你这身体反应未免也太诚实了吧？”

他很快控制住自己，微微一笑：“还有吗？”

“你已经决定走出来。这个决定是正确的，因为你很快会碰到一个对的人。”

“其实这些都是你推断出来的，对吧？”

我端起咖啡来喝了一口，笑而不语。

“再不然就是我姐姐曾跟你谈到过我。”

“别猜了，许医生，许姐姐唯一跟我谈到的就是你是一个好医生，比她更像你们的母亲。”他眼神一暗，我有点后悔提到他妈妈，连忙将话题带回来，“你说得也没错啦，大半是我推断出来的。”

“能讲讲是怎么推断的吗？”

“张爷爷在你们医院住院时，内科护士闲聊提到你，都说有美女向你示意，还有前辈医生给你介绍女友，你不为所动，没有情感洁癖和较高的要求才怪；你是一个很冷淡的人，可查房看病认真细致，对待病人很亲切，看得出真正热爱自己的工作，我猜就算有想法，也会一直当医生，并且会成为一个好医生。”

“那我目前的感情状态——”

“你是大医院的住院医生啊，不管我哪个时间去探视张爷爷，几乎都能看到你在医院里。你会在这么一个咖啡馆独自一个人一坐一个多小时，看到我走过去又走过来，一定是感情方面有问题。真正一心沉浸在失恋中的人，不会去关心外部世界，你留意到了我，证明失恋并不严重，你已经想清楚决定结束了。”

他一脸无语，还是问：“那么我很快会碰到一个对的人也是你猜的？”

“这句话是我现编的，权当安慰剂，答谢你请我吃甜品。”

他怔住，我以为他会不理我了，没想到他却突然哈哈大笑出来：“我姐姐说得没错，你实在是个有趣的孩子。”

我好久没有这样信口开河说得兴起了，倒有点难为情，看看时间：“我要回学校了。”

他结账：“我送你。”

我们出来，我问他：“你开了车？”

他向路边示意，竟然是一辆高大的摩托，在夜色中闪着幽幽的金属光泽，我惊讶：“你这样斯文的人居然爱好哈雷风，真看不出来。”

“买不起哈雷，只是一辆普通摩托而已。不过，”他递一个头盔给我，“很高兴我总算还有一点是你没算或者推测出来的。”

他先坐上去，我坐到他身后，他突然回过头来说：“我很冷淡？”

我们头一次隔得如此近，我一时有点走神，愣愣看着他。他继续问：“可是我一向觉得自己算是很友善的人。”

我讲不出话来。

“你怎么了？”

我回过神来，脸一阵发烫，庆幸有头盔遮掩：“亲切友善是对人的礼貌而已，有人夸奖过你热情吗？”

他想一想，路灯映照下，那个凝神思索的样子实在是动人，我有点眩晕感。他摇头，诚实地说：“确实没有。”

他戴上头盔，发动摩托。速度提起来，我不得不用双手环住他的腰——也许我该诚实一点，我并没有不得已而为之的为难，他有着属于医生的洁净气息，身形修长紧致，触感与味道都很好。风声掠过，有一瞬间，我几乎想将脸贴到他背上，就这样抱着他，这条路永远没有止境。他专注驾驶，根本不必理会我转的小念头，而我不必去考虑驶往何方、明天会怎么样——金庸小说里原本杀气腾腾的李莫愁被杨过一抱，便杀机全无晕头转向，大概可以用长年不近异性，被陌生异性气息弄晕来解释。我至少还曾靠近过周锐，甚至与他接吻，可根本没有此刻这样的波动，更不要提冒出如此奇怪的想法了。

我无法解释。

很快到了目的地，我下来，将头盔交还给他，匆忙跑进了学校。

_3

祝明亮通知我样片出来了，我不大起劲地“哦”了一声，他诧异：“你不想过来看看吗？”

“我天天早上会照镜子看自己，有什么必要跑那么远专程去看自己的照片。”

他在电话里笑出声来：“你是我见过的头一个对样片不感兴趣的女生。”

“你拿给辛笛看好了，通过了就给我打电话，没通过的话……”

“没通过就不必再来烦你了，对吗？你实在太有趣了。”

他与许子东不约而同说我有趣，也就意味着他们都没拿我当正常女孩子看待。我只得干笑。

“估计这几天就能定下来，你不要一放假就跑回家去。”

“嗯，再见。”

我倒不是故作淡漠。不过我现在脑子被另一件事占据了。

昨晚我做了一个梦。

我站在空旷的田野上，放眼望去，薄雾如同轻纱隐约浮动，空气中饱含水分，有人远远向我走来，我屏息等待，仿佛期待已久。他终于来到我面前，一双有力的手臂将我紧紧抱住，我在瞬间瘫软在那个怀抱里，他仿佛在我耳边说着什么，但我根本辨不出话语的含义，只觉周身温暖，放弃所有支撑，甘愿如同雪糕一般融化……

那种融化感一直持续到醒来。不必拿周公解梦出来，都知道这种梦意味着什么。

明明已经进入夏天，我居然头一次做起了春梦。更糟糕的是，梦见的不是虚无缥缈遥不可及的明星，而是生活中认识的男人。

那个男人尽管面目不清，但身形修长，穿着白色医生袍，根本不用猜测，我梦到的是许子东。

我心神不宁了好几天，才几乎有点自暴自弃地想：十九岁了，做个春梦怎么了。

可是为什么梦见的不是周锐，不是赵守恪，不是我的男同学，甚至不是教西方经济学的那个风度翩翩、颠倒众多女生的年轻副教授——哪怕是祝明亮，我大概都不会如此困扰。

洪姨从李集来到省城参加赵守恪的毕业典礼，我陪她一起过去。

据说这所大学头一次给所有毕业生家长发了邀请信，但到场观礼的家长并不算多。我们坐在一边，她跟我打探赵守恪的感情状况，我笑道：“你待会儿自己问他不更好吗？”

“他哪里肯跟我说实话。”

“何必操心，到要结婚的时候，他总会牵一个女孩子跟你见面。”

“你少跟我瞎扯敷衍我。他那个女朋友在哪里？你指给我看看。”

事实上我已经看到了董雅茗，她也朝我这边看过来，眼神复杂，但我哪敢把她指给洪姨看，只得含糊地说：“这么多毕业生，我上哪儿找去。”

尽管不满意我的回答，不过眼看着赵守恪穿着学士服的样子，洪姨激动得眼泛泪光，举起手机不停拍摄着。

我递纸巾给她：“现在就这么激动，等他拿到硕士学位，岂不是要大哭？”

“你们这些孩子根本不懂当爹妈的心，守恪也是，还叫我不要过来。”

“我毕业的时候一定叫我爸过来。”

“说到你爸——”

“他怎么了？”

“他变得有点……古怪。”

“是不是喝酒喝得更厉害了？”

洪姨点点头：“上个星期他是被操办丧事的人家送回来的，我还是头一次见他喝到醉得不省人事。”

他过去在外面甚至是不喝酒的。我当然知道这一点，一时说不出话来。

“你回家了要好好劝劝他，这个年纪，喝酒过量伤身体。”

“可是我都不知道他为什么会变得这么……颓废。”

“他以前刚到镇子上来的时候，也是这个样子的。”

我发愣：“什么时候？”

洪姨皱眉苦苦回想：“哪一年来着，我这记性真是越来越差了。哦对了，应该差不多是守恪半岁的时候，我刚休完产假去上班，每天都偷空跑回家给他喂奶，正好看到张师傅领你爸爸回来，当时他很消瘦、很沉默，几乎不跟任何人讲话，不过……”

“不过什么？”

洪姨略有点不好意思地笑：“不过他当时真算得上是个好看的男人。”

二十二年前的事了。推算一下，那时候爸爸三十三岁出头，应该是男人正当年华的时候。知道他年轻时是好看的，我竟然觉得很开心。

“张爷爷有没有说起过从哪儿把他带回来的？”

她摇头：“你家张爷爷一向神神道道，说起话来虚虚实实，不知道哪句话是真的。他只说你爸是他收的徒弟。师徒两人每天晚上对着喝酒，活脱脱一对酒鬼，喝醉之后，一个拉琴，一个唱戏，过一天算一天，有今天没明天的。我家老赵当时一百个看不惯他们。”

“我一问过去的事，我爸就搪塞我，我从来就没搞清楚他以前的经历。”

“我都说了，我认识他这么多年，他一直就是这样跟人保持距离的。”

但我是他女儿啊——哪怕是捡来的女儿。我矛盾地想，至少我们之间应该是不一样的吧。

“说起来张师傅那个人，虽然爱装神弄鬼，喜欢占小便宜，还被劳教过，但人也不坏，跟你爸一直相处得很好……”

劳教？我抓住洪姨的手：“张爷爷是什么时候被劳教的？为什么？”

“好多年前的事了，具体哪一年我还真不记得。那个时候管得严，不许搞封建迷信活动，他做的那些营生：算命、做法事什么的，当时来看哪一样不迷信啊，赶上一个节骨眼就被关起来了。他老婆儿子嫌他丢人，后来再不肯认他。”

这么说来，爸爸和张爷爷是在那个时候认识的。同样沦落，同样被家人放弃，难怪后来成为师徒。我好一会儿不说话。洪姨叹气：“幸好你爸这些年一直照顾着他，给他花的医药费都不知道有多少了，不然他那身体哪里挺得到现在。”

“洪姨，你说我爸以前也很爱喝酒，那为什么我从小到大都只见他每天饭后喝一点酒而已。”

“就是把你抱回来之后，他像变了个人，喝酒一下变得很有节制了。所以我让你去劝他，他会听的。”

我出神，洪姨突然不安：“哎，我怎么又说到抱你回来了，收回收回，你当我没说。”

“没事，我爸自己都跟我讲清楚了。”

她放下心来：“要说他对你真没说的。我家老赵以前疼是疼守恪，不过也就是下班回家负责逗一下罢了，哪像你爸又细致又耐心。”

我心里乱纷纷的，讲不出话来。

“你放假可得回家好好陪陪你爸，别跟守恪一样，完全在家里待不住，养儿子就是给别人养的，想想真没意思……”

洪姨唠叨着，不过我再没听进去了。我原本计划暑假去全天打工，好好赚点钱，这时却突然归心似箭，只想马上回家了。

还没等到正式放假那天，清晨时分，我接到爸爸打来的电话：张爷爷去世了。

_4

我赶去长途汽车站搭车回家，到家时已近中午，却发现家门前静悄悄的，完全不像一般办丧事人家那样热闹，没有搭灵棚，没有人来人往，没有放鞭炮留下的满地碎屑，甚至连一个花圈都没看到。我推开虚掩的院门，看到爸爸正坐在屋檐下喝酒，来福蹲在他旁边。

“爸，张爷爷呢？”

“他儿子把他接回去操办丧事了。”

我一怔：“张爷爷几次住院，他人影不见，办丧事的时候他倒冒出来了。大概是想拖尸体停在家里好摆酒收人情吧，真无耻。”

“小航。”

“我有说错吗？”

“他们毕竟是亲父子，他接回去安葬，谁也不能拦着，这样也好。你张爷爷最大的遗憾就是跟儿子关系不好，现在入土为安，以后他们总归还是要给他扫墓烧纸的。”

我气得说不出话来，坐到他身边不说话。他身上有酒气，明显带了几分醉意。

“他儿子住在县城，如果你想见张爷爷最后一面……”

我没好气地打断他：“人都死了，还有什么好见的。我不去。”

他并不以为忤，伸手摸摸我的头发：“别难过，他走得还算平静，不必再受病痛折磨。”

我没办法不难过。

爸爸一直帮人操办丧事，我从小见惯各种葬礼场面，看待死亡一向比平常人来得超然，再加上张爷爷积病已久，我不能说完全没有心理准备。可是他从我记事起就一起生活在这里，尽管与我没有任何血缘关系，也不算那种慈爱有加的祖父，我仍旧爱他，一直拿他当亲爷爷看待。

在丧失神智之前，他喜欢喝酒，带着醉意跟我扯他的各种不着调本事，吹嘘真真假假的见闻，把聊斋里的故事改头换面讲给我听。到渐渐陷于老年痴呆之后，他只惦着各种再不能吃的美食，很多时候甚至认不出爸爸和我。但他的存在，让我的家看起来是祖孙三代，十分完整。

他离去带来的缺失感让我觉得心里空荡荡的。

"我认识他已经快三十五年了，时间过得真快。"

爸爸的声音很低，更像是在自语。我屏息听着，在心里迅速推算，许可今年是三十四岁，也就是说很可能爸爸在她出生时正接受劳教，在那里认识了张爷爷。

"刚开始我是很讨厌他的，神神道道不说，又爱吹牛，又自私小气。"

他们性格确实完全不同，爸爸哪怕喝了酒，也是一个寡言的人。

"我有好几年没看到他，再碰到他时，他在公园边给一个大妈算命，说得她连连点头。我在旁边听了一会儿，也不免惊讶了。等大妈走后，我问他，他这本事是怎么来的，他大笑，说很简单，会来找他算命的，都是碰到问题的人，他从来没见过一个事事顺心的人会需要算命，女人能碰到的问题无非就是男人与子女，总不至于忧心世界和平与人类未来。"

我忍不住哈哈大笑，没错，我给周锐的那些朋友算命，套用的是同样的法则。

"我怎么也没想到，后来会成他的徒弟，一起生活这么久，和自己的父母兄弟，都没有这么长的缘分。"

他端起酒杯，一口喝完，又继续倒酒，拿酒瓶的手微微颤抖着，我终于忍不住，按住他的手："爸，少喝一点酒。"

他并不坚持，任由我拿走酒瓶。这时院门被推开，一个人探头进来："何师傅，上午是我打电话来的，可以走了吧？"

他点点头："好，等我一下。"

我问："你要去哪里？"

"不远，旁边的镇子陈集，有一个丧事要料理。"

"不要去了，你脸色不好，休息一天。"

“那怎么行，已经答应人家了。”

他换衣服，拿着他的包跟那人走了。我独坐在院子里，摸着来福的头，平时它并不喜欢别人摸，今天低声哼了一下，变换躺着的姿势，终于还是忍了没有径自走开。

人们生生死死，来来去去。

爸爸以后独自守着这个院子，过这样的日子，多么寂寞。

我完全没想到的是，连这样的日子都没有了。

两天之后，张爷爷的儿子打电话通知我们，他要收回这所房子。

我从来没考虑过竟然会面对这个问题，一下呆住了。

洪姨听到之后，顿时大怒：“真是不要脸啊，亏他开得了这个口。居然要你们马上搬走，他还是不是人啊！”

赵守恪这个暑假没有打工，回家来了，他保持着一向的客观冷静：“理论上讲，房产证上写的是他父亲的名字，他作为唯一继承人，有权利提这要求。”

洪姨气结，转头数落我爸爸：“当初明明是你跟张师傅一起出钱买的房子，你居然就写他一个人的名字。他丧失劳动能力至少有十五年了，完全没有收入不说，看病吃药住院全都靠你，他儿子对他不闻不问，完全没尽到赡养的义务，你都没让他把房子过户到你名下来。现在好了，他儿子名正言顺来继承遗产，你和小航住到哪里去？”

“小航大部分时间在学校，我去镇上租个房子住就行了。”

爸爸异常平静，洪姨瞠目：“你跟张师傅向原房主老汤买这个房子的时候，我和老赵在场，我可以做证两个人各出了一半的钱。对了，真要打官司的话，还可以找老汤来做证，他搬到上海跟他儿子住了，不过他妹妹还住在镇上，应该能联系得到他。凭什么要把房子无条件交给他儿子？”

我看向爸爸，他摇摇头：“我不想打官司。”

洪姨急了：“他来者不善，不打官司，恐怕拿不回房子。”

“我说了，他要房子，就给他好了。”

他转身进去。洪姨瞠目，恼火地转头对我说：“我看他是喝酒喝糊涂了。”

“爸爸不是为房子去照顾张爷爷的。”

“这是什么话。他为人怎么样，对他师父怎么样，这条街上的邻居都有数。难道一定要把房子拱手让人，这把年纪去租房子住，才能证明自己是个好人？”

我也觉得说不过去。

赵守恪在一边冷冷地说：“当好人没错，但非要把自己弄得苦兮兮的就是滥好人了。小镇的房子不过十几二十万一套，不像大城市那么值钱，可也是一笔财产，房子是你爸应得的，你可不要跟着他犯傻，好好劝劝他。”

洪姨走后，我进屋，爸爸正在收拾东西。

“爸，如果你也出过钱，房子你也有份啊。”

“小航，当年我一度无家可归，亲人都不要我，是你张爷爷收留了我。”

“那你也照顾了他很多年嘛。”

“这不是还他的情那么简单。他一生过得很不顺，出家，还俗，成家之后又跟家人闹得不相往来，可他总记得自己有个儿子，以前赚了一点钱，一定千方百计托亲戚带回去。我想他还是非常想留一点遗产给他儿子的。现在他儿子要这房子，拿走好了，我不想去争。”

“可是……这不公平。”

“对我来说，早就不考虑什么公不公平这件事了。”

我几乎要问为什么、凭什么，可再一想，他无辜被劳教，被家人拒之门外，从省城流落到这个小镇，只有一次短暂的婚姻和一个收养的女儿，如果事事都问为什么凭什么，确实问不过来了。

“只是对不住你，小航，让你跟着我吃苦。好在你以后大学毕业，肯定不会回到这里来，我租房子住也无所谓。”

“我以后要跟你住在一起。”

他苦笑一下：“又说傻话，你以后会成家的。”

“我说了我才不要成什么家。”

他不理会："有时间回来看看我就好。不用担心我，总有人要办丧事，我不会没活干，闲下来看看书，拉拉二胡，喝点酒，日子很好打发。"

他神情平静，但是萧索，有一种听天由命的意味，我的心里堵得几乎透不过气来。

_5

祝明亮打我手机，说样片得到辛笛及公司老板的认可，决定与我签约，让我尽快去讨论细节。

我直接问："我会有多少报酬？"

他吓一跳："小姐，你太不含蓄了，我从来没见过你这么生猛的新人。报酬就是我们要见面讨论的细节之一。"

"我根本不知道该要多少，有什么可讨论的，你直接报个价格给我好了。"

他无可奈何："初期我们打算报价一万块，如果画册反响良好，要继续做形象代言，拍卖场广告之类，再商量价格。"

相对于我在服装公司理货赚的微薄工资来讲，这算是个大数目了，可是根本不能解决我的问题，我沉吟不语。他疑惑地问："不满意？对完全没经验的新人来讲，这可是很公道的开价了。"

"我知道。"

"你是不是很缺钱？"

"谁敢说自己不缺钱啊。我明天上午过去。"

当天下午我就搭长途汽车回省城，到站之后已经是入夜时分，我没有回学校，而是转公交车来到许可住的小区。

一般而言，我并不是一个犹豫纠结的人，决定做什么，就不会再去多想，然而这件事在我心里上下沉浮不定，就算走到这里，我仍然不能做最后的决定。

我坐到小区外面人行道边上，迟疑良久。

“你在这里干什么？”

我一惊，抬起头来，只见一辆摩托停在我面前，许子东摘下头盔看着我。

我不过是做了个天知地知我知他不知的春梦罢了，可一对着他，顿时无来由觉得有点做贼心虚的感觉，几乎想跳起来转身跑掉。

见我迟迟不吭声，他再问：“是来找我姐姐吗？为什么不进去？”

我只得回答：“我还没想好要不要进去。”

他嘴角挂了一个浅笑：“那要不要占上一卦？”

他这么冷淡不苟言笑的一个人，居然会来取笑我，我吃惊得一时哑口无言。

“你在这里坐了多久？”

我看看手机：“差不多四十分钟。”

“我姐很喜欢你，你来找她，她肯定开心。”

“但是我是来找她借钱的。”

“你需要多少钱？”

“一大笔。”

他神情平静，并没有被吓到，而是若有所思地看我一眼，说：“既然来了，还是进去吧。”

是的，来都来了。

我将心一横，随许子东进了小区，他将摩托停好，卸下一个纸箱，按了对讲，许可给我们开门。她穿着宽松的家居服，头发绾起，腹部已经有了明显凸出，看到我，既高兴，又有点意外：“咦，慈航，你怎么会和子东一起过来。”

“我在外面碰到了她。”许子东将纸箱放下，“这是五叔带来的鸡蛋和红枣，爸爸让我给你送过来。你们聊，我先走了。”

我拦住他：“不，你比许姐姐冷静，不如坐下来一起听，如果觉得我提的是无理要求，可以帮她回绝我。”

许可疑惑：“什么事？”

许子东看我一眼，还是坐下了。我先从包里拿出一个信封，交到许可手里，她苦笑：“一定要这样吗？”

“我爸爸很坚持。他说要还，肯定会一直还完的。接下来我要讲的事，请听好，许姐姐，跟我爸没有关系，完全是我的想法。”

她不解地看着我，我深吸一口气：“三天前，我家张爷爷去世了。”

她惊愕地说：“你该跟我说一声，我好送个花圈吊唁一下。”

“张爷爷的儿子负责葬礼，我和爸爸都没出席。再说这么远，你也不方便过去。”

“唉，你爸爸一定很难过。”

我并不想煽情，简单地说：“还好吧，我们对生死都看得比较开。”

“再怎么看得开，心里也会空荡荡的，好像被割除了一部分一样。我母亲去世的时候，我体会过这感觉。”

这种感觉，我也已经体会到了。

不得不说，许可和许子东姐弟真是修养一流，一直听我讲完为什么要借钱，两人都没有任何惊诧的表情。

“爸爸已经租房子搬过去了，东西暂时打包寄存在了邻居洪姨家里。我帮他搬完家后，查了镇上房子的成交价，叫人帮我估算了一个合理价格，然后去找张爷爷的儿子谈判。”

说谈判太婉转了，他听到我要买房子，顿时狮子大开口，出的价位比估算价高出 50% 不止，我拦腰还一个价格给他，告诉他，如果不肯接受，就法庭上见，我这边有当初买房的人证，可以证明产权至少有一半属于我爸爸，而且我要告他遗弃父亲，不尽赡养义务。我们大吵了起来，就在快不欢而散的时候，他妻子突然戏剧性地跑出来打了圆场，看得出她很清楚，小镇最不缺的就是房子，而那套房子房龄久远，需要不断修缮维护，变现比放在手里收一点房租要合算得多。最后我们总算达成了一致。

“不管怎么说，他答应了按比正常略高一点的价格把房子转让给我们。”我面无表情地说，“许姐姐，我爸爸没有跟你相认，对你也从来没尽过任何责任，你并不欠他什么，帮他付张爷爷的医疗费用，已经算仁至义尽，他本人绝对不会向你开口提要求，我更没有这个权利。但是他在那里住了二十多年，那是他唯一的家。我不想让他在这个年纪还流离失所，窝到一间租的房子里，所以才来找你。”

“慈航，你做的是对的。我可以……”

“不，许姐姐，我知道你心地善良，但不要一口答应下来，请听我说完。”

“嗯，你说。”

“就算你答应帮忙，恐怕也不能让他知道真相，否则他不会接受。我刚接了一个服装广告模特儿的工作，有一点报酬，我会告诉我爸，房子是用我拍广告的酬劳买下来的。我希望爸爸能在那里住到终老，我可以给你立下字据，以后那所房子完全归你，我不会要求任何份额。如果你不要那房子，我可以还钱给你，只是需要的时间大概比较长一些。请你想一想，听听许医生的意见再做决定。”

许子东静静地看着我：“我相信姐姐的判断，尊重她的决定。”

许可也说：“你想得太多了，慈航。我当然不能出面，你也不需要给我立什么字据。就按你说的办法处理。”

我心口堵堵的感觉并没有消散，反而觉得背负了一个天大的重担，根本无法释然。“我先回学校，等有时间就回去处理房子过户的事情。”

“你把银行卡号给我，我直接把钱打给你。”许可将车钥匙交给许子东，对他说，“骑摩托过江，整个人都会蒙上一层土，你还是开车送慈航回学校，再回来骑摩托回家。”

我们下楼上了车，我直直看着前方，好长时间不说话。他问：“是担心你爸爸知道这事吗？”

“从小到大，他瞒住我的事很多，我好像还没能成功对他隐瞒过什么。”

“你似乎并不责怪他的隐瞒。”

“嗯，早早知道自己是捡来的，又有什么意义。”

“那他应该也能理解你隐瞒他做的事。”

哪有这么简单。我心里的不安如雨后野草般蔓延滋长着，无法平静下来，颓然叹气。

“你在外面徘徊，就是担心这个？”

我说：“我担心的事情太多。最担心的莫过于：我对你姐姐做的是一件卑鄙的事情。”

“这话怎么说？”

我干笑一声：“明摆着，我在利用你姐姐，向她提的要求，简直有讹诈的意思。”

“我不这么看。”

“以前我讲大话，叫你不必担心凭空多出一个妹妹扯不清干系，现在看来，你的担心实在太有道理了。”

他正色说：“慈航，我知道你觉得我这人很冷淡，但我并不冷血。”

“不关冷血的事啊，换作是我，面对一个天外飞来的父女关系，大概做不到你姐姐这么善良，也达不到你的宽容。”

“上次我姐姐说过，我妈妈当年非常对不起你爸爸。”

“那是上一辈人之间的事，其实你姐姐并不应该为此负责。”

“我们姐弟和妈妈之间的关系都不怎么亲密，可是她是一个自律极严的人、一个非常好的医生，我们很尊重她、爱她，觉得她除了情感方面过于抑制之外，几乎没有任何缺点。我想象不到她会做出什么事来伤害你父亲，我猜姐姐也不知道详情。但那既然是她一生的遗憾，我们都愿意尽力去弥补。”

我苦笑：“这样一说，我就更不知道自己做得对不对了。我爸爸从来不肯提起往事，我猜他经历的一切是弥补不了的，如果他知道我背着他玩这种花样，也许会恨我。”

“我看得出你很爱你爸爸，你们的关系很亲密，我姐非常羡慕这一点。她跟我不一样，她是一个很感性的人，无法忍受自己的生命出现缺失。过去到底发生了什么事，我并不想打听，也知道很多事情甚至无从弥补，但是如果能让姐姐安下心来，我觉得是值得去做的。”

原来亲密的姐弟关系是这样的，一个人可以无条件支持另一个人，不需要理由，不会犹疑，我生命中错过的东西真不少。

想到爸爸，我胸口有又热又酸的感觉。起码当年我无知无觉躺在省人民医院侧门外时，并没有错过他。这一样足可抵消其他了。

许可的车内没放香水座，而是挂了一个马鞭草味道的香囊，散发着让人放松的怡人清香。坐在车内副驾驶座上，毕竟跟坐在摩托车后座上不一样，没有身体接触带来的古怪反应，我连续几天紧绷的心松弛下来，实在觉得疲倦，不知不觉睡着了，而且睡得死死的。到了地方，他叫醒我，递纸巾给我：“我从来没看到过一个人几分钟前还忧心忡忡，突然头一歪就睡得烂熟，还流口水。”

这人取笑起我来，有越发熟练之势。我尴尬地笑，擦擦嘴角：“天总不会塌下来吧。谢谢你，再见。”

我下车，关上车门，刚走出两步，听他在身后叫我：“何慈航。”

我回头，他也从车里出来，扶着车顶看着我：“那些事情，不必你一人承担，你有姐姐，还有我。”

第十二章

若离 于爱

> 他对我的魔力是哪一天开始下降的？我想不起来，只知道我不会再因为他的触摸而微微战栗，不会因为他说的一句话而彻夜难眠。我想我没办法再像从前那样爱他，可是在说出不再爱他时，我丝毫没有释然之后的轻松，反而觉得一片茫然。
>
> 这种空洞的感觉，陌生而危险。
>
> ——许可

_1

腹部日渐隆起，身体日渐臃肿，行动日渐迟缓，脚踝浮肿，甚至连鞋子都要穿大半码的……

怀孕是一个漫长而渐进的过程。变化明明来得天翻地覆，可是分解在每一天发生，直到有一天出浴之后，猛一回头，看到镜子里那个陌生的身体，不禁呆住。

我从小受的教导就是忽略外貌。幼儿时期小姨替我梳头，夸奖“我家可可真漂亮”，外婆尚且要告诫她，不要对女孩灌输这些话，免得长大后变得虚荣，过于看重皮相。回到父母身边，他们更是只字不提关于长相的话题，妈妈一直替我剪最简单的发型，买最平实的衣服，她自己也是身体力行，衣着朴素，从不化妆。然而女孩子关注自己的长相几乎出自天性，就算没有同学的议论、男生的注目，我也知道我是好看的。工作之后有了收入，消费护肤品和衣服时总有一点矛盾的态度，既觉得这是生活必需，并不过分，但到底还是保留着妈妈的影响，会时刻克制自己的“虚荣心”，对好看这件事保持一个不在意的态度。

总体来说，我一向珍惜并维护自己的外表。

而现在，我怀孕二十七周，整个人已经面目全非了。哪怕严格按照医生开的食谱进食，控制体重增长过快，身体还是不可避免地日益变形。我对着镜子细看，半带惊吓地想：就算以后减肥，这样的骨盆扩张，肚皮撑开纹路，大概永远也不可能还原了。可是摸摸肚子，我安慰自己：你年近三十五岁，好看了这么多年，已经足够，既然选择做母亲，那一点虚荣心，真得彻底放弃了。

我穿上浴衣出来，去厨房给自己热了牛奶，想起忘记买爱吃的芝士蛋糕带回来，不免叹气，只得去食品柜拿一盒曲奇饼干，坐在桌边，一边吃，一边看才写完的一份薪酬结构计划书。不知不觉吃完饼干，居然还觉得饿，忍不住打开冰箱，却看到里面放着一盒芝士蛋糕，正是我最近爱吃的那家西点屋的包装，我疑惑地拿出蛋糕，上面印着今天的日期，正待打开，马上又想到近来食量变大很多，晚餐已经吃了不少，一盒曲奇被我一下吃光，再加上一块蛋糕，恐怕很难将体重控制在医生说的合理范围以内。我对着蛋糕天人交战了一会儿，终于还是放回冰箱，忽然听到孙亚欧在身后说：“想吃就吃一点吧。”

我关上冰箱：“蛋糕是你买的？”

他点点头，看到我的惊讶表情，苦笑：“当然，我一直不是一个细致体贴的人，不过这半个多月，你经常买这家的点心回家，我还是注意到了。”

他何止不细致体贴，在我们婚姻的大多数时候，他都忽略我的要求。我说不出是什么滋味来：“谢谢，明天再吃。”

“你什么时候才肯不这么克制自己？”

克制大概早已成为我一个根深蒂固的习惯，无法放弃了，我并不想与他聊天，收拾桌上的文件，准备回房，然而他说：“今天我与蒋明见面吃饭了。”

我着实吃了一惊。蒋明正是他与我共同的前老板，两人反目已久，曾经闹至法庭相见，竟然还会见面甚至一起吃饭，实在不能想象。

“他想请我回去工作，开出了很可观的条件。”

蒋明的公司陷于困境已久，一度传闻有退市可能，以他一向的为人，肯放下身段礼下于人，当然是觉得孙亚欧有帮他重组的能力。这份高薪岂是好拿的？但是这一切又与我有什么关系。我没有作声。

他苦笑：“你是真不关心了，对吧？”

“你自己会做考量，而且也一向不喜欢别人发表意见。”

“我们谈起了一点往事，我才知道，当年你去找过他。”

七年前我确实是找过蒋明。

他儿子带人在沈阳路公寓楼下堵截孙亚欧将他打伤，过了一周，孙亚欧被警方带去留置问话，声称有人举报他在任职期间有经济问题。眼看一起民事诉讼有可能演变成经济案件，我心急如焚，回到原公司，求见蒋明。在苦等四个小时之后，他终于见了我，我与他长谈一番，他不置可否，但第二天孙亚欧便回家了。

我从没有跟任何人提起这件事。蒋明会与孙亚欧再次坐到一起已经出乎我的意料，我当然想不到他会旧事重提。

“没错。我去找过他，你如果要算旧账，怪我不该瞒着你做这件事，我可以道歉。”

他看着我，目光复杂：“为什么你不告诉我这件事？”

“你会生气，也许还会远离我。我当时太想跟你在一起了，免不了有点心计。都已经过去了那么久，似乎没必要再提往事了。”

他并不理会：“蒋董事长倒是有很多感慨，说幸好你去找他，他及时收手，没有闹到两败俱伤的程度，留下了我们今天见面的余地。”

“我没那么大的能量，不过是他当时刚好也不满意他儿子的某些作为，而且有更重要的事情需要处理，无暇再纠缠一起官司把事情越弄越大而已。”

“不必急着撇清关系，我知道那对我意味着什么。他如果不罢手，原本还是可以弄得我更长时间无法翻身。”

“所以给我买回蛋糕道谢？”

孙亚欧并没被激怒，只平静地说：“在你眼里，我大概已经完全是个不知好歹的浑蛋了。当然，你有理由这样看我。蛋糕是回家以后看冰箱里面没有，特意出去买的。我没为你做过什么，似乎只给过你一个婚姻，还弄得这么不愉快。”

“婚姻确实是我要到的，愉快与否，我都认了。”

“你已经下决心要否定从前的一切了？”

“何必还要问我这个问题，先做出否定的那个人是你。”

我向卧室走去，只听孙亚欧在身后说：“我很怀念我们在沈阳路公寓生活的日子。”

我一下停住脚步，这比为我买回蛋糕、问我与蒋明会面的事更让我惊讶。我们在沈阳路公寓的那段生活大概是他一生中最不顺心的日子，官司久悬未决，没有工作，与旧时朋友几乎断绝往来，脾气堪称阴郁，时常连续几天闭门不出，唯一的消遣是去壁球馆打球打到近乎虚脱。在摆脱低谷之后，他不仅以最快速度购置房屋搬离那里，而且再未提起旧事。

“那天你让我离开，我原本打算去住酒店，回办公室拿东西，在抽屉发现沈阳路公寓的钥匙一直搁在里面。也不知道为什么，我过去了。那么长时间没人住，没想到里面十分整洁，跟我们当年住在那里的时候没有两样。我问了物业工作人员，他们说你隔一段时间会过去找保洁打扫一下。为什么？”

“我有洁癖，你是知道的。”

“洁癖严重到甚至要去维护一所再不可能回去住的房子吗？我不这么看。”

确实说不过去，但我也不想解释。

只听他继续说："在那里住下，回想起过去，发现并不像我想象的那么不愉快。至少那时有你陪在我身边。"

"作为妻子，我在你生活中的存在感实在是很差，必须几年之后回想起来才会觉得我的陪伴是有价值的。"

"我并不是一个好相处的人，我想知道，你为什么愿意忍受我那么久？"

我摇摇头："我早说过了，我没有忍受，只是接受自己的选择而已。"

"我还记得我们结婚后的第一个夜晚，你挽起袖子给我做饭，油溅起来烫伤手指也不肯给我看到。"

我百感交集，说不出话来。

"我自己知道，长久相处就会发现，其实我是一个相当无趣的人，性格过于冷漠，没法与人亲近，而且不安于平淡。不管是与以前的老板闹翻，还是把我们的婚姻弄成这样，大概都是下意识想破坏有秩序的生活。可是，我还是爱你的，可可，试着给我一个机会，修复我们的关系。"

我从未听过他忆旧，当然更没有见他做过这样的自我反省，一时呆住，问："为什么？就因为我擅长忍受与克制，容忍了太久太多？"

"我知道我伤害了你，请原谅我。"

"我累了，亚欧。不知道从什么时候起，我就是凭惯性在生活，把家收拾好，照顾你的情绪，不在你心情不好的时候烦你，替你熨衬衫，搭配领带，安排好你的起居，抓住一个空闲哄你跟我一起出去度假，享受几天欢愉。如果没有俞咏文出现，没有孩子，我大概能一直维持下去，但现在不一样了——"

我双手护住腹部，那里突然有一轮近乎剧烈的波动，我的心情到底影响到了胎儿。我涩然说："现在我只想照顾好孩子和自己，没有心力再管其他。"

"我并不爱她，那只是一个错误。"

"不必特意跟我澄清这件事，我甚至不嫉妒她，因为你不爱任何人，亚欧。"

"不，你对我来说是不一样的。"

"如果你早说这句话，我会感激。现在已经晚了。"

“我们可以以后再谈，但我需要让你知道我的想法。”

其实我从来没能彻底了解他的想法，身为妻子，承认这一点有些可悲，到他主动谈起的时候，又未免意兴阑珊了。

_2

我与其他孕妇一样，如同着魔一般买各种关于怀孕、生产、育儿的书籍，趁空闲时一本本翻阅着，同时感慨，原来养一个孩子竟然如此之复杂。

李佳茵又推荐了一套育儿宝典给我，声称十分权威实用，我依言从网上订购，同时如同鬼使神差一般，还下单买了一套《静静的顿河》。

书送到时，我甚至没勇气拆封。我对苏联文学完全没有概念，难道想借此重温妈妈的少女时代，体会何原平听她讲述这本小说时的心境？可是这又有什么意义？最终我将书原样放入了书柜，旁边就是何原平写的那幅佛偈：

一切恩爱会，无常难得久，

生世多畏惧，命危于晨露，

由爱故生忧，由爱故生怖，

若离于爱者，无忧亦无怖。

当初我把它从何家不告而取，带回省城后送去裱框，师傅笑称：“字写得倒也不错，看得出有功底，可是纸张太普通毛糙，也没落款。”他摇头，没讲下去，言下之意当然是并不值得费事装裱起来，可是我既然坚持，他并不拒绝这单生意。

我也觉得我这做法有些可笑，可是我去探访自己的身世之谜，看到第一个与他有关的东西，似乎总含有深意在里面。

人生总有忧怖丛生、无力自拔的时刻，想要无忧无怖，谈何容易。

如果孙亚欧不曾提到沈阳路公寓，我根本不会如此烦乱。

在那里的那段生活，对我有着不一样的含义。

孙亚欧会在故地重游后，想起一些细节，而我的记忆里，是一段完整的生活。

二十四岁时，我爱上孙亚欧，也许还算青春压抑之后的冲动，那么在快满二十八岁时决定与孙亚欧结婚，则是我在成年以后为自己做的最大的一个人生决定。

既然婚姻总归是一场冒险，既然人生不能预知结果，既然我爱他……父母的反对、小姨与夏芸的劝说都没能说服我。

不要孩子，是他提出的要求，理由很简单，他并不喜欢小孩子，也没有传宗接代的想法。我想一想，上次意外怀孕的阴影太大，跟他结婚前途未卜，不要孩子也许是正确的。

结婚之后，我十分热衷于布置小家，同时买回各式烹饪书、厨具，每天下班之后，穿一身套装高跟鞋拐去菜市场买菜回家，搭配出营养均衡的晚餐，早起给他做好早餐再去上班。孙亚欧对这一切并不安之若素，反而略带不耐烦地说："你这样做，让一个赋闲在家的男人很有压力，差不多就可以了。"

我只得尽力将家务在最短时间内完成，趁他出去健身时打扫屋子；记得在抽屉里补充好应急的现钞；在每一个他迟迟未归的夜晚暗自焦灼，控制自己不要去追问他的行踪，更不去探讨他对将来有什么打算。

我来自一个过于喧闹的家庭，从小到大最大的苦恼就是得不到清静，缺乏隐私；而他的人际交往刚好简化到近乎与世隔绝的程度，跟他生活在一起，几乎完全没人来打扰我们。

他其实算是好相处的。他对生活要求不高，会面不改色喝下我做的失败的汤，劝我简化对于细节的要求，给我提出工作上的建议，鼓励我在职业上有更多追求。

这一切的前提是，不要贸然试探他的内心，不要要求更深的亲密。

听起来我似乎是在自虐，但我必须坦白承认，大部分时候我是快乐的。

那个时候，我对他的爱处于巅峰状态，他的拥抱仍让我陶醉，他的郁郁不得志、他的疏离，都不足以让我心灰意冷，甚至还多了一点母性的包容，所有那些为爱所吃的苦，有时反过来会加强爱情，让我自动忽略很多事。

真正开始反思，是搬离沈阳路公寓之后的事。

他终于东山再起，新工作待遇优渥，马上买下目前住的房子，我将工作之外的全部心思花在了家装布置之上，而他的时间则全部用到了工作上，似乎要发狠夺回蛰伏的损失，除了在办公室，就是天南海北出差、开会。我们搬入新家，他对装修未置一词，住进来之后马上让秘书代为聘请了钟点工，包揽一切家务，我试着想亲手为他做一顿晚餐，他吃了，淡淡地说："把你的时间用在更有效率的地方。"

这不能算一句批评，可是对我来讲，简直如同当头一棒。

我太想做一个完美的妻子，把生活经营得没有一丝缺陷，我的所有努力在他看来，已经是用力过猛了。

他爱我吗？他为什么会娶我？

这个问题开始盘桓于我心头。他不想要孩子，我营造的家对他来说并不具吸引力，唯一的特别之处大概是我在他困窘时坚持要嫁给他。

这个疑窦再也无法挥去。

只是对三十岁出头的女人来讲，根本没有底气像任性少女般计较：你到底爱不爱我？爱我什么？可否爱我更多一些？

迷惘之中，我们去新西兰度假旅行，顺道探访了我的闺密夏芸。

夏芸与先生定居于新西兰奥克兰。那是一个非常宜居的城市，节奏舒缓，空气清新，她与先生已经有一个可爱的十四个月大的女儿，正在蹒跚学步，她先生搓手说："我想要两儿两女，可惜她竖起眉毛说生两个就已经是她的上限了。"

夏芸说："实在还想要，就去外面找人，生了之后带回来，我可以负责替你养。"

她先生捂她的嘴，笑骂道："疯了，当着女儿说这种话，借我几个胆子我也不敢啊。"

他们夫妻打情骂俏得那般轻松，每一个小动作都透着亲昵，活泼的小女儿粉团一般可爱，绕膝而行，声音娇嗲得能让我的心融化掉；一条金毛温驯亲人；厨房宽大明亮，夏芸在烤羊排；从窗子看出去，花园里玫瑰开得正好……我意识到，这一切都是我向往的，也是我得不到的。

那么我得到的是什么？

我回头看孙亚欧，他与夏芸的先生讨论着什么。夏芸的先生是工程师，具有技术型居家男人的标准特征，温和、慢性子、好脾气，自然没孙亚欧那般醒目打眼，没有野心勃勃的男人特有的那种张扬魅力。

我得到了一个英俊而事业成功的丈夫。

仿佛为了弥补我，他在物质方面对我十分慷慨，我根本没要求过的东西——车子、房子、珠宝……他只要负担得起，马上会买给我；他工作努力，忙碌得甚至没有时间看别的女人。

他没有特别爱过谁，给我的似乎已经是他天性许可范围内最大的热情。我还能要求什么？

一旦到了要提醒自己知足的地步，就意味着爱情已经褪去神奇的玫瑰色光芒。我开始用理性眼光看待一切。

我仍爱他，但不再是从前那种爱法了。

正因为此，我在搬离沈阳路公寓后，仍时不时会回去看看。

那里有我最完整而一厢情愿的感情。

没想到，孙亚欧也终于注意到了这一点。

我的婚姻似乎峰回路转了，而且是在我并没做任何挽回努力的情况下发生的。

摆在我眼前的问题一下变成：你愿意原谅、忘却，重新开始吗？

我不知道。

我是真的累了。

相对于男人，女人的感情也许更稳固长久一些。付出会带给我们某种有着牺牲意味的快乐，有些情况下，付出越多，越发以为自己的付出值得。可是感情与身体一样，都会疲惫，在某个临界点，终于支持不下去。他对我的魔力是哪一天开始下降的？我想不起来，只知道我不会再因为他的触摸而微微战栗，不会因为他说的一句话而彻夜难眠。我想我没办法再像从前那样爱他，可是在说出不再爱他时，我丝毫没有释然之后的轻松，反而觉得一片茫然。

这种空洞的感觉，陌生而危险。

_3

小姨打来电话："可可，看天气预报，你那边又是一轮高温，我总记得你出生那年的夏天，真是我平生经历的最可怕的天气。你可千万别随便出门，孕妇中暑不是好玩的。"

我告诉她，前天我怀孕满三十二周，开始休假，除了在家与客户进行邮件联络、修改同事写的工作方案，偶尔才会去公司。她问我与亚欧的近况，我只得回答一切还好。

表面上看，确实如此。

这一个多月里，亚欧减少了出差与加班，在家的时间大大增加，在我生日那天，他为我预订了颇有情调的餐厅共进晚餐，说来也巧，在餐厅入口处正好碰上卢湛夫妇，寒暄之后各自入座，过了不一会儿，我收到李佳茵发来的短信，说她在洗手间等我，我只得过去。她问："你们和好了？"

我含糊地微微点头。

李佳茵露出心领神会的表情，叹一口气："我最恨男人出轨，将心比心，这一口气实在太难咽下，可是为了孩子着想，他肯回头，也只好适当给台阶让他下，不要闹僵。"

"我想等孩子生下来再说吧。"

"别傻了，许可，孩子生下来，你会有很长一段时间忙得焦头烂额，哪还有空修复夫妻关系。趁着现在把他搞定，让他再也不动别的念头才是上策。"

回到座位，我面前多了一个蒂芙尼的首饰盒子，亚欧说："打开看看。"

是一只手镯，他替我戴上，折射出晶莹的光泽，十分漂亮。

当然，这比之前忘记我的生日，过后补来一条明显由秘书经手买的丝巾要体贴得多。

他甚至还执意抽时间陪我去做了一次产检。

看到一走廊的孕妇，他眉头跳动一下，但控制得很好，再没流露任何吃惊或者烦躁表情，拿到 B 超照片，也仔细看了好一会儿。但我看得出，他对孩子依旧没有兴趣。

做到这一步，对他来讲，已经是勉为其难了。

我问自己，我能否做到与他修复关系？

我得不到答案。一想到这个问题，我就觉得惆怅，只能安慰自己：等孩子生下来再说。

何慈航给我打电话，说要送已经过户的房产证复印件和她写的承诺书给我，我不安地说："我并没要求你写这个东西。"

"但这是我答应写的，许姐姐，请务必收下。"

我只好请她过来。过了半个小时，她来按门铃，亚欧给她开门，打了招呼便告辞去了机场："我要赶飞机，慈航，你陪可可好好聊聊。"

他走后，我拿冰镇果汁给她："快喝点，看你一头汗。"

"今天太阳真毒，我从摄影棚一出来差点热晕。"

"拍摄进行得顺利吗？"

"好歹在暑假结束前拍完了。天天被摄影师骂得灰头土脸，已经可以做到面不改色，皮厚得让自己都佩服了。"她笑，"许姐姐，你好像是认识的人中唯一不质疑我去拍时装画册这件事的。"

"我早说了，你是特别的。"

我看着她，她仍是一张清水面孔，但头发被绾成了一个小小的发髻，以前略为杂乱浓密的眉毛修出一个完美的弧度，衬得单薄细长的眼睛生动起来，鼻尖沁出一点晶莹汗珠，皮肤细腻光洁。更重要的是，整个面孔都焕发出一种纯净的神采。这样一个女孩子，居然老怀疑自己不好看。

“设计师也这样说，可我横看竖看，也没搞明白特别在哪里，简直疑惑是不是你们眼光格外不同。”

“看着你就想叹气，年轻真好。”

她哈哈大笑：“我更想像你一样，到三十岁以后还是标准美女。”

我抚肚子：“你可真会安慰人，我这样子，离什么标准都相去太远了。”

“许姐姐，你什么时候生孩子？”

“预产期是九月下旬。”

她试着用指尖触一下我的肚子，我被她那个小心翼翼的姿势逗乐：“不是易碎品，不用怕。”

她摇头：“真不可思议。”

是啊，怀孕确实是个不可思议的过程。我亲身经历着，也觉得神奇。

“你想要男孩还是女孩？”

“都可以，不过，”我摸着肚子笑道，“上次检查才知道，跟我想的一样，是女儿。”

“以你们夫妻的基因，一定很漂亮。”

她从包里一样样掏东西出来给我：“这是房产证复印件，这是土地证复印件，我没想到手续这么复杂，这段时间又必须去拍画册，拖了一个多月才完成过户。这张是我写的放弃继承权承诺书，如果你觉得有必要，我们可以去做一个公证。”

承诺书上不仅签了她的名字，甚至还按了鲜红的手印，我连忙摆手：“不用不用。我说了根本不必写这个东西，实在不明白你为什么这么坚持。”

她笑道：“许姐姐，我已经利用了你，如果连这个都不写，自己都觉得说不过去，总之请你务必收好。”

我只得接过来，问她：“你爸爸搬回去了吗？”

“搬是搬回去了，不过——”她皱眉，“他似乎很疑惑。我为了哄过他，特意按和服装公司签的合同格式做了一份假合同给他看，他看上去还是将信将疑，而且一点也不开心。”

“也许他更希望照顾你，而不是由你来照顾他，不免会有些感伤。”

她侧头想想：“也许吧。不管怎么说，看到他和来福住在原来的家里，我就开心了，觉得做的一切是值得的。谢谢你，许姐姐。”

“我认为我所做的也是值得的，不用跟我客气。慈航，没什么事的话，就在这里吃了晚饭再回去，现在外面太热了。”

她点头答应。

吃过甜品后，我们靠到沙发上聊天，慈航问我：“呃，看来你们和好了。”

我苦笑：“算是吧。”

她并不纠结细节，耸耸肩表示了解，简单地说：“也好。”

我叹气，不知道有什么“好”可言，可能在十九岁女孩子眼里，我这个年龄理所当然会为家庭妥协，没有任何悬念可言。

“你与周锐怎么了？”

她笑了：“许医生是不是跟你说看到周锐移情别恋了？”

“他很关心你，我还笑他，说他居然也能看出别人的感情状态了，简直可喜可贺。”

她有一会儿没说话。

“不过毕竟你们都还小，也许不想早早安定下来。”

“不要说我觉得安定的吸引力不大，周锐这种人，太贪玩，再过十年字典里也不会有安定这个词的。”

小孩子们的分分合合，不知怎么的让我嘴角含笑，也许只在这个年纪，有着青春丰沛的精力与激情，怎么折腾都不会伤筋动骨，到了我这年龄，哪里经得住。“这么说你并不怪他？”

“怪他？”慈航瞪大眼睛，“我没觉得他有什么对不住我。”

完了，我彻底跟不上小孩子的思路了。

“我们从来没有相互许诺过什么，我也不觉得他喜欢我。”

“他当然是喜欢你的。”

“好吧，那就是我对他没有恋爱的感觉。我喜欢的人不是他那样的。”

“那你喜欢的是什么样的？”

她张一张嘴，竟然破天荒脸红了，有点支支吾吾地说：“这个，反正……就不是周锐那种。”仿佛为了摆脱尴尬，她摆一摆头，说，“其实我也不知道真正喜欢一个人是怎么样的。”

“大概就是见了面会心跳加快，不见面就会想念，想永远跟他在一起吧。”

“永远在一起的意思是结婚吗？那我可不想，我只想以后跟爸爸生活在一起，根本不想结婚。我理解的喜欢，就是想亲近他，得到他的身体。”

我一怔，禁不住哈哈大笑出来。她也笑：“这话是不是太直白太无耻了？”

“不，你够坦白，而且也没错。再纯洁的爱情，其实也包含着亲近的欲望。至于婚姻，”我想一想，“不过是从法律上保证两个相爱的人共同面对家庭的责任，你这个年龄，对成家没想象也是正常的。”

“我爸爸结过一次婚，是张爷爷介绍的，只维持了不到两年。”

我倒是很想知道何原平过去的生活：“什么时候的事？”

“二十年前吧，他捡回我之后，两个人就离婚了。也许那女人不喜欢我，否则他那么好相处的人，没理由跟他离婚啊。”

“你别这么想。婚姻维持不下去的原因很多，感情再好的夫妻，也会无数次觉得疲惫。让人走进婚姻的大部分原因是爱情，但维系婚姻走到后来的，绝对不只是爱情。日常生活对于激情就是一种消耗，必须补充进去亲情、责任、相互的信任和依赖。如果没这些东西，真的很难一直到老。”

“太复杂了。所以我宁愿以后守着我爸爸，生活简单一点多好。”

我无言以对。

“哎，许姐姐，我不是有意要来给你说丧气话的。”

“我知道。不用你说，我现在确实对自己的婚姻也没什么信心了，不过我最好的朋友生活在新西兰，她的婚姻很好，家庭幸福。所以没什么东西是绝对的。”

午后阳光被薄薄的窗纱过滤得柔和朦胧，在地板上投下斑驳光影，安宁而静谧。印象中，我只在很久以前和夏芸在少女时代这样躺着长谈过，时间过得多么快，我已经是疲惫的中年人，隔着肚子望不到自己的脚尖，等待一个孩子的降生，对未来充满疑虑。

我们都有些疲倦了，迷迷糊糊睡着。

手机突然响起，我探身拿过来接听。

“许女士，请问你在家吗？”

我疑惑地反问：“您是哪位？”

“我是沈阳路公寓物业管理处工作人员，小刘。”

“哦，小刘你好，我目前不在那边。”

“那你家房子里住着谁？”

“空着啊，没有人住，是不是漏水了？”

他急急地说：“麻烦你赶紧过来一下，你家临街窗台坐着一个女人，看情况似乎是想自杀，楼下现在有很多人围观。我们已经报警，警察和消防员都来了，上楼叫门，无人应答，又不敢擅自撞门惊扰了她。”

我吓得一下站了起来：“我马上过来。”

慈航也惊醒了，疑惑地问：“喂，慢点，你动作不要这么生猛。出了什么事？”

我拉着她出门，去车库的路上告诉她刚接到的电话内容。

“是有人擅自闯进你那边房子而且要在那里跳楼吗？这也太奇怪了。”

我心乱如麻：“先过去看看再说。”

我带着慈航开车过去，沈阳路公寓本来就位于市区热闹地段，现在楼下果然围了大批路人，全都保持着仰头向上看的姿势，不少人举手机拍摄着，几名警察维持着秩序，消防车停在楼下，另有电视台记者扛摄像机在采访，一名路人近乎兴奋地说：“对对，是我最先看到她的。”

物业工作人员和一名警官迎上来：“许女士，你总算来了，快看看，认识那个女人吗？”

时值盛夏，午后阳光炽热，光线明亮耀眼，抬头看去，几乎睁不开眼睛。

只见 8 楼我家客厅窗台上坐着一个女人，长发，红裙，两条腿搭在外面，修长笔直。我看不清面目，但马上意识到我一路上猜得没错。

那是俞咏文。

_4

警官怀疑地看着我：“你确定？”

“我看不清，但应该是她。”

“她跟你是什么关系，为什么会跑到你家要跳楼？”

所有的目光都看着我，事已至此，我不得不说：“她跟我没关系，但她曾经是我先生的情人，我猜她是从我先生那里拿到钥匙进去的。至于她为什么这样做，我真的不清楚。”

看向我的目光变得更加充满好奇，周围人开始相互窃窃私语。大约见我是孕妇，警官放缓了语气：“请你跟你先生联络，让他过来一下。”

我拿出手机，拨孙亚欧的号码，他已经关机：“我先生出差，现在应该是在飞机上。”

“把钥匙给我们吧，我们试着进去劝说一下。”

我拿出钥匙交给他，他们进去，我已经全身乏力，靠到慈航身上，她紧紧搀住我。这时电视台记者扛着摄像机过来：“请问可不可以……”

慈航一口打断他：“不可以，她是孕妇，请不要打扰。”

记者被她严厉的口气震住，却不肯走开。我的心跳得又急又快，唇干舌燥，胎儿受到惊扰，开始一阵阵躁动，带动腹部隐隐作痛。

“许姐姐，我们走吧。”

“那怎么行？”

“那至少坐到车里，别站大太阳底下，你的脸色很差。”

我汗出如雨，摇头："没事，就在这里等着。"

过了差不多十分钟，刚才那名警察下来："许女士，她要求见你先生，我们告诉她你先生在飞机上，于是她又提出要见你。"

慈航恼怒地说："她已经怀孕八个月，怎么能去这种场合？那个女人明明就是做一个要自杀的姿态，不断提出各种不合理要求而已。"

警察踌躇："我们用望远镜看到，她还割了腕，不止一次，伤口很深，一直在出血，意识似乎有些混乱。这样下去，就算不想跳楼，也说不定……"

我握一下慈航的手："我还是上去看看。"

她看着我，只得说："好，我陪你。"

我已经有大半年没来这边，下电梯时看到自家熟悉的大门前站着几名警察和消防员，一时有些恍惚。一名消防员轻声对我说："下面正在支消防救生气垫，但气垫的最大救生高度是十五到二十米，相当于六层楼，你家在八楼，我们会试着从楼上窗台看能不能接近她，请你尽量转移她的注意力。"

我点点头，他们让开路，慈航紧紧挽住我的手，在门边站定，不让我走进去。

这是一套小小的公寓，客厅只有十五平方米，从门到窗口不足五米距离，室内竟然没开空调，热烘烘的风吹进来，坐在窗台上的俞咏文回头看着我，她穿着红色V领无袖及膝裙子，高跟鞋脱在窗边，垂着的右手腕上几道刀口十分狰狞，鲜血淋漓顺着窗台流下去，在墙壁上拖出一道血迹，积到地板上。客厅不止一处有血迹，沙发上更是血迹斑斑，想来她割腕之后曾在屋内四处走动，甚至坐在沙发上，后来才坐上窗台。

我顿时一阵眩晕，几乎站立不定，只得倚靠到慈航身上，她也微微有些发抖，却努力支撑住我。

俞咏文上下看我，目光停留在我肚子上。我全身微微发冷，本能地抬手护住腹部，强打精神说："太热了，我把空调打开行吗？"

客厅内有一个柜式空调，主机在窗台一侧，她摇头："你就站在那里别过来。孙亚欧呢？”

“他现在在飞机上，差不多应该四十分钟以后降落，请你冷静，下来处理伤口，等他开机以后，好好跟他谈。”

“他一定是在躲着我。”

“不，他没有躲着你，只是去上海开一个会，预计明天就会返回。我可以让他订今天最快的航班赶回来。”

“你是在向我炫耀你现在对他具有影响力，可以指挥他完全按你的意愿行事吗？”

“你误会了，我没有这个意思。”

“你说不说都一样，他反正已经跟我说过了，不管有没有孩子，他不想失去的人是你。我不甘心，守在你住的小区外面，跟踪你们，看到他带你去餐厅吃饭。”

应该是我生日那天，一想到她竟然这样暗中尾随，我毛骨悚然，全身发冷。

“你们看上去是一对幸福的夫妻，我顿时知道，我只是一名过客、一个小丑，甚至没在你们的生活里留一点痕迹，输得彻彻底底，你赢了。”

我不知道说什么才好，慈航突然开了口，声音十分镇定：“小姐，你有没有想过，不管孙亚欧怎么想，许可的婚姻已经被你破坏了。”

我吓得拉她的手臂，生怕她刺激到俞咏文。她抚一下我的手，示意我镇定下来，继续说：“我见过你去许可的公司跟她谈判，她并不想跟你们纠缠。再过一个多月就是她的预产期，她却跟我说，她对婚姻已经丧失了信心，你认为她会有一丝一毫获胜的感觉吗？”

俞咏文没有说话，眼神是散乱的，手腕上的血依旧细细流淌着，一滴滴落到地板上，触目惊心，她却似乎丝毫感觉不到疼痛。

慈航说：“事已至此，没有人是赢家。请你下来，有什么话可以好好谈。想想你的父母……”

“他们反正早就已经对我失望透顶了。我在美国混了几年，换了两次专业，没有拿到学位，一事无成。活着对我来说已经没有意义了。”

“人生不是只有爱情这一件事。”

“还有什么？亲情、理想、事业、家庭、孩子……”她突然哈哈大笑，身子在窗台上摇晃一下，我几乎要惊呼出来，好在她还是坐稳了，“你不用来跟我布道。其他东西我没有，我也不在乎，我这辈子只爱过亚欧一个人。我还以为终于可以得到他了，结果到头来只是一场幻觉。”

慈航提高声音：“这么说来，唯一辜负你的那个人是孙亚欧，就算你要用你的性命来报复他，最好的办法也是当着他的面进行。”

“不，我并不恨他。他从头到尾没骗过我，他只是没有像我爱他那样爱我，爱到足够放弃家庭。”

“啧啧，他真好命，到这地步，你还理解他。可是你要真像你声称的那样爱他，那就应该成全他嘛，何必要到他家里来自杀。”

“你不会明白的。他说他在这里，才明白自己爱的是妻子，我想看看，这所房子有什么魔力，可以让一个男人回头。”

我艰难地开了口：“我理解你，俞咏文。你觉得没有爱情，生命也就没有了意义。可是很多时候，爱情出自本能，而不是理智。你还不够了解孙亚欧这个人。他谁也不爱。”

她惊愕地瞪大眼睛看着我。

“相信我，我与他生活了将近七年，领会到这一点，并不好受。可是我们都要正视现实，没人规定爱情是必须有回报的一项投资，所托非人的时候，我们也只好认输。”

“你是想扮演人生导师吗？哈哈哈，太可笑了，用不着跟我来这一套。”

我拿开慈航的手，慢慢向里面走：“我没资格教导任何人，只是想让你想想看，你会这样对待你爱的人吗？”

她迟疑不语，大概由于失血，思维已经有些涣散，过了一会儿才反问我：“你是说你已经不再爱他了吗？那为什么你还要给他生孩子？”

“孩子既不是我用来留住他的工具，更不是简单的基因复制品。我想成为母亲，感受生命诞生成长的过程。俞咏文，对你的父母来说，你的意义远远超过你的想象，他们也许会对你有失望的时刻，可他们永远也没办法接受失去你。”

说话的过程中，我看到窗外有安全绳垂落下来，紧张得嗓子干涩，继续说：

“对不起，我现在站久一会儿会觉得很累，想到沙发上坐一下。”

不等她回答，我走向沙发坐下，她不由自主向内侧头看向我：“你还会不会跟他继续生活在一起？”

“我不知道。”

“你们还会在一起的。从头到尾，只有我最可笑，一败涂地……”

这时她突然也察觉到头顶上方有动静，回过头去尖声大叫：“别过来。”手腕上的血画了一条弧线向我这边甩过来，身体失去平衡向外倾倒，我捂嘴将叫声堵住，眼睁睁看着一名系着安全绳的消防员努力伸手去抓她的胳膊，但匆忙之间没能抓牢，她一下坠落下去。

我想站起来，却根本无法挪动。慈航按住我：“你别动。”

她冲向窗口，向下望去，回头跟我说：“掉到消防气垫上面了，现在医护人员正把她抬下去。”又过一会儿，她说，“上救护车开走了。”

我近乎灵魂出窍地呆坐着，警察过来对我说着什么，我也完全不能将他们的话语连贯起来，慈航与他们交涉着，终于，他们都离开了。

慈航拿了毛巾来替我擦脸，她的手在瑟瑟发抖。我才意识到，她的 T 恤上有血迹，而我脸上也沾了鲜血。

有一个年轻女子探头进来：“我是晚报记者，想采访一下你们……”

慈航一言不发，过去推她出去，粗暴地摔上了门。我想：幸好有她在，只我一人的话，实在做不到如此干脆地拒绝。我试图站起来，但只觉得身体沉重得似乎背负了无形的重担，手脚都无法协调动作，呼吸粗重，而且腹部隐隐作痛，视线渐渐模糊，只听到慈航在大叫我的名字，却无法做出回应，终于失去了知觉。

_5

我清醒过来时，发现自己躺在医院病床上，子东守在我身边。我本能地伸手去摸腹部，子东握住我的手：“姐，孩子没事，不用担心。”

我无力做出反应。

“你中暑了。幸好慈航及时打电话给我，对你采取了救护措施。”

我目光移向床尾，慈航站在那里，仍穿着带血的T恤。“那个俞咏文呢，她……”

慈航摇摇头，子东回答说：“她刚才也被送到了我们医院，在进行急救，目前还没有脱离危险，但还活着。”

我往后一靠，简直想重新进入昏迷状态，逃开这一切，只听到子东继续说：“顾主任说你的血压偏高，最好还是留院观察一晚。我已经给姐夫打了电话，他订了航班往回赶。”

“子东，帮忙找件衣服给慈航换上，送她回去，她明天还有工作。我没事，想睡一会儿。”

子东点点头，带着慈航出去。我却没法入睡，一合上眼睛，脑海中出现的就是满屋子血迹，以及那个从我眼前坠落下去的红色身影，只能睁着眼睛看着病房的白色天花板，直看到眼睛酸涩不已。

父亲下班后赶来看我，沉着脸站在病床边，生气地说：“你这么大人了，怀着身孕，也要小心一点，大热天为什么要往外跑弄到中暑。”

我知道子东没跟他讲细节，松了口气：“我没事，医生只是说我需要观察一下，您不用担心。”

“你妈妈怀你快九个月的时候，赶公交车摔了一跤，结果你早产了，她差点送了命。当时我坐在病房外面想，她要是有什么事，我怎么向她父母交代。你要是有什么事，我将来怎么跟你妈交代？”

我竟然头一次知道，我出生时还有这么惊险的故事，此刻听他提起妈妈，忍不住想，那时候他们结婚也没多久，妻子怀着别人的孩子待产，他身为丈夫坐在外面，不知道会有多复杂的情绪。这样去揣测一个将我视为己出的男人，我立刻有了深深的罪恶感，从昨天到今天一直忍着的眼泪流了出来。他顿时慌了手脚：“怎么了，可可，是不是不舒服？我去叫子东过来。”

我抓住他的手：“不用，爸爸，我就是累了。”

我们很少有亲密接触，他是不喜欢也不习惯这样流露感情的人，摇一摇头，似乎想将往事赶开：“可可，你想吃什么，我去给你买。”

我没有任何胃口，摇摇头。

“不吃怎么行？我去给你买粥过来。”

子东进来：“爸，姐姐需要休息。我等会儿会给她买东西吃的，你放心吧。”

等爸爸走后，子东说：“她暂时脱离危险了，目前在重症监护室，脾脏破裂被摘除，脑震荡，肋骨骨折刺破了肋间血管、胸膜和肺部，产生气胸，盆骨粉碎性骨折，右边大腿也有两处骨折。”

我说不出话来。

子东安慰我：“这些应该都可以恢复，关键她算捡回了一条命。你家在8楼，底层又是商超铺面，挑高相当于两层楼都不止，她坠落的高度其实远远超出了消防安全气垫的有效防护范围，能活着真是侥幸。”

身体接近支离破碎，却还得算幸运，可不算幸运，又能算什么。我长长嘘出了一口气，丝毫没有轻松的感觉，仍旧呆呆看着天花板。

孙亚欧到晚上九点多钟才匆忙进来，一反平素的镇定，头发凌乱，衬衫袖子挽起。他叫我的名字：“可可，你没事吧？”

我阻止他走近：“请不要过来，我不想看到你。”

他站定，面色苍白：“可可，听我解释，发生这种事，我很……”他头一次在我面前语塞，似乎在选择词汇。遗憾，还是痛心？我看着他，他终于说：“我并不想看到。”

真是标准的外交辞令。我若是有力气，一定会笑出来。

“咏文去美国之后，一直给我发邮件，她先是语言不过关，然后家里又发生了一些事，情绪很灰暗，我不能不安慰她。”

“你不需要跟我讲这些事。”

他不理会，继续说：“我去美国出差，顺便看望她，当然，接下来发生的事，是不应该的，但我觉得你也能够理解。”

当然，我理解，因为那是我曾经的经历，几乎像我们头一次在一起的情景重现，随机，不刻意，他看得不严重，不会想到对方也许就此认真起来。我终于笑了出来，多么讽刺。

“她有几次感情挫折，迟迟没能拿到学位，家里不再供给她学费，我前后给过她几笔钱，让她过得不那么窘迫，可以顺利完成学业，她大概因此产生了误会。去年她突然从美国回来——”

就是我妈妈病重的时候。

“她说想跟我在一起，这令我非常意外，我一直试图劝她回美国。”

直到有一天，她再也无法接受安抚，跟我摊牌。难怪我提出离婚，一件在他眼里不算什么的事情演变到不受他控制的程度，他会那么恼怒。

“后来她回了美国，但是一周之前突然又飞回来，去公司找我，我跟她讲清楚了，不可能和她有进一步发展。我提出再给她一笔学费，让她回去选读一门她有兴趣的课程，她拒绝了。我们交谈始终很平和，她没有流露轻生的意思，我也不知道她是什么时候拿走了沈阳路公寓的钥匙。”

我开了口，声音干涩：“你的平和是很伤人的，我领教过。”

“你说什么？”

“你跟我说，你怀念住在沈阳路公寓的日子，其实我也怀念那里，因为自从搬离那里后，我就没从前那样爱你了。”我平淡地说，“搬到新家，你忙着工作，到处出差，有一天晚上，我感冒发烧，头痛得厉害，给你打电话，你说：‘我正在见客户，头疼找我干什么，去医院或者打给子东啊。’你声音非常平和，可是我算彻底明白了，你并不爱我。”

“我当时确实很忙，甚至都不记得这件事，你把什么都闷在心里，几年之后拿来清算我并不公平。”

“公平？别跟我讲公平，孙亚欧，更别跟那个还躺在重症监护室的傻姑娘讲公平。那天晚上，看着空落落的新居，有一瞬间，我也觉得活着真没意思。”

“我不知道你这么介意，我愿意道歉，可可，你对我来说，是不一样的。”

我看着他，像看一个陌生人：“我没看出什么不同。当然，我没到俞咏文这样绝望的地步。我有父母兄弟，他们都爱我，为了他们，我也不会放弃生命。我原本想继续经营我的婚姻，指望就算没有相互的爱情，至少还有一个天长地久。我总对自己讲，必须愿赌服输，但谁也不应该付出这么大的代价。她要万一真的……你我的余生会心安吗？”

他无言以对，我闭上了眼睛，忍受那一片血红：“请你走吧，我要休息了。”

我不知道孙亚欧是什么时候离开的。

我终于还是睡着了，做着一个又一个噩梦，梦里充满各种坠落，一阵阵出着冷汗。

第二天早上，护士早早来替我量血压，测胎心，顾主任过来查房，告诉我：“你的血压还是偏高。”

我紧张地问：“为什么会这样？前期孕检，我一直都是血压略微偏低啊。我会不会是得了妊高征？”

“现在孕妇都看了无数资料，个个都恨不能自我诊断了。妊高征的确很危险，不过你是过于紧张，今天早上的测量结果，你的血压较基础血压升高了30/15mmHg，比昨天入院时的测量有降低。目前胎儿胎动和心率还算平稳。我跟你弟弟谈了一下，他谈到你受了一点刺激，有时候精神高度紧张、休息不足、压力过大，会诱发血压升高。我会给你开降压药。”

我当然知道自己自昨天下午以来，一直处于极度紧张之中，努力想调整情绪，却怎么也做不到。

“药物对胎儿会不会有影响？”

她笑：“你妈妈、弟弟都是医生，对我们还是保持一点信任，不管是开药还是制订治疗方案，我们都会考虑到个体情况的，别对药物那么恐惧。现在你要做的就是调节心情，用左侧卧位卧床休息，尽可能放松，这样也有助于降低血压。”

“我需要住院吗？”

“保险起见，再留院一天，便于观察血压变化。”

顾主任走后，父亲过来了，问我："亚欧为什么不陪着你？"

"我又没什么事，不用陪。"

他明显不满意，但也没说什么，把带来的早餐取出来，不仅有粥，还有小笼包、煎饺、凉面、卤牛肉。我看着这一堆东西，又好笑又有点心酸："爸爸，这我一个人怎么吃得完。"

"本来我想叫子东一起过来吃的，刚才去内科病房一看，他在跟两个人说话，见到我就直挥手让我走。"父亲接着说，"那个小姑娘，昨天我来的时候就看到他和人家拉拉扯扯的，难道是他女朋友了？"

我不方便解释何慈航的身份，只得含糊地说："不是吧，应该就是普通朋友。"

"普通朋友何必还带爸爸来一起跟他谈话？"

"您怎么知道的？"

"他们就在走廊拐角的地方，我听了一会儿，听到那小姑娘叫那男的爸爸，还说到房产转让什么的。子东应该不会做了什么荒唐事吧？"

我大吃一惊，父亲倒没有注意到我的异样："我都放在这里，你慢慢吃，我先去上班，晚上再来。"

父亲一离开，我马上下床，不过还是提醒自己慢慢来，不要激动。我搭电梯上楼到了内科，果然在拐角处传来子东的声音："何伯，这样会很伤我姐姐的心，她一直想对您尽一点心意。"

我沮丧地想，何原平到底还是发现了，竟特意找来退回房子。我正要过去，只听他继续说："你们弄错了，我绝对不是许可的父亲。"

我眼前一阵发黑，需要扶住墙壁才能站定。

第十三章

我无力地后退，靠到墙壁上。窗外又是一连串炸雷，如同要将天空撕裂一般，声势惊人，可是我对那巨大的声响毫无反应，来自身体内的震荡让我战栗，某种感觉不断蔓延，一点点席卷着全身。

这算什么？我不知道。

——何慈航

_1

眼看着俞咏文坠楼，我惊呆了。

我与警察同时扑向窗口，向下看去，她落在了气垫上，一身红衣似乎与之融为一体。警察和消防员分别与楼下同事用对讲机通话询问情况，我死死盯着烈日下的那个身体，不敢相信自己的眼睛。

许可面色惨白，昏迷过去，我也好不到哪里去。

慌乱之中，我打了许子东的电话，结结巴巴讲着情况，他十分镇定，一边调动救护车，一边与我保持通话，吩咐我将许可放平，关窗，打开空调，但温度不可以调得过低，更不能直接对着她吹风，解开她的衣服，用温水擦拭她的身体……我手忙脚乱地一一照做，总算等到他来。尽管我在电话里大致给他讲了发生的事，但一看到满屋血迹，他还是惊呆了："你们受伤了吗？"

我摇头，他拿听诊器听过许可心跳后，指挥医护人员送她上救护车，路上他再度问我："你确定你没受伤？"

我低头看自己身上、胸前沾满血迹，大概是扑到窗台时染上的，再加上汗水早已浸湿衣服，确实太狼狈了。更要命的是，我的心狂跳着，手足发冷，无法脱离那一刻的震惊。

"那个……她会死吗？"

"不知道，不乐观，她很可能会被送到我们医院，毕竟离得不算远。我会去打听一下。"

我们再没说什么。

安置好许可后，许子东带我去医生休息室，找了一件 T 恤给我："这是我的衣服，干净的，你先换上吧。"

我换好衣服出来，捧头坐在走廊长椅上，想等惊魂不定的心平复下来。一大杯巧克力圣代递到我面前，我抬头一看，是许子东。

"吃完也许会不那么难受了。"

"巧克力包治百病吗？"

他笑了，不知道为什么，看到他的笑容，我觉得世界似乎没有糟糕到无法接受的地步，接过圣代吃起来，可毕竟没什么胃口，只吃两口就停住。

"选择学医，会看到很多一般人难以接受的东西，而且必须习以为常，久而久之，形成了专业态度，也会丧失一部分通常的感受，但我了解你受到的惊吓。"

"场面其实没我以前看过的死人惊悚。"

他诧异。

"你忘了我爸是干什么的。我印象最深的是五岁的时候，有一次爸爸被请去料理丧事，张爷爷有事出去了，他不放心留我在家，只好带我同去——”

到那家时，那位老爷爷正处于弥留状态。爸爸把我放在院子里，嘱咐我别乱跑，我坐不住，还是偷偷溜了进去。只见一名老人躺在床上，发出不规则的喘气声，准确讲，是带着痛苦的呻吟吐气，带着“嘶嘶”的哨音吸气，如同一条缺氧的鱼，面孔扭曲，双眼瞪大，空洞地看着屋顶，手脚不时抽搐一阵。他的家人守在一边，静静等着他逝去。但他竟然就那样维持了不知道多久，总算咽下最后一口气，那个情景可怕得似乎超出人的承受极限。我被吓呆了，直到爸爸过来抱起我，我才哇哇大哭出来，远比那些如释重负的亲属哭得凄惨。

“来吊丧的人都说他算福寿双全，寿终正寝。你看有生必有一死，死亡实在是一件平常事，只要活得够老，再痛苦的死法也能算一个善终。我爸说过他最不喜欢帮人料理横死的丧事，现在我算是明白了，确实让人全身发冷，真难受。”

他接过圣代杯子放到一边，握住我满是冷汗的手：“她还在抢救，应该还有希望。”

我有点不好意思，嘟哝着：“平时我没这么多愁善感的。”

“这反应是很正常的。不过对我来说，姐姐和你没事最重要。”

我一时间动弹不得，眼睛落在他的手上，心跳得更加快了。正在这时，有人咳嗽一声：“子东。”

我猛抬头，只见不远处站着一个微微发胖的五十多岁的男人，用疑惑的目光看着我们。许子东放开我的手：“爸爸，您来了。”

他“嗯”了一声，打量着我，话却是对许子东说的，语气很严厉：“你不去守着你姐姐，在这里干什么？”

我跳了起来：“我走了。”

我头也不回一口气跑出医院，直到上了公交车找位置坐下，才喘了一口气，可是心跳得极不规律，掌心源源不绝出着冷汗，脑子里乱糟糟的，一路都有些神不守舍。

暑假期间我们学校宿舍关闭，赵守恪分配到了研究生宿舍，我续租了他准备退掉的那个单间。小屋没有空调，只有一个吊扇搅出热风，让空气产生一点流动的安慰。

我进屋之后倒头躺下，背后很快被汗沁湿，却丝毫不想动弹。有人敲门，我懒得理睬，可是外面那人居然没完没了地敲着，忽轻忽重，毫无节奏，我听得心烦意乱，只好起来，开门一看，是周锐。

“为什么不开门？”

“睡觉，吵死了。”

“手机怎么关了？”

“没电了。”

“这么热你怎么可能睡得着，闷在里面不怕中暑吗？跟我出去。”

“累，不想出去。”

他上下看我：“你穿的这是谁的衣服？”

我低头看看衣服，其实一目了然，这件T恤上印着市中心医院献血活动纪念字样。我也懒得理他，躺回床上。

“那个叫许子东的医生，是不是跟你说了什么？”

我心中有鬼，一下弹了起来：“说什么？”

“我在酒吧里碰到过他一次。”

“哦，说了，不就是跟小艾还是什么的一起喝酒吗？”

“我们分开了。”

这能有什么稀奇，我连“哦”都懒得送上了。

他烦躁地抓头，在房间里转来转去。我看得头疼：“你不会是专门来跟我说这个的吧？用膝盖想想也知道，你们分手不是早晚的事吗？”

“你是不是在生我的气？”

“我拜托你成熟一点，周锐，再不要用中学生口吻跟我讲话好不好。这么热的天，我拍画册累得半死，下午又……一堆事，哪有空生你的气。你有钱有闲，可以玩各种游戏，我祝贺你的好命，不过我没办法陪你玩。”

他盯着我，良久不说话，我被看得发毛：“怎么了？”

他什么也没说，转身走了，同时大力摔上了门。我沮丧地往后一躺，想，刚才我那口气，居然神似赵守恪训斥我时的表现。我一向烦他的居高临下和义正词严，没想到居然可以不假思索地像他那样说话，难怪周锐会生气。

门再次被敲响，我赶忙爬起来开门，同时说："你这人现在很容易翻脸……啊，爸爸，你怎么来了？"

爸爸站在门外看着我，我再次被看得发毛，隐隐感到不妙，笑道："爸，进来啊。"

他进来，热得一皱眉，打开他那个办丧事才会带着的黑色公文包，将我才办好不久的房产证、土地证递给我："还给人家。"

我咬着牙不说话。

他说："小航，我完全没想到你会骗我，甚至还去伪造一份合同。你为什么要这样做？"

我深深呼吸："好吧，既然你想知道，我就说说我的理由。那天我陪你搬家，把你的书装箱送到梅姨家里寄存，打包的时候，从一本《静静的顿河》里飘出了一张字条，写着我的出生日期。一条小被子，再加一张字条，就是生了我的人留下的全部东西，难怪你不肯把字条给我看。他们把我丢掉了，没有解释丢掉的原因，甚至没多写上一句话，托付捡到的人照顾我。是你照顾了我这么多年，给了我一个家，我想也为你做一点事。"

"小航，我不需要你为我这样做，你……"

我一把抓过两证，狠狠摔到地上："不需要就算了，要还你自己去还。"

我夺门而出。

_2

我一口气跑下了楼。

已经入夜，温度仍居高不下，空气热烘烘的，我跑出没多远，实在是体力不支，蹲到路边流汗喘气。

“算你有良心，还知道出来追我，我原谅你了。”

我抬头一看，是周锐，气得不知说什么才好，他在我旁边蹲下，仔细看我：“哎，就算追不到我，你也不用哭吧？”

我拿袖子抹一下脸，眼泪和汗水混合到一起，周锐看得直皱眉，递纸巾给我，同时嫌弃地说：“就你这样子还当模特儿拍画册。”

我勃然大怒，狠狠推他一把，他猝不及防，被推得重重坐到地上，痛得直咧嘴。我过意不去，站起身来，伸手拉他起来。

他倒没再跟我翻脸，拿纸巾擦我额头的汗。我问：“你怎么还在这里没走？”

他没好气地说：“刚接到你爸的电话，说你跟他吵架跑出来了，他追不上你，打你手机又关机了，就给我打了电话，我只好回来堵截你。才多大一会儿工夫，你气跑了我，又跟何伯吵了一架，效率也太高了。”

被他这样一闹，我一口气泄了，冷静下来，接过纸巾擦着眼泪。

“你气我就算了，反正我多少是活该。不过别跟何伯吵，他对你是真好。”

他难得这样一本正经讲话，我苦笑摇头：“我先回去了，省得我爸担心。”

他点头：“去吧。”

我回到小屋，屋门敞开着，爸爸坐在床沿上，肩膀耷拉着，好像老了许多，我看得一阵心酸。

他抬头看到我，松了口气：“你这孩子，跑得飞快，我下楼就看不到人影了，给你打手机，也关机了，正发愁不知去哪里找才好。”

“我就该多逛一下再回来，让你多担心一下。”

他看着我，忽然说：“对不起。小航，这么热的天，你白天拍画册赚钱，晚上窝在这个不通风的小房间里，全是为了我，我明白的。”

我的眼泪又要掉下来了。

“可是我不能要那套房子。”

“你现在住着，以后留给许可好了，我已经向她做了保证，绝对不会要。”

他摇头："小航，明天跟我一起去找许可，看怎么把房子过户还给她。"

我气鼓鼓地说："人家住院安胎呢，你真要去给她添堵吗？"

"那去找她弟弟许医生好了。"

我无话可说，停了一会儿，问他："你是怎么发现的？"

"我只是疑惑，拍画册怎么可能刚好赚到买房子的钱。今天上午突然记起，你的储蓄卡是我办的，我有查询密码，让守恪帮我上网上银行一查，汇款人和金额一目了然。"

我暗骂赵守恪，却也无法可想，只得不吭声。

"租房子住是一样的，条件肯定不会比这里差，小航，不必担心我。走吧，我带你出去吃点东西。"

下楼之后，爸爸迟疑地看四周，认真想了想，自嘲地笑："城市全变了样，真想不起来该往哪里走。"

他从小生在这个城市，却被放逐出去，成了不折不扣的异乡人。我没办法再臭着一张脸了，伸手挽住他的胳膊："我知道有一个地方的大排档又好吃又便宜，在江边，那里肯定也凉快。"

我们来到江边，大排档灯火通明，生意火爆，人声喧哗，异常热闹。爸爸皱眉："太吵了。"

"我们买了东西去江滩吃好了。"

我挑了几样卤菜熟食，再加冰啤酒和汽水，拿着过马路到了江滩，找一个长椅坐下，这里纳凉的人不少，江风扑面而来，十分怡人。

见我仍然闷闷不乐，爸爸逗我："你就用这表情拍画册不成？"

我横他一眼，不说话。

"好了好了，你骗我也算骗得很成功了，那份假合同，居然还敲了章，我根本看不出破绽来。"

"哼，我还是专门找路边刻章的人刻的，浪费了我五十块钱，你赔我。"

他笑着摇头。

“我就不明白，你为什么这么固执？你明明一向再随和不过的。是不是很恨许姐姐的妈妈？她当年到底怎么你了？”

他的神情一下凝重起来，但这次我实在忍不住了，固执地看着他，他终于还是开了口：“都过去了，我并不恨谁，但我花了很长时间才做到接受已经发生的一切，我生活平静，还有了你，不想再跟不愉快的事扯上关系。”

我鼻子发酸，问他：“你为什么会捡我？”

这大概也是他不想回答的问题，可是他并没像过去那样回避：“当时我过得很颓废，小航。困在小镇子里，做一份完全不想做的行当混口饭吃，然后和你张爷爷没完没了喝酒，喝醉了当然什么也不用想，可总有醒的时候，觉得跟行尸走肉没什么区别。”

这种情况下，婚姻很难让双方如意吧，难怪后来会离婚。

“有一次我又喝醉了，醒来时发现昏睡了差不多两天，看看日历，那天是我妈妈生日，我已经有八年时间没回省城，我鼓足勇气坐长途车回去，买了一份礼物，敲开家门，结果我大哥告诉我，我们的母亲在前年就去世了，父亲在去年去世的。”

我惊骇得一下瞪大了眼睛：“爸，你为什么那么久不跟他们联系？”

“我解除劳教回家那年是1980年，父母拒绝让我进家门，不能怪他们，毕竟我那段经历让他们蒙羞了。后来我在省城一个建筑工地找了一份工作，有时回化工厂宿舍区转转，远远看他们一眼，就那样过了五年。”

“五年时间，他们竟从来不让你进门？”我不能相信，而且愤怒了，“他们是你亲生父母，凭什么这样对待你？”

他并不回答这个问题：“后来我的腰受了伤，没办法再干力气活，正好碰到了你张爷爷，他一直在省城摆摊算命，身体也出了一点问题，打算回老家休息，我想来想去，决定跟他一起走。安顿下来之后，我不停写信回去，告诉他们我在哪里、怎么联系我，可从来都收不到回信。慢慢地我也死心了，不再写信，也再没去省城，没想到连父母最后一面都没见到，没人想到要通知我。我跟大哥说，我想进去上一炷香，他没有答应。我求他告诉我，父母葬在哪里，让我能去扫墓，他也不肯说。”

我全身发冷，坐到他身边，伸手抓住他的手，他摇摇头，轻轻拍我的手背：“没什么，我想开了。不过当时是很愤怒的，我和大哥动了手，然后就走了。我胡乱走着，省城当时就已经变得很陌生了，我分不清到底走到了哪里，突然想到，这样活着，不如死了算了。”

“爸——”我顿时想到白天俞咏文在我面前的坠落，掌心又开始出冷汗。

“所以我不想跟你提这件事。人一旦动了这个念头，就会越发觉得世事无可留恋。我辨明方向，准备去江边……”

要有多深的绝望才会让他有这样的想法？我一下哭得全身乱抖，他搂住我的肩头。

“我路过省人民医院侧门，结果看到了你。”

原来如此。我将头靠到他肩上，他摸我的头发：“当时你还刚出生不久，太小太弱，抱起来轻得像羽毛一样。有这样一个开头，我不知道等着你的一生是什么样的，不过我至少能带你一段路程吧。所以我抱着你，又回化工厂宿舍楼下，还在我当年念书的小学转了一圈，算是和过去告别，然后把你带回了李集。”

这个乏味的小镇接纳了我与爸爸两个被抛弃的人，我头一次如此感激它的存在。

“你以前问过我，为什么给你取名叫慈航。对我来说，你就是慈航，有了你，我才被度回家。你想帮我弄回房子，我明白你的心意。可是小航，真的不用了，你和张爷爷一起，已经给了我一个家，我很知足。”

他替我擦着眼泪，但我的泪水仍不断流淌着。知道自己是他收养的之后，我一直想，我不会在乎亲生父母是谁，我也不会去寻找他们，可内心有一点始终不能放下：为什么他们会丢弃我。只在此刻，我彻底放下了：管他们是谁、当时怎么想的，和我根本没一点关系了。

不远处有一个江滩游泳池，爸爸看着那里面游泳的人，似乎有些出神。

“怎么了？”

“小时候夏天我也来江边游过泳，那个时候没有这么漂亮的江滩公园，更没有修游泳池，我们都是在前面一个废弃的码头下水，拿废轮胎当救生圈用。”

“多好玩。”

“好玩是好玩，不过大人怕我们有危险，是严禁我们来游泳的。暑假的时候，大哥会趁他们上班偷偷带我过来。我们总是赶在他们下班之前回去，以为能瞒过他们，可我妈拿指甲在我们手臂上一划，划出白痕，就知道我们肯定偷着游泳了，马上会拿衣架来抽我们。”

我听得哈哈大笑：“看不出来你小时候也是调皮的。”

“哪有不调皮的小孩。大哥总是替我挡在前面挨揍，一转眼，我们已经老了。”

想起他那个恶形恶状的大哥，再看看爸爸，我意识到，他一直保有这样的回忆，难怪始终不肯责怪一再将他拒之门外的半秃老头。

“爸，反正是租房子住，不如你干脆到省城来吧，我们可以住在一起，那多好。”

他笑：“这里不可能有人请我办丧事，难道我们要喝西北风为生？”

“哼，既然你非要把房子还给许姐姐，她肯定会把我出的钱给我的，足够我们花上一阵子。”

“花完之后呢？”

“你可以在我们学校前面那个地下通道拉二胡卖艺，收入应该也还可以，再说我也许能找到别的工作。”

他笑着捋一下我的头发：“别闹了，你好好念书。”

“我答应你好好念书，你也得答应我少喝酒，特别是白酒。”

他端着啤酒罐的手停了一下：“好，我答应你。”

他说话一向是算数的。我想，好吧，去他的房子，只要爸爸一直在，我就是有家的。

_3

第二天一大早，我和爸爸一起去市中心医院。

许子东与其他年轻医生一起，随着一位中年医生查房。他们都穿一样的服装，可他格外醒目，身材修长，衬得白袍都显得不太一样——“你竟然在犯花痴，真可耻，醒醒吧，当个正常人。”我只得在心里这样提醒自己。

他忙完之后过来，听我爸爸讲明来意，为难地看向我。我摊手：“没办法，他这人固执起来，谁也没法改变。既然他非要这样，只能依他。”

“就算慈航无所谓，但是，”许子东苦笑，“何伯，这样会很伤我姐姐的心，她一直想对您尽一点心意。”

爸爸迟疑一下，说：“你们弄错了，我绝对不是许可的父亲。”

我吃惊得下巴都快掉下来了，可是许子东竟然毫无意外之色，轻声说：“我知道。”

我看看爸爸，他也略有些疑惑，再看向许子东：“你们在玩什么？你既然知道，为什么许姐姐会不知道？”

“上次何伯头部受伤，后来是我帮忙换药，我取了 DNA 样本，请我的同学帮忙化验了一下，证明何伯和我姐姐并没有亲缘关系。”

我惊怒交集，冷笑道：“你这么做，就是当我爸爸是骗子喽。”

“不，你误会了，慈航。我绝对没有怀疑何伯的意思，只是觉得我姐姐因为何伯拒绝相认而耿耿于怀，如果能够帮她确认一下，哪怕只是私下的鉴定，不具备任何法律效力，也许能让她安下心来。拿到结果，我不想让我姐姐产生更多困扰，所以保持了沉默。”

我转向爸爸：“爸，你又为什么不早说呢，非要拖到现在？”

爸爸再度迟疑，摇摇头：“算了，这事不要再提了，总之这套房子我不能要。”

这时，拐角那边有人传来惊呼：“你怎么了？快来人，快，有人昏倒了。”

许子东急步过去，紧接着听到他高声叫护士，我跟过去一看，发现倒地的是许可，她再次晕倒了。护士很快赶来，和许子东一起将许可送入病房。

我回头看爸爸，他也呆住了。我们面面相觑，他不安地说："她要不要紧？"

"我不知道。"

可我心里是同样忐忑的，昨天许可晕倒在我面前时那张惨白的面孔犹在眼前，再受一番刺激，她经受得起吗？

过了一会儿，许可被从病房中推了出来。我急忙问许子东："许姐姐怎么了？"

他简短地回答："出现子痫前期症状，必须送她去产科急救。"

他们上了专用电梯，我和爸爸上另一部电梯到了产科楼层，找了一圈，才看到孙亚欧和许子东。

孙亚欧问："怎么会这样？昨天不是说情况已经平稳了吗？"

许子东冷冷地说："也许你认为她受的刺激睡一晚就足够完全平复，但人体机能没你想象的那么简单。"

孙亚欧无话可说，停了一会儿又问："子东，请告诉我，她的情况危险吗？"

许子东看我们走近，放缓语气，说："现在应该是在监测、评估她和胎儿的情况，采取降压措施，阻止她发展成子痫。如果病情持续发展，恐怕就必须终止妊娠了。"

我被他说的专业名词吓到了："终止是什么意思？"

"就是让孩子提前生下来，按早产儿护理。"

孙亚欧喃喃地说："但她才怀孕三十二周。"

我看向他，头一次看到他头发凌乱，衣衫不整，眼睛布着血丝，满是焦灼，失去了那种时刻淡漠超然的态度。我带点恶意地想，与他有关的两个女人躺在同一家医院内，都面临生死考验，他要是还能保持冷静，就太冷血了。

我再回头看向许子东，他眼里闪过一点我看不懂的锐利，但声音却是平稳的："按我的理解，如果真要提前终止妊娠，不仅要降压，还要让我姐接受糖皮质激素治疗，促进胎肺成熟，提高胎儿的成活概率。现在只能等着，看医生到底采取哪种方案治疗。"

我和爸爸坐在一起，许子东与孙亚欧各自坐到另外两张长椅上，都保持着沉默。

我一侧头，突然看到一个男人大步走过来，许子东站起来，惊讶地问：“爸，您怎么来了？”

他怒冲冲将一份报纸摔到儿子手里：“你告诉我，这是什么意思？”

许子东看着报纸，他转向孙亚欧：“你跟我解释一下，为什么会有人跑去你们在沈阳路公寓的房子里跳楼自杀？”

孙亚欧无话可说，许子东顺手将报纸递给我，拉住他父亲：“爸爸，不要吵。”

他怒视儿子：“你为什么瞒着我，要不是在办公室看报纸，一眼看到那明明是可可的家，我根本不知道发生了什么事。难怪她好端端地突然住院。”

“爸，姐姐发生子痫前期，正在里面急救。我正想给您打电话。”

他大吃一惊，似乎慌了神：“要不要紧，会不会有危险？”

“别急，过来我跟您说。”

他拉着他父亲去了另一边，我展开报纸，标题赫然是：一女子因情感问题轻生，八楼坠落消防气垫保住性命。下面配有大幅照片，从楼下仰拍，可以清楚看到窗口坐着的红衣女子，报道写得十分简洁，却分别采访了警察、消防员、物业工作人员、围观市民，提到了不少细节，甚至还包括房主的怀孕妻子受到惊吓，因此住院治疗。

爸爸把报纸拿过去看着，神情复杂。这时许子东父亲的目光扫了过来，我一把拉起爸爸，悄声说：“我们走。”

他点点头，起身随我一起进了电梯，出来之后，他说：“我不放心，还是在楼下等着吧。”

“爸，我也不放心许姐姐，但跟她爸打照面……实在有点说不清。我们还是回去，我会给许医生打电话问情况。”

我们上了公交车，一路上他都没有说话。我有无数问题，比如：你和许可的妈妈到底是什么关系？当时到底发生了什么事？你为什么一直沉默？

我侧头看看爸爸，他脸上毫无表情，仿佛陷于某段遥远往事之中，我告诫自己：如果他不说，你就不应该只图满足自己的好奇，非要去追索原因。

_4

连续两天，我给许子东打电话，他都在忙碌之中，讲话十分简短，只说治疗在继续之中，医生强烈建议终止妊娠，但他姐姐坚持要等胎儿发育成熟一些。我急了："当然是要听医生的。"他欲言又止，我能感觉到他声音凝重，许可的情况大概不算乐观。我转告爸爸，他沉默着没说什么。

等我去学校办好开学手续回来，爸爸不在小屋里，我打他手机，听起来他似乎在公交车上，四周很嘈杂，他说他出去走走就会回来。

我越等越不放心，眼见天色渐渐阴沉下来，再打手机，他没有接听，上次他独自一个人出去发生的事我记忆犹新，顿时便开始着急了，想来想去，决定坐车去医院看看。

我上楼到许可的病房，让我意外的是，许可没有躺在病床上，许子东与孙亚欧站在那里，正在说着什么，窗边还坐着一位中年女人，看上去似乎有点面熟。

"顾主任说得很清楚，她的情况已经很危险，不能再拖下去，"孙亚欧说，"我是她丈夫，有权要求现在就终止妊娠。"

"但是我姐并没有失去知觉，她既然坚决要求要等胎儿肺部发育成熟一点再生，我们必须尊重她的意见。"

"你还没看出来吗？她情绪很不平稳，非常消沉，这种状态下做的决定怎么可能理智。她不肯见我，你如果不去阻止她，将来她发生不测，就是你的责任。"

许子东咬着牙不说话，我看不下去了："现在就来把责任归结到别人头上了，急着撇清自己，真的合理吗？"

孙亚欧面色铁青，一言不发走了出去。许子东坐到病床边沿，神情颓然。

"其实我和他意见是一致的，现在终止妊娠对姐姐来说更安全一些，我也去劝过她，但她固执得十分反常，根本不肯听。"

“嗯，我也知道他说得没错，不过一听到他谈起责任，你也不反驳他，我就火大了。”

许子东苦笑：“我和我姐有一个共同点，就是从小到大不愿意争吵。”

这个我倒是看出来了。和他们姐弟相比，我简直就是野蛮人了。这时外面掠过一阵雷声，猛然下起瓢泼大雨，我看着黑沉沉的窗外，更加担心。

许子东问：“慈航，这种天气，你怎么来了？”

“我想看看我爸有没有过来，他因为许姐姐的事觉得很过意不去。许姐姐人呢？”

“姐姐被转到监护病房去了。”他摇摇头，“不能怪何伯，他只是无奈之下讲了事实。”

这时坐在窗边一直没说话的那位中年女子开了口：“慈航，我向你父亲提了不合理的要求，他隐瞒了这么久，我很感激他。”

许子东的神情与我一样诧异，我看她，仍旧觉得眼熟，却一时想不起来在哪里见过，许子东介绍说：“这是我小姨，我母亲的妹妹。”

“我叫严小青，慈航，今年春节我去过你家，还记得吗？”

我恍然大悟，记起是大年初二时探访我家的那位客人。

“我当时就是去请求你父亲，不要对可可讲出当年的事情。我替姐姐向他道歉，并提出给一笔钱作为补偿，他拒绝了补偿，但答应保持沉默。”

我呆了一下，顿时恼怒了：“我还以为爸爸不说是有他自己的理由，你凭什么向我爸爸提这种要求？”

“我真的很抱歉，慈航。我姐姐临终之前，对我讲了往事，我觉得已经过去了那么久，再提起的话，只会颠覆可可的生活，所以我选择了不说。没想到可可自己发现血型不对，找到梅姨，打听到你父亲的下落。”

我的火气越发直往上冲，提高了声音：“所以你就去找我爸爸，你以为道个歉，说一句对不起，就足够抵偿一切，可以毫不客气地对他提要求了？这些年他过的什么样的生活，你知道吗？他被劳教，出来之后父母不再认他，哥哥拒绝他进家门，他在建筑工地当了五年苦力，后来没法在省城容身，漂泊到一个鸟不生蛋的小镇子里，替人操办丧事来养家糊口，连父母去世都没人通知他奔丧，至今不知道他们的墓地在哪里……”

“别说了，小航。”

爸爸走了进来，打断了我。他拿着雨伞，但肩头还是淋湿了一半，我问他：“你跑哪里去了？急死我了。”

“我想到医院来看看，不过坐错了公汽车，兜了一个大圈子。”他不悦地看着我，“你怎么又提这些事？”

我闭紧了嘴不说话。

“不怪慈航，是我先提起来的。”严小青说，“我姐姐生前曾无数次想找到您，可她也知道，错误已经铸成，没法挽回，她一直无法原谅自己。”

爸爸摇头：“不要再提这件事了。许可现在情况怎么样？”

严小青与许子东对视一眼，摇了摇头：“她的情况不好，血压没能降下来，顾主任一再建议终止妊娠，但她坚持要等注射促胎肺成熟药物的疗程结束之后再做剖腹产。现在最怕的就是拖下去会出现子痫。”

“她为什么不肯接受医生的建议？”

许子东踌躇一下，说：“她情绪十分消沉，也许这几天发生的事太多，对她的打击太大，一时无法接受。”

我问：“不是说那个女人已经脱离危险了吗？”

“那只是一个方面。最让她无法接受的，大概还是何伯不是她父亲这件事。”

我实在无法理解：“这件事对她真的这么重要？”

“你不了解我姐姐这个人，她总是尽力表现得坚强，其实性格中有脆弱的一面。涉及她的身世，她三十多年的认知被推翻，一心认定的真相又不成立，所以没法保持理性。”

严小青喃喃地说：“怪我不好，如果我早点告诉她，而不是卡在这个关口，她也不会这么痛苦。”

“我们还是去看看她吧。”

我们随着许子东去监护病房，许可正在输液，她父亲坐在一边看报纸，看到我和爸爸，皱眉问："子东，这两位是？"

没等许子东回答，严小青笑道："姐夫，我饿了，这边的路不大熟，你陪我出去吃点东西，顺便帮可可买点吃的回来。"

他看上去有点疑惑，不过还是随着严小青出去了。许可虚弱地说："何伯，小姨都跟我说了，我很抱歉贸然去打搅您和慈航的生活。"

爸爸摇摇头："没什么。"

我直接问："许姐姐，医生说再拖下去很危险，你为什么不肯现在动剖腹产手术？"

她涩然一笑："我觉得很对不起孩子，她一生要面对的事情太多，我已经没办法给她一个和谐的家庭，至少要等她发育更成熟一点再生，不然一生下来就会因为心肺功能发育不全，出现呼吸窘迫综合征。我不能让她有这样一个开始。"

我皱眉，不客气地说："许姐姐，我能理解你爱你的孩子，可是没必要把负疚感无限放大到夸张的地步。"

"我只是觉得一切都没有意义了，以前我还想，妈妈生下我来，至少是因为有爱情，现在看来完全不是那么回事，她生下我，害得一个好人因为她的行为而被社会、家庭抛弃，失去了一切，我完全不理解她的行为。可我又能好到哪里去？我坚持要这个孩子，又给不了她完整的家庭、健康的身体，也许她将来也会怨恨我，我现在唯一能为她做的，也只有尽可能让她的生存概率更大一点了。"

"每个人生下来都要面对不同的命运，我一生的开始是被丢在医院侧门外，可我也长到了这么大，对自己拥有的一切都很满足。"

"你很幸运，慈航，你有一个好父亲。"

她只说了这句话，便将头侧开，一脸的疲惫空茫，我想我既没有说服她，更加没能安慰她。

一直沉默的爸爸开了口："许医生，如果你不介意的话，我想单独与你姐姐谈谈。"

我与许子东出来，走到拐角处，那里有一扇窗子，外面天色暗沉，暴雨如注，不时有闪电扯出一道锐利而短暂的光亮，雷声轰隆掠过。我看他似乎有些心神不宁，没好气地说："放心吧，我说话也许没什么分寸，但我爸绝对不会对许姐姐说什么更打击她的话。"

"对不起，慈航。"

我有些反应不过来："什么？"

"我做的事，还有我小姨。我们这样对你父亲，都是不公平的。他那样宽容，让我惭愧。"

"如果他不是这样一个人，也许不会混得这么惨，不过再一想，如果他真的不是这样一个人，我大概也不可能成为他女儿了。我想让他有更好的生活，可拿什么生活来跟我交换，我都不会换的。"

"你比我豁达得多。"

我不怕别人跟我放狠话，却有点受不了这样直接的夸赞，顿时不自在起来。

"拿到鉴定结果时，我确实有点小人之心，猜测何伯为什么不给出一个直接的否认。"

我讪笑："你大概觉得我爸含糊其词无非是想占便宜吧？"

他脸红了："不要生气，我承认我动过这个念头。"

我倒也没动怒："算了，当时我也有各种念头，觉得许姐姐肯定是他亲生女儿，他再不会跟从前一样爱我了。"

他看着我，眼神复杂，我看不懂，而且觉得被这样的目光笼罩，更加不自在，全身上下都升起一种奇怪的感觉，如芒刺在背，几乎只想转身走掉："干什么这样看我？我在这件事上就是没安全感，有独占欲，不然以前也不会明知道结果还诓你姐做 DNA 鉴定想把她骗过去。还有啊，我……"

没等我说完，他抱住了我。我猝不及防，一下呆住，无法做出任何反应，僵立一会儿，渐渐回过神来，他的那种抱法，根本不像我做的那次春梦，会让我只想融化，反而如同大人抱孩子的那种，不带有任何侵略感，同时抚摸我的头发，带着安慰与安抚。

这是在怜悯我吗？我一向讨厌别人的怜悯，可是他的怀抱太舒服，我没有自尊受损的感觉。我试探地抱住他的腰，将头伏到他肩上，他低下头来，嘴唇印上我额头，我的心顿时狂跳起来，口干舌燥，一动也不敢动了。

他工作服口袋里的手机振动起来，他放开我，拿手机出来看："慈航，我得回内科病房了。"

我根本弄不明白这句话的意思，胡乱点点头，他握一下我的手，匆匆走了。

我无力地后退，靠到墙壁上。窗外又是一连串炸雷，如同要将天空撕裂一般，声势惊人，可是我对那巨大的声响毫无反应，来自身体内的震荡让我战栗，某种感觉不断蔓延，一点点席卷着全身。

这算什么？我不知道。

第十四章

苦离 于爱

「何伯让我想清楚了，人生就算有机会重来一次，那些不该犯的错，我们多半还是会犯；那些不该爱的人，我们并不舍得不爱。唯一能安慰我们的是：犯过的错让我们成长，爱过的人让我们充实。没什么可后悔的。

——许可」

_1

子东说："姐，我瞒着你，只是不想让你再为这件事伤神，妈妈已经过世，当年发生了什么事谁也说不清楚，谁也不可能逆转改变过去，重要的是过好以后的生活。"

我倦怠地说："我明白。"

我并不是跟他赌气，所有的道理我确实都明白。他是我弟弟，所做的一切全是为我考虑，他想让我认可顺理成章的答案，从而放弃对一件陈年旧事的无意义纠结。如果我置身事外，大概也会认可他的做法是合理的。可是我是当事人，在知道何伯其实被我一厢情愿拖入一团迷雾之中，我的生父仍旧不详之后，心里空落得仿佛一无所有，无法像他希望的那样振作起来。

能给我答案的只有小姨。

她从北京赶来，来不及放下行李便直接到了医院，握住我的手："对不起，可可。"

"小姨，请告诉我真相。"

"你现在血压没降下来，不如好好治疗，等生了孩子之后再谈这件事，我保证，再不会对你有任何隐瞒。"

"不，我现在就要知道。"

她仍旧迟疑，眼里的痛苦不下于我，终于还是讲了。

受父母问题牵连，妈妈在农村下放的时间长达五年之久，与她同来的人相继有了返城机会，或者招工，或者推荐上大学，到后来，她成了公社内资格最老的知青。她并不怕艰苦，毕竟那个时候大家都过着匮乏清贫的日子，可是年复一年，看不到任何返城的希望，这一点慢慢击溃了她。她想念父母家人，渴望回到他们身边。眼见一个又一个机会与她擦肩而过，落到同伴身上，她越来越焦灼，终于决定做一个交易，而交易的对象就是掌握着推荐指标的公社书记。

何原平在无意中目击了这个交易，成为书记欲除之而后快的人。

于是他被当成了替罪羊，关押、批斗、被送去劳教。

可笑的是，仅仅在事发一个月后，妈妈的父母获得平反，因为当时两个人的健康状况都不好，向组织上提出申请，可以接她返城了。

我想找到生父，没料到生父只是在一次交易中提供了基因而已，我永远也不会希望他出现在我面前。我要求真相，真相竟是如此不堪。

难怪小姨宁可让我认定何原平与我母亲有一段不被保守环境认可的旧情，也不愿让我知道自己只是一段丑陋交易的结果。

小姨说："她临终之前对我讲出了这段往事，但她不想让你知道。她说她在苟且逃离之后，从来没能摆脱良心的谴责，也没有得到过解脱。癌症也许是她为自己的自私与怯懦付出的代价，所以她并不介意面对死亡。我考虑再三，觉得逝者已矣，更希望保留母亲在你们姐弟心中的形象，所以决定不再提起。”

在我三十多年的人生里，她不是一个亲切的妈妈，却是一个负责任的母亲、一个负重生活从不抱怨的妻子、一个工作到忘我程度具有奉献精神的医生。我那么尊敬她，为她的离世悲伤。我真的需要粉碎一切重新认识她吗？

“春节时我过来看你，初二那天我去找过何原平，请求他也保持沉默。子东私下去做了何原平与你的DNA鉴定，拿到结果之后，给我打了电话，我告诉他，真相并不是每个人都能面对的，你怀了身孕，一旦知道，受的打击会很大。他也同意把这件事放到一边。”

他们都想保护我，而我确实承受不了真相。

她把死亡当成了一次解脱，可以一劳永逸摆脱病痛与回忆的折磨。那她留给我的又是什么？

“好吧，我知道了。”

我闭上眼睛，表示这次谈话到此为止。因为我已经用不着再了解更多了。

谁说所有的问题都只因欠缺一个答案？有些答案永远不会是你需要的。

顾主任过来查房，再次劝我马上接受剖腹产手术终止妊娠，我拒绝了。

孙亚欧进来，同样想劝我理性一些，我不肯听，请他马上出去。

我麻木地躺着，似乎进入一种恍惚状态，似睡非睡，偶尔醒来，看到父亲坐在床边看报纸。他告诉我：“昨天晚上电视台也播了。”

“什么？”

“就是跳楼的那个。”

“哦。”

“现在的记者，难道没有其他新闻好关注吗？幸好没有拍到你。等事情平息下来，还是把那套房子放到中介卖掉，太不吉利了。”

父亲平时是不大会聊天的人，竟然能把这么可怕的一件事变成平淡的闲话家常，让我说不出话来。不知为什么，我笑了出来。也许是不停注射药物的缘故，满嘴都是苦涩。我侧头看挂在上方的输液袋，突然想到，人身上出现的所有问题，似乎都有对应的医学手段来解决：脾脏破裂，可以摘除；大腿骨折，可以打石膏让它长好；血压偏高，可以降压；胎儿肺部尚未发育成熟，可以注射药物促进成熟……

唯独内心出现的巨大空洞，没有办法填补。

以前我听到过一个类似于诡辩的说法：上天不会给你承受不了的打击。但此时此刻，我确实想，这些真的是我能够承受的吗？我觉得我已经失去面对这一切必需的力气，从未如此疲惫消沉，甚至腹中的孩子也激不起我振作起来坚持下去的意志。

_2

我没想到何原平还会来看我，并且要与我单独谈谈。

子东与慈航出去之后，我说："如果他们又向您提了要求，让您来安慰我，或者表示谅解我母亲，请您直接拒绝他们，他们没有权利一直利用您的善良。"

"不。没有人要我过来，"他踌躇着，终于继续说，"可可，事情并不完全像你理解的那样。"

这是他头一次直接叫我的名字，在此之前，他一直叫我许小姐，客气，但疏远，我有些惊讶。

"不管怎么说，我小姨都不应该瞒着我，更不应该让您保持沉默，以致无端受到我那么多骚扰，勾起不愉快的回忆。"

"我潦倒到这个年纪，但并不是所有回忆都是不美好的，可可。第一次看到你，你说出你母亲的名字，我就知道，你确实是她女儿，你们有一模一样的眼睛，甚至连眼神都是相似的。"

我一下屏住了呼吸。

“我们在一个小村子里生活了近四年。那四年时间，”他略微神驰，“对于城市青年来讲，十分艰苦。到后来，很多人时时刻刻想的都是回城这件事。但我不一样，我甚至想到，如果必须留下，也是可以的。”

我震惊地看着他，几乎想问：您爱她吗？可是他神情如此平静，这个问题显得唐突而无礼。

“到现在我还清楚地记得她在村子里给我们讲《静静的顿河》时的情景，那是将近一百五十万字的巨著，她全凭记忆复述出来。她说标准的普通话，声音十分好听。”

这么说来，他当然是爱她的。他记得的，并不仅仅是她后来给他无情一击摧毁了他的后半生。

“当年我好奇，问过她，为什么会记得如此清楚，她说这是她最爱的书，通读过好几次，以前在家里闲下来会随手翻看一页，再继续看下去。后来我买了书，读的时候发现，甚至很小的细节，她都没有遗漏。我曾经想，如果必须留下，白天我们种地，晚上听她读书，累了就听我拉二胡，也可以过得很好。不过，这当然不是她想要的生活。”

每个人想要的都不一样，什么才能令我们放弃所有不顾一切追随另一个方向？我不知道。

“后来发生的事，不是出于她的本意。你们这一代人，大概难以体会到在乡下生活最可怕的不是艰苦，而是乏味，看不到希望。她只是被绝望压倒，太想回家。”

“她想回家我能理解，但是她怎么能陷您于那种境地。”

“没人能预知后果，如果我确切地知道等待我的是什么，也许我也会害怕，会退缩，会不顾一切为自己分辩。当时我想的只是，我想留下是因为她，而她想要的是回去，我无法满足她的愿望，至少不能破坏她孤注一掷做出的努力。”

我完全惊呆了。

“我要是说我从来没有后悔，那就是撒谎了。不，我并不是圣人，在后来的日子里，我也一次次问自己，付出这样的代价值得吗？我给出了很多答案、无数假设，可是我清楚地知道，在当时我不会有其他选择。”

他竟然这么爱她，虽然他根本没有讲出这个字来。她那样不快乐的一生，竟然也是被一个人这么爱过的。我被深深地震撼了。

“那您后来恨她吗？”

他默然良久，然后才说：“我恨过。”

当然，有爱才有恨，时间足够泯灭平淡的感情，将很多事情化为过眼云烟，没有深爱，哪里有恨的力气。

“最绝望的时候，我几乎希望从来没有认识过她，可是再一想，我真的愿意这样吗？”

我控制不住身体颤抖。我从未想到，无论时代如何变迁，所有落空的感情都有共鸣之处。

“这一切都过去了。我只想让你知道，再不堪的往事，也曾有让我甘心付出的时刻，这就足够了。现在我生活得不富足，但是还算平静，我并不认为这一生得到的只有磨难和愤怒。用不着为我难过，更不要为过去的事纠结，到了某个关口，我们都必须做出选择，学会放下。”

“‘由爱故生忧，由爱故生怖，若离于爱者，无忧亦无怖。’是这个意思吗？我怎么觉得真正做到放下一切，人生什么也没有留下，只剩一片空虚？”

他有些意外，摇摇头：“你也留意到这段佛偈吗？我抄过不少次，但四大皆空，不着一物，不是凡人能达到的境界。别的不说，我不能想象我的生活里没有慈航。你刚才说她幸运，其实真正幸运的那个人是我。你马上也要当母亲了，很快便能体会到这种快乐。”

何原平走后，我将手放在腹部。那里有她在蠕动，我已经熟悉她伸展小小身体的时间与方式。

我不是母亲期待的生命，但也曾以同样的方式在她体内生长。外面的世界再如何莫测，我们仍旧长大、成熟，尝试对抗命运所有的不可知，体会因爱而产生的战栗、希冀以及每一个小小的快乐。

我母亲曾被爱过，她辜负了那份爱情，带着秘密早逝。

就算身世再不如愿，我曾被爱过，也曾爱过，我怎么可能不爱我的女儿。

_2

第二天上午，我剖腹产下女儿，手术进行得很顺利，不过她体重只有 2.3 公斤，在保温箱内待了二十天。

我在拆线后出院回家休息，但我还是每天开车去医院看她。

所有人都警告我不可以这样：坐月子必须闭门卧床休息，否则会落下很多病根。倒是子东从西医的角度出发，觉得只要我在不受凉不劳累的情况下，不妨适当出来活动，好过在家里牵肠挂肚。

他理解我的心情，我确实无时不牵记着这刚出世的婴儿。

她躺在保温箱内，弱小得让我心疼，可是她手足完整，呼吸平稳，小小面孔娇嫩得宛如一朵花，我舍不得将眼睛从她身上移开。

婴儿住院的日子里，我碰到过孙亚欧一次。这些天他并没有回家，我也没问他住在哪里。我在门边站定，没有叫他，他并没像我那样走到保温箱跟前，而是隔一段距离看着女儿，样子十分专注。他回头看到我："你来了。"

我点点头，凑近保温箱看着女儿，忽然听到他在身后说："我辞职了。"

在公司上市之前辞职，当然是完全出乎意料的选择，但他一向有几分不按常理出牌，再加上刚发生的这件事，我倒也并不诧异。

"我接受北京一家公司的聘请，正在进行工作交接，准备半个月后去那边任职。"

这是让我意外的。我站直，回头看着他。

"跟我一起去北京吧，可可，带上女儿，我们离开这里，可以重新开始。"

良久，我摇头："你甚至没有跟我商量，就接受了新工作，跟过去一样，我的意见无足轻重，无论答应与否，都不会改变你的决定。”

“我考虑了很久，觉得这样对我们来说是最恰当的安排。”

“我不这么看。那只是你的考虑，与我无关，也与女儿无关。并不是换个地方，就能一切重新来过。”

我重新俯身去看女儿，他在我身后站立良久，然后离开了。我看着女儿，没有回头。

今天医生终于通知我，女儿各项指标稳定，可以出保温箱回家了，我大喜过望，带齐各种物品直奔过去，然后给孙亚欧打了电话：“如果能抽出时间的话，我希望你可以和我一起接孩子回家。”

他答应下来，我们在医院碰面。我从护士手中接过女儿，几乎喜极而泣。

“我打算让她小名叫小蓓。学名还在想，你有什么意见？”

“由你定吧。小蓓，很好听。”

“你想抱抱她吗？”

他迟疑。我笑了：“我知道你不是那种会喜欢上带孩子的男人，亚欧，看你的样子，大概也不大可能再有其他孩子，你马上要离开，抱抱她，别错过她的一切。”

我将女儿递向他，他似乎吓到了，僵在那里一会儿才伸手接过去。

“这样托住她，对，就在这里等我。我去办个手续，马上下来。”

办完女儿的出院手续之后，我到了外科病房。

之前我来过一次，那天我剖腹产出院，而俞咏文则刚转出重症监护室。我隔着门看去，她躺在病床上，手臂缠着绷带，右腿打石膏吊悬着，面无表情地看着前方，一个看似她母亲的女人陪护着她。当然我没打算刺激她的情绪，让护士帮忙将我买的营养品和花送进去，自己并没有进去。

今天再上去，病房门敞开着，她躺着听音乐，两眼仍是空洞地看向上方，头发梳得整整齐齐，气色看上去比上次好了很多。

她看到了我，摘下耳机："你来干什么？"

"我接女儿回家，顺便过来看看。"

她打量我，我穿着宽松衣服，不过据钟点工李姐评论，我的身材瘦得已经完全不像才生孩子不足一个月的女人。"这么说已经生了？亚欧和你一起吗？"

我点头，她笑出了声，声音干涩："嗯，我就知道，还有什么比孩子更能顺理成章留住男人。"

她怎么想，我并不介意，我只是说："我大概没时间再过来，请保重身体。"

"等一下。那些吃的，还有鲜花都是你送来的？"

"我送过。"

"其实也只有你送过。他根本没来看我，只直接把一笔钱交给了我妈妈。"

他会这么做，我并不意外，一时无话可说。

"你觉得隔天就送一大束鲜花给一个自杀未遂的人，是不是有一点讽刺意味？"

"没有那么多值得讽刺冷嘲的事情。你活着，这最重要。我每次看到好看的花都会开心一点，所以送花给你，记得这世界上还有不少美好值得留恋。"

"其实我不记得发生了什么事，连续好几天都是恍惚的，好像做了一场梦。"

也许不记得也好，至少不必像我一样连续做噩梦，梦中不断回放那样可怕的场景。

"要真是做梦，可不会一醒来发现自己肋骨加压包扎，骨盆打进钢钉，右腿上了石膏。据说我没当场摔死算幸运，没有瘫痪更是应该偷笑。报纸上的报道甚至列出我砸坏的消防气垫价值多少，无法修复只能报废，多可笑。"

"你会恢复的。"

"所有人都这么说，不过我很怀疑。"她喃喃地说，突然又问，"他爱孩子吗？"

"现在看不出来。"

"也许你说得对，他谁也不爱，只爱自己。"

"每个人都能负责好好爱自己，就已经功德无量。"

"你又开始布道了，许可，这一点真的很烦。"

我莞尔："不用烦，我走了。"

“等等，别走。”她脱口而出，随即自嘲地笑，“对，我怕寂寞，哪怕你陪着，也好过一个人瞪着天花板。”

“你妈妈呢？”

“她回家去拿换洗衣物了。”

“那她马上会过来的。”

她并不理会，哑声说：“我让她丢尽了脸，留学几年一事无成，现在又成了社会新闻的主角，纠缠有妇之夫跳楼，死了倒一了百了，偏偏又侥幸生还，多可笑。时不时有人借故在病房外看我，指指点点。换作我有这样的女儿，大概也会活活给气死。”

“她是母亲，不会这样想。”

“你才做了母亲，于是开始跟我神化母爱了。告诉你吧，每个婴儿生下来都玉雪可爱，可保不齐将来会多让人失望，我就是最好的例子。”

她躺在病床上还是如此爱抬杠，我摇摇头：“你配合医生好好治疗，很快就能出院。对不起，我不能让我女儿等太久。”

她定定地看着我：“你这么笃定已经赢回一切。但也许以后我还会纠缠他，你不怕吗？”

“我不认为我赢得了什么。以后我要负责安排好女儿和我的生活，恐怕分不出什么时间用来害怕。还是那句话，请保重，再见。”

我下来，发现亚欧抱孩子的姿势放松了不少，不过他将孩子交给我时，明显如释重负，我不免暗笑。我们下楼出来，他发现我已经买了适用于新生儿的汽车安全座椅并且安装好了，略有些吃惊：“你做的准备工作真不少。”

“嗯，李姐帮我请好了保姆，头半年她们会帮我带孩子。至于以后——”我还没想好如何安排工作，“再说吧，总会有办法的。”

回到家里，虽有保姆吴姐帮忙，我还是手忙脚乱了，消毒奶瓶、冲奶粉、换尿布……一通忙碌下来，已经累到只想躺倒，哪有万全的准备能对一个小生命应对自如。

可是，看着那张小小的面孔，轻轻握她小小的手指，又有什么辛苦是我不愿意承受的呢?

孙亚欧一直看着我将熟睡的女儿放进小床内。

“她很可爱。但是可可，我确实需要换个环境。”

“我知道，我也并不认为你会因为抱一抱她就决定留下。”

“你是想让我看到我将会错过什么吗？”

“你已经错过了不少，肯定还会错过更多。不过你是她父亲，哪怕她现在没有意识与记忆，我也希望她多拥有一点来自父亲的爱。”

他久久没有说话，我的心一点点凉下去。

“给我一点时间，可可，我希望一切平复之后，我们还能够在一起。”

我看着他，他仍是英俊的男人，甚至平添一点沧桑，分外动人。可是，这是多渺茫的希望，需要我们忽略掉多少伤害。

我们都需要时间，时间也许能修复一切，同时也必然悄悄改变一切。人生注定不可能只如初见。

_3

婴儿需要注射的疫苗之多，让我眼花缭乱。

我暗自想：科学昌明至此，多少疾病可以被提前预防，却还是没有一种针剂能让人强大到抗拒一切伤害。

这自然是讲都不必讲出来的傻念头。可是一旦当了母亲，抱着娇小的婴儿，看她如花瓣般的嘴唇呢喃出无意义的柔软音节，怜爱的同时，不由自主紧张，生怕她会有任何意外，真希望能有办法替她挡开世间所有伤害。

太过紧张的结果是就算白天有保姆帮忙，我仍旧恨不能事事亲自动手才放心。回到家里的头两个月，小蓓的小状况不断，夜晚啼哭、吐奶、湿疹、腹泻、发烧、突发痉挛……很快我便应付得近乎精疲力竭，迅速消瘦，而且失眠极其严重，夜里最多睡一个小时便会醒来，爬起来看小床上睡着的女儿，确认她没事才重新躺下，然后是久久无法入睡。

这天保姆下班后，小蓓再度吐奶，弄得一片狼藉，我不得不重新给她洗澡换衣服，再消毒奶瓶冲奶粉喂她，她不时烦躁大哭，吃吃停停，睡着一会儿又醒过来，我累得全身无力。等她再次睡着，我瘫在沙发上，这时门铃响起，我开门，子东提着一个旅行袋站在门外："姐，爸爸说让我收拾衣服搬到你家来，至少省得你三更半夜给我打电话或者往医院跑。"

我看着他，眼泪扑簌簌落下来，他丢下旅行袋搂住我："别哭别哭。"

我哭得更加厉害，一发不可收，上气不接下气，直到小蓓在摇篮里哭出来，我才吓得止住，要奔过去看她，子东拦住我："我照看她，你去泡一个澡，好好放松一下。"

我去浴室，看着镜子里的女人，头发蓬乱面部浮肿，眼睛泛着血丝，衣服上结着奶渍，实在狼狈：三十五岁的女人，竟然崩溃成这样，简直颜面扫地，好在面对的那个人是自己的弟弟。

我到底没有像子东建议的那样从容泡澡，而是匆匆洗了一个淋浴，换一件家居服出来，发现小蓓在子东臂弯里睡得正好。他将她轻轻放回手提摇篮里，去厨房开了一瓶红酒和两个杯子："我们去阳台坐坐。"

"外面有风，不能带她出去啊。"

他露出哭笑不得的表情，拖着我去阳台，强迫我坐下，将摇篮放在客厅玻璃门内视线可及的地方："放松，现在是本地最好的季节，好好吹吹风。"

漫长的炎夏刚刚结束，晚风徐徐吹来，凉爽宜人，可我无法松弛下来好好享受，不时回头去看摇篮。

"姐，爸爸很担心你。"

"他前天来看我，说要让小姑姑来帮我带孩子，我吓到了，一口拒绝。他是不是生气了？"

"那倒也不会，他说你看上去太紧张了。"

"我当然紧张。你又不是不知道，爸爸的那些亲戚……"我打住，摇摇头，

"小姑姑尤其爱指手画脚，从小到大我最怕的就是回家还没进门突然听到她的声音，哪里敢劳烦她过来。爸爸该不会已经做主去请她了吧？"

"他确实打算打电话回去，不过别害怕，我已经劝阻了他。"

我松了口气。

"可是爸爸说得没错，你需要帮助。"这时我看见小蓓又醒了，发出啼哭，马上站起来，他一把按住，"不许动。"

我急了："她在哭啊，我要去看看她怎么了。"

"你白看了那么多育儿书，上面写得清清楚楚，婴儿一哭就抱，容易促成他们反射性哭泣，妨碍养成正确的生活规律。"

"但是我不能眼睁睁看着她哭。"

女儿的哭声让我肝肠寸断，我变得力大无穷，一下推开子东，跑回客厅，抱起小蓓，给她换尿布，再喂奶，但她只喝几口就放开，又睡着了。我将她放回摇篮，一抬头，发现子东默默注视着我。

"我不会是个合格的妈妈，对吗？"

"胡说。"

"不要安慰我，我让她早产，又不能母乳喂养，她发育得不够达标，抵抗力弱，容易惊醒……"

"够了够了，你要一直这么想，会走火入魔。你最大的心结还是你坚持要了这个孩子，但她很可能得不到父爱。"

他一语中的，我呆呆看着他，讲不出话来。

"记住慈航在医院里对你说的话：没必要把负疚感无限放大到夸张的地步。负疚对你和你的孩子没有任何帮助，你一定是个好妈妈，但你必须学会放松。我会帮你的。"

慈航和子东说得都没错，我的确被负疚感绑架了。我甘愿受苦，但女儿并不需要我成为一个濒临崩溃的母亲，这样紧绷下去，我会撑不住，对她也没有任何好处。

我下决心开始尝试调整。

子东对我的帮助很大，他下班后就会回家陪我，家里有一名细心的内科医生，让我安心了很多，很大程度上治愈了我因过度担忧产生的焦虑。我被他说服，不再时时检查女儿的体温，避免包裹过于严密，而且改变观念，按时喂奶，减少在晚上喂奶的次数，让她建立连续睡眠习惯，过了不久，她已经可以一晚上连续睡六个小时以上，原因不明的哭闹大为减少，小小的面孔变得饱满，发育慢慢跟上正常婴儿进度，这让我简直又惊又喜。

放松之后，小蓓的作息变得有规律了，我的睡眠也有了明显改善。白天天气好时，我会带她出去散步晒太阳，小区里有不少年轻母亲，与她们交流育儿心得，居然也能谈得津津有味。等她睡着，我开始看书，试着与同事保持联系，接手处理一些文件。

父亲再来看我，对我的状态表示满意，他抱着小蓓，长久凝视她，爱怜横溢的表情让我和子东一齐惊讶。我去厨房沏茶，子东也进来，悄声说："想想我们从小到大天天对着的那张扑克脸，真没想到他也能这么柔情似水，每条皱纹都荡漾着开心，简直是人间奇迹。"

我掐他一把，也忍不住笑。我们端茶出来，只听他在与婴儿细语："等我退休了，可以天天送你去上幼儿园，好不好？"

子东也掐我一下，我们禁不住笑出了声，父亲抬头看我们，不解："怎么了？"

我们一齐做严肃状："没什么。"

他又低头看婴儿，同时说："什么时候把你女朋友带回家来吃饭？"

我惊讶地看向子东，他显然冷不防也吓了一跳，却没有否认。

父亲继续说："搞不懂为什么不交年龄相当的女朋友，那女孩子看着几乎还像个学生。"

我的嘴一下张开，定定地看着子东，他在我的注视下脸微微泛红，但是没有闪躲。

等父亲走后，我马上问子东："真的是慈航？"

他无可奈何地点头：“我也不知道怎么会那么巧，竟然被爸爸碰见过好几次。”

“你们真的……在恋爱？”

“你要问我的话，是真的。但如果你去问慈航，她大概会说她也不知道。”

“可是她差不多小你十岁，你们……”我简直不知道说什么才好。

“姐，你觉得我们并不合适？”

“子东，你是知道我有多喜欢慈航的。可是，”我定神想一想，坦白说，“还是觉得你们有些不可思议。”

“我也觉得不可思议。”

他神情温柔，嘴角微含笑意。我看在眼里，想，如果这都不是沉浸于爱的表情，那我算白活了三十来岁，可还是忍不住要问：“你为什么会爱上她？她真的不像是你会喜欢的类型。”

“她是特别的，没法归类。”

这句话被他讲得竟有几分荡气回肠。我继续问：“你们从什么时候开始的？谁先表白？现在怎么样了？”

他不肯再回答这些问题：“隐私，姐姐，尊重我的隐私，不许再拿我小时候的事来讹诈我。我是不会跟你说的。再逼我的话，我骑上摩托就跑掉，说不定还会顺手把小蓓带走。”

我又好气又好笑，心想：稀罕吗？回头我问慈航。

_4

等慈航来看我，我倒不知道该如何开口了。

她拿了她拍的服装画册给我看，我由衷赞叹：太美了。

画册上的女孩子是慈航，却又像一个陌生人，镜头将她所有的特质以张扬的方式呈现出来，她年轻的面孔写着骄傲，目光清澈坦然，似乎带着无限的可能，由内往外散发着光彩，那些以黑白灰冷色调为主的服装风格很特别，既有趣，又带有几分超越现实的意味，穿在她身上服帖无比。我头一次感受到，时装其实与文字、音乐一样，也能用来表达对于世界独特的看法。

“但我总觉得这个人几乎不是我。设计师很有趣，她说这种感觉不奇怪，正好代表着我的可塑性和表达能力。”

“这本送给我，我要留给小蓓看。”

她哈哈大笑：“小心吓到小蓓。周锐就说有几张颇像女鬼，相当吓人。”

“小男生审美还停留在大眼睛尖下巴可爱风阶段，别理他。”

她都提到了周锐，我更想问她，那你与我弟弟是怎么回事？可是她毕竟不是子东。对着子东，我完全可以不顾姐姐的形象死缠烂打，而慈航这女孩子太精灵，我不想无意中伤害她。

“何伯还好吧？”

“他喝酒喝得少多了。谢谢你，许姐姐。”

“为什么谢我？”

“要不是你才生完孩子缝合好伤口一出手术室就劝说他不另租房子住，他哪里肯听。”

他劝我放下执念，我当然也同样这样劝他。“好吧，我是用了苦肉计，可他还是坚持把房子更名给我，我们算互让了一步。”

她笑道：“我不管什么计，我只想看着他跟来福住在那里，回家推开院门，什么也没变，就开心了。”

我完全能体会她说的这种感觉，结婚之前，虽然父母家中客似云来热闹得完全没有隐私，可毕竟那是我的家，到达楼下抬头看到灯亮便觉得安心；至于沈阳路公寓，出事之后，我便竭力避免再想到那里，彻底葬送一段回忆最粗暴的办法莫过于此。

慈航抱着小蓓，感叹道：“我才知道小婴儿原来这么好抱，香香软软的，简直舍不得放手。”

“她仍旧是哭闹起来无休无止、随意拉撒的小东西，你要见识到她的那一面还是喜欢，才算真爱。”

"别这样考验我，我没耐心，必须趁她乖的时候多抱抱。"

小蓓相当争气，不仅没有哭闹，居然还在她臂弯睡着了。她恋恋不舍地将小蓓放进小床，还是仔细看着她，突然说："长得似乎还是比较像爸爸。"

只有慈航如此直言不讳，其他人都避免提及这个家里缺位的男主人。我点点头："是啊，脸的上半部分尤其像。"

"血缘真是奇怪的东西，不由分说就给人打上记号。"她感叹着，我们同时沉默了，我猜她跟我一样，大概是想到自己的相貌来自哪里，我的眼睛像母亲，其他部分看不出端倪，而她那张被设计师欣赏的面孔则应该是一点线索也没有。

她看着我，突然耸了耸肩，笑道："谁介意呢？你就是你，我就是我。"

没错，有什么必要介意？

她问我："她爸爸再不回来了吗？"

"他上周回来过一次。"

履新之后工作自然千头万绪难以脱身，孙亚欧向我道歉，没能早些回来，我客气地说没有关系；他说辛苦你了，我说还好还好；他仔细打量我，说你气色不错，我说你倒是瘦了，要注意身体。我们突然成了相敬如宾的夫妻，自己都觉得尴尬。

他回来看到的一切，确实还好。

在子东的帮助下，我度过了手足无措几欲抓狂的时期，开始重新有心情收拾自己，做过皮肤护理，修剪了头发，家里收拾得井井有条。小蓓长胖了不少，不要说以我偏心的目光看来极其可爱，就连来探视的李佳茵也直呼粉嘟嘟的像个洋娃娃，强烈要求与她儿子定下娃娃亲。

他迟疑地俯视女儿："跟在医院时完全不一样了，小孩子长起来真快。"

我微微一笑，没有说话。在他看来，家中的秩序、我的平和、女儿的生长都来得理所当然，他根本不用管那些日子我独自披头散发带着婴儿半夜开车冲向医院的焦灼与狼狈。我也完全没有说给他听的欲望，他错过的一切，是他的损失——这个冷漠的想法让我自己都觉得有些不安。

他待了一天，带女儿下楼散步，还给她冲了奶粉，试着喂她，在我的指导下轻轻拍她的背，让她打出嗝来。晚上吃过饭后，他要赶去香港的班机，走之前再度跟我说："公司在北京帮我租了一个公寓，面积足够大。可可，再考虑一下我的提议，带着小蓓过去，那边的教育资源更好，你将来想工作了，也有更多机会。"

"我与女儿需要的是一个稳定的家。"

"我们可以在租来的公寓先过渡一段时间，你再去找合适的房子买下来，以我现在的收入，钱不是问题。"

"你没弄明白我的意思，亚欧，换一个城市，并不能解决我们之间的问题。"

"我已经向你解释了，我必须换一个环境。你是在责怪我没有顾及你的感受？我当然也是考虑到了，才希望你跟我一起过去。"

"你想先解决的，是你的问题，至于你与我、与女儿之间的关系，排在你的优先级别后面。"

"我们真有必要这么抠字眼吗？我爱你，也爱我们的女儿。你不能因为我没有向你痛哭忏悔就怀疑我的诚意，非要惩罚我才开心。"

"亚欧，你知道何伯让我明白了一个什么道理吗？"

他不解地看着我。

"何伯让我想清楚了，人生就算有机会重来一次，那些不该犯的错，我们多半还是会犯；那些不该爱的人，我们并不舍得不爱。唯一能安慰我们的是：犯过的错让我们成长，爱过的人让我们充实。没什么可后悔的。"

他皱眉苦笑："意思是说，我是一个不值得你爱的浑蛋，却莫名其妙让你爱上了，你把爱上我、嫁给我视作踩了狗屎，自认倒霉，所以不打算与我计较？"

"你非要这么说，我就没办法了。"我也苦笑，"我只能告诉你：我不是受虐狂，我的自我评价并不低，我有洁癖，从来不认为我有睁着眼睛踩狗屎的胆量，我爱过你，我们的婚姻给过我快乐和满足的日子，现在又给了我一个女儿，为此我无限感激，所以我不打算惩罚你。"

大约他看出我实在没有反讽的意思，神情多少缓和了一些，却长长叹了口气：“可可，你确实让我觉得我是个浑蛋，这种感觉很折磨人。再问一个问题：我还有机会吗？”

我不知道。“今天的亲子日算是很圆满了，再不走，你也许会误机。”

他提了行李箱打算出门，又止步，牢牢看我手臂中抱的小蓓，再看我，终于走了。

“你就由得他这样当空中飞人偶尔回来看看？”

“小蓓会慢慢长大，我们早晚都会正视我们的婚姻。”

慈航喃喃地说：“唉，由爱到不爱，一定是个很要人命的过程。”

可不，简直真的去了半条命。可这话哪里适合跟一个少女讲，尤其这少女也许还在与我弟弟恋爱。

我正转着念头，慈航随手拿起茶几上放的书：“《静静的顿河》，我爸爸也有一套，封面跟你这本不一样。我翻过，大段大段的战争描写，太无聊了，看不进去。”

“我也觉得枯燥，但这是我妈妈以前爱看的一本书，甚至达到可以背诵的地步，我想耐心看下去，试着对她多一点了解。”

“我爸爸是不是爱过你妈妈？”

我并不想谈论这个问题，支吾道：“上一辈人之间，很难用一个简单的爱字来概括。”

她笑了：“许姐姐，你始终把这个问题看得好严重。照我看，爱了就在一起，不爱就分开，再简单不过。”

我语塞，决定单刀直入：“慈航，你与子东是怎么一回事？”

“呃，我不知道。”

还真是被子东言中了，我哭笑不得：“慈航，你这么聪明，怎么会犯迷糊。”

她摊手：“我真的不知道啊。按许医生的说法，他喜欢我，想与我认真恋爱。我不知道他说的认真是不是指将来要结婚。”

“那是自然，他是很严肃很老派的人，难得动心，当然会很认真。”

“我早说过，我并不想结婚。”

“你还小，不想早早结婚很自然。”

“我的意思是永远不必结婚。”

“为什么？”

“我将来想找一份工作，把爸爸接过来一起生活，这样多逍遥自在。”

“可是这也不妨碍将来结婚啊，子东是很尊重何伯的。”

“可结婚对我根本没诱惑力。万一相处不来，还得费事想怎么分开，弄得多不愉快。我也说过我根本不打算生孩子，要想抱抱孩子，来抱小蓓这样可爱而现成的宝宝就好。”

我目瞪口呆。

“我跟许医生讲，我们好好恋爱，我喜欢跟他拥抱，还有接吻，他想要更进一步也无妨。”她打住，看着我，笑道，“许姐姐，他听到这话，脸跟你现在一样红，衬得我的脸皮真是厚得没救了。”

我的脸的确不知不觉热辣发烫了。

“他偏偏说要对我负责。切，我自己对自己负责就好，又不是没有行为能力的人，哪需要别人来负责。”

许子东啊许子东，难怪你抵死都不肯跟我招认你们现在的情况。

“其实我也赞成你们先尽情享受恋爱的乐趣，慈航。我的弟弟我了解，他是不会辜负你的。”

“但我一想到将来也许我会辜负他，不免也有些害怕了。这话一说，他更加生我的气，好几天懒得理我。”

我彻底认输了，摆摆手：“算我什么也没说，你们自己解决好了。”

慈航笑：“你们到底是姐弟，头痛的表情简直一模一样。”

她笑得满不在乎，让我想起初次踏入她家，面对我这不速之客，她也是这样笑着，还略带一点“你竟如此天真”的调侃意味。从那时到现在，发生了多少事情，而将来还会发生什么，谁又说得清？我顿时心平气和，对自己说，何必提前头痛。

慈航突然问："对了，许姐姐，我一直没问，为什么给你女儿取名叫小蓓？"

"我小时候爱看一部动画片叫《花仙子》，里面的主人公就叫小蓓。"

"咦，我想起来了，你第一次去我家就提到过这部动画片，她也有一条叫来福的狗。"

"对，还有一只叫咪咪的猫。她有花仙血统，在十二岁生日的那天，得到了一把花钥匙，然后开始在全世界旅行，寻找七色花，她可以用花钥匙的魔力变出各种漂亮的衣服，还有一个英俊的大男孩李嘉文在关键时刻会出来保护她，每一集的最后都要介绍一种花语。"

"最后她与李嘉文结婚了。"

"你怎么知道？"

慈航一脸的忍俊不禁："童话不都是这样吗：王子与公主从此幸福地生活在一起。"

我也笑："是不是很幼稚？"

"实在是太少女了，哈哈。我小时候净看《西游记》《封神榜》和《聊斋志异》这类书，难怪一直没有一点少女心。"

"现在想想，这动画片挺老套的，可当时真是迷倒了我和我最好的朋友夏芸，到了播放时间，我们就守在电视机跟前，眼睛都不眨地看完。小蓓拥有的简直是少女想要的一切：漂亮衣服、忠诚的伙伴、冒险、浪漫的旅行、带有美好寓意的花，还有王子一样的男生。"

"你也想要让女儿拥有这一切？"

童话只是我们儿时的梦想，稍一长大，现实世界扑面而来，我们就不得不面对真实的生活。我已经经历的，与慈航将要经历的，相去甚远。故事永远不会在公主嫁给降伏恶龙的勇士、王子娶得午夜遁逃的灰姑娘时打上句号，随后仍有长长的人生，苦乐交织。

我更无从预知等着小蓓的，将是什么样的世界。

我真正想要的是，让女儿拥有很多很多爱。

这愿望是不是很奢侈？我低头凝视小蓓，她小小的脸蛋娇憨宁静，小手握成拳头放在腮边，世间风雨还离她很远。

我会给她很多很多爱，也会教她好好去爱，过属于她的一生。

——全文完——

图书在版编目（CIP）数据

若离于爱 / 青衫落拓著．—长沙：湖南文艺出版社，2014.10
ISBN 978-7-5404-6875-0

Ⅰ．①若… Ⅱ．①青… Ⅲ．①长篇小说–中国–当代 Ⅳ．① I247.5

中国版本图书馆 CIP 数据核字（2014）第 203773 号

上架建议：长篇小说 | 言情

若离于爱

作　　者：青衫落拓
出 版 人：刘清华
责任编辑：薛　健　刘诗哲
监　　制：蔡明菲　潘　良
特约策划：邢越超
特约编辑：杨丽娜
营销支持：尤艺潼
版式设计：李　洁
封面设计：一诺·闫薇薇
内文排版：百朗文化
出版发行：湖南文艺出版社
（长沙市雨花区东二环一段 508 号　**邮编：**410014）
网　　址：www.hnwy.net
印　　刷：三河市鑫金马印装有限公司
经　　销：新华书店
开　　本：700mm × 1000mm　1/16
字　　数：308 千字
印　　张：21
版　　次：2014 年 10 月第 1 版
印　　次：2014 年 10 月第 1 次印刷
书　　号：ISBN 978-7-5404-6875-0
定　　价：35.00 元
（若有质量问题，请致电质量监督电话：010-84409925）

If

in love

If

in love